本丛书获教育部人文社会科学重点研究基地资助

WENXUE JIQI YUYAN

文学及其语言

王汶成◎著

人民出版社

目　　录

论文学读解

一、问题的当代性以及对问题的基本理解

文学读解问题一直是20世纪文论中的一个突出问题，几乎20世纪所有的文论流派都对这一问题给予了相当的关注，尤其是二战前后兴起的现象学文论、文学解释学、接受美学等，更是把这一问题列为它们理论体系中的核心问题。造成文学读解问题在20世纪文论中居于显要地位的原因是多方面的，最重要的自然是文论自身发展的原因，譬如20世纪文论总的发展趋势是从外部研究转向内部研究，又从内部研究“向外转”，把文学研究融入到文化研究中去。无论是“向内转”，还是“向外转”，都必然从更深的层面上涉及文学读解问题，从而把这一问题推上文学研究的前沿。但是，文学读解成为一个显要问题的更加根本、更加起决定作用的原因，则来自20世纪社会深刻而重大的发展变化。

众所周知，20世纪是人类历史上一个极不寻常的世纪。如果说，这个世纪给人类历史面貌带来了某种整体性改变，那么这种改变是由两大历史进程推动和完成的。这两大历史进程，一个是以“现代性”为核心内涵的所谓全球化趋势，一个是由传统的工业社会向后工业社会的过渡以及全新的信息时代的到来。这两个历史进程显然是紧密联系着的，实际上就是20世纪同一个历史必然趋向的两个不同的侧面，或者说两种不同的展示。“全球化”问题是一个极为复杂的问题，在这里，我们无意卷入有关的纷争，但

有一点可以作为现象描述加以肯定，这就是全球化进程并非20世纪的“专利”，它早在20世纪以前的几个世纪里就已开始，并且全球化进程也未在20世纪终结，它还要在21世纪里取得更进一步的发展。20世纪给予全球化的特殊贡献就在于最大限度地加快了这一进程，全方位地拓展了这一进程，并前所未有地使这一进程成为自己时代的显著特征。而这一切之所以可能，主要是因为凭借了科学技术在20世纪的空前进步，具体地说，就是现代电子通信技术、电子计算机技术乃至互联网技术频频换代式的开发和利用。总之，现代高科技不仅是全球化进程的“加速器”，而且还是一个全新时代的“催生素”。于是，在20世纪的最后一二十年里，一个以知识经济为内核的信息时代终于降临了。所以，信息时代的降临，其实就是全球化进程在20世纪高科技的催化下产生的一个巨大的标志性成果。

那么，全球化趋势和信息时代的到来同20世纪文论研究中的文学读解问题有什么内在的关联呢？首先，在信息时代里，信息成为人们生存、发展的基本条件之一，人们因此陷入了信息的汪洋大海中，同时也陷入了语言的汪洋大海中，因为信息的运行和交流无论采用何种传播手段，都主要是以语言的形态呈现和存在的。所以在当今的世界上，到处充满了语言的魔力，也到处充满了语言的暴力；到处充满了对语言的崇拜，也到处充满了对语言的恐惧。语言这个万古之谜，直到今天才真正浮出了历史的表层，像一个难以挥去的巨大幻象缠绕着现代人的心灵，同时也成为一个无法回避的重大的时代课题，成为所有人文社会学科所关注的焦点。西方20世纪哲学中发生的所谓“语言论转向”就显然与这一背景相关。其次，全球化进程按通俗的理解就是所谓的“世界大同”的趋向，就是世界范围内的经济、政治、文化的一体化的趋向，它指向于打通和消解原有的民族国家的既定界限。20世纪的全球化尽管也不可避免地存在着强势群体对弱势群体的剥夺、权力话语对无权话语的压制、中心地域对边缘地域的忽略，以及各区域、各民族文化之间的激烈交锋和冲撞，但从总的情况看，其主要方式还是通过对话和交流而达到相互的理解和融合。就是说，对话的指归是为了理解，只有理解才有互补，才有结合，才有交汇，才有真正的全球化。纵观20世纪，真正有成果的全球化都是在平等对话和公平竞争的基础上获得的。这样一来，就像语言问题一样，如何通过对话达到理解、如何阐释和理解话语就成为一个时代性课题。应该说，现代哲学解释学的兴起就是对这一时代课题的最强有力的回应。上述全球化进程、信息时代的到来、哲学中的语言论转向、现代解释学的兴起等，这一切汇合在一起，就构成了一种特定的时代氛围。受这种时代氛围的影响，文学研究一步步转向文学读解问题就成为顺理成章的事了。这就是20世纪以后，特别是20世纪60年代以后，文学读解问题上升为文学研究中的一个显要问题的最深刻的社会历史根源。

我国作为一个后起的第三世界国家，从20世纪70年代末开启了封闭已久的国门，大力实行改革开放政策，到90年代我国的现代化建设事业已取得骄人的成绩，基本实现了与国际社会的接轨，在经济、政治、文化各方面加速和深化了中国融入全球化的进程。在文学研究方面，经过多年的努力，也终于全面开通了与世界的联系，并逐步拉近了与世界的距离。回顾近20年中国文艺理论所走过的历程——从现实主义到现代主义，再到后现代主义，从反映论到主体论、到本体论、到读者论，再到文化论，其实就是新时期文艺理论不断地走向世界、走入世界的历程。因此，与世界文艺理论发展的总趋势大体一致，我国新时期文艺理论也越来越对文学语言、文学读解诸问题给予特殊的关注。尤其是进入90年代以来，以现代传媒为依托的大众文化迅速崛起，如何通过恰当地读解文学作品以提升大众的文学鉴赏水平，使大众面对鱼龙混杂的文化产品和过分沉重的商业气氛，依然保有起码的鉴别能力和较为纯正的审美趣味，就更成为一个亟待解决的现实问题。所以，今天重申文学读解问题，并不是偶然的、随意的，而是有着迫切的现实针对性和突出的当代意义的。

当然，在当今条件下提出文学读解问题加以讨论，绝不能简单地重复原有的观点，而应在原有观点的基础上创新。总起来看，原有的观点表现出两种偏向：一种偏重研究文学读解的解释学性质，认为文学读解本质上属于解释活动；一种偏重研究文学读解的美学性质，认为文学读解本质上属于审美活动。这两种偏向各有其合理性，也有其明显的片面性。我们今天讨论这个问题，试图综合和超越这两种偏向，以便在全新的语境中提出对问题的新见解。我们的基本观点是：文学读解活动由横纵交错的两方面合成，一方面是阅读活动的横向综合（从字到词、句、段、篇），另一方面是理解活动的纵向深化（从“言”到“象”、“意”），这两个方面相互激发、相互推动，构成了读解活动的两条交叉的主轴，整个读解活动就是沿着这两条主轴展开的。从这种构成形态中，我们可以明显地看到文学读解活动的性质。首先，文学读解活动是对语言文本的解释和理解活动，即通过对文本的阅读而达到对意义的理解，因而具有解释学的性质。其次，文学读解活动又是一种特殊的读解活动，其特殊性在于它是在审美欣赏中进行阅读理解的，因而又具有美学的性质。这就是说，文学读解活动具有双重性质，它既是解释活动，又是审美活动，这两方面综合起来，可以把它界定为审美的读解活动。

二、文学读解的解释学性质

从解释学的观点看，任何解释活动都离不开四个要素，即解释对象、解释主体、解释过程和解释的历史语境。任何解释学理论都是对这四个要素及其关系的一种阐述。因此，要解说文学读解的解释学性质，所涉及的主要问题就是：读解过程中部分与整体的关系问题、读解主体与读解客体的关系问题以及读解的客观性与历史性的关系问题。

第一个问题就是解释学中讲的“释义循环”，即在解释过程中，对部分的理解依赖于对整体的理解，而对整体的理解又依赖于对部分的理解，如此形成了部分和整体之间的互释循环。在文学读解中也同样存在着这个问题。如对一个诗句的理解，先要理解其中的每一个词，而要理解这个词必须等到理解了整个句子才有可能，因为这个词的意义是在句子的上下文的整体关系中被确定的。这个问题之所以产生，完全是由于文本语言的线性特征造成的，这种线性特征使读解者不可能在瞬间把握整体，读解者的视点只能沿着这条语流线一个词语一个词语地向前游移，每一个“当下”时刻，都只处于语流线的某一个词语上。那么，读解者在还没有把握整体之前，他是如何理解作为这个整体的部分的每一个词语的呢？英加登把这个问题与读解者在读解时的某种心理过程联系起来理解。他认为，读解者在阅读文本中的某一个句子时，一方面保留着对先前句子的记忆，另一方面又生发出对未来句子的期待①。这样，对先前句子的记忆和对未来句子的期待，就把当前的这个

① 参见［波兰］罗曼·英加登《对文学的艺术作品的认识》，陈燕谷译，中国文联出版公司1988年版，第33页。

句子置放于上下文的整体联系中，从而使这个句子得以理解。当然，在具体的读解过程中，记忆可能变得模糊不清，这需要重新回指先前的句子来加以补救，预期也往往会出现偏差，这就需要对已经理解的意义加以补充和修正。接受美学家沃尔夫冈·伊塞尔也提出过类似的观点，认为“理解”建立在阅读的“游移视点”、“过去视野”和“未来视野”的融合的基础上①。无论是英加登的“记忆”和“预期”，还是伊塞尔的“过去视野”和“未来视野”，其实都是人类心理的一种“完形规律”的体现。“格式塔”心理学认为，人的知觉按照“整体大于部分之和”的原则，倾向于对事物感觉的整体把握，具有一种“完形”的能力，人的知觉经验越丰富，他的完形能力就越强。例如画一个圆在另一个圆之前，并部分地挡住了另一个圆，人们仍然会把被挡的那个圆看成一个圆形，而不会看成别的形状。人的这种完形能力同样也体现在读解活动中，人们总是倾向于把读到的语段的某些部分组成一个整体。如果遇到一个残缺的句子，人们就尽力把它补全。如《红楼梦》里林黛玉临终前对宝玉说的一句话，“你好……”，每个读者读到这里，都会自觉不自觉地依照自己的经验添补这句话的后半部分。正是这种完形的心理倾向和能力使读解者在部分和整体的互释循环中不断地深化对文本的理解。

文学读解的解释学性质所涉及的第二个问题是读解主体与读解客体的关系问题。在文学读解中，读解主体在何种程度上受到文本的制约？是被动的，还是具有能动性和创造性的？古典释义学家大多主张，释义活动就是力图达到对文本的原义或本义的理解，释义者应忠实于文本，以文本为依据，不能穿凿附会，随意解说。现代哲学解释学倾向于认为完全恢复文本的原义是不可能的，解释者总是带着一定的成见走进文本的，因而在对文本的解释活动中必然带有解释者的创造性。例如加达默尔提出的“理解”就是“视域融合”的理论。他认为，任何一个解释都必须带有一定的“视域”，它是在给定的历史境遇中形成的。当解释者进入文本时，他的原有的视域就与文本所造成的当前视域发生相互作用的关系，从而达到两个视域的相互汇合，

① ［德］沃尔夫冈·伊塞尔：《本文与读者间的相互作用》，载《文艺理论研究》1988年第6期，第79页。

而汇合的结果就是更高层次的、更普遍的视域的产生。这样，解释的过程就是不断改变解释者的视域并形成新视域的过程①。

如果说在一般的解释活动中，解释主体对解释客体表现出如此的能动性和创造性，那么，在文学读解活动中，读解者的能动性和创造性的作用似应显得更大一些、更充分一些。英加登把读解者在读解过程中的创造作用概括为文学作品的“具体化”②。接受美学家们则推出了“期待视野”的概念，以证实读者在接受中的主观创造性的发挥。所谓期待视野就是读者在读解一部作品之前就具有的一种先在的审美意识状态，这种审美意识状态是在他以往的全部审美经验中形成的，并且反映着他所在的那个历史时期的审美趣味和倾向。接受美学家认为，这种期待视野一旦形成，就在读者的接受活动中起着导向的作用，它决定着一部作品的接受过程并在这一过程中不断地被修正、被改变。在接受美学家那里，正是期待视野的这种先在性，使得读者的接受活动成为一个真正意义上的创造过程，它创造着作品，而且也创造着文学史。当然，接受美学家在强调读者接受的创造性时，仍然承认这种创造性是有限度的，受到接受对象——作品的“客观化”的节制③。但属于“读者反应批评”的学者费什却把读者在阅读中的创造性夸大到极端，他认为“文本的客观性是幻觉，而且是个非常危险的幻觉”④。与费什的观点相对的另一个极端是日内瓦学派的批评家普莱的观点，普莱认为读者在阅读中基本上是被动的，扮演了一个微不足道的角色，“阅读就是这样一种方式：不仅屈从于大堆的外在语词、意象、观念，而且屈从于说出和容纳这些语词、意象、观念的那个异己的本源”，“作品在我之中过着它的生活”，“我被作品取代”⑤。这样一来，读者就全然沦为作品的“录音器”，他不是在读解这个作品，而是在“复制”这个作品，读者不再是一个有着自己个性的能动的

① 参见［德］加达默尔《哲学解释学》，夏镇平等译，上海译文出版社 1994 年版，第 9、16 页。

② 参见［波兰］罗曼·英加登《对文学的艺术作品的认识》，陈燕谷译，中国文联出版公司 1988 年版，第 49 页、第 52 页、第 54 页。

③ 参见［德］H.R.姚斯《走向接受美学》，载《接受美学与接受理论》，周宁译，辽宁人民出版社 1987 年版，第 29 页。

④ ［美］斯坦利·费什：《文学在读者中：感受文体学》，见王逢振等编：《最新西方文论选》，漓江出版社 1991 年版，第 57 页、第 68 页。

⑤ ［比利时］乔治·普莱：《阅读的现象学》，见王逢振等编《最新西方文论选》，漓江出版社 1991 年版，第 6、8 页。

生命，而变成了作品暂且栖居、逗留的“场所”。

在我们看来，文学读解中的主客体之间的关系应该是一种相互影响、相互作用的关系，而读解活动也应该是一个主客体之间的“双向对逆”的过程，即客体刺激主体，引起主体的反应，同时主体的反应又反过来影响了客体。在这个过程中，诚如皮亚杰的发生认识论所讲的，主体的“认知图式”一方面“同化”着客体，把客体中的那些可认同的内容吸纳进来，以充实自身；另一方面又“顺应”着客体，通过对自身的修正和改变以适应客体中的那些异己的内容。而作品的意义就在读解者的这种既“同化”又“顺应”的活动中被揭示和生产出来了。这样，文学读解活动既不是作品本义的简单还原，也不是读者纯粹主观的随意发挥，而是读者的一种包含着“同化”和“顺应”两方面过程的特殊的创造活动。

文学读解的解释学性质涉及的第三个问题，就是客观性与历史性的关系问题。这个问题是由读解活动与读解客体的“时间差距”引起的。就是说，一部作品诞生之后，随着历史的发展，不同时代的读者对它的理解也在发生着变化。那么，如何解释这个现象呢？一般来说，古典释义学比较强调理解的客观性，认为“时间差距”必然导致理解的巨大障碍，对文本的许多曲解和误解都是由于历史语境的变迁而造成的，解决这一问题的办法就是回到文本产生的时代背景中去，通过重新体验前人的经验获得解释的客观性。与古典释义学相反，现代哲学解释学家强调的是理解的历史性，他们认为历史语境的变化不仅不会给理解造成障碍，反而是理解得以形成的重要条件。之所以这样说，主要有两个理由：一是历史发展所形成的时间距离可以使解释者摆脱与自身利害相关的不利影响，以较为客观的态度对待文本，从而达到对文本的更公正的理解；二是历史发展所形成的时间差距，还可以使解释者借助更多的在历史中积累起来的传统力量去解释文本，从而达到对文本的最充分的理解。因为正是传统的连续性使流传下来的东西向我们呈现出它的真面目。

在文学读解中，同样也存在着客观性与历史性的关系问题。比如，文学史上经常出现这样的情况：有些作品发表之时，立即引起轰动效应，颇受读者的青睐，但是随着时代的变化，这些作品却逐渐不再被人看重，以至最终销声匿迹了。相反，有些作品在开始的时候，不被世人所注意，没有多少人知道它的存在，但是事隔多年之后，这些被尘封在历史中的作品却可能被人们重新发现，重新给予评价，甚至被视为经典之作，引起一代代人的经久不衰的阅读兴趣。例如莎士比亚的剧作、《红楼梦》等作品就经受到这样的历史命运。那么，一部作品在它的读解史和接受史上的这种戏剧性的变化说明了什么？对一部作品的接受和理解，在多大程度上取决于历史，又在多大程度上取决于作品本身的客观存在？接受美学家们曾对这些问题作过较为深入的探讨。姚斯认为，文学作品的存在价值仅在于等待人们对它的接受和理解，而文学作品的真正实现和产生出来就取决于人们对他的接受和理解。因此，决定一部作品的意义和价值的不是它自身的客观存在，而是它所产生的效果史和经历的接受史。姚斯指出，一部作品写出后，“第一个读者的理解将在一代又一代的接受之链上被充实和丰富，一部作品的历史意义就是在这种过程中得以确定，它的审美价值也是在这过程中得以证实”①。姚斯还由此提出了他的文学史理论，认为文学史的撰写不能像以往那样只是客观地描述作品及其创作过程，应该着重研究作品在接受中的历史变化。在他看来，文学史就是文学文本的接受史，有必要从读者接受的角度“重新撰写文学史”②。从姚斯的观点看，他把文学接受的历史性绝对化了，从而全然否定了对一部作品的接受和理解可能有任何客观的依据和标准，好像作品本身无所谓优劣高下，一切取决于人们的解释和评说，这就使他在思想方法上陷入了怀疑论和相对主义的泥淖。与姚斯相比，英加登在这个问题上则采取了较为审慎的态度。他虽然肯定了“具体化”因人、因时而不断变动的必然性和必要性，但同时也对“具体化”的客体基础和客观依据坚信不疑。他指出，“具体化”的各种成果是具有不同的认识价值的，有的成果较为接近作品本身，有的成果偏离了作品的客观性，因而是“不忠实”的、“不适当”的具体化。文学研究者应该对这些成果给予认识论上的鉴别和评价。英加登认为这一任务实际上就是对公众的一种艺术教育，“这种教育的开端是认识具体的文学的艺术作品，通过一种适当的富有成果的审美经验——他们导致

① ［德］H.R.姚斯：《走向接受美学》，载《接受美学与接受理论》，周宁译，辽宁人民出版社1987年版，第25页。

② 参见［德］H.R.姚斯《走向接受美学》，载《接受美学与接受理论》，周宁译，辽宁人民出版社1987年版，第25页。

忠实的和有价值的审美具体化”①。如果说英加登的观点还多少偏向于文学读解的客观性的话，那么韦勒克在这个问题上的观点则显得更为辩证一些。与一般“新批评”理论家不同的是，韦勒克不再把文本看作绝对自在自足的客体。他指出，文本不能理解为像三角形那样的可直接观察的、毫无变化的“理想的客体”，它虽然“不等同于任何经验”，但“只有通过个人经验才能接近它”。此外，它还“具有一种可以成为‘生命’的东西”，“它有一个可以描述的发展过程，这一过程不是别的，而是一种特定的艺术品在历史上的一系列的具体化”，“它在历史的进程中通过读者、批评家以及与它同时代的艺术家的头脑时发生变化”。但韦勒克又特别声明，“这种动态的观念并不意味着只是主观主义和相对主义。所有不同的观点决不是同样正确的。人们总可能确定哪一种观点能够更完整、更深入地把握住这一题目”，因为文本结构虽然是“动态的”，但“这种结构的本质历经许多世纪仍旧不变”②。这样，在韦勒克那里，文学读解的客观性和历史性就辩证地统一起来了。

三、文学读解的美学性质

文学读解活动与非文学的读解活动的根本不同就在于它的美学性质，就是说它不是一种纯然的解释性活动，而是一种审美的读解活动。加达默尔谈到美学和解释学的关系时认为，“解释学包括了美学”，因为在他看来，“艺术语言就是艺术品自己说话的语言”，“我们的任务就是去理解它所说的意义，并使这种意义对我们和他人都清楚明白”，自然“处于解释学任务的领域之中”。但是，另一方面，加达默尔又指出，“艺术语言指的是表现在作品本身之中的更多的意义”，它的“不可穷尽性就是以这种更多的意义为基础的”，因而“当我们在理解一部艺术品时不可能满足于备受宠爱的解释学

---

① ［波兰］罗曼·英加登：《对文学的艺术作品的认识》，陈燕谷译，中国文联出版公司 1988 年版，第 429 页。

② 参见［美］韦勒克、沃伦《文学理论》，刘象愚等译，生活·读书·新知三联书店 1984 年版，第 162—164 页。

规则"[①]。姚斯作为一个文学史家和美学家当然更加注重文学阐释的审美特征，他承认"在审美感知中，理解也始终是在起作用的"，但他又接着强调说："不是那样一种理解，即必须明确地探究文本以便把它理解成一个答案；更确切地说，这种理解就是在审美感知中，对某种向读者展示的世界图景含蓄的理解。"[②] 那么，审美的文学读解与非审美的一般读解的根本区别何在呢？我们可以用一句话来概括，这种区别就在于：文学读解是在语言形式和感性直观之中领悟意义，一般读解则是透过语言形式直达意义。为了便于理解这个说法，先让我们举个例子来说明。

假设有两个句子，一个是一条数学定理："三角形的三个内角之和等于180度"；一个是一句诗："当黄昏掩埋了白昼，死神便在暗中出没"。前一个句子也有它特定的措词用语和句法构成等语言形式，但我们在读解它时，这些语言形式仿佛并不存在，我们注意的是在这些形式背后的意义。我们仔细地读着这句话，只是因为我们要理解它的含义，一旦我们弄懂了这条定理的意义，这句话马上就被抛到一边。因为这句话本身已对我们毫无用处，我们已经掌握了这条定理，真正有用处的正是这条定理，而不是表述这定理的语言。这就是非审美的读解活动的主要特征，即透过语言形式直达其意义。但是读解后一句话，情况就完全两样了。我们马上被这个诗句本身所吸引，它的那些词语，它的那种情调，它所烘托的那种氛围，使我们久久沉迷于其中而不能脱出。"掩埋"是什么意思？黄昏怎能掩埋了白昼？为什么说死神在暗中出没？这些问题纷至沓来，盘旋在我们的脑中。我们在这句诗里模模糊糊地感到某种恐怖的气氛，某种不祥的预兆和种种昏暗朦胧的意象。但这句诗到底是什么意思，却可能仍然不甚明了。我们读这句诗好像总是被"阻截"在它的语言形式和直观表象之中不能自拔。即使是在小说、散文里这种情况也不能完全避免。如鲁迅的《秋夜》一开头："在我的后园，可以看见墙外有两株树，一株是枣树，还有一株也是枣树。"这句话的字面意义并不难懂，无非是讲后园里有两株枣树，但我们在读它时，却因它这别致的"说法"而困惑，作者为什么不直接说有两株枣树，而要说"一株是……"

---

① ［德］加达默尔：《哲学解释学》，夏镇平等译，上海译文出版社1994年版，第101、103页。

② ［德］H.R.姚斯：《文学与阐释学》，载《文艺理论研究》1986年5期，第38页。

“还有一株也是……”，我们会觉得这说法里可能别有一点意思。这就是文学读解的审美特征，即在语言形式和感性直观之中领悟意义。就是说，在文学读解里，对于意义的理解和把握永远不脱离具体的语言形式和直观形象，一旦脱离它们，文学读解马上就变为非审美的一般读解了。

加达默尔在说明艺术解释的审美性时也特别指出了这种特征，他说：“艺术语言的独特标志在于：个别艺术作品集聚于自身并表达了（用解释学的话说）属于一切存在物的象征特征。……艺术品与我们打交道时带有亲近性同时却以谜一般的方式成为对熟悉的破坏和毁坏。”① 姚斯对此也有更为明确的论述：“审美特征的考察——这一特征对于有别于神学、法律或语言本文的诗的文本来说是独特的——必须沿着为审美感知所提供的方向进行，这种感知过程是通过文本结构，节奏暗示，形式的渐次完成而构成的。”② 在这里，姚斯强调的是：文学文本的理解和“释义”必须通过“审美感知”，而审美感知又是在语言形式和直观意象中“渐次完成和构成的”。所谓“渐次”，其实就是说文学读解在理解意义方面由“言”的阅读到“象”的想象再到“意”的感悟的纵向深化的过程。文学读解一方面分别在各个层次里“回旋”和“驻留”，另一方面又不断依次向更深的层次深入。文学读解的审美特征就体现在这种既滞留又深入的过程之中。比如，在“言”的阅读层次，读者可以感受到语句的韵律、节奏、形式意味给他带来的审美的愉悦，但语句的意指作用必然又引导他进入到“象”的想象层次，在这个层次里，他又会在一个充满着表象、情感、意念的艺术世界里流连忘返。与此同时，他在对这个世界的想象、体验和玩味中又会深入到对意义的感悟，而在意义的感悟这个层次里，他的思绪又可以向各个方面和各个层面上追索和探寻，因为内含在“象”中的“意”本身就是多重的、含混的和不确定的。在这里，读者的理解活动实际上是处于不断的回复往返和无限深入的过程中的。但是，无论他深入得多么远、多么深，却始终不离开语言形式和感性形象，始终是在语言表达和形象直观之中进行的，即姚斯所说的“这种理解就是在审美感知中，对某种向读者展示的世界图景含蓄的理

① ［德］加达默尔：《哲学解释学》，夏镇平等译，上海译文出版社 1994 年版，第 104 页。

② ［德］H.R.姚斯：《文学与阐释学》，载《文艺理论研究》1986 年 5 期，第 82 页。

解”①。

让我们再举个例子来说明审美理解的这一特征。柳宗元的《江雪》：“千山鸟飞绝，万径人踪灭。孤舟蓑笠翁，独钓寒江雪。”这首诗寥寥数语，但寓意颇深，可能有的诗评者会解释说，这首诗表现了一种清高孤傲的人格，或者说，一种伟大的孤独的情怀。但是，什么是清高孤傲的人格？什么是伟大孤独的情怀？光听诗评者的解释，读者是永远体会不到的。这不像学习一个数学定理，只要有人给你讲明了这个定理的概念和其中的道理，只要你听懂了这些概念和道理，你就掌握了这个定理，至于这个定理的语言表达式，你不一定非读它不可。但是，理解一首诗就不能这样，无论别人如何解说，如果你自己不去接触这首诗，不去阅读这首诗，你就永远毫无所得。你阅读这首诗，就是在感知这诗的语言形式和所描绘的图景、境界，你只有通过这种具体的感知，才可能捕捉到这诗的内涵和意义。当我们阅读《江雪》这首诗时，首先是五言绝句的那种特有的语言格式给我们留下深刻的印象，从一、二两句的对仗语式，“绝”、“灭”、“雪”三个韵脚的相继出现，以及平仄相间而造成的声响节奏等语言形式，我们感受到了一种深沉而又冷峻的语调和高阔悠远而又有些悲怆的韵味。随着这种感受，我们潜入了诗的境界，这是一个“雪”的世界，在这个飞鸟绝迹、渺无人踪的“雪”的世界里，“山”、“径”、“江”的意象都是非常迷朦的，唯独“独钓翁”的形象远远地凸现出来，却又相当清晰，他头戴笠帽，身披蓑衣，块然定坐于舟中，独自一人在江上钓鱼。这样一个诗的境界将引发读者的各式各样的想象和思索，也正是在这些想象和思索中，产生了对诗的各种各样的理解。所以，文学读解的审美特性就体现在，不是透过语言形式而是就在语言形式和感性直观里领悟意义。中国古代文论中经常说到的“玩味”、“兴会”、“妙悟”、“神与物游”、“思与境偕”、“言有尽而意无穷”等概念，其实就是对文学读解的这一审美特性的经验性表述，这些概念都可以从这个角度给予新的解释。

需要进一步澄清的是，我们说的在形式“之中”领悟意义，显然不是指仅仅局限于纯形式的直觉观赏，更不是指德里达所说的那种消解中心、消

① ［德］H.R.姚斯：《文学与阐释学》，载《文艺理论研究》1986 年 5 期，第 82 页。

解意义的能指的“剩余物”、“替补物”的游戏，而是指一种审美地理解文学文本的特殊方式，它在本质上仍然属于一种通过阅读而达到理解的活动，它的目的仍然是理解意义。既然这样，文学读解就不可能是一种纯然以自身为目的的无功利的行为，它必然通过审美地理解意义的过程而与意义的最初发现者——作者联系起来，也与意义的终极根源——现实世界联系起来，正是在这些不可避免的联系之中，读者与作者以文本的理解为中介进行着思想感情的交流。从这个意义上看，文学读解活动就是人与人之间的理解活动和交流活动，读者的精神境界在这种理解和交流中获得了充实、提高和升华，同时又反过来对他所生活于其中的那个世界产生或隐或显、或大或小的影响，尽管这一切的相互作用和相互影响都是在审美的方式中不知不觉地完成的。

论文学语言的审美特性

一、“语言共核”与文学语言的审美特性

我们每天都在用语言表情达意、与别人进行思想交流，这种表达和交流的功能应该是语言最常见的功能。但除此之外，语言还有其他一些功能。雅各布森曾提出语言有六种功能的理论。他发现任何语言交流活动都涉及六个因素：发话者、受话者、使用的代码、代码所传递的信息、交流采取的联系方式和交流所赖以进行的特定语境。与这六个因素相对应，语言就有了六种功能：指称功能（交流指向于语境）、表情功能（交流指向于发话者）、意动功能（交流指向于受话者）、交际功能（交流指向于联系方式）、元语言功能（交流指向于代码）、美学功能（交流指向于信息本身）①。雅各布森讲的这六种功能，实际上可以合并为两种功能：一种是把语言作为意指符号传达意义，可以称之为意指功能，即如雅各布森说的指称功能、表情功能、元语言功能；一种是指语言符号在传达意义的基础上又以自身的存在造成了某种效果或影响，可以称之为符号的效果功能，即如雅各布森所说的意动功能、交际功能和美学功能。

英国哲学家J.L.奥斯汀首先注意到了语言的“意指”和“效果”这两

---

① ［英］特伦斯·霍克斯：《结构主义和符号学》，瞿铁鹏译，上海译文出版社1987年版，第83—86页。

大功能的区别，他在《怎样用词语做事》一文中提出了言语行为理论。他认为，描述世界或传递语义信息并不是话语的唯一功能，话语完成之后还可以产生某种效果，可称之为成事性言语效果。如有人对一位士兵说："你可要多留点神，不然就会列入给上级的报告里!"这句话传达了某种信息，同时也起着"警醒"的效果，可能会使这个士兵以后的行为更加谨慎①。这就是说，人们不仅可以以言表义，还可以以言行事，让说出的话产生某种效果，这种效果当然是多种多样的，取决于说话者的目的，可以是承诺、命令、恐吓等，也可以给听话者带来审美的愉悦，即美学的效果。因此，日本美学家川野洋指出，人们说出的话语可能会带有两种信息，用他的话说就是："符号在再现自身之外的某种事物的同时，也通过这种再现表现自己本身。"他把前一种信息称为"语义信息"，把后一种信息称为"审美信息"②。

参照上述有关语言功能的理论，我们认为，文学语言的主要特点就是偏重于追求某种表现效果，具体地说，就是追求语言表现的审美效果，由此形成了文学语言的主要特性就是审美性。这里需要进一步说明的是：文学语言的审美特性不能脱离语言的意指功能，它总是以语言的意指功能为基础和前提的。任何一种语言的运用都首先是传达一定的意义，然后才谈得上产生一定的效果，包括审美效果。如此理解文学语言的审美特性，就使得文学语言与非文学语言都具有了共同的语言"内核"，即传达某种思想观念的意指性。正如英国语言学家查普曼所说："文学文体的力量来源于'语言共核'，连最具'文学性'的特征也来源于'语言共核'。文学偏离常规并不会破坏它与'语言共核'使用者的交流。"③ 既然包括文学语体在内的所有的语体都具有"语言共核"，那么，文学语言与日常语言、科学语言等就有了相通之处，它们之间的边界也经常会出现相互渗透、相互交错的情况。韦勒克认为，把文学的、日常的和科学的几种语体在用法上严格区分开来是非常困难的。"因为文学与其他艺术门类不同，它没有专门隶属于自己的媒介，在语言用法上无疑地存在着许多混合的形式和微妙的转折变化。"最后，他得出

① 桂诗春：《实验心理语言学纲要》，湖南教育出版社 1991 年版，第 325—326 页。

② ［日］川野洋：《语义信息与审美信息》，载《文艺研究》1985 年第 6 期。

③ ［英］雷蒙德·查普曼：《语言学与文学》，王士跃等译，春风文艺出版社 1988 年版，第 16 页。

结论说："我们还必须认识到艺术与非艺术、文学与非文学的语言用法之间的区别是流动性的，没有绝对的界线。"① 由此看来，那种试图把文学语言与日常语言、科学语言截然分开并认定文学语言与非文学语言毫无共同之处的观点是不妥当的。正确的看法应该是：这几种语体都共有同一个语言内核，它们都指涉意义，都可以运用语言所具有的全部功能来实现自己的传达目的。它们之间的区别，仅仅存在于它们各自对语言的某一种或几种功能的不同的偏向和侧重上，由此就形成了他们各自的主要特性。日尔蒙斯基说："如果把语言形式当作'活动'去审查它的结构，那么我们就能发现，语言有多种目的意向，这些意向决定着词的选择和组词的基本原则。"② 比如，科学活动是以对世界的认知为目的的，科学语言就必然以突出语言的描述事实、阐述思想的意指功能为其主要特性；日常生活是以各种实用意图为目的的，日常语言就必然以突出语言的种种实用的效果为其主要特性；文学活动是以审美交流为目的的，文学语言就必然以突出语言的审美的效果为其主要特性。这就是说，每一种语体都有与众不同的主要特性，但同时又都不脱离"语言共核"，而就文学语言来说，我们既可以把它当作思想情感交流的媒介，也可以把它当作一个审美客体，从中或多或少地体验到审美的愉悦。

这表明，文学语言的审美特性是以作为"语言共核"的意指功能为基础和前提的，并借助意指功能或在意指功能发挥作用的过程中显示出来，由此又决定了文学语言意指功能的特殊性。一般非文学语言的意指功能，特别是科学语言的意指功能，追求语言表达的准确性、明晰性，即从词语到词语所表达的意思（或者说从词语的能指到所指）之间越直接、越简捷、越没有阻碍越好，尽管这个指标在实际的语言交流中很难完全达到。然而，文学语言的意指功能则与此截然不同，它所要求的不是语言表达的透明度，反而是语言表达和所表达的意义之间的延宕和阻隔。就是说，一般语言结构的能指和所指两个层面之间没有间隔，是直接对应的；而文学语言的结构则是由"言"、"象"、"意"三个层次构成的，从"言"到"意"中间横隔着一个"象"，这样一来，文学的语言表达的过程就不再是快捷的、透明的，而是

① ［美］韦勒克、沃伦：《文学理论》，刘象愚等译，生活·读书·新知三联书店1984年版，第10页。

② ［俄］日尔蒙斯基：《诗学的任务》，见《俄国形式主义文论选》，方珊等译，生活·读书·新知三联书店1989年版，第218页。

被延宕的、受阻碍的了。巴尔特曾把文学语言的意指功能的这一特点概括为“两级符号系统”、“双重所指”。请看他下面的一段话：“我们记得，一切意指系统都包含一个表达平面（E）和一个内容平面（C），意指作用则相当于两个平面之间的关系（R）。这样我们就有：ERC。现在我们假定，这样一个系统 ERC 本身也可变成另一系统中的单一成分，这个第二系统因而是第一系统的引申。……第一系统（ERC）变成表达平面或第二系统的能指……或者表示为（ERC）RC。……于是第一系统构成了直接意指平面，第二系统（按第一系统扩展而成的）构成了含蓄意指平面。于是可以说，一个被含蓄意指的系统是一个其表达面本身由一意指系统构成的系统。通常的含蓄意指显然是由复合系统构成的，后者的分节语言形成了第一个系统（例如，文学中的情况就是这样）。”① 在这段引言里，巴尔特所说的“第一系统”、“第二系统”、“直接意指”、“含蓄意指”等，都意在表明文学语言意指关系的非畅达性、间离性。不仅有“言”和“象”构成的第一级系统，还有“象”和“意”构成的第二级系统；不仅有从“言”到“象”的直接意指，还有从“象”到“意”的含蓄意指。

我们认为，正是在意指功能的这种处处被拦挡、被阻截、被延宕的过程里，包含着文学语言审美特性的全部内涵。审美就是受阻碍的意指，就是被推迟、被延长的意指。中西文论中有关文学语言审美特性的所有说法，如“有意味的形式”、“反常化”、“玩味”、“言有尽而意无穷”等，其实都是从不同的角度对意指功能受阻截这种情况的一种描述。意指功能可以被阻截在文学语言的任何一个层面上，都能同时产生审美功能。例如，被阻截在“语形”这个层面上，就会有对韵律、节奏、声调的审美感受；被阻截在“语象”这个层面上，就会被滞留在虚构的文学世界里而流连忘返。而意指功能受阻最多、最烈之处还是在“象”和“意”之间，因为“言”与“象”之间的意指关系受约定俗成的语言规则的支配，只要懂得使用这种语言的人都比较容易从“言”进入“象”；但是，“象”与“意”之间的意指关系的建立则往往是个人创造性的产物，其中的奥秘，并不是每个人都能看

① ［法］罗兰·巴尔特：《符号学原理》，李幼蒸译，生活·读书·新知三联书店 1988 年版，第 169—170 页。

破的，因而也不是每个人都能从“象”进入“意”的。例如，鲁迅先生在《阿Q正传》中多处写到阿Q的“癞疮疤”，每个读者都可通过这些描写，想象出这个癞疮疤的样子，但若进一步问鲁迅先生为何花笔墨写这个癞疮疤，这个癞疮疤的形象有什么含义，这就不是每个读者都能看出的了，也不是每个读者都能得到同样的看法。由此可见，文学语言的审美特性不仅要以它的意指功能为基础和前提，而且也是它的意指功能的特殊性所造成的一种效果、一种感受。

当我们把文学语言的审美特性与它的意指功能的特点联系起来考虑时，就会发现，所谓的文学语言的审美特性主要包含着三重涵义：一重是与语言的外部指涉性相对的自我指涉性（自指性），一重是与语言的直接指涉性相对的间接指涉性（曲指性），一重是与语言的真实指涉性相对的虚假指涉性（虚指性）。下面我们将进一步探讨文学语言审美特性的这三重内涵。

二、文学语言审美特性的三重内涵

首先是文学语言的自指性。象征主义诗人瓦雷里为了说明诗语的特点曾把非文学语言比作走路，把文学语言比作跳舞。他认为，尽管在这两种情况下都是脚的运动，但前者有一个外在目的，而后者的目的就在自身，它是为双脚的运动而进行双脚运动的[①]。就是说，文学家用语言说出的话语是为了使这些话语突出和显示自身，这就是文学语言的自指性。但是，真正把文学语言的自指性作为一个重大理论问题提出来并加以全面深入研究的，是以俄国形式主义为代表的现代形式主义者。现代形式主义者为了排斥思想内容、抬高语言形式的地位，必然竭力强调和论证文学语言的自指性特征。穆卡洛夫斯基这样说：“诗的语言的功能在于最大限度地把言辞‘突出’……用来突出表达行为、语言行为本身。”[②] 雅各布森也说：“诗歌的显著特征在于，语词是作为语词被感知的……词和词的排列、词的意义、词的外部和内部形

① ［法］瓦雷里：《诗，语言和思想》，载袁可嘉编：《现代主义文学研究》，中国社会科学出版社1989年版，第847页。

② ［俄］简·穆卡洛夫斯基：《标准语言与诗的语言》，载伍蠡甫、胡经之主编：《西方文艺理论名著选编》（下），北京大学出版社1986年版，第416—417页。

式具有自身的分量和价值。”① 毫无疑问，现代形式主义者关于文学语言自指性的论述，像他们的其他论述一样，不可避免地带有形式主义的偏激，即完全脱离作为“语言共核”的意指内容谈文学语言的自指性。但是，他们对文学语言的自指性的强调，是针对传统的“重内容轻形式”的内容主义文论的缺陷而来的，因而具有理论上的进步意义，而且他们就此问题提出的许多观点也极具启发性。我们认为，自指性的确是文学语言的一个极为重要的特征，这个特征在现代形式主义出现之前，一直没有得到文论家们应有的重视和充分的理论阐述。

文学语言的自指性就是语言在表达某个意思的同时又尽力凸显自身以吸引读者的注意力，而一个作家要想实现这一点，唯一的办法就是打破常规，创造出新的语言表达方式，这也就是俄国形式主义者们一再强调的“反常化”的程序。最先提出“反常化”这一概念的斯克洛夫斯基认为，艺术中的“反常化”语言与日常生活中的“自动化”语言的不同就在于，“反常化”语言可以增加“感觉的难度与范围”，“感觉被阻挡而达到自己力量的最大高度和最大延时性”②。因此，“反常化”是使语言得以凸显自身而达到自我指涉的基本途径。杜甫诗句“香稻啄余鹦鹉粒，碧梧栖老凤凰枝”，就是词序反常化的一个著名的例子。正常语序应是“鹦鹉啄余香稻粒，凤凰栖老碧梧枝”，但正常的语序显然不如反常化的语序更能突出词语自身从而强化读者的注意和感受。诚然，反常化程序不只是体现在语法上，它在文学作品里、在文学语言的各个层面随处可见。诚如斯克洛夫斯基所说的：“我个人认为，反常化几乎到处都存在，只要那儿有形象。”③ 总而言之，正是反常化程序使文学语言凸显自身的自指性成为可能。

与此相关的另一个问题是，文学语言何以需要自我指涉？或文学语言自指性的目的是什么？提出这个问题，可能是某些极端的形式主义者不以为然

---

① 转引自［英］特伦斯·霍克斯《结构主义和符号学》，瞿铁鹏译，上海译文出版社 1987 年版，第 63 页。

② ［俄］Б.Б.斯克洛夫斯基：《作为程序的艺术》，载伍蠡甫、胡经之主编：《西方文艺理论名著选编》（下），北京大学出版社 1986 年版，第 338、385 页。

③ ［俄］Б.Б.斯克洛夫斯基：《作为程序的艺术》，载伍蠡甫、胡经之主编：《西方文艺理论名著选编》（下），北京大学出版社 1986 年版，第 384 页。

的。因为，在他们看来，自指性本身就是目的，不能再有其他的外在目的，文学创作不过是一种纯粹的文字游戏。然而，如前所说，人说出某句话总是有所为的，或者传达某个意思，或者制造某种效果，或者两者兼有，文学语言也不例外。当然，我们也不否认，有的作家在创作中是以“游戏于辞令之间”为乐趣的，主观上可能不怀有其他的目的，但客观上只要有人在听，他说的这些话就可能产生某些效果。这就像跳舞一样，跳舞对舞者来说可能是一种自娱行为，是一种自我陶醉，但对观者却可能造成影响。这大概就是所谓的无目的的目的性。所以，文学语言的自指性也必然是有所为的，有目的的。这目的主要就是运用自我指涉作用而强化它所产生的审美效果，使它更容易打动和感染读者，更容易激发起读者的审美感知和审美情感。

作为“新批评”先驱的瑞恰兹，曾把文学语言由于自指作用而造成的审美效果概括为语言的“情感用法”。他认为语言的陈述可以区分为两种用法。“我们可以为了陈述所引起的联想，不论真联想或假联想，而用陈述。这就是语言的科学用法。但我们也可以为了陈述引起的联想所产生的感情和态度方面的效果而用陈述。这就是语言的情感用法。”[①] 瑞恰兹在这里说的“情感用法”，不是指运用语言表达或宣泄情感，而是指设法使语言陈述本身产生审美效果或唤起审美情感。但瑞恰兹对怎样达到这种审美效果却没有更深入的论述。我们可以把他的这个观点与俄国形式主义的“反常化”理论联系起来。就是说，俄国形式主义解决了这个问题的前半部分，即自指性“何以能”的问题，瑞恰兹解决了这个问题的后半部分，即自指性“何以为”的问题。而对文学语言自指性问题的较全面的解释，似应把这两方面的理论结合起来，即通过反常化实现自指性，又通过自指性造成审美效果。

文学语言审美特性的第二重涵义是文学语言的曲指性问题。如果说文学语言的自指性是与实用语言的对照中见出的，那么文学语言的曲指性可从与科学语言的对照中见出。科学语言追求认识上的客观性和确定性，因而在表达上要求所表达的意思越清楚越显露越好；而文学作者却经常采用一些曲折迂回的表达手法表达他的意思，使他所表达的意思不费一番思索和揣测就很

---

① ［英］艾·阿·瑞恰兹：《语言的两种用法》，载伍蠡甫、胡经之主编《西方文艺理论名著选编》（下），北京大学出版社 1986 年版，第 67 页。

难被读者把握到。这就是文学语言的曲指性。中国古典诗词追求“意境”的创造，因而也最讲诗语表达的曲指性。在中国古代诗论中，是以“含蓄”这个概念来谈论文学语言的曲指性的。刘勰称含蓄为“隐”，“隐也者，文外之重旨也”，要求作诗要“深文隐郁，余味曲包”[①]。南宋诗人姜夔更是明确提出诗歌要“语贵含蓄”，认为“句中有余味，篇中有余意，善之善者也”[②]。这些论述表明，中国古代文论家对文学语言的曲指性问题一直是非常重视的，而且有较深入的理解。

所谓文学语言的曲指性其实就是指通过形象间接地指涉意义，这涉及文学语言的比喻和象征的特征，也即中国传统文论中讲的比、兴。比、兴虽然都是指用形象间接抒情达意，但又稍有不同。刘勰说“比显而兴隐”，可谓一语中的。他认为，“比者，附也”，“写物以附意”，着眼于物与物之外在的相似性，其意指较为直观明显；而“兴者，起也”，“依微以拟议”，即选用微妙的事物来寄托思想感情，因为用意隐微，故而不容易看出。例如，“姑娘美如一朵花”，这是比喻，姑娘之美与花之美有相似之处，比较好理解；而“五星红旗高高飘扬”则是象征，其含义就较隐蔽，因为“五星红旗”与“中华人民共和国”并没有外在的相似性，前者之所以能代表后者是出于人的一种规定，并且与一定的文化传统有关，不了解这文化传统的人就很难理解其中的含义。所以，唐代的皎然说：“取象曰比，取义曰兴。义即象下之意。凡禽兽草木人物名数万象之中义类同者，尽人比兴。”[③] 在这里，皎然既指出了比和兴的不同之处，即前者偏重于“象”，后者偏重于“义”，因而前者较显露，后者较隐晦；又指出了两者的共同之处，无论比或兴，都是“立象以尽意”，都是求得“象下之意”。因此，比喻和象征实质上就是文学作者用以曲折地表情达意的两种手法。

既然文学语言的曲指性要求通过形象间接地指涉意义，那么所指涉的意义就必然是含混的、不确定的，这就造成了文学语言的复义性特点。“新批评”的著名人物燕卜逊在其《复义七型》一书中，专门研究了诗语中的复义现象。他指出：“‘复义’本身可以意味着有意说几种意义，意味着可能

① 周振甫：《文心雕龙注释》人民文学出版社 1981 年版，第 431 页。
② 姜夔：《白石道人诗说》，载《中国美学史资料选编》（下），中华书局 1980 年版，第 72 页。
③ 皎然：《诗式》，载《中国美学史资料选编》（上），中华书局 1980 年版，第 282 页。

指二者之一或二者皆指，意味着一项陈述有多种意义。”他认为，复义现象在诗歌中是普遍存在的，正是各种含义的混合和交织赋予诗歌以美感，而“复义的作用”也就构成了“诗歌的基本要素之一”①。燕卜逊把复义性视为诗歌的“基本要素”，自有值得商榷之处，可是他所指出的诗语的复义性及其美感作用，却是难以否认的事实。在中国的传统诗论中，诸如“言外之意”、“象外之象”、“韵外之致”、“味外之旨”等说法，其实都是在谈论文学语言的复义性，只不过在理论表述上呈现出传统文论所特有的直观感受的特点罢了。

在我们看来，无论是“立象以尽意”的比喻和象征，还是复义性特点，都是文学语言的曲指性衍生出来的一些特征，这些特征的作用就在于强化和深化了文学语言的审美效果和艺术感染力。布鲁克斯在谈到文学语言的曲指性时指出：“诗人想要‘说些’什么，那么他为什么不开门见山地说呢？为什么他只愿意通过隐喻来说？通过隐喻，他就冒片面或晦涩之险，甚至冒什么也没说之险。但这种险是必须冒的。因为直接陈述导向抽象化，它威胁着要使我们根本离开诗歌。”② 布鲁克斯的意思是说，只有间接陈述才能保证诗歌语言的形象化和多重含义，只有通过曲折地表情达意，也就是文学作者在写作作品时不要把话说死说尽，更不要把话说得过于直露，应用尽可能少的词语表达出尽可能多的意思，即古人所说的“言近旨远”、“言在此意在彼”、“言有尽而意无穷”，才能给读者留有更多的想象和回味的余地，以便较长久地保持他们的阅读兴趣，满足他们的审美需求。

文学语言审美特性的第三重涵义即虚指性。所谓虚指性，是与实指性相对而言的，是说文学语言所指涉的内容不是外部世界中已有的实事，而是一些虚构的、假想的情景。文学语言的这种虚指性是由文学创作活动的虚构性所决定的。韦勒克甚至把“虚构性”看作是文学的“核心性质”。他说：“文学的本质最清楚地显现于文学所涉猎的范畴中。文学艺术的中心显然是在抒情诗、史诗和戏剧等传统的文学类型上。它们处理的都是一个虚构的世

---

①［英］威廉·燕卜逊：《复义七型》，见赵毅衡编选《“新批评”文集》，中国社会科学出版社1988年版，第306页。

②［美］克林思·布鲁克斯：《反讽——一种结构原则》，载赵毅衡编选《“新批评”文集》，中国社会科学出版社1988年版，第334页。

界、想象的世界。”又说：“小说，诗歌或戏剧所陈述的，从字面上说都不是真实的；它们不是逻辑上的命题。”① 对文学作品里的这种指涉虚构情景的陈述，有的语言学家称为“虚假陈述”、“伪陈述”、“模拟陈述”等，以此与描述客观事实或实事的“真实陈述”区别开来。当然，在具体的文学作品里，被设想的情景是各式各样的，从最接近现实的情景到与现实完全相反的情景都可能出现。但是，这些情景又有一个共同点，这就尽管虚构的程度和方式不同，它们都是虚构的，都是对可能的或不可能的事态的构想，而不是对已然事态的纪实。如果是对已然事态的纪实，就成为新闻报道或历史记载了。正是从这个意义上，我们把文学陈述看作是虚假陈述或虚指性的陈述。

按照一般的理解，虚假陈述就是对事实的错误判断和命题。但是，这种一般的理解只适合于以对已然事实的认知为目的的陈述，而不适合于文学陈述。因为文学陈述不是以对已然事实的认知为目的，而是别有所图。文学作者讲述那些被构想得曲折离奇的故事，就其主观动机来说，显然不是要告诉人们现实中何时何地发生了什么事情，更不是有意用谎言欺骗别人，而是想用这些虚构的陈述在读者那里制造出某种审美的效果，使读者在精神上有所获。贺拉斯早在一千多年前就说过：“虚构的目的在引人喜欢。”② 既然这样，判定文学陈述价值的高低，就不能以是否符合已存在的事实为标准，而应以是否产生审美效果为标准。否则，就会得出老子“信言不美，美言不信”的极端结论，从而以判定“信言”的标准全然否定了“美言”的价值。美国理论家乔纳森·卡勒曾提出“述行语”的概念。他指出，“述行言语不是描述而是实行它所指的行为”，“文学言语像述行语一样并不指先前事态”，“面对莎士比亚十四行诗的开头‘我心爱的姑娘的眼睛绝不像那太阳’，我们并不去问此话是真是假，而是问它做了什么，它和这首诗里其他的句子是怎样协调的，以及它与其他行之间的配合是否愉快（给人以快感）”，所以，“把文学作为述行语的看法为文学提供了一种辩护：文学不

① ［美］韦勒克、沃伦：《文学理论》，刘象愚等译，生活·读书·新知三联书店 1984 年版，第 13 页。

② ［古希腊］贺拉斯：《诗艺》，见《诗学·诗艺》，罗念生、杨周翰译，人民文学出版社 1962 年版，第 155 页。

是轻浮、虚假的描述，而是在语言改变世界，及使其列举的事物得以存在的活动中占据自己的一席之地"[①]。卡勒的这一述行语理论对准确地理解文学语言的虚指性特征具有启发意义。因此，文学语言的虚指性只是说陈述所指涉的内容是虚构的，并不意味着"说谎"。或者说，文学语言正是通过善意的"说谎"来实现它所特有的审美价值和功能的。文学语言作为一种虚指性的陈述，它的审美效能主要体现为，通过所描述的虚构情景激起读者的惊奇和喜怒哀乐的情感，使之获得审美的愉快，这需要文学语言必须具有可信性的基础。那么，如何增强虚构情景的可信度呢？最常见的手段就是"逼真"，即力求提供细节上的真实。细节上的真实可以造成极高的可信度，诱使读者进入描述的情景，即使这情景在整体上是极为荒诞的。如卡夫卡《变形记》开头的一句话："一天早晨，格里高尔·萨姆莎从不安的睡梦中醒来，发现自己躺在床上变成了一只巨大的甲虫。"这里就有让人感到相当真实的细节描写，有具体的时间、地点，有人物的具体的活动。尽管每个读者在读这句话时，都知道整句话所讲的事件是根本不可能发生的，但由于有细节的逼真作为衬托，读者将被一步步诱入情景，甚至还会不由自主地体验到主人公变成大甲虫的恐惧和苦痛。由此可看到"逼真"手法的作用，它可能使最不可信的东西变得可信。此外，作者还可以使用其他多种手段强化他所描述的虚构情景的可信度，如依靠被描绘情景的浑然一体的连贯性和整一性来维持读者的信任，使用一种纯真的、可亲近的叙述语调来消除读者随时可能产生的疑心，甚至故意通过动摇读者对所述情景的信任感，诱使读者相信情景的描述者是唯一可信赖的人，从而加强了描述的可信度。简言之，很难想象一种文学陈述没有一定程度的可信性，就能具有使读者产生审美愉悦的效能。

最后，需要特别指出的是，文学语言的虚指性并不必然排斥反映现实的真实性，事实上，文学语言描述的虚构情景常常体现为虚中有实、幻中有真。这种把"幻"和"真"紧密联系起来的辩证观点，是我们探讨文学语言的虚指性时应该认真借鉴和吸取的。

---

① ［美］乔纳森·卡勒：《当代学术人门·文学理沦》，李平译，辽宁教育出版社、牛津大学出版社 1998 年版，第 100—102 页。

论文学文本的构成

文本（text）作为一个文论概念是西方20世纪文论中的核心概念之一，而文本是如何构成的又是关系到如何理解文本这一概念的关键问题。本文拟对文学文本的构成问题发表一点意见。

一、已有的观点及我们的基本观点

在文学文本的构成问题上，一直存在着传统观点和现代观点的分歧。我们先来看传统观点。

西方古希腊、罗马主要持要素构成论，即把文学文本分析出一些要素，如情节、性格、思想、主题、措词、韵律等，其中有些要素起着更加重要的决定性的作用，就划归为内容的方面，其他的一些要素则属于形式的方面，是为表现内容而存在的。这种观点以亚里士多德对悲剧六要素的分析为滥觞，后来又影响到文艺复兴时期的文论以及近代以后的浪漫主义和现实主义文论。尤其是以别林斯基为代表的一批俄国理论家和苏联的主流派理论家，更是把这一观点发展到完备的程度，哪些属于内容要素，哪些属于形式要素，都分得一清二楚，而且每一要素都有严格的定义，不容随意混淆。

然而，在西方传统文论中也存在着一种与要素分析全然不同的文本构成论，即把文本看成是由几个不同级次的层面构成的整体，可称之为层次构成论。层次构成论的产生最初与中世纪的神学家们对《圣经》文本的阐释有关。中世纪的神学家们相信，《圣经》里讲叙的那些人物、情节、故事以及那些典型的意象，如诱引夏娃的蛇、耶稣受难时的血和十字架，都寓含着更高真理的启示和神的预言，因此应该尽力透过字句和形象把握其中的深意。这就是说，《圣经》文本有表层含义和深层含义的区别。受强烈的宗教意识的影响，中世纪的文学也普遍具有寓意性、象征性、梦幻性的特征，这与宗教文本在语言表达上的特点是一致的，即都是通过隐喻和象征来比拟、暗示出某种深层的意蕴。这样的文学文本是原有的要素论难以阐释的，于是就产生了层次论的观点。到了中世纪后期，文论家和美学家都普遍认为，一篇故事或一首诗包含着多层的意义，最表层的是字面义，中间层次是形象所寓含的意义，而最深层的则是一种无法言明的神秘的启示。这种层次论的观点在19世纪的象征主义诗论中又得到了进一步的阐发。象征主义主张用象征的方法来传达诗人对世界的某种神秘的感受和体验，因而特别关心诗歌文本中的词语与意象、意象与思想之间的关系，层次论的观点就自然成为他们分析诗歌文本构成的主要理据。

中国古代文论中也同样存在着要素论和层次论两种不同的文本构成论。要素论主要体现在“质”、“志”、“道”、“言”、“辞”、“文”等这些广为流行的范畴中，而层次论则以中国特有的意境说为其代表。意境说的源头可以追溯到老庄和《易传》中的有关言、象、意的理论。老庄和《易传》的作者都认为，“道”是难以用语言说明的，“道可道，非常道；名可名，非常名”[①]，“可以言论者，物之粗也；可以意致者，物之精也”[②]，“意有所随，意之所随者，不可以言传也”[③]，“书不尽言，言不尽意”[④]。那么，怎么办呢？他们认为，只有设置某种“象”才能把“道”的精义传达出来，因为“道之为物”原本就是“忽兮恍兮，其中有象”[⑤]，故而“圣人立象以尽意，设卦以尽情伪，系辞焉以尽其言”[⑥]。这就构成了由意生象、由象生言、以言表象、以象表意的言、象、意三层次间的递联关系。晋代的王弼对这一

① 《道德经》。
② 《庄子·秋水》。
③ 《庄子·天道》。
④ 《周易·系辞上》。
⑤ 《道德经》。
⑥ 《周易·系辞上》。

关系作过经典的表述。他说："夫象者，出意者也。言者，明象者也。尽意莫若象，尽象莫若言。言生于象，故可寻言以观象；象生于意，故可寻象以观意。故言者所以明象，得象而忘言；象者所以存意，得意而忘象。犹蹄者所以在兔，得兔而忘蹄；筌者所以在鱼，得鱼而忘筌也。"① 这段话的意思很明确，言、象、意三者中，意是目的，最重要，其次是象，再次是言，所以"得意"而可以"忘象"、"忘言"，不能过分执著于象或言。从这里也可看出，"言、象、意"理论最初是用来解说哲学文本的层次构成的，只是到了唐代以后，才有些诗论家借用了这一理论来解说诗歌文本的层次构成，并由此形成了意境说。

意境说与原来的"言、象、意"理论，除了阐释的对象不同外，还有两点区别。一是意境说更侧重于"象"和"意"这两个层面，而对于"言"这个层面涉及不多，若有涉及也更多地是把"言"融进"象"里去，这大概是因为受了庄子以及王弼的"得意忘言"和"得象忘言"思想影响的缘故。二是意境说在"意"和"象"的关系上，虽也以"意"为目的，但同时也兼顾了"象"的重要性及其相对独立的审美价值，更多地强调两者之间不可分割的密切联系，主张所谓的"虚实相生"、"情景交融"、"意象合一"，以求得"象外之象"、"景外之景"、"味外之旨"、"言有尽而意无穷"的审美效果。由此也可看出，意境说所强调的"意"与老庄所讲的"意"不尽相同，主要不是指那种统贯世界万有、体现世界精神本质的"道"，而是指内含在"象"之中并由"象"生发出来的一种悠长蕴藉的"意味"、"滋味"、"趣味"、"韵味"，而"理"、"义"、"情"、"志"这些观念的东西就是从这种"味"中领悟出来的。

关于文学文本的构成问题，中西传统文论中虽然都有"要素论"和"层次论"两种观点并行，但从总的趋向看，要素论一直占据上风，尤其西方更是如此。要素论和层次论的主要区别在于：前者侧重于对文本整体的分析，把文本整体一分为二，一边是内容要素，一边是形式要素，而文本的语言则被归之为形式要素之一；后者则侧重于对文本的整体把握，它不像要素论那样从文本中肢解出各种成分，而是始终以文本的整体存在为出发点，从

① 王弼：《周易略例·明象》。

外向内地审视文本的由表及里的几个层次是如何联结为一体的。毫无疑问，层次论所体现出的这种有机整体的观念更加贴近文本构成的本体状态。然而，古代的层次论，包括象征主义的层次论，都是在要素论的根基上生发出来的，它不可避免地深受要素论的影响，不可能将有机整体的观念贯彻到底。所以古代的层次论虽然较之要素论有所进步，如更具整体观念、更重视审美价值，但从总体倾向上看，并没有完全脱出要素论的窠臼，即内容和形式的二元划分、语言的工具性地位，而这些恐怕就是传统的文本构成论的主要症结之所在。

现代的文本构成论就是针对传统文本构成论的症结而提出和发展起来的。俄国形式主义致力于抬高语言在文本构成中的重要性，认为文本的文学性取决于语言运用的技巧和手法，如反常化和形式创新。相对于语言运用的技巧和手法，文本中的一切都是被加工和利用的材料。这样一来，文本的构成就是由手法组织起来的材料，而文本的存在也就体现为语言形式的存在。“文学作品是一种纯粹的形式，它不是物，也不是材料，而是各种材料的关系。”① 尽管俄国形式主义在文本构成上试图以手法与材料的区分来取代传统的内容和形式的区分，但它的文本构成论依然是一种要素论，只不过与传统的要素论的主张正好相反。传统的要素论是站在内容方面排斥形式，而俄国形式主义的要素论则是站在形式方面排斥内容。在俄国形式主义那里，文本构成的形式要素与内容要素依然处于分离状态。

“新批评”的文本构成论克服了俄国形式主义的某些缺陷而转向了层次论的观点。“新批评”在强调语言形式的同时，又力图把属于内容的题材和主题等因素统合进语言形式里，这样，语言形式就构成了文本的外显层面，而文本的内隐层面则是语言形式所描绘的诸种形象及其包含的思想内容，文本就是由这些相互联结的层面构合而成的有机整体。这派的后期代表人物韦勒克曾讲：“在一部艺术作品之中，通常被称之为‘内容’或‘思想’的东西，作为经过形象化的意义‘世界’的一部分，已经融入了作品的结构之中。……我认为，这些语言成分可说是构成了两个底层：即声音层和意义单

① ［俄］什克洛夫斯基：《罗札洛夫》，载中国艺术研究院外国文艺研究所编《世界艺术与美学》第7辑，第21页。

位层。但是，从这两个层次上产生出一个由情景、人物和世界构成的‘世界’，这个‘世界’并不等同于任何单独的语言因素，尤其是等同于外在修饰形式的任何成分。我以为，唯一正确的概念无疑是‘整体论’的概念，它将艺术品视为一个千差万别的整体，一个符号结构，然而却是一个隐含着并需要意义和价值的符号结构。”① “新批评”的文本层次论比传统的层次论有一个明显的优越之处，就是把全部内容要素都融合进语言结构之中，使文本的构成真正达到了各个层面的有机结合的整体。但“新批评”的层次论也暴露出一个致命的弱点，这就是，它在把文本结构看作一个整体的同时，又把这个整体同外部世界隔绝开来，甚至同作者的创作和读者的阅读隔绝开来，使之成为一个全然封闭的、自我满足的结构整体。这在我们看来，是有悖于文本在文学活动系统中的关联性和开放性特征的。

结构主义直接套用索绪尔语言学的方法来论说文本的构成，认为文学文本像语言一样也表现为语言符号的能指和所指两个层面的构成，而且这种构成又受着一个它本身特有的复杂的关系系统的制约。所以，结构主义的文本构成论也是一种层次论，它运用符号学的原理，分析各个层次的结构，然后再阐明各个层次之间的整体结构，由此创建了独具特色的结构主义诗学和叙事学。比如，巴尔特提出过一个有关叙事作品的结构分析模式，认为所有的叙事作品都可划分为三个层次：一是功能层，即情节结构；二是行动层，即人物结构；三是叙述层，即话语结构。他还特别提出：“我们一定要记住，这三层是按逐步结合的方式互相连接起来的：一种功能只有当它在一个行动者的全部行动中占有地位才具有意义，行动者的全部行动也由于被叙述并成为话语的一部分才获得最后的意义，而话语则有自己的代码。”② 由此可见，结构主义的层次论更加凸显了文本构成的整体性和系统性，正是这一点形成了它的特色和优势。但是，结构主义由于直接搬用语言学模式，也使它的文本构成论存在几个方面的问题：一是，从语言系统的独立自足性引申出文本系统的独立自足性，认为文本的意义是由语言结构本身决定的，现实、作者和读者的影响和作用都不足以改变结构本身固有的含义。就这一点看，结构

① ［美］R.韦勒克：《批评的诸种概念》，丁泓等译，四川文艺出版社 1987 年版，第 276—277 页。

② ［法］罗兰·巴尔特：《叙事作品结构分析导论》，载伍蠡甫、胡经之编《西方文艺理论名著选编》下卷，北京大学出版社 1987 年版，第 478—479 页。

主义与“新批评”有相似之处。二是，在文本系统内部，更偏重于对语言结构形式的研究，而对语言所指的内容的研究则相对忽略。巴尔特说：“我主要关心的是文本，也就是构成作品的能指的织体。”① 托多洛夫也认为，文学就是“一个以语言形式出现的问题”，“作家所做的无非就是研究语言”②。就这些观点看，结构主义又是同俄国形式主义相呼应的。三是，结构主义所确立的文本结构模式是直接从索绪尔语言学模式中演绎出来的，因而带有某种脱离具体文本的超验性。托多洛夫曾明确表示，“个别作品只是一种工具”，“每部作品只能看作是一种更加宽泛的抽象结构的具体体现，而这种体现又只是许多都可能的体现中的一种”③。我们知道，“新批评”也注重研究文本的语言结构，但他们所讲的文本结构大多是依据具体文本归纳出来的，比较有说服力，从这点看，结构主义比“新批评”退步了。主张某种超验的文本结构的存在，可说是结构主义的一个致命的缺陷，后来的解构主义也正是利用这一缺陷攻垮了结构主义，而解构主义自己其实也没能逃出这一缺陷的阴影，因为它也是直接从索绪尔的语言学模式引申出自己的理论的，只不过它抛弃了索绪尔语言学中的“符号系统”、“整体性”、“结构性”这些被结构主义所热衷的概念，而采用了“任意性”、“差异性”等另一些概念。于是，在解构主义那里，符号学就被“书写学”所取代，语言结构就被无限“延异”的能指所取代，而文本结构的整体性也就变成一些在空间和时间中展开的空洞无物的书写符号的任意堆积。如果把解构主义看作是结构主义的畸形发展的话，那么，结构主义在文本构成问题上，以强调文本的整体性开始，又以文本整体的被消解而告终。

相比之下，在现代的文本构成论中，现象学学者英加登的观点似乎更妥当一些，因而也有更大的影响力，被更多的人所认同。英加登从现象学观点出发剖析文学文本，提出了四层次构成的理论。关于这一理论，他在《文学的艺术作品》一书中有集中系统的阐述，并在其他的著作中也反复提及。

① ［法］罗兰·巴尔特：《符号学原理》，李幼蒸译，生活·读书·新知三联书店1988年版，第6页。

② 参见［英］安纳·杰弗森、戴维·罗比《西方现代文学理论概述与比较》，陈昭全等译，湖南文艺出版社1986年版，第98页

③ 参见［英］安纳·杰弗森、戴维·罗比《西方现代文学理论概述与比较》，陈昭全等译，湖南文艺出版社1986年版，第99页

他所说的文本四层次大致如下：第一，“语词声音和语音构成以及一个更高级现象的层次”；第二，“意群层次：句子意义和全部句群意义的层次”；第三，“图式化外观层次，作品描绘的各种对象通过这些外观呈现出来”；第四，“在句子投射的意向事态中描绘的客体层次”。①

我们认为，英加登的这一四层次论的理论价值，不仅体现在它阐明了文本构成的四个层次，还体现在它强调了文本构成的整体性原则，即“从各个层次的材料和内容中产生了所有各个层次相互之间本质的内在的联系并因此产生了整个作品的形式统一性”②。更为重要的是，英加登还把文本的构成理解为一个完全开放的过程，即文本结构不是自在自足的，它既需要作者的创造，更有待于读者的“具体化”。他说：“这样，艺术作品是艺术家有目的活动的产品；作品的‘具体化’，不仅由于观赏者对作品有效描述事物所进行的鉴赏活动是一种‘重建’活动，而且也是作品本身的完成及其潜在要素的实现。这样，在某一点上作品就是艺术家和观赏者共同的产品。”③据此可说，英加登的文本构成论基本上克服了传统的和现代的有关理论的某些弊端，如极端的内容主义、极端的形式主义、文本构成的封闭性和超验性等，因而具有更多的合理性和优越性。

鉴于此，我们的文本构成论，在全面综合其他观点合理因素的基础上，将以英加登的层次论为主要参照系，同时我们也将借鉴中国古代的“言、象、意”理论，并采取言、象、意三层次划分的表述来替代英加登的四层次的表述。因为，在我们看来，这两种表述实质上没有太大的差别，前者的“言”对应于后者的第一、二层次，“象”和“意”分别对应于后者的第三、四层次，而前者却比后者显得更精练更明确。我们的基本观点是：文本结构是一个多层面有机构成的整体，这些层面可进一步归纳为言、象、意三个大的层次，这三个层次各有其相对独立的价值，又因其内在关联而联结成一个统一整体，共同担负和体现着文本结构的整体性功能。文学文本结构的

① ［波兰］罗曼·英加登：《对文学的艺术作品的认识》，陈燕谷译，中国文联出版公司1988年版，第10页。

② ［波兰］罗曼·英加登：《对文学的艺术作品的认识》，陈燕谷译，中国文联出版公司1988年版，第10页。

③ ［波兰］罗曼·英加登：《艺术的和审美的价值》，载《文艺理论研究》1985年第3期。

整体性功能也决定了它的非自足性和全面开放性，它的产生和存在有赖于作者的创造，它的实现和完成以及在历史中的发展变化也有待于读者的阅读和接受。下面我们就分几个要点来具体阐述这个观点。

二、文学文本构成的整体性

任何语言的文本都首先呈现为一种线性延展的状态，因为说出的话是以语音的形式作用于人的听觉的，总要按先后次序一个词一个词、一句一句地说，这样就形成了话语呈现的线性特征。对此，索绪尔说道：“（a）它体现一个长度，（b）这个长度只能在一个向度上测定：它是一条线。”索绪尔还指出，语言的这个“显而易见”的、“常为人所忽略”的特征其实是非常重要的，“语言的整个机构都取决于它”[①]。为什么这样说呢？因为这种线性特征表现出语篇中的词句之间的“横向组合关系”（syntagmatic），而这种关系则是语篇构成的最基本的关系。但是，语篇中的词句之间的横向组合并不是由说话者随意而为的，而是说话者依靠他对词汇的记忆和掌握并按照一定的语法规则给予组织排列的结果。这就是说，语篇中的词句间的横向组合关系取决于这些词语在一定的语言系统中的地位和关系，索绪尔把这种关系称之为“纵向的聚合关系”或“联想关系”（paradigmatic）。他说，“一方面，在话语中，各个词，由于它们是连接在一起的，彼此结成了以语言的线条特性为基础的关系”；“另一方面，在话语之外，各个有某种共同点的词会在人们的记忆里联合起来，构成具有各种关系的集合”，“我们的记忆常保存着各种类型的句段，有的复杂些，有的不很复杂，不管是什么种类或长度如何，使用时就让各种联想集合参加进来，以便决定我们的选择”[②]。譬如，我们讲“我在家里读书”这句话，首先我们从脑子里记忆的各种代词中选择出“我”，又用同样的方式选出了其他的词，然后依照我们掌握的语法规则把这些词组合成一句意思完整的话说出来。当然，在实际的说话中，这个

---

① 参见［瑞士］费尔迪南·德·索绪尔《普通语言学教程》，高名凯译，商务印书馆 1980 年版，第 106 页。

② 参见［瑞士］费尔迪南·德·索绪尔《普通语言学教程》，高名凯译，商务印书馆 1980 年版，第 170 页、第 171 页、第 179—180 页。

过程往往是瞬间完成的，不易察觉的，但又是确实存在的。这样看来，任何话语或语篇的构成都是在两条轴上展开的：一条是聚合轴，表现为一个词语在语言系统中与其他相关词语的关系，它是不“在场”的，是在说话者的脑子里进行的；另一条是组合轴，表现为一系列词语的相继的“出场”和呈现，组合轴的形成是说话者在聚合轴上进行检索和选择的结果。不仅如此，人们每讲一句话都表达着某种意思，这样，话语中词句的横向组合又是在两个层面上并列延展的，这两个层面就是索绪尔所说的语言的能指和所指。随着话语的能指由音到词、由词到句的组合延展，话语所指的意义也就显示出来了，这种意义的显示也是按照线性组合的关系进行的，即由字义连成词义，由词义连成句义，再由句义连成语段义乃至语篇义。所以，对于一般语篇或语言文本的结构，我们可以作这样的理解：这种结构体现为词语的能指（语形）和所指（语义）两个层面上的线性组合关系，这种关系的构成受制于词语所处的聚合关系，是说话者在聚合轴上进行选择的结果。

文学文本的结构首先是一种语言的结构，当然也具有上述一般语言文本的结构形态，但是，又由于它是一种文学的语言文本，因而在结构上又有着与一般的语言文本不同的特点，这就是它的整体结构除了“言”这个层次外，还包括“象”和“意”两个更深的层次。而且，单就“言”这个层次看，它也跟一般的语言文本不同，不仅包括能指和所指两个次级的层面，在能指这个层面中还包括两个更次级的层面，即语音和字形。在一般的语言文本中，人们关心的只是能指与所指之间的意指关系，因而在能指这个层面上就只注意它的语音，因为只有语音的不同构成（音位）才具有区别意义的功能，至于字形不过是记录语音的符号，可以忽略不计。可能是受这种常识的影响，英加登在划分文学文本的层次时，只谈及了语音层，而对于字形的层面则只字未提。然而，在文学文本里，字形不只是表音的符号，它本身还显示出某种特殊的作用，特别是表意文字的字形就更起着直接表达意义的作用。例如汉语的“山”这个字，我们在未读其音只见其形之时，就可能在脑子里出现了关于山的概念或印象，这样，字形在能指的层面里就具有了相对独立的功用和价值。即使是表音文字的字形也不能说完全隶属于语音。字形可以通过书写活动把语音固定在文本中，使易逝的语音成为一种较为长久的存在。而且，书写活动还可能使字形在某种程度上超越语音而产生一种相对独立的审美效果。如在某些所谓的“图形诗”中，由于文字的特殊排列而造成的种种效果，以及在某些意识流小说里偶然可见的字母的杂乱排列和反常组合，虽已丧失了表音的功能，但仍可以传达某种特殊的意味。同样，在文学文本中，语音也不只是用来表达语意的，它经常要挣脱语意对它的束缚而达到自我表现，这就是语音以其自身的某种特殊组合而形成的韵律、节奏等音响效果。这种音响效果甚至还成为诗歌文本的主要标志之一。

当字形标示出语音、语音又传达出语意的时候，文学文本的构成就由“言”的层次深入到“象”的层次。“象”就是人、事、景、物的形象，这些形象在文学文本中是通过词语的描述而造成的，因而可称之为“语象”。语象与绘画艺术中的形象不同，它不能直接呈现，而是隐含在词语之中，只有通过读者的读解和想象才能浮现出来。所以，在文学文本的结构中，“言”这个层次是外显的、实在的，而“象”这个层次则是内隐的、潜在的。而且，“言”与“象”还有一点重要的差别，就是“言”是以字符的线性组合的样态呈现的，而“象”则是以图形的面状展开的样态呈现的。“言”之所以能造成“象”，不能靠其外在的样态，只能靠其特有的意指功能来实现。“象”就是“言”的意指的结果。“言”在意指“象”时，主要采取两条途径：一是把“象”作为一个外在对象进行直接的摹写，即中国古代诗论中所谓的“赋”；二是运用某些修辞手段使“象”呈现出来，目的是通过“象”来传达某种“意”，即中国古代诗论中所谓的“比”、“兴”。这样，就产生了两种语象，第一种语象与外部世界的物象关系更为密切，第二种语象与作者创造的心象有更直接的联系。如杜甫的两句脍炙人口的诗：“两个黄鹂鸣翠柳，一行白鹭上青天”，属于第一种语象；“感时花溅泪，恨别鸟惊心”，则属于第二种语象。但无论哪种语象，都是包含着意义的。在文学文本中，“象”和“意”不可分，有“象”的地方必有“意”，不同仅在于，有的“象”更多地再现了外部世界，有的“象”更多地表现着内心世界，有的“象”内含的“意”比较浅露，有的则相反，比较深沉、蕴藉。这样就由“象”这个层次连带着引出了“意”这个层次。

如果说在文学文本中“象”这个层次是内隐的、潜在的，那么“意”这个层次就更是内隐的、潜在的，因为它是内含在“象”之中的，而“象”又是内含在“言”之中的。“意”是文本构成中最内在的层次，按英加登的说法，就是“意向性”（intentional）程度最高的层次，比“象”这个层次更需要通过读者的阅读、想象和领悟来揭示和把握。“意”内含在“象”中并靠“象”表征出来，“意”的这种高度内隐性和潜在性决定了它必然是文本构成中最不确定、最不稳定、最含糊的一个层次。如果说“言”是单向的、线状的，“象”是两维的、面状的，那么，“意”则是多维的、立体状的。单从样态上看，“言”、“象”、“意”三个层次之间绝无相互对应之可能，但“言”可以作为“象”的符号意指着“象”，“象”可以作为“意”的符号表征着“意”。这就是说，文学文本的整个结构就是以线状之“言”标示面状之“象”，以面状之“象”标示立体状之“意”，从“言”到“象”再到“意”，呈现出由一维向多维不断发散和泛化的趋势。这样，到了“意”这个层次当然就成为一个最不确定最不稳定的层次了。在文学文本里，“言”是最确定最稳定的，“白纸黑字”摆在那里，一般不会引起争议；但是同一句话可以产生不同的印象或表象，在这里争议就多起来了；而同一个表象又可以被理解成许多不同的意思，在这里争议就更多了。在“意”这个层次上，虽然有“象”的依托和大致的规定，但又到处设置着意义的“陷阱”和“暗礁”，使读者随时都会遇到歧义、复义乃至悖论的麻烦。“新批评”派的燕卜逊曾专门研究过文学文本的复义现象，他之所以对这一现象特别关注，在很大程度上是为了维护“新批评”的文本自足性理论，因为他知道，正是文本中意义的不确定和不稳定性构成了对这一理论的最大威胁。但是，无论“新批评”理论家们如何辩解，在文本意义的不稳定和不确定这一事实面前，文本结构的绝对自足性理论是难以成立的。

总之，文学文本是一个由“言”、“象”、“意”三个层次构成的统一整体。但是，文本构成的整体性并不意味着它的自在自足性，相反，文本结构不是一个自我封闭的结构，它的整体性必须放到更广大的文学活动的系统中去考察，才能对之有更全面的认识和理解。

三、文学文本的审美功能和意指功能的统一性

任何结构在它所属的更大的系统中都表现出一定的功能性。那么，文本结构在文学活动的系统中具有什么功能呢？前面说过，传统的文本构成论，

以“意”为主，更强调的是文本结构的意指功能；现代的文本构成论，以“言”为主，更强调的是文本结构的审美功能。这些观点都程度不同地把文本结构的两种功能对立起来了。我们认为，文学文本的意指功能与审美功能是统一在文本的总体结构之中的。这种统一性就在于：文学文本的审美功能的主要方面（除去纯形式的审美作用）就体现在文学文本所特有的意指功能中，或者说，就体现在文学文本的意指功能的特殊性之中。一般文本的意指功能所追求的是从词语到所表达的意思，或者说从词语的能指到所指之间，越直接、越简捷、越没有阻碍越好。在一般文本中，特别是在科学文本中，语言的一切手段都被用来为了更准确、更清楚地表达某种意义。所以，对这种文本来说，最有效率、最成功的语言表达的指标就是设法使语言的能指恰如一片透明的玻璃直接透照出所指的内容，尽管这个指标在实际的语言交流中很难完全达到。然而，文学文本的意指功能则与此截然不同，它所要求的不是语言表达的透明度，而是语言表达和要表达的意义之间的延宕和阻隔。就是说，一般文本的能指和所指两个层面之间没有间隔，直接对应，而文学文本则是由“言”、“象”、“意”三个层次构成的，从“言”到“意”必须经过一个“象”，“言”与“意”之间横隔着一个“象”，这样一来，文学的语言表达的过程就不是快捷的、透明的，而是被延宕的、受阻碍的。

巴尔特把文学文本的意指功能的这种特点概括为“两级符号系统”、“双重所指”。请看他下面的一段话：“我们记得，一切意指系统都包含一个表达平面（E）和一个内容平面（C），意指作用则相关于两个平面之间的关系（R），这样我们就有：ERC。现在我们假定，这样一个系统 ERC 本身也可变成另一系统中的单一成分，这个第二系统因而是第一系统的引申。……第一系统（ERC）变成表达平面或第二系统的能指……或者表示为（ERC）RC。……于是第一系统构成了直接意指平面，第二系统（按第一系统扩展而成的）构成了含蓄意指平面。于是可以说，一个被含蓄意指的系统是一个其表达面本身由一意指系统构成的系统。通常的含蓄意指显然是由复合系统构成的，后者的分节语言形成了第一个系统（例如，文学中的情况就是这样）。”① 在这

① ［法］罗兰·巴尔特：《符号学原理》，李幼蒸译，生活·读书·新知三联书店 1988 年版，第 169—170 页。

段引言里，巴尔特所说的“第一系统”、“第二系统”、“直接意指”、“含蓄意指”等，都意在表明文学文本中的意指关系的复杂性、非畅达性、间隔性。不仅有“言”和“象”构成的第一级系统，还有“象”和“意”构成的第二级系统；不仅有从“言”到“象”的直接意指，还有从“象”到“意”的含蓄意指。这样，文学文本的意指功能就成为一个处处被拦挡、被阻截、被延宕的过程。

我们认为，正是在意指功能的这种被拦挡、被阻截、被延宕的过程里包含着审美功能的全部内涵。审美就是受阻碍的意指，就是被推迟、被延长的意指。有关审美的所有的说法，如“游戏”、“有意味的形式”、“反常化”、“玩味”、“兴会”、“妙悟”、“神与物游”、“思与境偕”、“言有尽而意无穷”等，仔细揣想一下，就会发现，这些说法其实都是从不同的角度对意指功能受阻截这种情况的一种描述。意指功能可以被阻截在文本结构的任何一个层面上，都能同时产生审美功能。例如，被阻截在“语形”这个层面上，就会有对韵律、节奏、声调的审美感受；被阻截在“语象”这个层面上，就会滞留在虚构的文学世界里而流连忘返。而意指功能受阻最多、最烈之处还是在“象”和“意”之间。因为“言”与“象”之间的意指关系受约定俗成的语言规则的支配，只要懂得使用这种语言的人都比较容易从“言”进入“象”。但是，“象”与“意”之间的意指关系的建立则往往是个人创造性的产物，其中的奥秘，并不是每个人都能看破的，因而也不是每个人都能从“象”进入“意”的。例如，鲁迅先生在《阿 Q 正传》中多处写到阿 Q 的“癞疮疤”，每个读者都可通过这些描写，想象出这个癞疮疤的样子，但若进一步问鲁迅先生为何花笔墨写这个癞疮疤？这个癞疮疤的形象有什么含义？这就不是每个读者都能看出来的了。所以，审美功能的发挥取决于意指功能是否受阻和受阻的程度，一旦意指功能的受阻程度超过一定的限度以至被阻断，审美功能也就随之停止在被阻断处，不可能再持续下去了。这就是说，意指功能的完全受阻和畅通无阻，其结果是一样的，都意味着审美功能的终结。由此也可看出，文学文本结构的审美功能和意指功能既不是并行无关的，更不是对立的，而是如形影相随、须臾不可分离的。两种功能的统一性正是体现在两者之间的这种不可分割的关系之中。

四、文学文本构成的开放性

前面讲过，构成文学文本的三个层次虽然有着内在的关联性，但又有着明显的差别。“言”的层次是实在的，而“象”和“意”的层次都是潜在的。“言”的层次呈线状，而“象”和“意”的层次分别呈面状和立体状。这就是说，文学文本的构成实际上是一种“异质同构”，形成为一种从实在到潜在、从一维到多维的发散型结构。这种结构虽有其内在的整一体，但却不是一个超稳态的自在自足的结构。这种非自足性主要体现在，当它从实在进到潜在、从一维进到多维时，越来越显露出意义表达上的不确定性和含混性。英加登在谈到文学作品的“象”（即他所说的“再现客体层”、“外观层”）这个层次时，提出了著名的“图式化”和“不定点”的概念，以作为他“具体化”理论的主要依据。他认为以线状之“言”来标示面状之“象”，必然造成许多未定点和图式化方面的存在。作品“不可能用有限的语词和句子在作品描绘的各个对象中明确而详尽无遗地建立无限多的确定点”，因而“文学作品，特别是文学的艺术作品，是一个图式化构成”，“文学作品描绘的每一个对象、人物、事件等，都包含着许多不定点，特别是对人和事物的遭遇的描绘”[①]。例如，鲁迅在《阿 Q 正传》中抓住阿 Q 这个人物的外貌特征作了一些描写，于是我们知道了阿 Q 头上长着个“癞疮疤”，还扎着根“小黄辫”，大概也戴着一顶绍兴乡下人常戴的那种小毡帽，但是，阿 Q 的眼睛、嘴巴、耳朵如何就不太清楚了，至于他身材有多高，四肢长得什么样，就更不清楚了。这表明，阿 Q 这个形象只有一个大致的轮廓和图式，其中充满了许多不定点。这不是说作者对人物的描写不成功，而是说在文学文本中“象”的图式化存在是不可避免的，即如英加登说的：“不定点的出现不是偶然的、创作失误的结果。相反，在每一部文学的艺术作品中它都是必需的。”[②] 至于文本结构中的“意”这个层次就更是充满了

① ［波兰］罗曼·英加登：《对文学的艺术作品的认识》，陈燕谷译，中国文联出版公司 1988 年版，第 49—50 页。

② ［波兰］罗曼·英加登：《对文学的艺术作品的认识》，陈燕谷译，中国文联出版公司 1988 年版，第 50 页。

含混、不确定，甚至自相矛盾之处。鲁迅的阿 Q 这个形象有些什么内涵，表达了什么思想，在作品里并没有明确的说明，读者只能根据自己的理解，作出各自的解释。白居易的《长恨歌》到底是爱情主题还是讽喻主题，这都是长期以来争执不休、难有定论的问题。即使在“言”这个较为确定的层面上，也时常有令人费解的情况发生，这是因为对一个句子的字面义的理解，既涉及语境问题，也涉及这个句子的表达方式和使用的词语。大多数词语本身都包含着多种意义，在这个句子里，这个语词采用了哪一种意义有时就可能成为一个问题。

文学文本结构中的这一切不确定、含混、模糊、随语境而变动的现象的存在，都说明这个结构不是自在自足的，它无法仅仅通过自身达到自我确立和自我解释，它只能在与它之外的事物的相互影响、相互作用、相互交流中，即在一种信息的输出和输入的动态平衡的过程中才能维护住自身的整一性和稳定性。总之，一句话，它不是一个自我封闭的系统，而是一个向着更大的系统全面开放的系统。特别是在意义问题上，文本结构只是起意指的作用，即它指向于某种意义，但却不能单独地确定这个意义，要确定这个意义，文本结构必须向意义的创造者和意义的理解者开放，还要向作为意义的最终根源的整个外部世界开放。因为决定意义的生成和变化的要素，除了文本结构之外，还有创作者、阅读者以及客观的外部世界。俄国的巴赫金在研究陀思妥耶夫斯基的小说时，反复申明了“复调式”小说的创作原则和“对话”原则，他指出，意义并不是在单方面的“独白”中出现的，意义的衍生出自人们之间的“应答性”的交流及其具体的历史语境，唯有“对话交际才是语言生命的真正所在之处”①。巴赫金的这种“对话”理论，实际上就是强调文本结构的开放性，文本结构不能单方面地决定意义，只有把它放到对话交流的互动过程中去，它的意义才得以确立和昭示。现象学美学家杜夫海纳也反对文本结构自足性的观点，主张文学作品要向意识开放，在意识中呈现。他指出，“语言构成一个系统和一种制度”，但这“丝毫不包含如下的意思：意义完全在它的围墙之内”，因而他提出了决定文学作品意义

---

① ［俄］M.巴赫金：《陀思妥耶夫斯基诗学问题》，白春仁等译，生活 · 读书 · 新知三联书店 1988 年版，第 250 页。

的三个条件，一是“作品自身的语言不要像手淫那样从自身上获得满足，作品多少要参照世界”，二是“整体的各要素自身也要是有意义的”，三是“要有人不仅用词去说出意义，而且还要在具有这种意义的事物或说出这种意义的词上去阅读它”[①]。可以说，杜夫海纳的这个三条件论涉及了有关意义产生的所有的要素，很有启发性。

的确，文学文本中的话语的意义首先与话语本身有关，意义就是由这些话语指示出来的。但是这话语又是被人说出来的，它的意义当然又与说话人有关。而话语又总是说给人听的，它的意义又与听话人的理解有关。然而，话语的意义从根本上说是针对某种事物的，是关于事物的某种认识和感受，所以，话语的意义最终又与它所表示和说明的事物有关。话语意义的这种多方面的关联性，使文本结构的自足理论不攻自破，也决定了文学文本必是一种开放性的构成。

① ［法］米盖尔·杜夫海纳：《美学与哲学》，孙非译，中国社会科学出版社 1985 年版，第 148—149 页。

论文学语言的生成

文学语言的结构不是自在自足的，这个结构被确立之前有一个生成过程，被确立之后还有一个读解过程。本文拟探讨文学语言的生成过程。我们认为这个生成过程包含着三个相对独立而又相互联结的阶段，这就是“意”的酝酿、“象”的构思、“言”的书写。这里说的“意”是指文学的意义、意思、意蕴，“象”是指文学的艺术形象，“言”是指文学的语言表达。

一、“意”的酝酿

人在说话之前必须先有思想，言语活动总是从要说的意思开始的，因而把“意”的酝酿看作是文学语言生成的第一个阶段。但是俄国形式主义者是反对这种常识性的见解的，他们最初与之论争的对象就是别林斯基等人代表的形象思维论，他们认为文学创作不是形象思维而是语言写作的程序或手法，所写的对象和内容不过是这些程序和手法得以实现的材料而已。这样，文学语言的生成就不是从“意”的酝酿开始的，而是从“言”的书写开始的，只是由于“言”的书写才营造出了“象”和“意”。而德里达在这个问题上的观点就显得更加极端了，它把“言”的书写或写作活动完全绝对化，认为这种活动既与再现无关，也与表现无关，是一种纯粹的能指游戏。他在评论马拉美的作品时说：“没有任何东西先于他的手语式写作而存在，没有任何事先为他规定好了的东西。没有一个更高的东西来监督他的写作。"[①] 德里达把写作说成是绝对自由的能指游戏，其直接目的是消解语言文本的结构，但他同时也斩断了写作活动与作者的思维活动、与作家所认识的外部对象的必然联系。俄国形式主义强调文学语言的生成从写作开始，则是为了突出作品的形式，把形式摆到内容之上，把作品与外部世界隔绝。但是，作者的写作或"言"的书写不可能与外部世界无关，这就像一个人说话，他不能为说而说，他之所以说，是因为有说的动机和意图，而说的动机和意图又来自于他对于客观世界的体认和他内心的诸多感受，即如杜夫海纳说的："意义在由说话的意识建立之前，已经由知觉的意识所收集。"[②] 当然，我们承认文学话语的言说有其特殊性，但无论怎么特殊也不会失去作为言语活动的基本性质，即传达交流的性质。所以，我们坚持认为，作家的言语活动是以"意"的酝酿开始的。朱熹有一段话这样说："人生而静，天之性也；感于物而动，性之欲也。夫既有欲矣，则不能无思；既有思矣，则不能无言；既有言矣，则言之所不能尽，而发于咨嗟咏叹之余者，又必有自然之音节奏而不能已焉。此诗之所以作也。"[③] 这段话比较全面地描述了诗歌语言生成的整个过程，其间涉及了"天性"、"感于物"、"欲"、"言"、"音"等几个环节，其立论基础显然受了《诗大序》的"诗言志"以及《乐记》里的"心物感应"论的影响。引起我们注意的是，朱熹描述的这个诗歌语言生成的过程也是由三个阶段构成的，即"感于物而动"的阶段、"思"的阶段、"言"的阶段，这与我们所说的三个阶段大体吻合。而且朱熹也同样认为诗歌起始于"感于物而动"，即"意"的酝酿，还指出这种"意"的酝酿是由人心（欲）与外物的相互感应而引发的，也即是当人与现实世界中的人事景物发生关系、相互碰撞、相互激荡时而产生的种种反应和感受。如果朱熹的这个看法大致不差的话，我们认为，所谓"意"的酝酿包括人对外物的反映认识，但又不能等同于这种反映认识，就其包含的主要内容来看，是人在现实中产生的种种经验、体验和情感，是渗透着情感的种种观念和表象，是在人的心灵深处激荡着的一种浑然的、混杂的、不断变动

① 转引自张隆溪《道与逻各斯》，四川人民出版社 1998 年版，第 177 页。

② ［法］米盖尔·杜夫海纳：《美学与哲学》，孙非译，中国社会科学出版社 1985 年版，第 150 页。

③ 见朱熹《诗序》。

着的生命感受。

苏珊·朗格视艺术为人类情感的符号形式，艺术创作就是艺术家“内心生活”的符号化过程，艺术符号所传达的是一种极其复杂而又特殊的“内心生活”，她说：“这些东西在我们的感受中就像森林中的灯光那样变幻不定、互相交叉和重叠，当它们没有互相抵消和掩盖时，便又聚集成一定的形状，但这种形状又在时时地分解着，或是在激烈的冲突中爆发为激情。”①在这段论述里，朗格不得不采用了一种隐喻式语言，因为这种“内心生活”虽然人人都能感到，但又是说不清、道不明的。因此，我们认为，“意”的酝酿，其核心内容是情感，但其中又交织混和着欲念、感知、想象和理解，是一种浑然一体的多因素、多维度、多样态的心理存在。它来自于现实生活，是一个人在现实生活中长期浸染、体验、感受和领悟的结果，但显然又不能归结为对现实生活的单纯的认识和反映。可以说，它是一个艺术家对现实生活的审美性的认识和反映，它产生于一个艺术家在现实生活中的长期的反复的审美观照、审美体验、审美感悟和审美发现。“满纸荒唐言，一把辛酸泪，都云作者痴，谁知其中味?”曹雪芹的这番自白充分说明了他在写作《红楼梦》时，所怀抱的那个独特的内心世界是多么的丰富、深厚、变幻多端和难以把握。

二、“象”的构思

当“意”的酝酿达到一定的程度，就可能产生表达出来的意图和愿望，这样，文学语言的生成过程就进入了“象”的构思的阶段。显然，“象”的构思是为了“意”的表达。那么“意”为什么非要用“象”来表达呢?这是因为这种“意”在一开始产生时就不是一种逻辑的概念和命题，而是与“象”不可分割地粘连在一起的，就在“象”里蕴含着“意”的内容，所以被称之为“意象”。更为重要的一点还在于：文学家所要表达的这种“意”，尽管包含着理性的内容，但其核心是非逻辑的情感，因而也是难以用逻辑的语言直接说明的。

① ［美］苏珊·朗格：《艺术问题》，滕守尧等译，中国社会科学出版社 1983 年版，第 21—22 页。

对此，苏珊·朗格说：“这样一种对情感生活的认识，是不能用普通的语言表达出来的，之所以不可表达，原因并不在于所要表达的观念崇高之极、神圣之极或神秘之极，而是由于情感的存在形式与推理性语言所具有的形式在逻辑上互不对应，这种不对应性就使得任何一种精确无误的情感和情绪概念都不可能由文字语言的逻辑形式表现出来。”① 既然“言不尽意”，就只能“立象以尽意”，“象”就是“意”的本然存在形式，而且，在苏珊·朗格看来，“象”和“意”之间有着一种“同构”关系，她说：“你愈是深入地研究艺术品的结构，你就会愈加清楚地发现艺术结构与生命结构的相似之处。这里所说的生命结构包括着从低级生物的生命结构到人类情感和人类本性这样一些高级复杂的生命结构（情感和人性正是那些最高级的艺术所传达的意义）。”② 因此，“象”作为一种艺术符号可以使艺术所表达的“意”得到确证和表现。

海德格尔也认为：“形象作为外表使不可见者被看，……诗只能在‘形象’中说话。如此，则诗意之形象乃是具有特殊意蕴的想象。”③ 在这里，海德格尔不仅指出了以“象”表“意”的必要性，而且还指明了“象”的构思过程是一个使形象灌注“诗意”的想象过程，即是说，“象”的构思决非原有表象记忆的复写、重现，而是在原有表象记忆基础上对原有表象的重建、重组和重构。换言之，“象”的构思不是记忆的复活，不是单纯的“回忆录”，而是在表象记忆中展开的联想、想象乃至幻想，是包含着深厚意蕴的艺术幻象的产生过程，是一个真正的创造性过程。“枯藤、老树、昏鸦，小桥、流水、人家”，由这几个意象连缀而成的那种特殊的艺术境界，决不是马致远脑中的即有表象的直接搬用，而是经由他的想象创造出来的艺术幻象。苏珊·朗格把这种创造过程称之为表象的抽象化和符号化过程。她说：“从错综复杂的现实生活和现实生活中的复杂利益中抽象出美的形象的最可靠的方法，就是创造出一种纯粹的视象，……这就是幻象在艺术中起到的作

① ［美］苏珊·朗格：《艺术问题》，滕守尧等译，中国社会科学出版社1983年版，第87页。

② ［美］苏珊·朗格：《艺术问题》，滕守尧等译，中国社会科学出版社1983年版，第55页。

③ ［德］海德格尔：《人诗意地栖居》，转引自刘小枫《现代性中的审美精神》，学林出版社1997年版，第896页。

用：立即有效地抽象出视觉形式并使人看到它的真正面目。”[①] 朗格是从符号学的观点看艺术形象的，她把艺术形象的创造仅仅归结为从表象中抽象出艺术符号，这种观点是我们所不能赞同的，但她强调了艺术形象的创造性、幻象性则无疑是恰当的。因此，我们认为，“象”的构思的过程不是单纯的外部世界的物象的再现过程，甚至也不是单纯的以“意”为目的的传达过程，从根本上看，这个过程是融再现与表现于一体的审美意象的创造过程。

三、“言”的书写

文学语言的生成过程的最后阶段是“言”的书写阶段。需要说明的是，作家的言语活动并不是从“言”的书写阶段才开始的，早在前两个阶段里就以内部语言的形式悄悄地进行着。但是在前两个阶段里，言语活动只是作为一个附带的过程“粘附”在主要过程之上的，其作用也只是作为一种辅助手段加强着主要过程。比如，在“意”的酝酿阶段，言语活动只能“星星点点”地出现，因为这里的“意”本质上是不可言明的，之所以会有言词“闪现”于其间，是因为在“意”的酝酿过程的某些关节点上，依然需要言词的“聚合”和“提醒”作用，以帮助作者较为确定地把握住他内心里那种“变幻不定”的“意”。在“象”的构思阶段，言语活动可能会逐渐增多，但也只能是时断时续地以片断的形式出现，在这里，主要是作者的想象活动，是表象的运动，而言语的作用只是增强着作者对他的想象活动的意识程度和自觉性。当然，我们也不否认，有的作家在构思的过程中已经创作出了某些令他满意的语句，甚至是足以使他兴奋的“佳句妙语”，但这种情况只是表明“言”的书写阶段提前在构思阶段发生了，并与构思阶段交叉重叠在一起。总之，在前两个阶段里，言语活动只是作为一种隐蔽的、次要的、依附性的过程而存在着。

然而，在“言”的书写阶段，言语活动从内部转向了外部，成为一个不依附于任何过程的真正独立的活动过程。“书写”这个词，在德里达那里是表示与所指无关的纯粹的能指的运动，是能指的“延异”、“播撒”、“踪

① ［美］苏珊·朗格：《艺术问题》，滕守尧等译，中国社会科学出版社1983年版，第30页。

迹”，是能指的“狂欢”和自由的游戏；在形式主义者那里，是指写作的技巧，即“技巧把事物内容拿过来，赋上韵律，并进行整理”[①]。但我们所说的“书写”却与它们全然不同，我们认为“书写”就是书面的言语活动，就是书面的意指行为，就是在能指和所指之间建立意指关系。所以“书写”不是文学游戏，也不是纯技巧，而首先就是用词语表达某种意思。所谓用词语表达某种意思，并不是简单地用词语达到它的直接意指，而是通过这直接意指进一步暗示出含蓄意指，也就是要用词语描绘出含有丰富意蕴的形象。正是在这里，作家们遭遇到写作中的最大困难，即作家们普遍报怨的由于词不达意而造成的“语言的痛苦”。“语言的痛苦”主要来自“言”与“象”之间的异质性和不对应性，即“言”是抽象的、线性的，而“象”是具体的、面状的。作家要做的就是用抽象的线性之“言”去表现具体的面状之“象”，或者说，把具体的面状之“象”投射到抽象的线性之“言”上，其难度是可想而知的。在某些艺术门类中，所运用的媒介本身即可显示出形象，因为这媒介与形象在物理特征上有相似之处，如绘画中使用的线条、颜料，雕塑中使用的泥块、大理石等。颜料按一定的形状涂抹就可以直接成为形象，大理石把多余的部分去掉也可以构成一定状貌的形象。但是语言在物质特性上与形象毫无共同之处，前者是作用于听觉的在时间中延续的一连串声音，后者是作用于视觉的在空间中展开的图像，前者无法直接显示后者，只能作为符号并利用其意指功能描写出形象来。而且，作者在描写形象时也不能自创一套语言，他只能使用现成的通用语言，这种语言是与逻辑思维纠缠在一起并相互对应的，语言系统中的每个词语都代表某种概念，具有一定的抽象性。所以，当作家使用语言描写形象时，他就需要克服词语的这种异质性和抽象性。

那么，作家的这种“克服”是否可能？巴尔特引用拉康的意思认为这是不可能的，“就是说这是不可达到的，话语无法捕捉的；或者用拓扑学术语说，我们不可能使一种多维系统（现实）与一种一维系统（语言）相互对应”。但他同时又指出，“文学认为对不可能之事的欲望是合理的”[②]。巴

① ［美］兰色姆：《诗歌：本体论札记》，见赵毅衡选编《“新批评”文集》，中国社会科学出版社1988年，第53页。

② ［法］罗兰·巴尔特：《符号学原理》，李幼蒸译，生活·读书·新知三联书店1988年版，第9页。

尔特的这个观点意在通过语言与形象的矛盾性割断文学与现实之间的联系。我们认为，作家用语言符号描写形象，虽是困难之事，但也决非不可能之事。首先，古往今来的一大批优秀的文学作品可以作证，它们都成功地通过语言塑造了各具特色的艺术形象。一想到莎士比亚，我们立即就想到他剧本里的哈姆雷特、麦克白等，一提到曹雪芹，《红楼梦》里的那些可歌可泣的人物也都浮现在我们脑海中，这些人物形象是那样的鲜活、生动、丰满，就像现实中我们与之打交道的人物一样。这怎么能说语言不能描写形象呢？再者，在语言系统中，就某个单独的词来看具有一定的抽象性，但如果按某种方式把这些词联结成句子，就可能构成对某种形象的赋写和描绘，就可能从这些句子中透露出形象来。如“花”这个词单独地看是抽象的，其他的词也都具有程度不同的抽象性，但是，假设我选用一些抽象的词说出这样一句话：“几朵粉红色的、散发着芳香的很细小的花在绿色的草丛中盛开着”。很显然，“花”的形象就在这个句子里比较具体鲜明地显露出来了。况且，现代文化人类学和心理学研究表明，在人类的逻辑思维还没有获得充分发展之前，很可能存在着一个形象思维的阶段，与形象思维相对应，那时的语言是形象化的。尽管语言的后来的发展越来越抽象化了，但从它起源上带来的那种形象化基因不可能荡然无存，即使是在现代的语言系统里，大部分词语也未必只是抽象的概念，仍然或多或少地残留着形象的迹痕。譬如，听到“花”这个词，除了产生花的概念外，总会伴随着较具体的花的影像。从这方面看，我们也不能认为用语言描写形象没有可能性。

此外，更加重要的是，作家在描写形象时还可以创造性地运用一些特殊的表达技巧和手段以强化语言的造型性和表现力。这正如卡西尔说的：“诗人不可能创造一种全新的语言。他必须使用现有词汇，必须遵循语言的基本规则。然而，诗人不仅使语言赋予新的语言特色，而且还注入了新的生命。”[①] 诸如字形、音韵、声调、隐喻、叙事视角等技巧和手段的运用，都可以加强语言的形象表现力，给语言注入“新的生命”，在这方面，某些形式主义者的研究最值得重视。例如，什克洛夫斯基提出的“反常化”手法，

① 转引自［英］雷蒙德·查普曼：《语言学与文学》，王世跃等译，春风文艺出版社 1988 年版，第 47 页。

其目的就是“使人感受到事物”，“使你对事物的感觉如同你所见的视象那样”，“使事物摆脱知觉的机械性”，所以他说：“凡是有形象的地方，几乎都存在反常化手法。”① “新批评”的先驱者休姆则强调，在文学作品里，“每个词都必须是一个能见的形象，而不是一个筹码”，为了实现这一点，最需要的就是类比、隐喻手法的运用，他指出，不能离开“类比作为观念外衣的隐喻”，“任何时候都要运用类比，因为类比会使我感到，我是在透过镜子看另外一个世界，这也就是我所希望达到的效果”。他甚至认为，作家对于语言的创造性的运用，能够反过来影响语言的发展，他说：“诗歌永远是语言的先驱。语言发展的过程就是吸收新的比喻的过程。”② 由此看来，要克服语言符号塑造形象时的异质性和抽象性，最关键的一点，就是作家要具有创造性地运用语言的能力。

乔姆斯基的“转换生成语法”理论认为，言语的生成是一个从“深层结构”转换到“表层结构”的过程。所谓深层结构就是说话者个人的语言能力，说话者正是靠了这种能力而说出一些他从未听到过的句子。在乔姆斯基看来，一个人的语言能力是先天既定的，是这个人的语言天赋的表现，后天的语言学习只是把这种天赋的潜力引发出来而已。他的这个说法是否妥当，我们姑且不论，但是，一个人在语言运用上的创造性取决于他的语言能力则应当是没有问题的。一位优秀的作家，常常被人称为“语言大师”，这表明作家的语言能力通常是高于一般人的。这种较高的语言能力一方面来自后天的习得，另一方面恐怕也与某种语言天赋不无关系。因为任何优秀的作家在语言风格上都显示出独特性，这种独特性决非是向其他作家单纯模仿的结果，应该是他的独特的个性的表现，也应该是他的独特的语言天赋的表现。那么，语言天赋当作如何解释呢？

现代脑科学已经探明，语言中枢存在于大脑左半球的额叶，被分为“布罗克区”和“维尔尼克区”两部分，布罗克区主要和句法有关，维尔尼克区主要和词汇有关。一个人的语言中枢受损将会引起说话困难和“失语

① ［俄］维克托·什克洛夫斯基：《作为手法的艺术》，载《俄国形式主义文选》，方珊等译，生活·读书·新知三联书店1989年版，第6—8页。

② ［英］休姆：《语言及风格笔记》，见赵毅衡选编《“新批评”文集》，中国社会科学出版社1988年版，第272—279页。

症”。脑科学还发现，联想、想象等表象活动属于大脑右半球的功能。这就是说，语言中枢和表象中枢分别位于左右两半球，这也从生理上印证了言语活动与表象活动的联系的困难性。但由于起沟通作用的“胼胝体”的存在，使得大脑两半球可以相互配合、协同运作，而分属于大脑两半球的语言中枢和表象中枢自然也可以相互联结起来。上述脑科学的研究成果，完全可以作为我们解释作家的语言天赋的生理依据。我们能否这样设想：作家所具有的较高的语言天赋和想象才能，除了来自后天的某些习得因素外，与语言中枢和表象中枢发育得比较健全也有密切的关系。这就是说，一个优秀的作家由于它的语言中枢和表象中枢同时比较发达，因而显示出较高的语言创造力以及用语言塑造形象的能力。作家在语言运用上的创造性主要体现在他们有超常的“语感”，就是说他们在语言知识和词汇量方面未必超出其他人，但是他们都有一种敏锐的语言感觉，他们在选词造句的时候，能够既快速又准确地分辨出哪一个词、哪一种句式、哪一种语调、哪一种表达方式是他们最需要的。他们对新的语言形式也特别敏感，并且能乐此不疲地沉浸在新形式的探索和创造之中。由此也可看出，“书写”活动或书面的言语活动本身就是一种审美的创造活动，确实具有一定的游戏性。但是作为一种言语活动，总是“言之有物”的，无言说对象的言说是难以想象的。还是休姆说得好：“一个人在写作时，倘若眼前不同时呈现出某种意义的形象，便会感到无从下笔。正是先有这种形象，然后才有作品；也正是这种形象使作品经得起推敲。”① 在这里，休姆强调了真正的文学写作并不是一种单纯的审美活动，而是一种在审美中实现的意义的传达和交流活动。

---

① ［英］休姆：《语言及风格笔记》，见赵毅衡选编《“新批评”文集》，中国社会科学出版社 1988 年版，第 272 页。

论小说话语的两种基本的言说方式

任何一个有小说阅读经验的人都可以轻易地觉察到，小说话语作为一种叙事话语有着两种基本的言说方式，一种是叙述，一种是描写。几乎所有的小说都交叉使用这两种言说方式，单纯使用某一种言说方式的小说可以说绝无仅有。这两种言说方式的差别是显而易见的，试比较下面的两段话："老刘头吃完饭后，给老伴打声招呼，就出去散步了"；"老刘头放下筷子，折了一根细细的扫帚苗，一边用它剔着牙，一边对收拾碗筷的老伴说：'出去遛遛。'话音未落，他已经悠悠地走出了门"。前一段是叙述，只是告诉了我们一件事，老刘头吃饭后去散步，至于老刘头如何吃完饭，如何给老伴打招呼，如何走出门，从这段话中我们得不到信息，我们只是被告知发生了一件事，这就是叙述。后一段是描写，读过这段话，我们不仅得知了一件事，还看到了这件事发生的具体情境和过程，好像不是叙事人在说什么，而是像舞台上表演的戏剧，一幅动态的画面自动地呈现在我们面前。这两种言说方式的根本差别在于，叙述是事件的告知，描写则是场景的展示。毫无疑问，讲故事必须要运用叙述，讲述者要尽可能连续地把一个个事件及其因果联系告知听者，直到把这个故事讲完。叙述可以说是叙事话语最常见的、最自然的言说方式。但问题是，小说叙事为什么还要运用描写的方式？描写的方式在小说叙事中到底起了什么作用？

早在古希腊时期，柏拉图在谈论荷马史诗时就已经注意到了叙事的两种不同的言说方式。他首先指出，他在荷马史诗里发现了两种讲述故事的方式。一种是诗人“以自己的身份在说话”，称之为“单纯叙述”；一种是“诗人站在当事人的地位说话”，也就是让故事中的人物直接出面表演和说话，这种方式称为“摹仿叙述”。例如《伊利亚特》开头讲到阿波罗神的祭司克律塞斯时说道：“他怀揣巨额赎金，手执上挂神箭手阿波罗头盔的金棒，来到阿凯安家族性能良好的船上赎自己的女儿；他恳求阿凯安全家，特别恳求阿特雷亚的儿子，那两个善于调节纠纷的战士……”这一段在柏拉图看来基本上属于“单纯叙述”，而在接下去的一段里，荷马开始让克律塞斯本人讲话，按柏拉图的说法，诗人假装成了克律塞斯，并“尽一切可能使我们产生不是荷马，而是那位老人，阿波罗的祭司在讲话的错觉”，而这一段就是所谓的“摹仿叙述”了。请看克律塞斯说的这段话：“阿德里德们，还有你们，绑着护腿铠甲的阿凯安们，但愿奥林匹斯诸神帮助你们摧毁普里亚姆斯的城池，然后安全返回家园。但也请你们把我的女儿还给我！为此，请看在宙斯之子、神箭手阿波罗的份上，接收这笔赎金吧。”柏拉图认为，“摹仿叙述”原本是悲剧、喜剧特有的方式，被诗人们借用到史诗里去了。随即柏拉图提出一个问题，“我们应该决定是否准许诗人们用摹仿来叙述，如果可以用摹仿，还是通篇用或部分用，在什么情形才应该用那个形式，还是完全禁止用摹仿的形式。”柏拉图的结论是：应慎重使用摹仿的叙述。他的理由，其一是“每个人只能做好一件事，不能同时做好许多事”，也“不可能把许多事都摹仿得好”，因而摹仿总是与“摹仿的蓝本”差得很远，是很不真实的；其二是摹仿各种各样的事必然也包括摹仿卑劣的事和坏人，而摹仿卑劣的事和坏人是不道德的。所以，柏拉图主张，史诗的写作应尽量多用单纯叙述，非用摹仿叙述不可，也只能摹仿好人，而不要摹仿坏人①。

柏拉图所讲的“单纯叙述”和“摹仿叙述”的区分，大致与我们说的“叙述”与“描写”相同，他在谈到两者的区别时说：“如果诗人永远不隐藏自己，不用旁人名义说活，他的诗就是单纯叙述，不是摹仿。”② 他的意思是说，单纯叙述是诗人直接出面说话，而摹仿叙述则是诗人有意隐蔽自身

① 《柏拉图文艺对话集》，朱光潜译，人民文学出版社 1983 年版，第 47—56 页。

② 《柏拉图文艺对话集》，朱光潜译，人民文学出版社 1983 年版，49 页。

而让作品中的人物出面说话，或让场景自己显示出来，这个意思显然就是指的叙事的两种言说方式：叙述和描写。柏拉图最早发现了文学叙事中的两种言说方式，并准确地指出了两者之间的本质差别，这不能不说是柏拉图对早期叙事理论的贡献。但他对两种言说方式的评价（贬低摹仿叙述在叙事中的作用，认为这种方式是不必要的，甚至是有害的），则由于明显偏离文学叙事学的立场而站到了哲学、政治学、伦理学的立场看问题，而遭到了后世某些流派的小说家的越来越强烈的反对和抵制。从批判现实主义的小说里，我们已经看到了对于“描写”（柏拉图说的摹仿叙述）的格外重视和推崇，特别是所谓“细节描写”更是大量地充斥在司汤达、巴尔扎克、福楼拜、列夫·托尔斯泰的作品中。这些作家为了达到一种现实主义的真实性，尽可能避免作者直接出面干预故事的进程（如果非要干预，也应该做到不留痕迹），希望通过一系列的细节描写，让场面、人物、情节自动地演示出来。当然，他们的作品里也不可避免地存在着大量的“叙述”（就是柏拉图说的单纯叙述），但两者之中，他们更偏爱描写则是毫无疑义的。而随后的自然主义的小说在这方面走得更远，自然主义追求的是绝对的客观性，所以在理论上干脆完全禁止了作者对故事的任何干预，即使现实主义认可的那种隐蔽的、不留痕迹的干预也属禁止之列，作者所做的只是冷静地、不加选择地记录下眼前所发生的一切事实。所以，准确地说，自然主义小说家不是在“叙述”故事，而是在“记录”故事，这种记录故事的任务显然只有选用描写的方式才能承担。正因如此，毫无选择、冗长、琐细描写的大量存在，就成为自然主义小说叙事的主要特征。而且，“描写”在自然主义小说里不只是一般的叙事技巧，而是作为基本的创作方法被使用的，即如左拉所说的：“自然主义小说家们着重描写，那倒不是像人们所责备他们的那样只是为了从描写中获得乐趣而去描写，而是因为他们投身于详情的描写加上以环境来补足人物的公式的缘故。……为了达到绝对完备，为了使他的调查达于整个世界并展现全部现实，他只不过每时每刻地记下人所活动并产生事实的物质环境罢了。”① 以罗布-格里耶为代表的“新小说”又在自然主义小说理念的

① ［法］左拉：《戏剧中的自然主义》，载伍蠡甫、胡经之主编《西方文艺理论名著选编》（中卷），北京大学出版社 1986 年版，第 221 页。

基础上继续迈进，将描写在小说叙事中的地位和作用推向极端。“新小说”相信事物是一种不能被人任意摆布的纯然存在物，“动作和物体在成为某种东西之前就存在那儿了；它们以后仍然存在那儿，坚实，经久不变，始终是实在的，藐视自身的意义，——因为这种意义要叫它们担当起介于模糊的过去和未定的将来之间某些虚幻的玩意的角色，然而这是办不到的”[1]。因此，“新小说”竭力反对包括现实主义在内的传统小说中所经常出现的那种无所不知的叙述者。罗布-格里耶反问道：“在巴尔扎克的小说中是谁在描述这客观世界？这位无所不知、无所不在的叙述者又是谁？他同时出现在一切地方，同时看到事物的正反两面，同时掌握着人的面部表情和他内心意识的变化，他既了解一切事件的现在，又知道过去和未来。这只能是上帝。”[2] 罗布-格里耶认为这种叙述者的存在是根本不合理的，是全然荒谬的，应该代之以一个如同凡人一样的具体的、有限的叙述者，以便让事物依照它的本然状态不受限制地显露出来。用格里耶自己的话说就是：“新小说”的叙述者应该“是‘一个人’，是这个人在看、在感觉、在想象，而且是一个置身于一定的空间和事件之中的人，受着他的感情欲望支配，一个和你们，和我一样的人。书只是在叙述他的有限的、不确定的经验。他就是在这里的一个人，在现在的一个人，总之，他就是他自己的叙述者。”[3] 这样的叙述者决定了他的主要的言说方式只能是描写，他所知很少，他无力驾驭事物，他之所以描写就是想让事物自己展示自己。因而，“新小说”的作品也往往是由大段大段的细致入微的物象和心象的描写构成的，充满了外部世界和内部世界的赤裸裸的自我袒露。

从小说叙事的角度看，描写的方式确实是极为重要的，决不如柏拉图所说描写是可有可无的，甚至是有害无益的。热奈特甚而认为，一篇小说的叙事可以没有“修饰成分”，但不可能不使用动词，而“动词也因其赋予行动场面不同的准确程度而可以多少带点描写性（只须比较‘抓起一把刀’和

---

① ［法］阿兰·罗布-格里耶：《未来小说之路》，载伍蠡甫、胡经之主编《西方文艺理论名著选编》（下卷），北京大学出版社1986年版，第254页。

② ［法］阿兰·罗布-格里耶：《新小说》，载伍蠡甫、胡经之主编《西方文艺理论名著选编》（下卷），北京大学出版社1986年版，第260页。

③ ［法］阿兰·罗布一格里耶：《新小说》，载伍蠡甫、胡经之主编《西方文艺理论名著选编》（下卷），北京大学出版社1986年版，第260页。

‘拿起一把刀’便会对此深信不疑），因而任何动词都很难完全不产生描写后果”，于是他下结论道：“描写可以说比叙述更必不可少，因为不带叙述的描写比不带描写的叙述更容易做到（或许因为物品不运动也可存在，而运动不能脱离物品而存在）。”① 很难想象一篇由毫无描写成分的单纯叙述写成的小说将会是什么样子，但完全用描写构成的小说却是时常可见的，尤其是在现代小说的范围内更是屡见不鲜的。

但是，我们也不认为描写可以超脱于叙述之外而单独存在，就像自然主义和“新小说”所竭力主张的那样，因为这种主张实际上已经彻底否定了小说之所以为小说的根本性质，即讲故事的叙事性，而把小说视为一种可以超越语言的纯粹戏剧性的演示，而这对小说来说是永远不可能的。小说只要还运用语言做媒介，它就必然是一种“讲述”，小说总是在讲述着什么，小说的描写也只能是讲述中的描写，是讲述的一种言说方式。而且在讲述的两种方式中，叙述是主要的，描写是辅助性的，尽管在某些小说中，例如在自然主义小说和“新小说”中，描写可以占有远远超出叙述的篇幅。归根结底，描写是为叙述服务的，描写从表面上看是叙述的中断，但事实上描写是叙述的中介、过渡，或者说就是叙述的一个异在的组成部分。关于此点，热奈特说得更清楚：“描写可独立于叙述进行构思，但实际上它可以说从不处于自由状态；叙述不能脱离描写而存在，但这种依赖并不妨碍它总扮演主角。描写自然是 an-Cilla narrationis（拉丁文，叙述的奴隶，作者注），须臾不可缺少，但始终服服帖帖，永远不得自由。有一些叙述体裁，……描写可在其中占据极大位置，但按其使命依然只对叙事起辅助作用。”② 即使像罗布-格里耶的那种小说，热奈特认为，也是“几乎完全用页页变化极微的描写构成叙事（故事）的一种努力，这既可看作描写功能的大幅度提高，又可视为描写万变不离其宗，始终以叙述为目的的鲜明印证”③。因而我们不能仅仅以篇幅大小为标准评判描写的重要程度，应该根据小说的叙事本性确立描写的总体地位。从小说的叙事本性看，描写与叙述一样都是讲述故事的方式，只不过描写始终以叙述为目的，也可以看作是叙述的一种特殊形态。

① ［法］热·热奈特：《叙事的界限》，载《外国文学报道》1985 年第 5 期。
② ［法］热·热奈特：《叙事的界限》，载《外国文学报道》1985 年第 5 期。
③ ［法］热·热奈特：《叙事的界限》，载《外国文学报道》1985 年第 5 期。

但是这种特殊形态要求比纯粹叙述更精细，包含更多的信息量，同时又尽可能不露出叙述者的痕迹，也就是造成一种不是叙述者在说话的假象，使人忘记是叙述者在叙述。所以，从这方面看，我们赞同热奈特给描写下的定义，即描写是“最大的信息量和最少出现的信息传递者”，而叙述则“正好相反”①，因而描写和叙述可以被看作是叙事的两种基本的言说方式。

描写与叙述的关系即如上述（描写和叙述是叙事的两种基本的言说方式，但前者始终以后者为目的），紧接着的问题就是：描写具有怎样的叙述功能？也就是描写在叙事的整体结构中起着何种作用？总起来说，描写既然是“最大的信息量和最少出现的信息传递者”，那么，描写就可以理解成一种“展现”，就是场面和情境像图画一样从描写的言语中展示和呈现出来。当然，用词语描写的图画还不是用彩笔勾画出的图画，也不是舞台上表演出的场景，这种画面不能直接呈现，而是潜在地存在于描写的词语里面，通过特定读者的阅读和理解而获得“具体化”，最终在特定读者的想象和幻想中浮现出来。因此，描写的叙述功能集中到一点，就是造成了一种图式化的画面感和身临其境的幻觉。这样一种总的功能体现在具体的作品中，可能会发挥出各种不同的具体作用，但大致说来，无非表现为两种作用，一种是穿插、点缀在纯粹叙述之中，使叙事更加具体、生动、逼真，以弥补单纯叙述所造成的单调乏味，增强虚构故事的可信度。热奈特把描写的这种作用称为“装饰性的”作用，“长篇详尽的描写在此好像是叙事中间的休息和消遣，纯粹起美学作用，正如古典建筑中雕塑的作用一样”②。鲁迅的小说《孔乙己》全篇基本上都是娓娓道来的叙述，但其间也不断地插入了一些描写段落，譬如开头讲了鲁镇的咸亨酒店的一般情况之后，提到了“孔乙己是站着喝酒而穿长衫的唯一的人”，接下来就是一段描写，详细刻画了孔乙己的相貌、穿着、买酒时说的话、店里喝酒的人对他的取笑以及他引起众人哄笑的有趣反应。随后又是对孔乙己身世的一般讲述，再下面接着又有几个片断的精彩描写，如孔乙己怎样写茴香豆的“茴”字，怎样对孩子们说“多乎哉？不多也”，以及讲述者最后一次见到孔乙己的情形。最后一段是对孔乙

① ［法］热·热奈特：《叙事语式》，载《外国文学报道》1985年第5期。

② ［法］热·热奈特：《叙事的界限》，载《外国文学报道》1985年第5期。

己故事结局的叙述。小说中的这些夹杂在叙述中的描写性段落，其艺术的审美的作用当然是多方面的，比如在塑造人物、揭示主题等方面，但其主要作用显然就是所谓“装饰性的”，因为它们有力地强化了叙事的实在性、生动性、可信性和艺术感染力，如果抽去了这些描写段落，仅用纯叙述联缀成故事，这篇小说曾给与人的那些特有的审美效果就会立即消失殆尽，小说本身也会立即变得索然无趣了。

小说中描写的另一种作用被热奈特概括为“解释性和象征性”的作用，他特别指出：“在巴尔扎克及其现实主义后继者们的作品中，对相貌、衣著和室内陈设的描绘带有透露并揭示人物心理的征象，又有其前因后果。”①所有小说中的那些含有深意或意味深长的描写都属于这类描写，或者通过其外在现象的描写揭露其内在精神，或者让某种形象的描写中寓含和表征着某种思想情感的意义，而这种内在精神和思想情感意义又不是哪一种单纯的叙述所能够有效地表达出来的，必须要靠某种带有“解释性”的，或者带有“象征性”的描写。前者的例子比比皆是，都是大家所熟知的，毋庸赘述。后者的例子可以举出欧·亨利的《最后一片叶子》，正如这篇小说的标题所预示的那样，这是一篇极具诗意的象征性小说。小说中多次描写到窗外的常春藤以及虽经寒风的猛烈摧打仍顽强地附着在藤干上的最后一片叶子，小说中写道，“一棵老极了的常春藤，枯萎的根纠结在一起，枝干攀在砖墙的半腰上。秋天的寒风把藤上的叶子差不多全部吹掉了，只有几乎光秃的枝条还缠附在剥落的砖块上”，“经过了漫长一夜的风吹雨打，在砖墙上还挂着一片藤叶。它是常春藤上最后的一片叶子了。靠近茎部仍然是深绿色，可是锯齿形的叶子边缘已经枯萎发黄，他傲然挂在一根离地二十多英尺的藤枝上”。另外小说中还有不少类似的描写，我们就不一一列举了。可以清楚地看出，这几段描写都不是单纯地介绍故事发生的场景，而是别有一番深意在其中的。小说的作者对最后一片叶子的不厌其烦地反复描写，显然带有明确的象征意义，它们象征着一个垂死的病人对生命的无限留恋和渴望，象征着人的生命的可贵和至高无上的价值。

---

① ［法］热·热奈特：《叙事的界限》，载《外国文学报道》1985 年第 5 期。

论文学语言研究的几个前提

文学语言研究的前提主要有：对象的界定、方法论、文学观和语言观等。先要对这几个前提进行一番疏理和辨析，文学语言研究才可能获得深入进展。

一、对象的界定

文学语言研究的对象是文学语言，研究的目的就是搞清文学语言是什么，但在此之前要先弄清什么是文学语言，即对研究的对象有一个基本的外延界定。否则，概念不清、对象不明或前后不统一，讨论就势必趋于混乱。

首要的一个问题，是分清语言学的文学语言概念与文艺学的文学语言概念的不同。语言学中讲的文学语言是指一切标准化的书面语，强调的是语言的规范性。语言学只承认那种经过周密斟酌的、合乎语言规范的书面语言为文学语言，至于脱口而出的、不讲求标准化的口头语则不在此列，研究的目的是通过文学语言的研究总结出民族共同语的范例和标本。文艺学中讲的文学语言也要求一定的规范性，但它强调的重心不是语言的规范性，而是语言的文学性，也就是语言在文学中的艺术性和审美性。因此，从文艺学角度说，凡是具有文学性的语言都是文学语言，不管是书面语，还是口头语，不管是规范语言，还是反常语言。这样看来，在文艺学的文学语言概念里，不仅包括了语言学所排斥的具有文学性的口头语，而且还清除了语言学所认可的那些非文学性的书面语，如纯学术著作、科学论文中的语言。

这就是说，文艺学的文学语言指的是具有文学性的语言，或者说主要是指文学作品中的语言。文学作品中的语言主要是书面语，也有口语，如以口头形式流传的民谣、民歌、民间说唱等。而且，在叙事文学作品中，一般都有三个说话者，即作者、叙述人和人物，其中人物的语言也是口语，虽然以书面的形式出现。口头的文学语言跟书面的文学语言不同，可以直接与听者进行面对面的交流，有当下语境的存在，有副语言特征（手势、表情、语调），可以通过直接对话完成信息交流。当然，文学作品中的语言总是以书面的形式存在的，从这个意义上可以说它主要是书面语。

既然文学作品中的语言主要是书面语，那么，文学语言不仅有语音问题，还有字形问题，文字成为文学语言的外在标志。对表音文字来说，字形是语音的纯粹形式，两者之间没有太大的实质差别。但对表意文字来说，例如汉文字，字形就有了相对的独立性，因为字形本身就有一定的表意作用和审美价值。因此，在考虑类似于汉语的文学语言时，文字也是一个不可忽略的审美因素，不能仅仅把它看作是语音的外在符号。

上述对文学语言的界定是从静态角度看的，若从动态角度看，情况就更加复杂。文学语言有一个生成和读解的过程，简单地说，这个过程都是作者使用某种语言，通过具体的言语活动，创造出言语成品（文本），然后又经过读者的解读而被接受。研究文学语言以言语成品为中心，但也要涉及言语成品的生成过程和读解过程。此外，文学语言还有一个历史发展的过程，研究文学语言也应该注意到它的不同的历史形态，如古代的文学语言、现代的文学语言、唐代的文学语言、清代的文学语言、五四时期的文学语言、当代的文学语言，等等。需要指出的是，从目前情况看，多数论者只是更多地研究静态的文学语言，而对动态的文学语言重视不够，有的论者甚至还根本没有动态的文学语言的概念。须知，只有把动态的研究与静态的研究结合起来，才能形成对文学语言的真正全面而深入的认识。

二、方法论

从文论史上看，文学语言研究的基本方法不外乎两种，一种是从文学外部研究文学语言，一种是从文学内部研究文学语言。传统的文学语言研究主要采用前一种方法，也就是一种社会学、心理学的方法，把文学语言与社会、作者联系起来，突出文学语言的再现性和表现性。现代的文学语言研究主要采用后一种方法，也就是一种本体论的方法，斩断文学语言的一切外部联系，孤立地研究文学语言本身，突出文学语言的客观性和自足性。

传统的社会学、心理学的研究方法，揭示了文学语言与社会历史和作者心理的内在联系，探讨了文学语言在传达再现性内容和表现性内容时所起的作用及其运作规律，在这样一些问题的范围内，它不断推动着文学语言的研究向纵深发展，至今仍是文学语言研究中的无可替代的、行之有效的方法。但是，传统的社会学、心理学方法在其长期的实践过程中也越来越暴露出一个致命的弊端：这种方法固有的规定性必然导向观念上突出和抬高文学的内容，而忽视和贬低文学的形式。在这样一个观念框架里，文学语言充其量只能是文学的形式要素，从属于文学的内容并为内容服务的。对文学语言的这种总体定位就决定了文学语言的研究不可能受到太高的重视，也不可能获得充分的发展。传统的文学语言研究最关心的问题就是语言如何更好地表达内容，只是从内容谈语言，绝少脱开内容去单独地谈论语言。这就是传统的文学语言研究何以长期停滞在较低水平的根本原因。

正是针对这一弊端，现代的本体论的研究方法应运而生，它从种种复杂的关联中把文学语言抽离出来，把研究的旨趣直接对准了文学语言本身，从而开辟了文学语言研究的一个新天地。从 20 世纪 20、30 年代开始，本体论的理论和批评勃然昌兴，许多有影响的理论家和批评家的研究旨趣都不约而同地转向了文学的语言问题，文学语言的研究也随之获得了突破性的进展。文学语言的研究热潮促使人们对文学与语言的关系以及文学语言的特性有了崭新的理解和认识，这种崭新的理解和认识又必然影响到总体的文学观念的刷新和改变，其重大的理论和现实意义不能低估。然而，本体论的方法也决非是完美无缺的，它在克服了传统的研究方法的弊端的同时，也明显地暴露出另一方面的弊端。从目前情况看，无论国内国外，本体论的方法都因其自身缺陷的暴露无遗而遭到越来越多的质疑和非议，即使某些本体论者自己对此也有所觉察，试图在方法论上加以变化，以避免单纯使用本体论方法所招致的偏差。例如，法国著名的结构主义理论家托多洛夫在 20 世纪 80 年代中期谈到他新近出版的《批评之批评》一书时说：“我的观点和方法也有所改变，此书涉及了更带普遍意义的观念，如人道、道德问题。结构主义方法要补充、要完善。”[①] 这一切迹象表明，本体论的研究方法已经走到尽头。

传统的社会学、心理学的方法和现代的本体论的方法，就其各自所暴露的弊端看，它们是相互对立的；就其各自所显示的优势看，它们又是互补的。因此，我们主张，研究者应该尽力把这两种方法乃至多种方法综合起来运用。其理由在于从研究对象方面看，文学语言是一种语言现象，但又不是一种孤立的语言现象，它与作者和读者的心理乃至整个社会历史、思想文化的外部语境都有着不可分割的联系。正是文学语言的这样一种“多面体”的性质，决定了必须把多种研究方法结合起来使用。因为某一种方法只对应了文学语言的某一方面的性质，只有把各种方法结合起来才能把握文学语言的全面的性质和联系。美国著名学者韦勒克把这种方法的综合称为“透视主义”，他说，这一术语“表明从各种不同的、可以被界定和批评的观点认识客体的过程”[②]。再从所运用的不同方法本身看，这些方法虽然来自不同的学科，但是它们又共同指向文学理论研究范围内的同一个对象，这个共同点也提供了一种各种方法结合的可能性，就是仅仅选用各种方法与研究对象相适应的一些方面和内容，把它们统合起来，使各种方法都始终能为文学理论研究这一总目标服务。否则，只是单独使用某一种方法，不仅容易导向对文学语言的片面认识，而且还很容易逸出文学理论的学科范畴，而变成文学语言的社会学、心理学、语言学或其他学科的研究了。

三、文学观

文学语言的研究总要受一定的文学观的支配，就一般情况看，有什么样的文学观，就有什么样的文学语言观。当然，新的文学语言观也能够改变人们的文学观。历史上曾有过各种各样的文学观。美国理论家艾布拉姆斯把这些文学观归纳为四类，即以作品与世界的关系为侧重点的模仿说，以作品与作者的关系为侧重点的表现说，以作品与读者的关系为侧重点的实用说和以

---

① 钱中文：《法国文艺理论流派印象谈》，载《文艺理论研究》1985 年第 4 期，第 85 页。

② ［美］韦勒克、沃伦：《文学理论》，刘象愚等译，生活 · 读书 · 新知三联书店 1984 年版，第 165 页。

作品本身为侧重点的客观说[①]。如果进一步归纳，可以将艾氏说的这四类文学观合并为两大类：他说的第一类（包括第二、三类中的部分理论）强调文学再现、认识客观世界的性质和功能，可称之为反映论的文学观；他说的后三类（主要是第四类）尽管着眼点不同，但都强调文学的审美性质和功能，可称之为审美论的文学观。一般地说，反映论的文学观偏重文学语言的反映特性，审美论的文学观偏重文学语言的审美特性。那么，文学语言到底只是用来反映社会现实的，还是仅具有某种审美的价值？这就是人们在文学语言观上一直争论不休的一个核心问题。看来，要想从根本上解决这个问题，还必须从作为文学语言观的理论前提的文学观上入手，以寻求造成分歧的更深层的理论根源。

艾布拉姆斯认为，他说的四类文学观中，任何一类单独看来都不能令人满意，因为它们都是只强调文学的某一要素和关系。因而他提出文学是由四种要素（世界、艺术家、欣赏者、作品）构成的整体，以便建立一种更加全面的文学观[②]。后来，另一位美国理论家刘若愚对艾氏的这一构想加以修正和改造，提出了文学是一个由四种要素的相互作用而构成的四个阶段（从宇宙开始，到作家，到作品，到读者，再回到宇宙）相互联结的活动过程[③]。把文学看作一个活动过程，这是艾布拉姆斯特别是刘若愚在文学观上的贡献，但是由于他们两人都没有指出联结整个文学活动的中介要素是什么，因而最终也没有说清文学活动到底是一种什么性质的活动，是一种反映活动？还是一种审美活动？

我们认为，贯穿和联结整个文学活动的中介要素正是语言，没有语言就没有四个阶段的贯通，也就没有完整的文学活动的过程。从这个意义上说，文学活动就是一种文学的话语活动。因为是一种话语活动，它就必然是一种交流活动（任何话语活动的基本性能都是为了交流某种思想感情的信息）；因为是一种文学活动，它又必然是一种审美活动（任何文学活动都是创造和欣赏艺术的审美对象）。文学通过语言实现审美，而语言又通过文学完成交流。换言之，由于语言的中介，文学的审美采取了话语交流的形式，而话

① 参见［美］M.H.艾布拉姆斯《镜与灯》，郦稚牛等译，北京大学出版社 1989 年版，第 2—7 页。
② 参见［美］M.H.艾布拉姆斯《镜与灯》，郦稚牛等译，北京大学出版社 1989 年版，第 2—7 页。
③ 参见［美］刘若愚《中国的文学理论》，田守真等译，四川人民出版社 1987 年版，第 14—18 页。

语的交流又采取了审美的形式。这样一来，文学活动就具有两重性，而这种两重性又是交汇融合在同一个活动中的。因此，我们有理由认为，文学活动就是一种审美交流活动。它的特点就在于，它在审美中传递着某种思想意义，它在交流中又创造和欣赏着某种美的对象。正如英国当代美学家S.H.奥尔森说的，“一部文学作品，不论是写出的还是说出的，都是一种语言的表达。它是一种‘表达’，由说话者发出，在时间中的某一点传给接受群。同其他表达一样，它包括词和句子的组合排列，形成有意义的传递形式”，“从另一方面看，文学作品也是艺术作品。它具有审美特性和审美价值。这使它与其他写出或说出的表达形式判然有别”，“文学作品是审美对象，或者具有审美尺度，同时也是一个语言学事实”①。我们认为，这种较为辩证的文学观似应成为我们文学语言研究的一个基本的理论前提。在这一前提的规定下，文学语言是反映还是审美的问题就容易解决了。

四、语言观

文字语言不仅是一种文学现象，也是一种语言现象，研究它要涉及语言学的知识、理论和方法，这是不言而喻的。我们这里说的语言观是指对语言的一种总体的看法，即语言在人与世界和人与人的关系中到底起着一种什么样的作用，也就是一种语言哲学观，这种语言观无疑也是我们研究文学语言的基本前提之一。历史上的语言观主要有两大类：一类是把语言看作是人认识世界及人们之间进行思想交流的工具，而且认为这种工具具有“透义性”，人们可以利用它直接达到对现实世界的认识并顺畅地与他人交流思想。这种工具论的主张是传统语言观的主要倾向。另一类观点认为，语言是一种本体性存在，人只能在语言的规范和限定之内认识世界和进行交流，人无法超越语言达到直接认识世界和与人交流，语言是人的本体，是世界的本体。这种本体论的观点是现代语言观的主要倾向。

本体论的语言观兴起于现代语言学的开创者索绪尔，他指出，语言并不

---

① ［英］S.H.奥尔森：《几种文学理论的分类及其检视》，载《文艺理论研究》1993年第6期，第91页。

是一种标示外物存在的命名集，而是一个按照任意性原则组织起来的声音与概念的区别性系统[①]。而本体论语言观的最明确最极端的表述，在语言学中就是所谓的“萨丕尔—沃尔夫假说”（即认为各民族语言没有实质上的一致性，有多少种语言，就有多少种思维方式，就有多少种世界观念）[②]，在哲学中就是海德格尔断然否认语言是可供人支配的工具，反而认为支配人类最高存在的是语言[③]。

无论是工具论的语言观，还是本体论的语言观，显然都不能单独成为我们文学语言研究的语言观前提。原因在于，工具论过分低估了语言在人与世界之间、人与人之间的作用，以致把语言降为可以任人驱使的“奴仆”；而本体论又过分高估了语言的作用，以致把语言提升为反过来控制人们的“主人”。这两种理论都没有看到如下的事实：语言虽然是人所创造的东西，但它一旦被创造出来就成为一个外在于人的客观的自在的符号系统；这个符号系统虽然可以标识着人的思想，但又不能等同于人的思想；而人的思想虽然是对客观世界的认识，但又不能与客观世界混为一谈。从人创造语言、语言标识思想、思想又是对世界的认识这方面看，语言把人与世界、人与人沟通起来了（这是工具论强调的一面）；从语言对人的异在性、语言符号与思想内容的不完全对应性、思想认识与客观世界的一定的偏离性方面看，语言又把人与世界、人与人隔离开来（这是本体论所强调的方面）。这就是说，语言既有沟通作用，又有隔离作用，在沟通中有隔离，在隔离中又有沟通。我们可以把语言的这种作用恰当地称为“中介”作用，人只有通过语言（广义的语言，也包括自然语言之外的语言形态）才能认识世界，才能进行交流，语言是人与世界、人与人之间永恒的中介物。这个中介物就像人与天空之间的大气层一样，人只有透过大气才能仰望到天空，大气既遮蔽着天空，又显露着天空，人正是在大气的这种又遮蔽又显露的不断流动和变幻中，逐渐了解到天空的状貌。我们认为，应该考虑把这种中介论的语言观作为我们文学语言研究的语言论前提。

---

① 参见［瑞士］索绪尔《普通语言学教程》，高名凯译，商务印书馆 1996 年版，第 157—159 页。

② 参见［英］戴维·克里斯特尔《剑桥语言百科全书》，任明等译，中国社会科学出版社 1995 年版，第 20—21 页。

③ 参见［德］海德洛尔：《人，诗意地安居》，郜元宝译，上海远东出版社 1995 年版，第 111 页。

论语言是文学的中介

语言在文学中到底居于什么地位以及发挥何种作用，这是文学语言研究中的核心问题。对这个问题历来主要有三种观点：一种认为语言是传达内容的载体，这是比较传统的观点；一种认为语言是标识文学存在的本体，这是现代的观点；一种认为语言是读者接受的客体对象，这也是一种现代观点。这三种观点各有其偏重和强调的方面，既相互排斥，也相互补充；我们认为，若把文学理解为一个从作者认识世界开始直到读者接受作品并反过来影响世界为止的不断回返往复的过程，并把语言放到这个完整的文学活动的背景中去考察，我们就会发现，上述载体论、本体论、客体论各自强调的那些语言的文学地位和作用，实际上都可以统合为同一种作用，即一种中介作用。“中介”是辩证法哲学中的重要概念，指事物之间或者过程之间的间接联系。黑格尔极为推崇这个概念，认为“无限的中介”使得“实际存在……发展成为一个现象的整体和世界”[①]。列宁也说：“一切都是经过中介联成一体，通过转化而联系的。”[②] 那么，在文学活动过程中起中介作用的因素是什么呢？我们认为就是语言。本文即是对这个观点的解说和论证。

---

① ［德］黑格尔：《小逻辑》，贺麟译，商务印书馆1986年版，第278页。

② 列宁：《黑格尔〈逻辑学〉一书摘要》，中共中央马克思恩格斯列宁斯大林著作编译局译，人民出版社1965年版，第23页。

一、语言中介与文学整体

艾布拉姆斯在其《镜与灯》一书中提出了著名的文学四要素理论，即文学是由作品、世界、艺术家、欣赏者构成的。他认为这四个要素是以作品为核心的，在艺术家与欣赏者之间、艺术家与世界之间、欣赏者与世界之间，都不存在直接的联系，都要通过作品这个中间环节，所以，作品就成了其他三个要素之间发生联系的中介[①]。这里说的作品，就是以书面形式存在的文本，也可理解为作品中的语言组织。这就是说，文学中的其他三个要素中的任何一个要素，都必须先与作品语言构成直接性关系，然后才能通过这种关系与其他的要素发生联系。

从艺术家与世界的联系看，我们可以说艺术家再现了这个世界，或者表达了他对世界的认识和体验，但是这种对世界的再现、认识、体验必须经过他的创作活动才能实现，也就是他必须创作出作品，我们才能说他反映、认识和体验了这个世界。就是说，创作主体与创作客体的这种联系必须以作品的存在为中介。如果没有作品，那些所谓的反映、认识和体验只存在于作者的脑子里，并没有与他们所反映、认识和体验的世界结成现实的以作品语言体现出来的联系，因为任何读者只能通过作品才能发现和断定这种联系。比如说，我们认为曹雪芹再现了他那个时代的一个贵族大家庭的兴衰过程，并且表达了他内心的某些情感体验，我们这样说主要是依据《红楼梦》这部作品，如果曹雪芹没有写这部作品，我们无论如何都不能说曹雪芹与他的世界发生了那样的联系。当然，即使曹雪芹真的没有写这部作品，他也与他的世界有联系，但那是一种心理性质的联系，而不是一种文学性质的联系。在文学中，一个作家与世界发生联系，必须要以他的作品为中介。这也正如曹雪芹自己说的“满纸荒唐言，一把辛酸泪”，他对社会现实的这种“辛酸泪”是用“荒唐言”来表达和体现的，所以，没有“荒唐言”这个中介，就没有他与世界的真正的文学性质的联系。

在艺术家与欣赏者之间，以语言为中介的间接性则更容易被看到。无论

① 参见［美］M.H.艾布拉姆斯《镜与灯》，郦稚牛等译，北京大学出版社1989年版，第2—7页。

艺术家还是欣赏者，与之直接发生关系的都是作品，艺术家把他要表达的所有的信息都灌注在有形的作品语言中，而欣赏者要了解和接受这些信息也是从对作品的阅读开始的。两者之间不可能发生面对面的直接接触和交往。也可能出现这样的情况：一个欣赏者可以直接找到艺术家并跟他当面交换关于作品的见解，但这种行为已超出了常规的文学活动，即使算作常规的文学活动，双方的这种当面交流依然要通过语言，通过关于作品的议论和对话，就是说，还是要以语言为中介。但是通常的情况是，我们与作家之间的交流、了解乃至产生敬慕或厌恶之情，都是通过阅读他写的作品而实现的。而且，许多作家可能早已去世，可能远在别的国度，但我们仍可以通过阅读他的作品与他进行交流，或建立起某种精神上的联系。作家写出作品，并不像他平时说的话语，话音落后，即刻就在空间中消失了，而他写的作品却可以超越时空而获得永久的存在，当然这种超越的程度也取决于这部作品有多少流传价值以及所具有的流传条件。屈原虽然早已去世达两千多年之久，但他仍旧凭借着《离骚》文本的存在，在向我们诉说，在发出他那充满着无限幽怨而悲愤的声音。而我们，现代的人们，也同样可以通过对《离骚》的阅读而与这位伟大诗人发生心灵上的联系，了解他那博大的胸怀以及他所生活的那个特定的时代。这就是以语言为中介的创作主体与接受主体之间的间接联系的特点，这种联系虽然失去了当下交谈的具体性和灵活性，但也因此获得了超时空的客观性和永久性。而且，由于语言中介的存在，由于双方联系的间接性，也使得意义的传达和交流表现出更多的曲折性和复杂性。一个作家向他的读者究竟传达了一些什么样的意义，并不完全取决于他的主观意图，还在很大程度上取决于作品的特定的语言结构在客观上所蕴含的意义，这种意义也可能与作者想要表达的意义一致，也可能不完全一致，甚至也可能完全不一致。这种一致或不一致又取决于在特定历史语境中的读者对作品语言结构的特定的理解。这就是说，读者最终从作者那里得到了什么，既与作者的主观意图有关，也与读者的主观理解有关，但最重要的起客观规定作用的因素，还是作品的语言结构。因为无论作者的主观意图还是读者的主观理解，都是直接与作品发生关系的，作者的意图要体现在作品里，读者的理解也要从作品开始，作品的这种中介地位就使得意义的传达和交流出现了复杂的变化，同时也使得作品的语言结构本身在意义的传达和交流中成为客观的依据和标准。

再来看欣赏者与世界的关系。在文学活动中，欣赏者是通过作品与世界发生联系的。这种联系有两方面的含义：一是指读者通过阅读作品了解到作品所反映的世界，比如通过对《安娜·卡列尼娜》的阅读，了解到当时俄国在民主主义革命的背景中贵族社会所发生的一些变化，或者从更深的层面了解到人生在爱情和婚姻的冲突中所招致的悲剧命运；二是指读者由于受到作品的影响又反过来对他所生存的那个世界产生影响。这两种情况都是读者与世界之间以作品为中介而发生的间接联系。这种间接联系的特点就在于读者所面对的直接对象是作品而不是世界。通常情况下，读者的原初动机并不是为了与世界发生联系而去阅读作品的。他之所以阅读作品只是为了阅读本身，阅读可以给他带来审美的愉悦。他选定一部作品阅读，只是认为这部作品对他具有可读性，这部作品也就成为他的直接的客体对象。他能否通过这个客体对象而与在其之外的另一个客体对象——世界发生联系，完全取决于这部作品所反映的内容以及他对这种内容的理解。作品所反映的内容越具现实性，读者对这内容的理解就越能激发他的直接的生活经验，他对外部世界的联系也就越密切越深入。否则，他只能滞留在由作品引发的纯粹想象的世界中难以自拔，无法与外部世界发生联系。正因如此，有人断言文学是对现实的逃避和遗忘，这样说显然是不全面的，因为他完全否认了作品在读者和世界之间的中介作用。当然，也应看到这种中介作用的复杂性，它既有联接的一面，也有隔离的一面，而且无论欣赏者和世界之间的联系多么密切，这种联系都是在欣赏者与作为它的直接客体的作品的审美关系中潜移默化地实现的。

概言之，由于语言的居间联接作用，使其他三要素中的任何一个要素都与语言直接关联，并与其余的两个要素发生间接联系。这样，文学的四个要素就构联成了一个不可分割的有机的整体。在这个整体中，语言显然成为一个核心要素，成为全部关系的纽结点，这是由它在整体中的中介地位决定的。但是，本体论的观点由于不能从整体上看问题，因而也就看不到语言的中介性。只是把它的核心地位孤立地突出来，加以无限夸大，终至把它抬升为文学的本体。同本体论一样，载体论和客体论也不能从整体着眼，都是仅仅抽取出整体中的某一种关系就作出结论，当然也难免有片面性。比如，载体论偏重的是世界与作品的关系（再现论）或作者与作品的关系（表现论），其结论必然是把语言当作与读者经验有关的意向性客体。所以，只有把文学看成一个由诸多要素和关系构成的有机整体，才能克服载体论、本体论、客体论各自的片面性，才能把语言的载体性、本体性、客体性统合为中介性，而语言的中介性又把文学的诸种要素和关系联结成一个有机整体。

二、语言中介与文学过程

文学不仅是一个有机的整体，它还是一个完整的过程，这两者都是文学系统性的表征，前者是从空间联系上说的，后者是从时间运动上说的。确立语言的中介地位，不仅要把语言放到文学整体中考察，还要把语言放到文学过程中考察。正如文学整体是由各个要素按其相互关系构合而成的，文学过程也是由各个阶段按其先后秩序连接起来的。美国文艺理论家刘若愚发展了艾布拉姆斯的文学四要素的观点而提出了文学四阶段的理论，他认为："在艺术的过程的第一阶段，宇宙影响、感发作家，作家对之做出反应。由于这种反应，作家创作出作品，这就是艺术过程的第二阶段。作品与读者见面，立即对它产生影响，这是艺术过程的第三阶段。在艺术过程的最后阶段，读者因阅读作品的经验而对宇宙的反应有所调整改变。这样，整个过程就构成一个完整的圆圈。"① 显然，文学过程的这四个阶段，同宇宙中所有运动过程的阶段一样，都具有相对的独立性，否则就不能称为"阶段"了。这种过程中的阶段性和阶段之间的相对独立性，就决定了从一个阶段向另一个阶段的接续和过渡不具有自发的直接性，必须要有中介的沟通作用。按照马克思主义的观点，在人类历史的发展过程中，从一种社会形态向另一种社会形态的过渡和飞跃，必须经过社会革命，在这里，社会革命就是一个中介环节，起着沟通和接续两个不同的历史发展阶段的作用。同样，在文学活动的过程中，每两个阶段之间的过渡和衔接，也需要有中介环节的沟通作用。正如联结文学整体中的各要素的中介是语言一样，沟通文学过程中的各阶段的中介也是语言。需要说明的是，这里说的语言不只是指作品语言，也包括言

① ［美］刘若愚：《中国的文学理论》，田守真等译，四川人民出版社 1987 年版，第 16 页。

语活动，即作家的言语活动（语言的生成）和读者的言语活动（语言的读解）。这就是说，当把文学作为一个活动过程来看时，文学中的语言也必然表现为一个活动过程，这个过程就是：语言的生成——作品语言——语言的读解。这样看，文学过程中的语言就呈现为三种形态，即生成形态、作品形态、读解形态。在文学过程的各个阶段之间起着中介的沟通作用的就是语言的这三种不同的形态。

我们先来分析语言在文学过程中的第一阶段和第二阶段之间的中介作用。第一阶段是作者与世界相互作用的阶段，也就是我们常说的作家从生活中积累创作素材的阶段。第二阶段是作家创作作品的阶段。作家是如何从生活积累阶段进入到实际的创作阶段的呢？这中间涉及的因素固然很多，也很复杂，比如说，作家的创作动机、创作冲动等，这都是我们经常提到的。但是创作动机或创作冲动是一种内隐性的心理现象，它不可能成为外显性的创作活动的直接的中介，作为创作活动的直接中介也只能是一种外显性的活动，这就是作家的言语活动。作家的言语活动是一种外显性的物质活动，它体现为发出和写出的一连串的声音和字形，但它又是人类所特有的一种最主要最复杂的意指行为，因而同言语者的内在的精神活动紧密地交合在一起，实际上就是以外在的物质形式意指着内在的精神内容。正是言语活动的这种性质，使得它在文学过程的第一阶段和第二阶段之间充当了直接的中介环节，起到了直接的沟通作用。换言之，正是通过言语活动，精神内容外化为某种可感的物质形式，文学过程也就从生活积累阶段进人到作家对作品的创作和实际的写作阶段。

再来看第二阶段是如何向第三阶段过渡的。第二阶段的结果就是作品的产生，而第三阶段是指读者对作品的接受，又是以作品的存在为前提的。这就是刘勰所说的：“缀文者情动而辞发，观文者披文以人情。”[①] 这里的“辞”、“文”都是指作品语言，这就是说，作品语言既是第二阶段的终点，又是第三阶段的起点，恰好处于两个阶段的交接点上。这就像接力赛跑一样，前一个赛者把接力棒递到下一个赛者的手中，下一个赛者才能接着前一个赛者继续跑下去。作品语言正是这两个阶段之间的“接力棒”，没有这个

① 刘勰：《文心雕龙·知音》。

接力棒，下一个阶段无论如何是无法开始的。作品语言的这种沟通作用主要体现为将第二阶段的结果和第三阶段的原因统合于自身，这就是说作品语言既是第二阶段的结果，又是第三阶段的原因。明白这一点，对于正确地理解两个阶段的关系是至关重要的。按照刘勰的说法，第三阶段是“沿波讨源，虽幽必显”，即是第二个阶段的逆向复现的过程[①]。这个观点只是说对了一半。因为刘勰只是看到了作品语言是第二阶段的结果，就以此断定第三阶段就是从这个结果返回到产生这个结果的原因，如同寻找河源一样，溯流而上，就可以找到源头，也就是找到“情动而辞发”的那个“情”。而且刘勰相信，只要读者“目瞭”、“心敏”，就一定能把诗人隐藏在文辞中的幽深的情感显露出来，达到所谓“知音”。然而，作为两个阶段的中介的作品语言，不仅是第二阶段的结果，还是第三阶段的原因。如果从后一方面看，第三阶段的过程就不只是对第二阶段的结果的回溯，同时还是以自身为发端走向它所要达到的结果。即是说，第三个阶段的过程不只是“逆向复现”的过程，还是一个“顺向重构”的过程。在这个过程中，读者既可以“沿波讨源”，追寻作者的原意，又可以“随波逐流”，或者“顺流而下”，达到自己对作品的创造性理解。所以，对第三阶段的全面的理解应该是把它看作“逆向复现”与“顺向重构”相互统一的过程，这个过程既有“复现”的被动性的一面，也有“重构”的创造性的一面，而且这两方面是相互包容的。如果这样理解问题，我们就不会对“一书多解”这一普遍存在的阅读现象感到奇怪了。我们承认，在这些不同的解释中有一些可能更接近作者的本意，但是，即使对那些与作者的本意有偏差甚至相抵牾的解释，我们也不能因此就否认或怀疑它们存在的价值和必要性。因为追寻作者的本意并不是读者接受作品的唯一目的，读者接受作品还有另一目的，也许这个目的更加重要，这就是在作品的重构和再创造活动中，获得审美的愉悦，实现自我人格和精神的升华。有的论者之所以把这两方面的目的分离开来或对立起来，皆是因为他们没能全面把握作品语言在作家创作和读者接受之间的中介性质及其特殊的沟通作用，即它既是上一阶段的结果，又是下一阶段的原因，具有结果和原因的双重性质，而这些论者们却把这种双重性质硬是掰开了，这

① 刘勰：《文心雕龙·知音》。

样，出现观点的片面性就是不可避免的了。

现在再分析第三阶段和第四阶段的关系。正如我们已经知道的，第三阶段是作者与读者之间的相互影响，第四阶段则是文学过程的最后阶段，也就是“读者因阅读作品的经验而对宇宙的反应有所调整和改变”。从读者的内心活动方面看，第三阶段和第四阶段的连接是以某种心理过程为中介的，即由于受到作品的影响引起读者的内心世界发生某种变化，从而又导致读者对客观世界的反应出现相应的改变。但是这种心理过程又是同某种外显行为交织在一起的，这种外显行为就是读者在读解作品时的言语活动。因此，从外显行为方面看，接续第三阶段和第四阶段的中介也是语言，即读者的言语活动。读者通过他的言语活动促使他从对作品的接受阶段进入到对世界的反应阶段，他的言语活动也就把这两个阶段沟联在一起了。例如，一个长期漂泊在外的游子阅读了李白的《静夜思》之后，很容易引起内心的波动，他会由诗人描写的那种意境，联想到自己的现实处境，因而激起更强烈的思乡之情，也许正是通过这种阅读和感受，使他开始厌倦他目前的颠沛流离的生活，期盼着早日踏上回家的归程。在这里，这位游子作为一首诗歌的接受者，从他接受这首诗开始，到他内心发生的变化以及他对他的现实处境的一些新的反应，始终是以阅读行为作为中介的，他的阅读行为一旦中途终止，后来发生在他身上的种种变化，包括他对于现实处境的反应的改变，也就不会出现了。从这个例子可看出，读者的言语活动实际上是一种非常特殊的言语活动，它首先体现为对作品语言的阅读，因而是一种“倾听”，是对作者说出的话语的倾听，在倾听中揣度和琢磨着那话语的意思。与此同时，这种阅读又是一种“诉说”，是读者对作者发出的话语的反响和回应，在这反响和回应里，读者也吐露了他的心声，也表露了他的自我。这就是为什么在阅读中读者往往会陷入强烈的情感中而不能自拔，或哭，或笑，或悲，或怒，或拍案称奇，或掩卷长叹。所以，阅读作品的活动实际上是一种“先听后说”、“听说交合”的特殊的言语活动，读者在倾听中了解别人，在诉说中表现自己，因而这也是一种以特殊形式存在的多声部的“交谈”活动或“对话”活动。比较起来，阅读非文学作品就单纯多了，在这种阅读中，作品在“说”，读者只是“听”，或者理解了“所说”，或者曲解了“所说”，或者被说服，或者未被说服，如此而已。而在文学的阅读中，作品的语言不仅传达着某种意思，而且还制造着某种审美效果，读者一面领会着语言所表达的意义，一面又对语言的表达作出审美性的回应。以这样的阅读作为中介，读者的情感、思想乃至信念都会发生或多或少的改变，从而使他必然越出作品，对作品之外的世界产生某种影响。

由以上所述可知，语言作为中介贯穿了文学过程中的各个阶段，并且这种贯通作用不仅制约着各个阶段的内容、性质和过渡方式，还决定了各个阶段之间的必然的递进关系，从而使整个文学活动连接成一个由各个阶段相继展开的完整的过程。但是，载体论、本体论和客体论都无视文学的这一完整过程的存在，它们都只截取了文学过程的某一阶段，并且仅以这个阶段为依据，就对语言的地位作出判定，其结果必然导致以偏盖全的结论。载体论所看重的只是文学过程的第一阶段（再现论）或第二阶段（表现论），因而把语言判定为运载某种内容的工具；本体论断然否认了作品与文学过程的第一阶段的必然联系（如俄国形式主义），甚或将作品与整个文学过程分隔开（如“新批评”），因而把作品语言视为文学的本体；客体论只是关心作品与读者相互影响的阶段，有的同时还注意到读者对世界的反应这个阶段，因而视文学语言为一种特殊的客体（审美客体、释义客体、解构客体、意识形态符号客体等）。事实上，从完整的文学过程的观点看，它们所强调的文学语言的载体、本体、客体等作用，都不过是中介作用的各个不同方面的体现。从这里也可看到，中介论具有较强的包容性和统合性，它可以对其他各种理论所强调的方面作出新的解释，并在此基础上达到各种理论之间的优势互补，达到对文学语言更全面、更深刻的认识。

三、语言对文学性能的整合作用

文学作为一种活动具有两种性能，一种是交流性能，一种是审美性能。古往今来的文艺家和美学家在说明文学活动的本质时，都在这两种性能之间游移和摇摆不定。就一般倾向看，传统的理论家比较强调交流性能这一方面，由此形成了模仿论、再现论、表现论的文学观；现代的理论家比较强调审美性能这一方面，由此形成了唯美主义、形式主义等种种不同的审美论的文学观。然而，在实际的文学活动中，这两种性能总是客观地统一在一起的。任何一部具体的文学作品，我们在把它当作思想情感交流的媒介，从中或多或少地获得思想精神上的教益的同时，也可以把它当作一个审美客体，从中或多或少地体验到审美的愉悦。也许，正是这种客观事实的存在，使越来越多的理论家采取了一种中和的观点，即认为文学活动既是交流的，也是审美的。如美国理论家乔纳森·卡勒说："一部文学作品就是一个审美对象，这正是因为文学具有最初使其得以定位，或者说使其得以存在的交流功能。"① 卡勒的这个观点指出了文学的审美功能是以交流功能为基础的，但并没有说清这两种功能是如何现实地交融在一起的。唯物辩证法认为，任何对立关系的统一都是一个现实的客观过程，都是因为某种实体性的中介因素起着整合作用的结果。我们认为，这个中介因素正是语言。

我们这样说的理由主要出自以下几点考虑：第一，既然语言是联结文学整体的中介，是贯通文学过程的中介，那么，文学活动在一定意义上可以理解为一种语言活动。第二，文学活动既然是一种语言活动，它就会像其他所有的语言活动一样必然具有交流的功能。奥地利学者 C.弗赖认为："艺术与语言交流又极相似，艺术家就是用其特有的语言来表达其要传递给特定观众的东西的。"② 弗赖说的是一般的艺术品都具有交流的性质，文学作品直接使用语言，理当更加具有交流的性质。第二，文学活动作为一种语言活动，又与一般的语言活动有着明显的差别。文学的语言活动不像一般纯实用性的语言活动那样，只是为了交流的目的，它还有另外一个更加重要的目的，这就是审美的目的，因为正是这种目的的存在和实现决定了语言活动的文学性或艺术性。语言学家萨丕尔说："对我们来说，语言不只是思想交流的系统而已。……当这种表达非常有意思的时候，我们就管它叫文学。"③ 萨丕尔说的"有意思"并不等于"有意义"，而是指在意义的传达交流之外还能产生某种效果，这就是审美的效果。这就是说，在萨丕尔看来，某种语言交流活动必须能够产生审美效果，才能被认为是艺术的或文学的。第四，既然文

① ［美］乔纳森·卡勒：《当代学术入门·文学理论》，李平译，辽宁教育出版社、牛津大学出版社 1998 年版，第 35 页。

② ［英］C·弗赖：《艺术作品、语言游戏和生活方式》，见《国外社会科学》1985 年第 2 期，第 33 页。

③ ［美］爱德华·萨丕尔：《语言论》，陆卓元译，商务印书馆 1997 年版，第 198 页。

学活动在某种意义上说是语言活动，而文学的语言活动又是以交流目的为基础以审美目的为特征的，那么，文学活动中的审美性能和交流性能这一基本对立关系的统一，也就通过语言这一实体性中介因素的整合作用而实现和完成了。语言之所以能起到这种中介的整合作用，就因为它本身既可以是交流的媒介，又可以成为审美的对象。作品语言首先是一种意指符号，表达一定的意义，任何阅读它的人都可从中获得它所传递的意义，在这种情况下，作品语言就成为作者和读者之间交流的媒介。但作品语言同时又是一种客观实体，它显现为白纸黑字的物质形式，从最表层的具有可感特征的字形、语音，到较深层的语义、语象，再到最深层的意蕴，形成一个多层构联的结构性客体。更为重要的是，这种结构性客体又是作者出于某种审美的目的，按照某种审美的要求和规律创造出来的。这样，作品语言又是一个可供观赏的审美客体。作品语言的这种既是交流媒介、又是审美客体的双重性质，就决定了它在文学中的中介地位，它必然作为一个中介因素，把文学活动中的基本对立关系，即审美性和交流性的关系整合和统一起来。这样，文学活动也就成为一种审美的交流活动了。

另外，语言的整合作用还体现在由审美和交流这一基本对立关系派生出来的对立关系中，如：创作中的手段和目的的关系，文本中的内容和形式的关系，接受中的释义和美感的关系。

先说手段和目的关系。自从康德提出了“无目的的目的性”这一美学命题之后，文学创作是手段还是目的，就成为一个长期争论不休的问题。有些论者强调，文学创作是为了再现现实或表现情感，这样，文学创作就成了实现某个外在目的的手段；有些论者强调，文学创作是一种独立的审美创造活动，它不依从于某种外在的目的，它本身就是目的。事实上，文学创作的手段性和目的性并非截然对立，也并非全然不相容，两者之间完全可以通过创作中的言语活动的整合作用而获得现实的统一。因为创作中的言语活动不仅有描述客观世界和表现主观世界的外在目的，而且还有一个内在目的，这就是通过它自身的活动而创造出一个具有审美价值的言语成品或文学文本。创作中言语活动的外在目的的存在，说明了这种活动是一种达到目的的手段；而创作中言语活动的内在目的的存在，又说明了这种活动是以自身为目的的。而且，创作中言语活动的外在目的和内在目的又是相互关联的，即只有内在目的的完成才能导致外在目的的实现。所以，创作中言语活动既是目的的手段，又是目的本身，它的手段性和目的性是辩证地统一在一起的。譬如，一位诗人在写一首诗，他当然要考虑他写出的这些诗句是否能传达出他内心的所思所想，这些考虑都是指向于外在目的的。同时他还要考虑这些诗句的韵律和节奏、所运用的词语及其排列组合、所创造的意象和意境等是否符合诗歌文体的格式和要求，是否能产生某种特殊的审美意味和效果，这些考虑又是属于内在目的的。这表明，在这首诗的创作中，这位诗人一方面把他写出的诗句作为指向于外在目的的手段，另一方面又把他的诗句的写作本身作为目的。这样，他的诗歌创作的手段性和目的性就以他的言语活动为中介并整合在这种活动之中了。

文学作品中的内容和形式的关系也是一个长期困扰着人的问题。把文学作品明确地划分为内容和形式两个方面起始于古希腊的亚里士多德。亚氏认为所有的"诗的艺术"的创作都是"模仿"，它们的不同只是"模仿所用的媒介不同，所取的对象不同，所采的方式不同"。模仿的对象构成了作品的内容要素（如悲剧中的情节、性格、思想），属于模仿的目的，因而是重要的；模仿的媒介和方式构成了作品的形式要素（如悲剧中的语言、歌曲、形象），这些要素是为内容服务的，因而是次要的。[①] 亚氏的这个思想影响深远，由此导致了西方古近代文论中的重内容、轻形式的内容主义倾向。

中国古代文论中的"文"、"质"之分大致相当于形式和内容的区分。孔子讲"文质彬彬"，还是文质并重的。但是，中国古代文论是以"诗言志"、"文以载道"为主导理念的，这一点决定了中国古代文论在内容和形式的关系上，必然偏向于内容，内容是最为重要的，形式只能是内容的陪衬和装饰，两者之间的关系类似于"主人"和"奴婢"的关系。清代的袁枚如下一段话很能代表这种观念："虞舜教夔，曰'诗言志'。何今之人，多辞寡意？意似主人，辞如奴婢。主弱奴强，呼之不至。穿贯无绳，散钱委地。开花千枝，一本所系。"[②] 这是说，"志"、"意"等内容方面的东西是系木之本，是穿钱之绳，是"主人"；"文"、"辞"等形式方面的东西只能

① 参见亚里士多德《诗学》第一章和第六章。

② 袁枚：《续诗品·崇意》，见《清诗话》下册，中华书局 1963 年版，第 1029 页。

安于“奴婢”的地位，“服侍”好那位“主人”。这种重质轻文的观念与西方古近代文论中的内容主义倾向是一致的。

20世纪初的俄国形式主义试图根本扭转西方传统的内容主义倾向，所采取的策略是从文学观上反对传统的模仿论，否认文学的再现性质和表现性质，主张文学是一种纯粹以自身活动为目的的语言形式的创造。“我们将把那种被特殊程序创造出来的事物称为艺术作品，而所谓特殊程序的目的在于，要使这些事物尽可能地被人们作为艺术品来感受。”[①] 从这种观点看，作品中最根本最重要的就不再是内容，而是形式，内容不过是形式借以完成和显现自身的材料或素材。“任何艺术都使用取自自然界的某种材料。艺术用其特有的程序对这一材料进行特殊的加工；结果是自然事实（材料）被提升到审美事实的地位，形成艺术作品。”[②] 在俄国形式主义那里，内容不仅失去了往日的“主人”地位，而且连自身的独立性也没有了，它完全隶属于形式，甚而被形式所取代。“在艺术内部，这类所谓内容的事实，是不会脱离艺术创构的普遍规律而独立存在的……如果说形式成分意味着审美成分，那么，艺术中的所有内容事实也都成为形式的现象。”[③] 因此，俄国形式主义在反对传统的内容主义倾向的论争中，终于从一个极端走向了另一个极端。“新批评”也强调形式的重要性，但似乎不像俄国形式主义那样极端，他们试图寻求某种途径来化解内容与形式的区分和对立，但是他们的“文本中心主义”立场，又使他们坚决反对对作品内容的任何心理学解释，否认作品内容与作者意图有必然的联系，因此，他们所说的内容就不是作家从外部世界获得的题材和主题，而是作品语言结构本身所内含的语义。韦勒克说：“内容与语言这个基础层面紧密相联，语言中包含了内容，而内容又以语言为基础。”他还以小说中的人物为例论证说：“小说中的人物只能从意义单元中生出，由形象所讲的话语或者别人讲有关这一形象的语句造

---

① ［俄］斯克洛夫斯基：《作为程序的艺术》，载伍蠡甫、胡经之主编《西方文艺理论名著选编》下卷，北京大学出版社1987年版，第380页。

② ［俄］B.M.日尔蒙斯基：《诗学的任务》，载《俄国形式主义文论选》，方珊等译，生活·读书·新知三联书店1989年版，第213页。

③ ［俄］B.M.日尔蒙斯基：《诗学的任务》，载《俄国形式主义文论选》，方珊等译，生活·读书·新知三联书店1989年版，第212页。

成。”[①]“新批评”的“文本中心主义”是我们难以完全接受的，但他们试图从作品语言中寻求内容与形式统一的思路则是富有启发性的。

在我们看来，作品语言确实能起到整合作品的内容和形式的作用，但这种作用是以作品语言的中介地位为前提的。在作品语言这个中介里，作品的形式和内容就体现为语言结构的形式和语言结构的意义，这也就是索绪尔所说的语言的能指和所指。索绪尔认为，在语言里，能指和所指是不可分割的。他说：“语言还可以比作一张纸：思想是正面，声音是反面。我们不能切开正面而不同时切开反面，同样，在语言里，我们不能使声音离开思想，也不能使思想离开声音。”[②] 索绪尔所说的能指和所指的不可分割表现在作品语言里，就是字形、语音及其构成形式与它所描绘的形象以及形象所内含的深层意蕴的不可分割。如在小说《红楼梦》中，我们无法把作品所描绘的林黛玉这个形象以及这个形象的深层意蕴与用来描绘她的那些字形、语音以及语言结构形式分离开，我们正是通过这些字形、语音及语言形式来想象这个形象和领悟其中的含义，取消了这些语言构成形式，也就等于取消了这个人物形象，也就等于取消了《红楼梦》这部小说。既然作品语言的能指和所指是不可分割的，那么，作品的形式和内容也是不可分割的。传统的内容主义和俄国形式主义之所以都把内容和形式分离和对立起来，就是因为它们都把作品的内容理解为作品语言之外的东西，而把作品语言看作单纯的形式。不同只是在这种二元区分中它们各执一端。实际上，作品的内容不仅靠语言来表达，而且就在语言之中，就体现为语言中的语义。瑞士理论家凯塞尔把这种作品内容的语义化称为“内容的客观性”。他说：“内容完全属于作品的客观性，我们认识到这种客观性是特殊的种类。因为这个缘故，内容的研究首先必须在作品的构造方面在作品中已经变得生动的世界的构造方面确定自己的方向。”[③] 但是，需要说明的是，我们虽然主张作品的内容体现为语言中的语义，但又不像索绪尔那样认为语言的所指只是纯粹的概念，因而独立于所指的外在事物；也不像“新批评”那样认为语言的意义是自在

① ［美］韦勒克、沃伦：《文学理论》，刘象愚等译，商务印书馆 1980 年版，第 158 页。

② ［瑞士］费尔迪南·德·索绪尔：《普通语言学教程》，高名凯译，商务印书馆 1980 年版，第 158 页。

③ ［瑞士］沃尔冈·凯塞尔：《语言的艺术作品》，陈铨译，上海译文出版社 1984 年版，第 312 页。

自足的，因而与作者的意图和读者的经验无关。相反，我们认为，语言中的语义来自外部的现实生活，来自作者的意图，并且又依赖于读者在阅读经验中的创造性理解。但同时我们又认为，外部的现实生活、作者的意图一旦进入作品被语符化了之后，就转化为语言结构的语义，而读者对语义的理解也要受到语言结构的客观性的制约。因此，我们也不赞同把语言结构中的语义与作品的意图完全等同起来，更不赞同解构主义者片面夸大作品接受中的解构意向，以为经过接受者的解构就可以消解掉语言结构中的意义。总之，文学中的语言不是单纯的形式，它还包含着内容，它本身就是形式和内容的统一。也正因如此，文学中的语言才能作为中介把作品中的形式和内容整合为一体了。

让我们再来分析文学接受中的意义理解与美感享受的关系。早在古希腊、罗马时期，人们就注意到这种关系，如贺拉斯说的那段为人熟知的话："寓教于乐，既劝谕读者，又使他喜爱，才能符合众望。"① 这段话集中体现了西方古代的理论家试图把这两方面的对立统一起来的愿望。20 世纪以后，随着读者理论的兴起，文学接受究竟是意义的理解还是美感的享受，更成为一个焦点问题，引发了大量的争论和意见分歧，形成了相互对立的两派意见：一派是偏重于意义理解的释义派（如文学解释学），一派是偏重于美感享受的审美派（如接受美学）。前一派强调读者在接受中的理解力，后一派强调读者在接受中的审美创造力。此外，还有一派取中间立场的观点，力主接受活动中的释义与美感的协调统一，这一派中最有影响、最值得重视的是英加登的有关观点。英加登认为，文学艺术作品的特点在于，它是一种"图式化"的构成，其中充满了诸多潜在的因素和"不定点"，需要经过读者的"具体化"，才能获得一种现实的确定的存在。在英加登看来，具体化最主要的作用是使艺术作品构成一个可能的审美对象，并揭示出同艺术作品相应的审美价值。同时，具体化还作出一种显著的综合努力以达到对艺术作品的"观念"的洞察和把握。他说："我们最初只是朦胧地意识到这种观念，一旦成功地体现了它并且使它在具体化中形象鲜明，我们就可以清晰而

① ［古希腊］贺拉斯：《诗艺》，见《诗学 · 诗艺》，罗念生、杨周翰译，人民文学出版社 1962 年版，第 155 页。

明确地理解它了。所以，审美经验是‘适当的’，是说它构成的具体化恰好体现了其中包含的‘观念’。”① 英加登在这里说的“审美经验”恰好体现了“观念”，就是指接受活动中的意义理解和美感享受的协调和统一。使我们感兴趣的是，英加登所说的“具体化”，就是读者读解作品时的言语活动，这就是说，接受中的意义理解和美感享受是以读者的言语活动为中介而整合为一的。我们不妨这样来理解，读者的读解活动一开始就被作品语言的感性的审美外观（字形、韵律、节奏、语调、形式意味等）所吸引，随着向作品的更深层次的深入（字面义、形象、意蕴等），与读解活动相伴而生的审美经验必然导向意义的理解，而对意义的理解又反过来激发和强化着审美经验。在此过程中，意义理解的难度和深度往往同审美享受所达到的强度和高度成正比，而对作品意义的最终的彻底理解和把握，又往往意味着审美享受的急剧减弱乃至停息。这就像猜谜一样，猜谜的趣味和对谜底的探索是相互伴随、促动和交融的，一旦谜底被揭穿，趣味也就随即消失了。正因如此，真正好的文学作品，总是在最深的层次上包含着无限的意蕴，吸引着一代代的读者去阅读它，理解它，又似乎永远不可穷尽它，从而显示出它的永久的审美价值和艺术魅力。这也从一个侧面印证了，读解作品的言语活动实际上就是一种意义的追寻活动，而追寻的过程本身又产生出审美的愉悦。所以，所谓意义的追寻活动，既是意义的理解，又是美感的享受。如此看，文学接受中的释义与美感的对立关系，也就在读者的言语活动作为中介的整合作用中获得了现实的协调和统一。

概而言之，语言在文学中的地位，既不是载体，也不是本体，也不是客体，而是中介。语言的中介地位是在文学活动的系统性中见出的，又是在对文学整体的联结作用、对文学过程的贯通作用、对文学活动的对立关系的整合作用中确立起来的。中介论在吸取了载体论、本体论、客体论的合理性的同时，也避免了它们各自的片面性。因为它不是仅仅依据文学活动的某一种要素和关系而得出的结论，也是着眼于文学活动的全部要素、全部关系和全过程而得出的结论。

① ［波兰］罗曼·英加登：《对文学的艺术作品的认识》，陈燕谷译，中国文联出版公司 1988 年版，第 403—404 页。

简论文学话语的虚指性

关于文学话语在语言运用上的特点，人们更多注意的是它的情感表达性、自我指涉性、非直指性诸特征，而对于它的虚指性特征则少有论述。所谓虚指性，是与实指性相对而言的，就是说，文学话语所指涉的内容不是外部世界中已经存在的实事，而是一些虚构的、假想的情景。文学话语的这种虚指性是由文学创作活动的想象和虚构的特性所决定的。所有的文学作品都带有或多或少的想象的、虚构的性质，这确实是不争的事实。韦勒克说："文学艺术的中心显然是在抒情诗、史诗和戏剧等传统的文学类型上。它们处理的都是一个虚构的世界、想象的世界。"又说："小说、诗歌或戏剧所陈述的，从字面上说都不是真实的；它们不是逻辑上的命题。"① 故而，有的语言学家把文学话语称为"虚假陈述"、"伪陈述"、"模拟陈述"等，以此与描述客观事实或实事的"真实陈述"区别开来。

在文学作品里，被设想的情景是各式各样的，从最接近现实的情景到与现实完全相反的情景都可能出现。但是，这些情景又有一个共同特点，这就是虚构性，尽管虚构的程度和方式不同。它们都是虚构的，都是对可能的或不可能的事态的构想，而不是对已然事态的纪实。如果是对已然事态的纪实，就成为新闻报道或历史记载了。按照现实主义和浪漫主义的区别，《红楼梦》应该算是一部现实主义的小说。但是，作者在这部小说的开篇就一

① ［美］韦勒克、沃伦：《文学理论》，刘象愚等译，生活·读书·新知三联书店 1984 年版，第 13 页。

再申明，他所描写的是“梦”，是“幻”，“故将真事隐去”，“用假语村言，敷演出来”。就是说，他写的不是“真事”，是他虚构出来的故事，尽管这些故事也有他“历过一番梦幻之后”的往事的依据和参照。所以，“敷演”这些故事的言语也只能是“假语村言”、“荒唐言”而已。在这里，曹雪芹以其对小说文体的丰富的创作经验和深刻的体会，无意中透露出了文学所讲述的内容的虚构性以及这种讲述的“假语”性，即虚指性特点。至于诗歌作品里大量存在的那些经过了拟人化、隐喻化、梦幻化的情景，更属于虚构的情景。如艾略特的名句：“黄昏在天空中延展，像一个被麻醉的病人，躺在手术台上。”李白的名句：“白发三千丈，缘愁似个长。”这些诗句所描述的情景，可以被想象，但永远不可能在现实中出现。还有现代主义叙事作品里的那些荒诞的、畸形的人物和情节也都是不可能的虚构情景。如卡夫卡《变形记》开头第一句话：“一天早晨，格里高尔·萨姆莎从不安的睡梦中醒来，发现自己躺在床上变成了一只巨大的甲虫。”读着这样的句子，我们肯定会惊异万分，因为我们知道，无论在何种情况下，人都不可能变成大甲虫。

用“虚假”、“伪”这些一向被认为带有贬义的词去界定文学陈述的性质，可能会引起一些误解。按照一般的理解，虚假陈述就是对事实的错误判断和命题。如果文学陈述是虚假陈述，不就意味着文学是在用一些错误判断和命题欺骗读者吗？但是，这种一般的理解只适合于以对已然事实的认知为目的的陈述，而不适合于文学陈述。因为文学陈述不是以对已然事实的认知为目的，而是别有所图。文学作者讲述那些被构想得曲折离奇的情景和故事，就其主观动机来说，显然不是要告诉人们现实中何时何地发生了什么事情，更不是有意用谎言欺骗别人，而是为了用这些虚构的陈述在读者那里制造出某种审美的效果，使读者在精神上有所获。贺拉斯早在一千多年前就说过：“虚构的目的在引人喜欢。”① 曹雪芹在《红楼梦》开篇也谈到，他之所以用“假语村言”“敷演”这些如“梦”如“幻”的故事，皆是为了“使闺阁昭传，复可破一时之闷，醒同人之目，不亦宜乎”。所以，文学中的陈述是为了让陈述产生审美效果，而不是像历史陈述那样为了说明已发生的历

---

① 参见《诗学·诗艺》，罗念生、杨周翰译，人民文学出版社 1962 年，第 155 页。

史事实。既然这样，判定文学陈述价值的高低，就不能以是否符合已存的事实为标准，而应以是否产生审美效果为标准。否则，就会得出老子“信言不美，美言不信”的极端结论，从而以判定“信言”的标准全然否定了“美言”的价值。

按照奥斯汀的言语行为理论，语言不仅“以言指义”，还可以“以言行事”。美国理论家乔纳森·卡勒据此提出了“述行语”概念。他说：“述行言语不是描述而是实行它所指的行为。”这就是说，“述行语”不仅作为言语而有所指谓，而且还可以作为行为而制造出某种效果和影响。卡勒认为，“述行语”这个概念，“有助于描述文学话语的特点”，“文学言语像述行语一样并不指先前事态”，“文学语言也是制造它所指的事态的”，“面对莎士比亚十四行诗的开头‘我心爱的姑娘的眼睛绝不像那太阳’，我们并不去问此话是真是假，而是问它做了什么，它和这首诗里其他的句子是怎样协调的，以及它与其他行之间的配合是否愉快（给人以快感）”，所以，“把文学作为述行语的看法为文学提供了一种辩护：文学不是轻浮、虚假的描述，而是在语言改变世界、及使其列举的事物得以存在的活动中占据自己的一席之地”①。依照卡勒的这一“述行语”理论，文学话语的虚指性只是说陈述所指涉的内容是虚构的，并不意味着“说谎”和别有用心的“弄虚作假”。相反，文学话语正是通过它的虚指性，或者说通过“弄虚作假”，来实现它所特有的审美价值和功用。从这个意义上看，巴尔特下面的一段话无疑具有一定的合理性：“但对我们这些既非信仰的骑士又非超人的凡夫俗子来说，惟一可做的选择仍然是（如果我可以这样说的话）用语言来弄虚作假和对语言弄虚作假。这种有益的弄虚作假，这种躲躲闪闪，这种辉煌的欺骗使我们得以在权势之外来理解语言，在语言永久革命的光辉灿烂之中来理解语言。我愿把这种弄虚作假称作文学。”② 在这段话里，巴尔特充分肯定了文学话语的虚指性特征，认为它是一种“有益的弄虚作假”、“辉煌的欺骗”，可以起到其他的言语方式所不能起到的特殊作用。

文学话语作为一种虚指性的陈述，它的审美效能主要体现在两个方面：

---

① ［美］乔纳森·卡勒：《当代学术入门·文学理论》，李平译，辽宁教育出版社、牛津大学出版社 1998 年版，第 100 页—102 页。

② ［法］罗兰·巴尔特：《符号学原理》，李幼蒸译，生活·读书·新知三联书店 1988 年版，第 6 页。

一是通过所描述的虚构情景激起读者的惊奇和喜怒哀乐的情感，使之获得审美的愉快；二是在审美的愉快中进而给读者以思想上和精神上的教益。前一方面的效能要求文学话语必须具有可信性的基础。就是说，文学话语虽然描述的是虚构情景，但又要设法使读者觉得好像是“真”的一样，只有这样，读者才能接受这种描述并投入到所描述的情景中去，激发起种种情感而获得审美愉快。描述的明明是虚构情景，但又要让别人觉得可信，这就涉及如何增强描述的可信度的各种技巧和手段。最常见的手段就是“逼真”，即力求提供细节上的真实。细节上的真实可以造成极高的可信度，诱使读者进入描述的情景，即使这情景在整体上可能是极为荒诞的。如前面提到的卡夫卡《变形记》开头的一句话，里面就有让人感到相当真实的细节描写，有具体的时间、地点，有人物的具体的活动，“从不安的睡梦中醒来”，“躺在床上”。尽管每个读者在读这句话时都知道整句话所讲的事件是根本不可能发生的，但由于有细节的逼真作为衬托，读者将被诱引着一步步进入情景，甚至还可能不由自主地体验到主人公变成大甲虫的恐惧和苦痛。由此可看到“逼真”手法的作用，它可能使最不可信的东西变得可信。此外，作者还可以使用其他更多的手段强化他所描述的虚构情景的可信度，如依靠被描绘情景的浑然一体的连贯性和整一性来维持读者的信任，使用一种纯真的、可亲近的叙述语调来消除读者随时可能产生的疑心，甚至故意通过动摇读者对所述情景的信任感，诱使读者相信情景的描述者是唯一可依赖的人，从而加强了描述的可信度。简言之，很难想象一种文学陈述没有一定程度的可信性，就能具有使读者产生审美愉快的效能。

后一方面的审美效能，即随审美愉悦而生的思想和精神上的教益，则要求文学话语必须具有一定的观念性内涵。就是说，文学话语所描述的虚构情景虽不必与现实中的已然事实相符，但又不能认为与现实世界无关。作品中的某种情景之所以被如此这般地设置和构想，并非只是出于审美的考虑，更多的是作者对现实世界深层本质体悟的一种反映和折射，其中寓含或凝结着一定深度的观念性内涵。在卡夫卡所构想的人变成甲虫的情景里，就暗含着作者对现代社会的深刻理解，即人被物化和异化的苦状和困境。同样，曹雪芹的“荒唐言”里也是饱含着他的“辛酸泪”。乔纳森·卡勒在谈论小说中讲述的故事的功能时，曾提到它的两种功能：一种是“故事给人们带来的快乐和满足”；一种“就是教我们认识世界，向我们展现世界是如何运转的，通过不同的视点调节方法，让我们从别的角度观察事情，并且了解其他人的动机，而我们通常是很难看清这些的”①。后一种功能的发挥显然是以故事中暗示着的观念性内涵为根据的。甚至在有些作品里，这些观念性内涵还会被作者迫不急待地直接点出。如托尔斯泰在《战争与和平》的结尾处，大段地陈述他的历史哲学观念。哈代的《苔丝》最后一句话是：“……那个众神的主宰对于苔丝的戏弄也就完结了。”在诗歌中也有这种情况，如马致远《天净沙》的最后一句“断肠人在天涯”，直接挑明了诗的主题思想。这说明，有些作品的观念性内涵已经丰富到饱和的程度，以至最终溢出了情景之外，而被直截了当地说出来了。当然，有些概念化图解式的作品，也喜欢直接点出主题，但这往往是思想贫乏的表现，与观念性内涵因为丰富而溢出的情况不是一回事，不能混为一谈。总之，文学话语所描述的虚构情景，绝不是一些毫无意义的表象的杂乱组合，而是贯穿和浸透着丰富的观念性内涵，正因为这样，读者才能在审美愉悦中获得思想和精神上的升华。

尽管文学话语的虚指性使我们不能以判定“信言”的标准而否定它作为“美言”的价值，但是，由于文学话语必须依靠可信性和反映现实世界本质真实的观念性内涵的支持，才能充分地发挥它的审美效能，所以，文学话语并不因它的虚指性而排斥真理性，毋宁说，它的虚指性特点恰恰在于伪而不假、虚中有实、幻中有真。但是，有些论者在文学话语的虚指性问题上，只看到“虚”的一面，看不到“真”的一面：或者宣称文学话语不存在真理性问题，无所谓真伪对错；或者用一般逻辑语言的价值标准来衡量文学语言，彻底否定其特有的审美价值和功用，将其斥之为无意义的、浮夸的、寄生性的语言。例如英国哲学家塞尔就认为，虚构语言是一种不严肃的、不真实的言语行为，它寄生于真实语言之上，是一种只适用于诗歌小说之中的语言。因此，他宣布：“我们有必要在回答关于‘严肃话语’问题的逻辑前提之前，暂时把寄生性话语的问题搁置起来。”② 诸如此类的观点都是我们不能认同的。

---

① ［美］乔纳森·卡勒：《当代学术入门·文学理论》，李平译，辽宁教育出版社、牛津大学出版社1998年版，第95页、第96页。

② 参见涂纪亮《现代西方语言哲学比较》，中国社会科学出版社1996年版，第218页。

值得注意的是，我国传统文论虽然深受老子的“美言不信，信言不美”思想的影响，但在诗文中的虚与实、幻与真的关系问题上，却依然有着深刻的见解。如刘勰早在一千多年前就提出了，文学的用语应该“夸而有节”、“饰而不诬”，应该“酌奇而不失其贞，玩华而不坠其实。”[①] 明代的王骥德在谈到戏曲创作时也说：“戏曲之道，出之贵实而用之贵虚。”[②] 明末的文论家袁于令在评论《西游记》时甚至提出了“极幻”才是“极真”的理论，他说：“文不幻不文，幻不极不幻，是知天下极幻之事乃极真之事，极幻之理乃极真之理，故言真不如言幻，言佛不如言魔。”[③] 袁于令的观点可能有些偏激，但他充分肯定了“幻”在文学中的价值，指出小说语言可以是“极幻”的，并且认为，在文学里，“极幻”往往就是达到“极真”的一个途径。这种把“幻”和“真”紧密联系起来的辩证观点，还是我们应该借鉴的。我们不能把文学话语的虚指性理解为绝对的虚假性，其实，在文学话语的虚指性中就能够包含着真理性，或者说，文学话语正是通过其虚指性而达到其真理性的。

---

① 刘勰：《文心雕龙·夸饰》。

② 王骥德：《曲律·杂论》。

③ 袁于令：《〈西游记〉题辞》。

论中国古代的语言美学观

在全球经济一体化迅猛推进的大背景下，在西方强势的消费文化和娱乐文化的日甚一日的冲击下，后发展国家的文化和学术如何在现代化的追求中依然保持本土传统和民族特色以避免全盘西化的后果，就越来越成为一个紧迫的问题。联邦德国前总理施密特是最早意识到全球化浪潮来临的人士之一，早在20世纪末，他就警告说，“从文化的角度说，全球化意味着全世界大多数国家……各自的特性受到威胁”，“如果我们不把从先辈那里继承来的东西传递下去，我们所能传给后代的东西就所剩不多了；而一旦全球化磨蚀掉我们传递传统价值的能力和意愿，我们将坐吃山空，变得退化，成为那种面向收视率、广告收入和销售指标并追求大众效应的低水准伪文化的牺牲品”①。作为一位思想敏锐的国际知名的政治家，施密特的话绝非危言耸听。就拿美学研究来说吧，我们只知道西方20世纪美学有一个“语言论转向”，从20世纪初的俄国形式主义、英美新批评、法国结构主义直到60年代以后的接受美学、解构主义、女权主义、新历史主义等，确实在语言美学方面取得了极为引人注目的成果，我国新时期美学也由于大力引进和吸取了西方这方面的成果而极大地推进了我国语言美学研究的发展。但是，若结合全球化的大背景看，我们还不能不指出，在一味引进和借鉴西方语言美学理论的热

① ［德］赫尔穆特·施密特:《全球化与道德重建》，柴方国译，社会科学文献出版社2001年版，第71—72页、第62页。

潮中，我们却忘记了我国传统美学中关于语言美学的宝贵遗产。事实上，我国古代美学中关于语言美学的论述是非常丰富、非常深刻的，其中许多思想和观点至今仍不失其重要的启示意义和理论价值，理应成为我们建构我国现代语言美学理论的重要资源。奇怪的是，新时期以来，我们的研究者一提到语言美学问题，不是大谈俄国形式主义，就是大谈英美新批评，唯独对我们自己的这份珍贵遗产置若罔闻，很少有人专门论及。这种对于本土理论资源的遗忘和过分的西方化倾向，如果不加以自觉节制，在全球化日益高涨的今天，很可能导致学术发展上战略性失误的严重后果，对此我们必须给予足够的警觉。正是基于这一考虑，本文拟对我国古代美学中的语言美学观作较为系统的梳理和评述，以期从一个侧面展示出中国传统文化和学术思想的世界性和当代意义。需要说明的是，正如中国传统文化的基本格局总是呈现为一元主导下的多元并存共生一样，中国古代语言美学观的内容也是由相互联系的多种多样的理论构成的。从中国古代语言美学观的内在构成看，我们可以把这多种多样的理论归纳为儒家、道家、禅宗、诗家四大派理论，下面就依次对这四大派理论的主要观点分别给以阐述。

一、儒家的“文质彬彬”

众所周知，儒家所追求的理想人格是所谓“君子”，孔子对何谓君子曾从各个侧面作过许多界定，其中有一条界定是：“质胜文则野，文胜质则史。文质彬彬，然后君子。”① 从这句话看，孔子认为最符合君子要求的人，不仅要自觉地按照仁、义、礼、智、信的规则做事，即使在言辞上也要显出“文采”，即说出的话要顺理成章和具有感染力。正是孔子的这种“文质并重”的思想构成了儒家诗学观念和语言美学观念的理论基础。

首先，儒家认为思想是必须要靠语言来表达的，不借助语言，再好的思想也无从传达和传播，正如孔子所说的“名不正，则言不顺；言不顺，则事不成；事不成，则礼乐不兴”②。孔子的着眼点固然在礼乐的推行，但礼

① 《论语·雍也》。

② 《论语·子路》。

乐的推行则要靠“名正言顺”，也就是说，没有正确的命名和通顺的言辞，礼乐思想就不能深入人心，当然也就不能实行。唐宋以后的儒家又沿循孔子的这类说法引申出“文以载道”的观点，这个观点将文辞贬低为“道”的附庸，已经有些偏离了“文质并重”的思想，即如宋代周敦颐说的：“文所以载道也，……文辞，艺也，道德，实也。……不知务道德而以文辞为能者，艺焉而已。”[①] 这就把文辞看作是完全从属的、次要的东西了。但认为“道”必须要用“文”来传达这一点上似与孔子别无二致。

其次，儒家在承认语言在表达思想上的必要性的基础上，又进一步肯定了语言在思想表达上的可能性。儒家相信有文采的语言具有无限的表达力量，任何深奥的思想都可以通过有文采的语言获得透彻的表达。所以，孔子很看重说话要有“文采”，他说过“情欲信，辞欲巧”[②]，又说“《志》有之：‘言以足志，文以足言。’不言，谁知其志？言之无文，行而不远”[③]。这些话都说明了，孔子认为人的思想感情是完全可以通过现有的语言来传达的，关键在于说出的话要有文采，也就是说要善于使用语言特有的魅力来表达。孔子之所以亲自编订《诗经》并将其作为教授弟子的重要教本之一，其中主要的原因在于：一是因为“《诗》三百，一言以蔽之，曰：‘思无邪’”[④]，二是因为“不学《诗》，无以言”[⑤]。就后一个原因看，孔子的意思是说，学习诗经可以教会我们更好地说话和表达，因为，诗歌语言正是他所说的那种最有文采的“巧言”和“美言”。孔子的这个意思，也可以联系他对诗歌基本功能的解释作更进一步的理解。孔子在《论语·阳货》中说：“小子何莫学夫《诗》？《诗》可以兴，可以观，可以群，可以怨。迩之事父，远之事君，多识于鸟兽草木之名。”在这里，孔子把诗歌的四大功能中的“兴”摆到第一位上，绝非偶然。“兴”就是指诗歌所特有的启发鼓舞人的感染作用，孔子认为诗歌的这种作用很重要，诗歌只有首先从情感上打动和感染了人，其他的社会教育认识作用才可能实现。而诗歌的“兴”的作

---

① 《通书·文辞》。

② 《礼记·表记》。

③ 《左传·襄公二十五年》。

④ 《论语·为政》。

⑤ 《论语·季氏》。

用主要来自诗歌语言的美，在他看来，诗歌的语言比之平常说的话更有一种特殊的魅力，这种语言可以很快地调动和激发起人的情感，从而在审美的愉悦中接受语言所传达的思想内容。从这里也可看到孔子关于诗歌语言的基本观点，即认为诗歌语言恰恰因为是一种“巧言”和“美言”，所以才能更好地起到一种“兴”的作用，才能更好地完成“诗言志”的使命。这一观点与老子的“信言不美，美言不信”① 的说法是正好相反的。

再次，与推崇“巧言”和“美言”的观点相关联，儒家又极为重视修辞问题的研究，并在诗歌修辞学方面提出了一些极富启迪性的见解。修辞学，无论在中国还是在西方，都是一门古老的学问，它主要研究如何通过对言语的润色和修饰使言语更生动、更新鲜、更有审美感染力。但是儒家的修辞学有其自身的特点，这就是儒家不是把语言的修饰仅仅看作是一种语言表达的技巧，而是把语言表达的技巧性同表达者的真诚性和表达内容的真实性联系起来思考。《易传》的作者在解说被孔子列为儒家经典之首的《易经》的有关章节时，讲过一句很有名的话，即：“修辞立其诚，所以居业也。”②尽管后世对这句话的理解各有不同，但至少有一点是清楚的，那就是在《易传》的作者看来，“修辞”的目的是为了“立诚”，为了“居业”，因此，“修辞”事关重大，是一个人“立诚”和“居业”所必不可少的一种本领；反过来说，“修辞”如果离开了“立诚”和“居业”的目的，就成为一种单纯的说话技巧，甚至成为一种欺骗人的“花言巧语”，也就是孔子反对的“巧言令色，鲜矣仁”③。《易传》的作者一开始就把修辞问题提到了“做人”和“做事”的高度，这个见解不仅奠定了儒家修辞学的基本观点，也由此形成了儒家修辞学的一个基本特点，即始终灌注着一种人文主义的理念和精神。这一点，与西方古代修辞学将修辞仅仅看作是演讲和论辩的技艺的观点是截然不同的。

儒家的这种修辞学思想也体现在对诗歌修辞美学的理解上。我们知道，《诗大序》中提出了关于《诗经》的“六义”说，即“故《诗》有六义焉：一曰风，二曰赋，三曰比，四曰兴，五曰雅，六曰颂。”很明显，“六义”

① 《老子》第六十八章。
② 《周易·乾·文言》。
③ 《论语·学而》。

之说是《诗大序》作者对《诗经》的一种总体解释，但如何理解这种解释？所谓“风、雅、颂、赋、比、兴”到底是指什么？后世学者在这一问题上多有歧见，其中以唐代孔颖达的见解影响最大。他指出：“然则风、雅、颂者，诗篇之异体；赋、比、兴者，诗文之异辞耳。大小不同而得并为六义者，赋、比、兴是诗之所用，风、雅、颂是诗之成形。”① 按孔颖达的这种理解，“六义”可分为两大部分，一部分为“风、雅、颂”，主要指诗歌三种不同的体式，一部分为“赋、比、兴”，主要指诗歌所特有的三种修辞方法。唐代以后，孔颖达的这个见解就逐渐构成了儒家修辞美学的核心观点：诗歌语言作为一种“美言”和“巧言”，主要是靠“赋、比、兴”三种修辞方法来实现的，所以作诗必须运用“赋、比、兴”的手法。那么，“赋、比、兴”具体讲的是什么修辞手法呢？宋代大儒朱熹的解释比较清楚而有说服力，我们姑且采用他的观点。朱熹认为，“赋者，敷陈其事而直言之者也”；“比者，以彼物比此物也”；“兴者，先言他物以引起所咏之词也”②。如果把朱熹的这种解释与现代修辞学的相关概念加以比照，那么“赋”就大致相当于“白描”（对事物作直接的描述），“比”就大致相当于“比喻”（明喻和暗喻），而“兴”则大致相当于“象征”（用具体事物暗示某种抽象概念或思想感情）。由此看来，朱熹的解释强调的是诗歌语言的形象性和含蓄性，应该说，这种见解基本抓住了诗歌语言的主要审美特性。

总之，从儒家提出的“修辞立其诚”以及“赋、比、兴”的理论来看，至少在一千多年前，儒家就已经认识到了诗歌语言的主要审美特征：一是形象化，二是含蓄性。这种认识同20世纪的俄国形式主义和英美新批评大讲特讲的诗歌语言的“象征性”和“非直指性”等观点基本是一致的。如“新批评”的先驱休姆认为，在文学作品里，“每个词都必须是一个能见的形象，而不是一个筹码”，为了实现这一点，最需要的就是隐喻手法的运用，不能离开“类比作为观念外衣的隐喻”，“任何时候都要运用类比，因为类比会使我感到，我是在透过镜子看另外一个世界，这也就是我所希望达到的效果”③。“新批评”派的另一个代表人物布鲁克斯说：“艺术的方法我

① 《毛诗正义·关雎正义》。

② 《诗集传》。

③ 赵毅衡选编：《“新批评”文集》，中国社会科学出版社1998年版，第272、279页。

相信永远不可能是直接的——永远是拐弯抹角的。”[①] 这些观点其实都是在讲文学语言的形象性和含蓄性，与儒家所主张的“赋、比、兴”的观点在理论倾向上是一致的。这也表明，儒家关于诗歌修辞学的认识已达到较高的学术水平，很值得我们进行充分挖掘和作出新的阐释。

二、道家的“言不尽意”

道家关于语言的基本观点与儒家正好相反。儒家相信现有的语言只要运用得当完全可以传达任何深奥的思想，而道家认为现有的语言是有限的，道家追求的“道”则是无限的，因此，只是使用现有的语言是无法界定和传达“道”的。在道家看来，那无始无终、无名无状的无限之“道”，一落进语言划定的概念，就成为有限的了。所以，老子的《道德经》开篇即言：“道可道，非常道；名可名，非常名。”[②] 按通常的解释，这句话的意思是：可以言说的道，不是永恒的道；可以命名的名，不是永恒的名。言外之意是说，道是不可能用语言表述的，一用语言表述，道也就不是本原的道了。类似的观点，庄子也说过：“道不可闻，闻而非也；道不可见，见而非也；道不可言，言而非也。知形形之不形乎！道不可名。”[③] 庄子又说：“可以言论者，物之粗也；可以意致者，物之精也；言之所不能论，意之所不能察致者，不期精粗焉。”[④] 在这句话里，庄子把老子“言不达道”的观点更推进了一步，不仅“言”不能达道，即使“意”也难以达道，只不过“意”比“言”更接近一点道而已。因此，庄子秉承老子“致虚极，守静笃”[⑤] 的说法，提出通过“心斋”[⑥] 和“坐忘”[⑦] 的境界来体悟道，也即是通过有意识的祛除视听、悬置理智，达到内心绝对的虚静澄明，以便进入物我两忘、天人合一的悟道之境。由此可见，道家对语言的怀疑和不信任已经到了宁可指

① 赵毅衡选编：《“新批评”文集》，中国社会科学出版社 1998 年版，第 320 页。
② 《道德经·第一章》。
③ 《庄子·知北游》。
④ 《庄子·秋水》。
⑤ 《道德经·第十六章》。
⑥ 《庄子·人间世》。
⑦ 《庄子·大宗师》。

望“意致”也不依靠“言说”的极端地步。

当然，道家也不是不知道，语言虽不能表达“道”，但表达“道”又不能不使用语言。那么，怎么解决这个矛盾呢？庄子认为，“狗不以善吠者为良，人不以善言者为贤”①，因而表达“道”不能靠“美言”，而是要靠所谓的“寓言”、“重言”、“卮言”。他这样说过：“以天下为沉浊，不可与庄语；以卮言为曼衍，以重言为真，以寓言为广。”② 庄子的这段话有些费解，大概的意思是说：天下人都浑浑噩噩的，不可与他们正面说话，只能通过醉酒后的那种荒诞不经的话（卮言）来谕示真理，通过重述先哲的话（重言）来宣示真理，通过描述其他的事相（寓言）来暗示真理。所以，我们可以看到，庄子论道很少使用抽象的语言直截了当地说出，而是使用一些含糊的甚至不着边际的词语，或者借用一些故事和具体的形象来隐喻他的思想和观点。由此而形成了庄子文章的最突出的特点，即通篇充满了丰富的想象和大量地讲述寓言故事。庄子的这一“三言”论归结到一点就是：既然语言不能直接表达道，那就只好通过语言所描绘的某种物象、事象或情境间接地传达道了。

如果把庄子的这一“三言”理论与《易传》中著名的“言、象、意”理论加以比照就不难发现，这两者之间存在着明显的相承相通的关系。两者都认为语言不能直接传达道，需要通过“象”间接传达。按照多数学者的意见，《易传》并非孔子所撰，而是成书于庄子之后的战国时期，因此《易传》所提出的“言、象、意”理论应该是受了庄子“三言”理论的影响，应该是对庄子“三言”理论的继承和发展，应该属于道家语言美学的重要组成部分。《易传》是这样表述这一理论的：“子曰：‘书不尽言，言不尽意。’然则，圣人之意，其不可见乎？子曰：‘圣人立象以尽意，设卦以尽情伪，系辞焉以尽其言。’”③ 在这段话里，《易传》的作者假借孔子之口认为，虽然“言不尽意”，但圣人却有办法表达他的意思，这就是通过“立象”以尽其意，通过“设卦”以辨真伪，通过“系辞”以尽其言。应该说，《易传》的作者在理论上比庄子更进了一步，这就是在“言”和“意”之

① 《庄子·徐无鬼》。

② 《庄子·天下》。

③ 《周易·系辞上》。

间明确提出了一个“象”的概念，试图通过“象”来调和“言”和“意”之间的矛盾，同时也昭示了以“象”为中介的“言”、“象”、“意”之间的递联关系。

晋代王弼对《易传》所昭示的“言”、“象”、“意”之间的递联关系作过精辟的论述，他说：“夫象者，出意者也。言者，明象者也。尽意莫若象，尽象莫若言。言生于象，故可寻言以观象；象生于意，故可寻象以观意。故言者所以明象，得象而忘言；象者所以存意，得意而忘象。犹蹄者所以在兔，得兔而忘蹄；筌者所以在鱼，得鱼而忘筌也。”① 王弼指出，在“言”、“象”、“意”三者中，最重要的是作为目的的“意”，其次是作为表达“意”的手段的“象”；再次是作为表达“象”的手段的“言”。故而只要“得意”，就可以“忘象”，只要“得象”，就可以“忘言”。从王弼的这个解释看，《易传》的“言、象、意”理论虽然也强调“言”、“象”、“意”之间的整体关联，但由于被道家的怀疑论的语言哲学观所决定，在这个整体关联中更加看重的还是语言的所指，即“意”的方面，而对于语言的能指本身，即“言”的方面，则相对忽视了。而这一点也是与儒家的“文质并重”的语言美学观大相径庭的。

《易传》的“言、象、意”理论最初所针对的还是《易经》这样的哲学文本，也许是因为这一理论的美学特性更接近于诗歌文本，所以魏晋特别是唐代以后，越来越多的诗人和诗论家就借用了这一理论来解说诗歌，于是也就形成了中国古典诗歌特别重视意境创造的独特的诗学传统。公正地说，作为中国古代诗论的核心范畴的“意境”说，其理论来源并不是单一的，譬如儒家的“比兴”说也应该是其理论来源之一。但“意境”说的最重要的理论来源无疑还是老庄的“言意之辩”和《易传》的“言、象、意”论。当然，“意境”说在承继老庄和《易传》的相关理论时，其间也出现了诸多的生发和改变。将“意境”说与原来的“言、象、意”理论比较一下，就会发现，两者除了阐释的对象不同外，至少还有两点区别：一是“意境”说从其命名看更侧重于“意”和“象”两个方面，而对于“言”这个方面涉及不多，若有涉及也是更多地把“言”融进“象”里去，这大概是受了

① 《周易略例·明象》。

庄子以及王弼的“得意忘言”思想影响的缘故；二是“意境”说在“意”和“象”的关系上，虽也以“意”为目的，但同时也兼顾了“象”的重要性及其相对独立的审美价值，更多地强调两者之间不可分割的密切联系，主张所谓的“虚实相生”、“情景交融”、“意象合一”、“物我两忘”，以求得“象外之象”、“景外之景”、“味外之旨”、“言有尽而意无穷”的审美效果。由此也可看出，“意境”说所强调的“意”与老庄所讲的“意”不尽相同，主要不是指那种统贯世界万有、体现世界精神本体的“道”，而是指内含在“象”之中并由“象”生发出来的一种悠长蕴藉的“意味”、“滋味”、“趣味”、“韵味”，而所谓“理”、“情”、“志”、“礼”、“义”等这些观念的东西，就是从这种诗性的“味”中领悟出来的。所以，从这一点看，中国古代诗歌美学的核心理念受道家语言美学的影响最大。

三、禅宗的“不立文字”

南朝时期达摩祖师西来东土，开创了中国佛教的禅宗一派，其实早在达摩来华开坛立宗之前，印度佛教中就有了所谓“修禅”的做法。相传佛祖释迦牟尼有一次向会众说法，却突然举起手指“拈花示众”，众皆不解其意，只有摩诃迦叶以“微笑”应之，但不赞一词，于是佛祖说：“吾有正法眼藏，涅槃妙心，实相无相，微妙法门。不立文字，教外别传。付嘱摩诃迦叶。”[①] 这一著名的“拈花微笑”的佛家典故，说明了中国“禅宗”的创立是在总结印度“禅法”的基础上并将其中国化而形成的一个结果，也说明了禅宗的基本宗旨是对印度古老禅法传统的发挥，即后来禅宗六世祖慧能所总结的所谓“教外别传，不立文字，直指人心，见性成佛”[②]。很明显，禅宗的这一宗旨的核心精神体现为禅宗所主张的一种独特的语言观，这种独特的语言观可以用“不立文字”四个字来概括。

禅宗的大多数禅师认为，佛法禅意，精妙深邃，既不能靠讲经、诵经、解经获得，也不能靠话语的谈论和言教来传达，只有通过超越了语言文字

① 普济：《五灯会元》（上），中华书局 1984 年版，第 10 页。
② 普济：《五灯会元》（上），中华书局 1984 年版，第 495 页。

的、直接出自心性的静思默想和感受体验，才有可能悟得。这大概就是大多数禅师守持的“不立文字”信条的主要意思之所在，所谓“明心见性”、“以心传心”、“心心相印”是也。所以，禅宗的语言观归结为一点就是对语言文字的彻底的排斥和不信任。我们知道，道家主张“言不尽意”，也对语言采取一种怀疑和不信任的态度，但是道家对语言的怀疑和不信任是有限度的，这个限度就体现在道家至少还承认“言”是获得“意”的一种手段，“言”可以帮助人们获得“意”，只是强调在获得“意”的时候要忘掉“言”。毋庸置疑，禅宗的语言观显然借鉴和吸取了道家的“言不尽意”、“得意忘言”的思想，但是，禅宗的语言观并不是到“忘言”为止，而是从“忘言”进一步走向了“去言”，即认为语言文字不仅不是通向佛法禅意的手段，反而是阻断佛法禅意的一个障碍，也就是禅师们经常警示的所谓“文字障”（佛经中把阻碍众生识心成佛的诸般因由归纳为“文字障”、“理障”、“所知障”、“惑障”等，认为其中的“文字障”为诸障之根），所谓“言语道断，心行处灭”（意思是说，执著于语言文字只能阻断众生与真如本性的亲近，只有祛除一切妄想杂念，归于寂灭，才能证悟成佛）。这就是说，禅宗在排拒语言方面比道家走得更远，更为决绝和彻底。这一点也可以从禅宗和道家对“言”和“意”的关系所作的不同的比喻上看出。道家是把“言”和“意”的关系比作“筌”和“鱼”的关系，比作“蹄”和“兔”的关系，这两个比喻很清楚地体现出道家是承认语言在意义传达上的手段作用的，尽管又认为语言的这种手段作用很不理想，很有限度，可以凭借，但不可尽信。而禅宗对“言”和“意”的关系也有一个著名的比喻，这就是佛家语录里常提到的“指月”之喻，其寓意与道家的“筌鱼”和“蹄兔”之喻相去甚远。“指月”的典故最早见于《楞严经》卷二，佛祖在谈到如何“缘心得法”时戒告他的二弟子阿难说：“如人以手指月示人，彼人因指当应看月，若复观指以为月体，此人岂唯亡失月轮，亦亡其指。何以故？以所标指为明月故。”[①] 佛祖的意思是，讲法论教的语言无非是指月的手指，而佛法真义则是那被指的月亮，众生往往不是沿着手指的方向去寻视月亮，而是专注于手指本身，这样手指就成为遮蔽月亮的障目之物了，使我

① 慧因：《楞严经易读简注》，庚申佛经流通处 1943 年影印本，第 30 页。

们既看不到月亮，也认不清手指本身，甚至误以手指为月亮。依照这个思路，禅宗不仅否定了道家所主张的语言的有限手段性，而且还进一步认为语言是阻止人们识心悟道的蔽障，必须彻底铲除这一蔽障，才能明心见性，立地成佛。正是从这一点生发开去，禅宗才提出了“不立文字”的说法，才构筑起它独具特色的语言观。

那么，禅宗认定语言文字是阻断真如本性的蔽障，其立论依据何在呢？在禅宗看来，宇宙之真相、天地之本体必须有一种大智慧（般若智慧）才能觉悟，而这种大智慧只能从扫除了一切“魔障”的、了无挂碍的、归于空灵的本心真性中生出。但是，禅宗认为语言文字断不能给予人们这种大智慧，因为语言文字体现着人的一种逻辑的区分和划定能力，用禅宗的话说就是，语言文字印合着人的一种“分别心”，“分别心”是对“不二如空”之世界的“斟酌”、“拣择”、“取舍”，是人世间一切“妄念”、“偏见”、“烦恼”的根源。正如禅宗三祖僧璨大师在其《信心铭》中说的，“至道无难，唯嫌拣择”，“一切两边，良由斟酌”，“圆同太虚，无欠无余，良由取舍，所以不如”①。这些说法都意在强调禅宗的“不二法门”，强调“分别心”及其语言表征所造成的对“真一”世界的割裂、歪曲和遮蔽。正因此，禅宗才主张“绝言绝虑”、“离分别、离言说”，回到“无分别”、“无挂碍”之本心，以便体认“般若”，参透“真如”，达到“识性成佛”的胜境。如此看，禅宗语言观的哲学依据既是对道家的“洗心涤虑，顺其自然”思想的继承和发扬，也与西方反对主客二分、拆解“逻各斯中心主义”的后现代思想不谋而合。

尽管禅宗“不立文字”的语言观在理论上具有足够的彻底性，甚至提出“动念即乖，开口即错”的极端说法，但在实践上却殊难实行。相传南朝高僧傅大士有一次给梁武帝讲《金刚经》，刚一落座拍一下惊堂木，旋即又下座了，武帝茫然不解，身旁有人问道：“陛下听懂了吗？”武帝说：“没听懂。”问者说：“大师已讲完经了。”这无疑是一个禅宗拒绝言教口传的例子，在禅宗史上，类似的公案还可举出很多。但是，禅宗要想将其衣钵世代正常地传授下去，完全弃绝言教，仅靠心会默认，几乎是不可能的，也是不

---

① 僧璨：《信心铭》，宗教文化出版社 2003 年版。

现实的。就连力主“教外别传”的六祖惠能也不得不承认，事实上是不可能“不立文字”的，因为他们提出的“不立文字”四个字本身就已经是文字了[①]。这就是说，禅宗一方面在理论上主张“不立文字”，另一方面在实践上又不可能离开文字，正是这一理论与实践之间的悖谬，迫使历代禅师创造了一整套独具特色的传教方式，同时也创造了一整套独具特色的禅宗语言。

关于禅宗的传教方式，有论者将其归纳为棒喝、体势、圆相、触境、默照等几种具体的手段[②]，这些具体手段尽管形式各异，但有一个共同的目的，就是尽量运用非语言的方式（声音、动作、体态、表情、情景、形象乃至沉默无语等）提醒修行者的注意，以免落入言筌理路的陷阱，达到直指人心、立地成佛的境界。例如“棒喝”，即是不惜采用棒打喝嚇甚至骂祖呵佛的极端方式，警示僧众远离经文教条，超越文字障，直接通过心性修持以成正果。但是，禅宗的传教不可能仅仅采用非语言的方式，理论上不立文字而在实践上又离不开文字的矛盾，使得言传言教的方式在所难免。但是，禅宗的言传言教又是以不立文字的宗旨为指导的，如此的言传言教，其实就是利用语言文字来“解构”语言文字，或者说，是对语言文字的一种极为特殊的运用，由此也形成了极为特殊的禅宗语言。

禅宗语言集中体现在历代流传下来的记载关于禅师们的事迹、言行的各种文本中，主要样式有公案、机锋、偈语、灯录等。其中，“公案”和“灯录”是专门记载禅宗历代高僧的言语行状的著述，“机锋”是指禅师们说过的一些内藏玄妙的机智话语，“偈语”是禅师们留下来的议经说法的诗歌。无论何种样式，禅宗语言都显示出以下几个特征：一是反常性，这可谓禅宗语言的最突出的特征。因为禅宗使用语言的目的主要不是为了传情达意，而是为了揭露语言的遮蔽性本质，反证禅法“不立文字”的要旨精义，所以禅师们在说话时故意或正话反说，或答非所问，或词语倒错，或不合逻辑，或有违情理，使说出的话语表现出不同寻常的诡谲怪诞甚至莫名其妙的特点。例如，《五灯会元》里载有这样的对话，“僧问：‘如何是佛?’师曰：

---

① 参见张玉英《禅与艺术》，浙江人民出版社1992年版，第68页。

② 参见方立天《禅宗的不立文字语言观》，载《中国人民大学学报》2002年第1期。

‘干屎橛’”[①]，又载，“僧问：‘如何是祖师西来意?’师曰：‘一寸龟毛重七斤’”[②]。前一句以最污秽之物说最神圣之物，属正话反说；后一句显然是答非所问，且答话本身也荒谬透顶，龟本无毛，即使有毛，也不会重达七斤。这两句话很典型地体现了禅宗语言的反常性，也就是故意说反常的话显示语言如何偏执、如何遮蔽世界真相和真义的。其他还可以举出很多类似的禅门话语，如“西南看北斗，仰面看波斯。空手把锄头，步行骑水牛。人从桥上过，桥流水不流”等，也都体现出禅宗语言的反常性。二是含混性，也就是不直接表达，绕弯说话，让人感到似是而非、颇费猜测。例如，“问：‘如何是乐净境?’师曰：‘有功贪种竹，无暇不栽松’”[③]。又，“问：‘如何是佛法大义?’师云：‘蒲花柳絮，竹针麻线’”（《景德传灯录》卷七）。这里的两句回答很有诗情画意，形式上有对仗有韵律，也很工整，只是语义含糊，禅师并不正面答问，而是绕开去，描绘了一种情景，似乎含有某种玄机妙义，但终又参不透说不清，禅宗语言的含混性由此可见一斑。禅师说法时的这种故弄玄虚、有意制造含糊效果，也是为了表明语言的有限性和不可靠，语言不可能直接说清佛法禅机，只有心领神会才是正途。三是意象性，这一点与上述含混性密切相关，因为含混性通常是由意象性造成的，而意象性又常常是运用了隐喻、象征等修辞手段的结果。如，“僧问：‘佛出世时如何?’师曰：‘月中藏玉兔。’问：‘出世后如何?’师曰：‘日里背金乌’”（《五灯会元》卷六）。又，“问：‘如何是西来意?’师曰：‘白猿抱子来青嶂，蜂蝶衔花缘蕊间’”（《五灯会元》卷二）。这里列举的几个答句，不仅对仗工整，还创造了很优美的意象，可谓意境深远，韵味无穷。在禅门语录里，像这样形象生动、富有诗意的语句比比皆是，举不胜举。禅师们正是通过大量意象的创造，调动弟子们的感受力和想象力，以便绕开逻辑思维，跳出语言蔽障，通过直观的默照兴会，达到对佛性禅法的觉悟。

从上述禅宗语言的特点可以看出，禅宗语言与诗歌语言极为接近，诗歌语言讲韵律，讲意境，讲直觉感悟，讲选词造语的出奇制胜，与禅宗语言的反常性、含混性、意象性等特征是一致的，而禅宗语言中的许多禅言偈句，

---

① 普济：《五灯会元》（下），中华书局1984年版，第929页。

② 普济：《五灯会元》（下），中华书局1984年版，第969页。

③ 《景德传灯录》卷二十四。

本身都是可以作为诗歌来阅读欣赏的。因而，禅宗语言虽受诗歌语言影响甚深，但禅宗语言所代表的语言观又反过来对古代诗歌语言美学思想产生了重大影响，这主要体现在中国古代诗学史上唐宋以来业已形成的“以禅喻诗”的传统上。这方面最有代表性的人物当数南宋时期的诗论家严羽。严羽论诗反对北宋以来以“文字”、“议论”、“才学”为诗的诗风，强调作诗的独特性，认为作诗与修禅相通，可以相互参照。他在《沧浪诗话·诗辨》中指出，“论诗如论禅”[①]，“大抵禅道惟在妙悟，诗道亦在妙悟”，“夫诗有别材，非关书也；诗有别趣，非关理也”，“诗者，吟咏性情也。盛唐诗人惟在兴趣，羚羊挂角，无迹可求。故其妙处莹澈玲珑，不可凑泊，如空中之音，相中之色，水中之月，镜中之相，言有尽而意无穷”[②]。这些以禅喻诗的观点，显然是深受了禅宗“不立文字”语言观的影响，把诗歌看作是一种超越了语言和逻辑的“妙悟”，因而需要一种与语言和逻辑不同的才能和兴趣，这种才能和兴趣主要体现在意境的创造上，而不在于语言文字和议论推理。但是，作诗毕竟不等于修禅，作诗不可能不立文字，正如金代的元好问在《陶然集诗序》中说的：“诗家所以异于方外者，渠辈谈道不在文字，不离文字；诗家圣处不离文字，不在文字。唐贤所谓性情之外，不知有文字云耳。”[③] 元好问站在“诗家”的立场上对中国古代以禅说诗的诗学传统的理论偏颇作了必要的修正和补充，由此也可见出诗家与禅宗在语言美学的基本主张上是迥然相异的。

四、诗家的“语不惊人死不休”

“诗家”这个词经常出现在中国古代那些在诗歌创作方面公认的有所创新、有所成就的诗人们的口中，如宋代大诗人王安石说的“诗家语”[④]，清代诗人赵翼说的“国家不幸诗家幸，赋到沧桑句便工”[⑤]。这些诗人在思想

① 郭绍虞、王文生编：《中国历代文论选》（一卷本），上海古籍出版社 1979 年版，第 208 页。

② 郭绍虞、王文生编：《中国历代文论选》（一卷本），上海古籍出版社 1979 年版，第 209 页。

③ 元好问：《中州集》（卷十），（台湾）商务印书馆影印文渊阁四库全书本 1986 年版。

④ 《诗人玉屑》卷六。

⑤ 《题元遗山集》。

倾向上自然有所偏重（或儒家，或道家，或佛家），在创作风格上自然也各有千秋（或豪放，或婉约），但有一点是共同的，这就是对诗歌语言的刻意求工和执著追求，因而他们愿意以“诗家”自称以突出他们对于诗歌语言的一种创造性偏好。如果说禅宗语言观的核心是认为语言是对世界本相的遮蔽，那么诗家语言观的核心则正好相反，主张语言是对诗歌美的彰显，将语言之美视为诗歌美的根本标志，在诗歌创作中始终以语言文字为本，在语言文字上狠下功夫。诗家的这种语言观不仅与禅宗的“不立文字”大相径庭，即使与儒家的“文质彬彬”、道家的“得意忘言”也相去甚远。被称为诗圣的杜甫，虽也有着“致君尧舜上，再使风俗淳”① 的强烈儒家精神和宏大抱负，并力图在他的诗里展现它们，但他最为痴迷，最为用功之处还是在诗语的烹炼打磨上，因而他一生所取得的最高成就也是在诗歌创作方面。他曾在一首诗里这样说：“为人性僻耽佳句，语不惊人死不休。”（《江上值水如海势聊短述》）杜甫的这句脍炙人口的诗包含两层意思：一是语言对于诗家最为重要；二是诗家在诗句的锤炼上要达到出奇制胜的效果，即所谓“惊人”的效果。我们完全可以把杜甫的这句诗看作是诗家语言美学观的一种满怀诗情的精辟而又充分的表述。的确，诗家论诗总是将诗语是否“惊人”作为第一标准，陆机早在其《文赋》里就提出了诗歌创作“其会意也尚巧，其遣言也贵妍”②，刘勰在《文心雕龙》里也特设《夸饰》、《比兴》、《熔裁》、《章句》、《炼字》等大量篇章，专讲语句文辞的营造和创新对于诗文创作的重要性及其具体方法，清代王骥德的《曲律》里也有“意常则造语贵新，语常则倒换须奇”③ 之说，而明代著名的诗人、书画家徐渭，则用比喻的语言说明了选取好诗的主要依据就是诗句是否具有“惊人”效果。他说：“试取所选者读之，果能如冷水浇背，陡然一惊，便是兴观群怨之品。如其不然，便不是矣。”④ “冷水浇背”的说法非常形象生动，试想，一瓢冷水突然浇到你的背上，将是一种什么感觉？此时，无论你正在做什么，恐怕你整个精神都会立即为之一振并集中在那一瓢水浇在背上的感觉中。因之，诗家何

① 《奉赠韦丞丈二十二韵》。

② 郭绍虞、王文生编：《中国历代文论选》（一卷本），上海古籍出版社 1979 年版，第 68 页。

③ 中国戏曲研究院编：《中国古典戏曲论著集成》（四），中国戏剧出版社 1959 年版，第 123 页。

④ 徐渭：《徐渭集》（全四册），中华书局 1999 年版，第 482 页。

以如此追求“惊人”之句，就在于使读者因诗句的奇特而“惊”，因“惊”而引起“注意”，因“注意”而切实“感觉”到诗句所描绘的“诗境”。请看杜甫的诗句：“绿垂风折笋，红绽雨肥梅。”（《陪郑广文游何将军山林十首》）首先，这两句诗不同凡响，正常的事件次序应是：先有了“风折笋”然后才有“绿垂”，先有了“雨肥梅”然后才有“红绽”，而诗人在陈述时却把这种正常事件次序颠倒了，且这两句诗对仗工整、用语洗练，读之确如“冷水浇背”，令人惊叹不已，立刻引起读者的高度注意和兴致。其次，由于高度的注意和兴致，使我们反复诵读玩味诗句，强化了我们的感觉，激发了我们的想象，于是，一幅红梅绿笋交映成趣的雨后春景图便跃然于纸上，昭然于目前。如此看来，中国古代诗家所追求的“惊人”之句与俄国形式主义提出的“反常化”理论殊为接近。俄国形式主义的领军人物什克洛夫斯基在其《作为程序的艺术》一文中认为，诗歌在语言运用方面贯彻所谓“反常化程序”，即有意创造反常化语言，以便增加“感觉的难度和范围”，使“感觉被阻挡而达到自己力量的最大高度和最大延时性”[①]。这就是说，与中国的诗家一样，俄国形式主义也主张诗人要创造异乎寻常的话语，目的是激发注意力，延迟感觉时间，使读者重新感觉到事物。

诗家的这种崇尚独创性、注重奇特性的语言美学观当然是通过具体的创作实践体现出来的，从具体的创作实践来看，诗家的理论探索和总结主要集中在以下几个方面：第一个方面就是所谓诗歌韵律学。看重韵律美本是诗歌语言的基本特征，而中国古代诗歌由于汉语音调本身的特点在这一点上尤为讲究。其实，中国古代诗歌韵律的创制和形成，既是为了上口入耳和便于传唱，也是为了在语音上追求一种与日常语言不同的奇特效果和音乐美，所以诗家对于“惊人”之句的创造，首先就是从韵律开始的，把合辙押韵看作是写诗填词制曲的至关重要的一环。中国古代诗歌韵律理论的开创者无疑是南齐的沈约等人。早在沈约之前，陆机在《文赋》中已对诗歌特有的音乐美有所论述，他说：“暨音声之迭代，若五色之相宣。”[②] 沈约正是沿袭这一认识成为对诗歌韵律进行了专门系统探索的第一人，提出了著名的“四声

① 伍蠡甫、胡经之主编：《西方文艺理论名著选编》（下卷），北京大学出版社 1986 年版，第 338、385 页。

② 郭绍虞、王文生编：《中国历代文论选》（一卷本），上海古籍出版社 1979 年版，第 68 页。

八病”说，即用“平、上、去、入”四字标四声，并把诗歌创作中出现的使四声不和谐的“病犯”总结为“平头、上尾、蜂腰、鹤膝”等几种情况。他还特别强调，诗人作诗务必注意“欲使宫羽相变，低昂互节，若前有浮声，则后须切响，一简之内，音韵尽殊；两句之中，轻重悉异。妙达此旨，始可言文”①。沈约声律论的提出，有力地推动了五言古诗向律诗的转变，促使中国古代诗歌的韵律趋向于完美和定型。在沈约之后，宋代的李清照在《论词》一文中指出作诗填词“别是一家”，必须“协音律”，反对当时不讲音韵和谐的“句读不葺之诗”②；明代李梦阳在《潜虬山人记》一文中主张好诗应该是“格古，调逸，气舒，句浑，音圆，思冲，情以发之，七者备而后诗昌也”③，以音律和谐和韵味无穷作为判断好诗的主要标准；清代的沈德潜在《说诗晬语》中也提出“乐府之妙，全在繁音促节，其来于于，其去徐徐，往往於迴翔曲折处感人”，“诗中韵脚，如大厦之柱石，此处不牢，倾折立见”④。总之，中国古代的重要诗家几乎都把韵律的创构摆在诗歌创作的第一位，都在诗歌韵律理论的发展上做出了贡献。尤其是，明代的王世贞在其《曲藻》中论到曲词音韵时，提出了“声情”这一概念，并与“辞情”加以区别，他说道：“凡曲，北字多而调促，促处见筋；南字少而调缓，缓处见眼。北则辞情多而声情少，南则辞情少而声情多。”⑤ 这种“声情”论的提出，说明中国古代诗家已经在理论上自觉地把韵律形式与情感内容联系起来考虑，这与英国克莱夫·贝尔的“有意味的形式”的理论显然有相通之处，是可以相互参照的。

诗家贯彻它的语言美学观于创作实践的第二个方面的成就是语言风格的创造及其理论上的总结。如前所说，诗家语言美学观的核心就是强调独特语言（惊人语）的创造，也就是强调在诗歌语言上要显示出个人的特色和风格。所以，中国古代诗学一开始就极为重视区分和总结诗人不同的语言风格和风格类型，这种诗歌风格学的理论探讨甚至已成为中国古代诗学体系中最

① 沈约：《宋书》（卷六十七），中华书局1974年版，第1779页。

② 郭绍虞、王文生编：《中国历代文论选》（一卷本），上海古籍出版社1979年版，第189页。

③ 李梦阳：《空同集》（卷四十八），台湾商务印书馆影印文渊阁四库全书本1987年版。

④ 王夫之等：《清诗话》（全二册），上海古籍出版社1978年版，第529、552页。

⑤ 中国戏曲研究院编：《中国古典戏曲论著集成》（四），中国戏剧出版社1959年版，第27页。

重要的组成部分之一。例如在风格类型的划分方面，早在陆机的《文赋》里就已提出文体风格十大类之说，并且描述了这十类文体风格各自的特点。刘勰在《文心雕龙·体性》中又将诗文的风格归纳为八大类："一曰典雅，二曰远奥，三曰精约，四曰显附，五曰繁缛，六曰壮丽，七曰新奇，八曰轻靡。"① 唐代司空图的《二十四诗品》更是一部对诗歌风格类型进行系统研究的专著，将诗歌风格细分为雄浑、冲淡、纤秾、沉著、高古、典雅、洗练、劲健、绮丽、自然、含蓄、豪放、精神、缜密、疏野、清奇、委曲、实境、悲慨、形容、超诣、飘逸、旷达、流动等二十四个品类，每一品类下又对此品类作了细致的描述与说明。其他还有王昌龄的《诗格》、李峤的《评诗格》、皎然的《诗式》、陈骙的《文则》等也都是专论诗文风格的著作。这些对风格的评述和分类是否妥当贴切另当别论，但由此可以看出诗家在风格创造方面所积累的丰富经验以及所取得的巨大成就。

上面说到的韵律和风格毕竟还属诗家实践其语言美学观的间接的高远追求，而其更直接、更切近的追求则是字、词、句的选择和锤炼。因此，诗家欲要创造出"惊人之句"，就要在选词炼句方面下最大的功夫，因而也在这方面积累了更多的实践经验，进行了更深入的理论探讨。陆机的《文赋》以"会意尚巧"、"遣言贵妍"为文人骚客之能事，主张"立片言以居要，乃一篇之警策。虽众词之有条，必待兹而效绩"②；刘勰的《文心雕龙》也提出，"夫人之立言，因字而生句，积句而成章，积章而成篇。篇之彪炳，章无疵也；章之明靡，句无玷也；句之清英，字不妄也；振本而末从，知一而万毕矣"③，"是以缀字属篇，必须练择"④。无论陆机还是刘勰，都认为诗家功夫完全在篇章字句的组织安排之中，而著文作诗之难之苦也都在篇章字句的组织安排之中。而篇章字句的组织安排又是以字词的"择炼"为根基的，所以，古代诗家甚至奉从"著一字而境界全出"之说，南宋的诗论家胡仔还明确提出"一字为工"的理论，他认为："诗句以一字为工，自然

① 范文澜：《文心雕龙注》，人民文学出版社 1958 年版，第 505 页。
② 郭绍虞、王文生编：《中国历代文论选》（一卷本），上海古籍出版社 1979 年版，第 68 页。
③ 范文澜：《文心雕龙注》，人民文学出版社 1958 年版，第 570 页。
④ 范文澜：《文心雕龙注》，人民文学出版社 1958 年版，第 624 页。

灵异不凡，如灵丹一粒，点石成金也……足见吟诗，要一两字功夫。”① 胡仔主张的“一字说”也许有些极端，但写诗要在字词上狠下功夫则是不刊之论。胡仔的这一理论显然深受北宋大诗人黄庭坚的影响，而黄庭坚的诗论在文论史上颇有争议，常被后世讥之为“以文字为诗”，近代以来，又多被斥之为“形式主义”而遭否定。其实黄庭坚的诗论无非是偏离了“诗以言志”、“文以载道”的传统，更强调诗歌应以语言为本体，以字句的营造为要务。在他看来，诗语的好坏固然以创造性的有无为准绳，但创造性的诗语并非一定是“自作语”。他在《答洪驹父书》一文中指出“自作语最难”，即使像杜甫、韩愈那样的大家也是“无一字无来处”，因而“古之能为文章者，真能陶冶万物，虽取古人之陈言入于翰墨，如灵丹一粒，点铁成金也”②。“点铁成金”之说固然有因袭摹仿之嫌，但其立足点还是站在诗家的立场上说话的，从诗家的立场看，篇章字句的构建和锤炼实为作诗的第一要义，无论怎么强调都不为过，无论怎么议论都有其一定的道理。正是在这个意义上，我们认为，以黄庭坚为代表的江西诗派的理论是真正的诗家理论，它留下来的关于文则诗法这方面的遗产，很值得我们深入发掘和予以重新阐释。

① 胡仔:《苕溪渔隐丛话》，人民文学出版社 1962 年版，第 64—65 页。
② 郭绍虞、王文生编:《中国历代文论选》（一卷本），上海古籍出版社 1979 年版，第 185 页。

中国古代文学语言研究的五条路向

我国当前的文学语言研究存在着两个方面的问题：一是过分的西方化倾向。我国当代文学语言研究是从学习和借鉴西方的有关理论起步的，这原本是非常必要的，但是后来的发展却更多地表现为不顾中国具体语境的机械照搬和盲目“紧跟”，这就有些不正常了。从目前情况看，为数不少的研究者，眼睛只是盯着西方，不是“跟着说”，就是“顺着说”、“重复说”。这样的研究不能说没有价值，但有一个致命的问题，就是缺乏自己的创造性。二是与过分西方化倾向同时并生的对本土传统文论的忽略和遗忘。尽管已有论者再三呼吁要重视古代文论的研究，并在这方面做了大量的工作，但总的趋势依然未得到根本的扭转。一种根深蒂固的思想仍盘踞在某些研究者的脑子里，以为现代的、新的东西就一定是先进的、有价值的，而传统的、旧的东西就一定是保守的、落后的。其实，这种观点、态度本身就是一种非现代的、褊狭的、独断的思想方式的表现。要知道，我国当代文论如果最终不能在辩证思维的基础上打通与古代文论的一脉相承的联系，就不能建成有中国特色的现代文论。

基于以上认识，我们认为，目前的文学语言研究除了继续深入地学习和借鉴西方现代的有关成果之外，还应该尽力拓宽理论视野，把目光伸展到中国古代文论这个极为广大而丰饶的领域中去。

中国古代文学中，诗歌最为发达，而诗歌创作又最讲究语言形式的创新和语音的抑扬顿挫，因而中国古代文论一方面强调“言志”、“宗经”、“载道”，另一方面又始终对诗歌语言问题相当重视，产生了大量的有关诗歌语言的论述，其成果无论从数量和质量上都远远超过了西方传统文论。

从亚理斯多德到别林斯基，西方传统文论都是以模仿论为基础的。这种理论最重视的是作家的创作、作品的内容和文学的社会功能，文学语言不过是传达作者创作意图和作品内容的手段，是为内容服务的，居于次要的、从属的地位。古希腊的亚里斯多德分析悲剧的构成时提到了六个要素，“语言”虽也列入其中，但排在“情节”、“性格”、“思想”等内容要素之后①。可见，在亚氏的心目中，语言在文学中的地位并不高。俄国的文豪高尔基倒是说过“文学的第一要素是语言”，但在这句话之前他又附加了一段说明：“文学就是用语言来创造形象、典型和性格，用语言来反映事件、自然景物和思维过程。”② 这就是说，他是在认定了语言是内容的表达工具的前提下谈语言的重要性的。他所说的语言的“第一”的位置，其实还是排在“第二”，排在内容之后，这与亚里斯多德的观点并无实质上的差别。比较而言，在 20 世纪以前的文论中，给予文学语言以较多重视的是 19 世纪英国的浪漫主义诗人们。雪莱甚至说过：“较为狭义的诗则表现为语言，特别是具有韵律的语言的种种安排。”③ 这种观点尽管已具有了现代文学理论的某些特征，但依然没有完全脱开传统的文学语言工具论，因为浪漫主义者的总体文学观是把诗歌看作是诗人情感的自然流露，他们最看重的是诗歌的情感内容，而不是语言。西方传统文论既然深受以再现论和表现论为基础的内容主义的影响，总体上把语言界定为内容的从属要素，就不会给予它太多的重视，对它的研究也就不会太深入。可以说，在长达两千多年的时间里，西方传统文论在文学语言研究方面一直处于较低的水平，以至于成为它的一个越来越突出的薄弱环节，越来越严重地阻碍着它的进一步发展。只是到了 20 世纪初，俄国形式主义的出现才彻底改观了这种局面，促使文学语言的研究迅速兴盛起来。

中国古代文论并不像西方传统文论那样走极端内容主义的路子，它在强

---

① ［古希腊］亚理斯多德：《诗学》，见《诗学 · 诗艺》，罗念生、杨周翰译，人民文学出版社 1962 年版，第 20—24 页。

② ［俄］高尔基：《文学论文选》，孟昌等译，人民文学出版社 1958 年版，第 294 页。

③ ［英］雪莱：《诗辩》，见伍蠡甫、胡经之主编《西方文论选》下卷，上海译文出版社 1979 年版，第 52 页。

调文学内容的同时，也特别重视文学的语言形式和语言技巧。先秦时代的思想家们就曾从哲学、伦理学、美学等不同的角度论及文学语言的问题。孔子《论语·雍也》有“文质彬彬”的主张；老子《道德经》有“大言希声”、“信言不美，美言不信”的说法；《庄子》中的《天道》篇提出了“言不尽意”、《外物》篇提出了“得意忘言”的观点；《墨子·非命》反对“以文害用”，强调“先质而后文”；《韩非子·五蠹》认为“好辩说而不求其用，滥于文丽而不顾其功者，可亡也”；《孟子·公孙丑上》主张“知言养气”；《荀子·非相》则断言“凡言不合先王，不顺礼义，谓之奸言；虽辩，君子不听”。先秦诸子们的这些言论，虽然有的并不专指文学语言，但对后世的文学语言研究的影响是极为深远的。

概而言之，中国古代的文学语言研究可归纳为五条路向：一条是由孔子开端的“文质论”。《论语·雍也》载：“子曰：质胜文则野，文胜质则史。文质彬彬然后君子。”孔子认为：文采不足，文章就粗野；文采过于华丽，文章就肤浅。只有文质并茂，内容与形式统一，才是君子作文的准则。孔子的这一理论对中国古代文论的影响最大，引发的论述也最多，几乎古代的每个有影响的文论家都谈到过这个问题。如：王充的“言事增实”说，陆机的“辞达理举”和“尚巧贵妍”说，刘勰的“情采”说，韩愈的“陈言务去”和“气盛言宜”说，柳宗元的“文以明道”说，白居易的“尚质抑淫”说，欧阳修的“道盛文至”说，程颐的“作文害道”说，黄庭坚的“理得辞顺”说，等等。“文质论”探讨的是文学的语言形式与内容的关系，总的来看，重内容但又讲求文采的观点占上风。

第二条路向是以庄子的“得意忘言”和《易传》中的有关论述为发端的“言、象、意”理论。《易传·系辞》中谈到“卦象”的产生时说“书不尽言，言不尽意”、“圣人立象以尽意”。魏代的王弼在《周易略例·明象》中对《易传》的这一理论作过系统的阐发。他认为“言、象、意”三者的关系，从发生顺序上看是“言生于象，象生于意”，从表达顺序上看是“象者，出意者也；言者，明象者也”，由此他得出结论说：“意以象尽，象以言著。故言者所以明象，得象而忘言；象者所以存意，得意而忘象。”①

① 楼宇烈：《王弼集校释》下册，中华书局1980年版，第609页。

这一原本是阐释《易经》的哲学理论，被后世的文论家所吸取，用来解说诗歌中“言与象”、“象与意”的关系，从而产生了一系列有关诗歌语言特点的论述。例如陆机所说的“意不称物，文不逮意”①，皎然所说的“假象见意”②，司空图所说的“不著一字，尽得风流”③，叶梦得所说的“意与言会，言随意遣”④，严羽所说的“言有尽而意无穷”⑤，袁宗道所说的“学其意，不必泥其字句”⑥，陈廷焯所说的“意在笔先，神余言外”⑦，都是这方面有代表性的观点。值得注意的是，中国古代文论家的上述观点与西方“新批评”的“含混”、“复义”等理论有异曲同工之妙，也与现象学派英加登的文本结构层次论有不谋而合之处，但至少要比“新批评”和英加登早出现千年以上。

中国古代文论有关文学语言研究的第三条路向肇始于《诗大序》中的“赋、比、兴”理论。《诗大序》把“赋、比、兴”与“风、雅、颂”合称为《诗经》的“六义”，是对《诗经》的一种解释。从唐代的孔颖达开始，“赋、比、兴”被理解为诗歌的三种表达方式，“赋比兴者，诗文之异辞耳”，“赋比兴是诗之所用”⑧。以这个论点为基础，古代文论家重视诗语的“精巧”与创造性，由此形成了古代文学语言研究中的修辞学向度。例如司马迁从语言表达的角度盛赞屈原的《离骚》，认为它“其文约，其辞微”，“其称文小，而其指极大，举类迩而见义远”⑨；扬雄对汉赋过度地铺陈事物、雕绘辞藻提出批评，认为汉赋“极丽靡之辞，闳侈巨衍”，如“童子雕虫篆刻”，“壮夫不为也”⑩；陆机比较重视文学表达的技巧和独创性，提出诗歌创作“其会意也尚巧，其遣言也贵妍”，“选文按部，考辞就班”，“立

① 《文赋》。
② 《诗式》。
③ 《二十四诗品》。
④ 《石林诗话》。
⑤ 《沧浪诗话》。
⑥ 《论文》。
⑦ 《白雨斋诗话》。
⑧ 《诗大序正义》。
⑨ 《史记·屈原贾生列传》。
⑩ 《法言·吾子》。

片言而居要，乃一篇之警策”的主张[①]；刘勰在《文心雕龙》的《熔裁》、《夸饰》、《比兴》、《事类》、《附会》等诸多篇章中，系统地论述了诗歌所运用的各种修辞手法。特别是对“夸饰”的论述（“因夸以成状，沿饰而得奇”），对“比兴”的论述（“比者，附也”，“写物以附意”，“兴者，起也”，“依微以拟议”），对后代的影响更大。其他如何景明提出的“辞断意属，联类比物”[②]，王骥德主张的“意常则造语贵新”[③]，袁宏道赞扬的“本色独造语”[④]，刘大櫆强调的“论文而至于字句，则文之能事尽矣”[⑤]，刘熙载推崇的“词眼”和“极炼如不炼”[⑥]，也都属于诗歌修辞学方面的论述。

中国古代文论中的文体学理论构成了文学语言研究的第四条路向。中国古代的文体学主要是研究文体的分类及其语言风格的。这种研究最早发源于曹丕的《典论·论文》，即“夫文本同而末异，盖奏议宜雅，书论宜理，铭诔尚实，诗赋欲丽”。随后陆机在《文赋》中把文体分为十类，并分别指出其各自的风格特点。刘勰也在《文心雕龙·体性》中用大量篇幅专门论述了各类文章的形式和写作特点，还从语言形式的差别着眼，把所有的文体概括为八种风格，即“一曰典雅，二曰远奥，三曰精约，四曰显附，五曰繁缛，六曰壮丽，七曰新奇，八曰轻靡”。其他如李峤的《评诗格》、王昌龄的《诗格》、皎然的《诗式》、司空图的《二十四诗品》、陈骙的《文则》等，都是专论文体风格的著作。在中国古代文体研究史上，南朝的萧绎是一个值得重视的人物，他第一次以自觉的文学意识辨析了自古以来的“文笔”之争，明确指出，“善为奏章”、“善辑疏略”的论事说理实用之文，叫作“笔”，而“至如文者，惟须绮縠纷披，宫徵靡曼，唇吻遒会，性情摇荡”，即具有华美的辞藻、协调的声律、精粹的语言、有强烈感染力的文章，才能称为“文”[⑦]。这种对文学文体和文学语言特性的自觉而深入的认识，在古代文论史上是一个重大进步。

---

① 《文赋》。
② 《与司空田论诗书》。
③ 《曲律·论句法》。
④ 《叙小修诗》。
⑤ 《论文偶记》。
⑥ 《艺概·词曲概》。
⑦ 《金楼子·立言》。

中国古代文学语言研究的第五条路向是以“声律论”为主体的诗歌音韵学。声律理论的开创者是南齐的沈约等人。早在沈约之前，陆机在《文赋》中已对诗歌的音乐美有所描述，他说过：“暨音声之迭代，若五色之相宣。”沈约第一次对诗歌声律进行了专门系统的理论探讨，提出了所谓“四声八病”说，即用“平、上、去、入”四字标四声，并把诗歌创作中出现的使四声不和谐的“病犯”总结为“平头、上尾、蜂腰、鹤膝”。他强调指出：“一简之内，音韵尽殊；两句之中，轻重悉异。妙达此旨，始可言文。”① 沈约声律论的提出，直接促成了五言古诗向律诗的演变，同时也开启了诗歌语言研究的一个新领域，即诗歌音韵学。在沈约之后，宋代的李清照强调词“别是一家”，必须“协音律”，反对“句读不葺之诗”②；明代的李梦阳提倡作诗要“格古，调逸，气舒，句浑，音圆，思冲，情以发之”③；清代的沈德潜标榜格调说，提出“乐府之妙，全在繁音促节”，“诗中韵脚，如大厦之柱石，此处不牢，倾折立见”④。这几位诗论家都对中国古代诗韵学的发展做出了重要贡献。难能可贵的是，明代的王世贞在论述曲词的音韵时还谈到了声律的情感意味，提出了“声情”这一概念，并与“辞情”加以区别。他说：“凡曲，北字多而调促，促处见筋；南字少而调缓，缓处见眼。北则辞情多而声情少，南则辞情少而声情多。”⑤ 这种“声情”论与克来夫·贝尔提出的“有意味的形式”的理论显然有相通之处，可以相互参照。

以上的简略叙述，难免挂一漏万，但也足以见出，中国古代文论中有关文学语言的论述是相当丰富多彩的，所论的问题也非常广泛和深入，有些论点也极富启迪性，确实是一个重要的理论资源宝库，应该尽量纳入当今的文学语言研究的视野之中。当然，毋庸讳言，这些论述和理论，也像中国古代文论中的其他理论一样，带有评点式、感受式的弱点，也受历史的局限，其中许多内容已经不能适应或不能完全适应现时代的要求，这就需要对之进行

---

① 《宋书·谢灵运传论》。

② 《词论》。

③ 《潜虬山人记》。

④ 《说诗晬语》。

⑤ 《曲藻》。

现代性的转换和提升。所谓现代性的转换和提升其实就是综合的工作，就是传统与现代之间的沟通和整合。所以，综合的观点是与彻底反传统的观点截然相反的，它不仅不排斥传统，不与传统决裂，而且还认为现代是从传统发展而来的，现代与传统之间有着一种不可分割的内在联系，可以站在现代的高度上对传统作出新的阐释和评价，从而实现现代与传统间的综合。只有经过这种综合，现代的文学语言研究才能在原有的水平上获得深入的发展。

文论史上的三大文学语言观述评

文学语言研究中的核心问题是语言在文学中的地位问题，对这个问题的解答直接制约和规定着研究者对文学语言的所有其他问题的理解。因此，我们把研究者对这个问题的解答称为他的文学语言观。自古以来，人们已经提出了各式各样的文学语言观，我们认为这些文学语言观可以归纳为三大类，将其分别称之为载体论、本体论和客体论。

一、载体论

载体论把文学中的语言看作是传达思想内容的载体。载体不能说不重要，没有载体，被载物就无法传达，无处容身，也无法现身。但载体无论多么重要，与被载物比较起来总是第二位的。因为在载体和被载物的关系中，载体充其量只是手段，而被载物才是目的。手段永远是为目的服务的，受目的的支配，处在从属的地位上。由此看，在载体论的背后总是隐含着这样的文学观念：文学是为了传达某种思想内容而存在的，这种思想内容可以是对客观世界的再现和认识，也可以是对作家的主观世界的表现和流露，传达这种思想内容就是文学的目的和使命，舍弃了这一目的和使命，文学也就失去了它的严肃性和神圣性，也就失去了它赖以生存和发展的最基本的根据和理由。在这种文学观念的支配下，语言就必然成为一种载体，一种表达和显示内容的形式。因此，历史上所有以内容为重的文学理论，无论是再现论的，还是表现论的，对语言的基本看法都不会超出载体论的范畴，它们对文学语言的重视和研究也只能是在如何运用语言更好地表达内容这个限度之内，尽管它们的具体观点、关心的具体问题以及对语言的重视程度可能存在着种种差别，但在文学语言观上都可归之为载体论。

西方从古希腊开始直到近代，模仿自然、再现现实的文学观占据统治地位，其文学语言观自然以载体论为主导倾向。柏拉图把艺术看作是模仿的模仿，因而对诗人的技艺极尽贬低之能事。亚里士多德也把悲剧看作是人的行动的摹仿，语言就是这种摹仿所使用的媒介之一。他认为，在悲剧构成的六个成分中，“情节”最重要，“性格”和“思想”次之，而“言词”或“语言的表达”则占第四位[①]。但丁提倡写诗要用“俗语”，也是从俗语能更有力地表达内容方面考虑的[②]。19 世纪现实主义的作家和理论家似乎对语言的运用有了更自觉的追求。高尔基甚至提出了这样的命题：“文学的第一要素是语言。”[③] 然而，所有的这些现实主义者，无论它们对作品的语言如何地强调和重视，都是以语言再现现实和表述思想内容为前提的，他们的文学语言观的基本倾向都是载体论的，在这一点上，与以往的模仿论者没有本质区别。

中国古代的文论家由于深受“诗言志”、“兴观群怨”、“文以载道”等儒家诗教传统的影响，在文学语言观上，也采取了较为谨慎的态度，其主流观点也是载体论的。尽管中国古代诗人们在语言表达方面确实下过极大的功夫，文论家们也对诗歌的修辞、文体、声律等作过极为深入的研究，但是，这些功夫和研究其最终目的还是为了“宗经”、“征圣”、“言志”、“载道”。语言依然只是手段、形式、载体，只是为了更好地充当这种载体的角色，才去追求它的生动、新奇，使之更有文采、更具感染力。中国古代的诗人们，在诗歌创作中，最为担忧和焦虑的就是“言不尽意”、“意不逮物”，最为企求和崇尚的就是“言有尽而意无穷”。这两种态度都体现出以“意”为重、

---

① ［古希腊］亚理士多德：《诗学》，见《诗学·诗艺》，罗念生、杨周翰译，人民文学出版社 1962 年版，第 21—24 页。

② ［意大利］但丁：《论俗语》，见《文艺理论译丛》1958 年第 3 期。

③ ［俄］高尔基：《和青年作家谈话》，见《文学论文选》，人民文学出版社 1958 年版，第 294—296 页。

以表达的内容为目的的观念。

二、本体论

本体论是西方现代理论家针对载体论提出的。在文学观上它反对传统的内容决定形式的观点，尤其反对把文学视为现实生活的反映。它主张文学就是文学，与外部世界无关，文学的“文学性”就体现在语言形式上。按照这一见解，语言在文学中的地位就发生了根本的转变，语言不再是传达内容的载体，语言成了文学本身，成了唯一标示文学的存在和价值的本体。这种本体论的观点最先由俄国形式主义发起，后来又得到了“新批评”派、结构主义文论以及符号论美学的推波助澜，终至取代了传统的载体论的主导地位，而成为20世纪前半叶最具影响力的理论话语。

作为本体论始作俑者的俄国形式主义，一上来就瞄准了传统文论的再现论基础，它断然否认文学与外部世界的内在联系，极力强调文学的独立性，认为在文学中起决定作用的因素不是表达的内容，而是内容的表达，即特殊的语言运用方式。该派的理论家指出，“在日常生活中，词语通常是传递消息的手段，即具有交际功能”，“文学作品则不然，……作品具有特殊的表达艺术，特别注意词语的选择和配置。……它更加重视表达本身。……表达在一定程度上具有本体价值”①。俄国形式主义的本体论特点，就是竭力贬低作品中的内容因素，用语言形式抵消或取代内容的存在，主张语言形式应该上升为文学的本体。

“新批评”的本体论与俄国形式主义不尽相同，它采取了一种严格的文本中心论的立场，认为作者写出的文本一旦脱离作者之手就成为一种自在自足的客观存在物，既与作者的“意图”无关，也与读者的“感受”无关。“不论是意图谬见还是感受谬见，这种似是而非的理论，结果都会使诗本身作为批评判断的具体对象趋于消失。”② 所以，真正科学的文学研究和批评

---

① ［俄］托马舍夫斯基：《艺术语与实用语》，见《俄国形式主义文论选》，方珊等译，生活·读书·新知三联书店1989年版，第83页。

② ［美］威廉. K.维姆萨特、蒙罗. C.比尔兹利：《感受谬见》，见赵毅衡选编《“新批评”文集》，中国社会科学出版社1988年版，第228页。

只能以“诗本身”即作品文本作为唯一的标准和依据。作品文本之所以自在自足，就在于它是一种语言的组织形式，它本身就包含着某种意义，批评家完全可以通过对文本的特定语言形式的分析，达到对作品的合理解释，无需从外部寻求意义的根源。“新批评”的批评特色就是对文学语言特性的阐释和对具体作品的特定语言形式的分析，诸如瑞恰兹对语言的科学用法和表情用法的区分，燕卜荪对诗语的“复义性”、布鲁克斯对“悖论语言”、维姆萨特对“象征”和“隐喻”的研究，以及大量的对具体作品的细读式评论，所有的这些研究和评论都以文本的语言为对象，都体现了“新批评”的以语言为文学本体的观点。

结构主义本体论的理论基础来自索绪尔的语言学观念，即语言不是指称事物的命名的集合，而是一个自成一体的符号系统，这个符号系统起始于人的任意性规定，同时又作为人们共同遵守的规则支配着人的言语活动。所以，结构主义文论家所说的语言本体并不是指具体作品中的语言构成形式，而是指隐匿在所有的作品中的普适性的语言结构，具体的作品不过是这种普遍结构的种种变体和体现。结构主义文论对于文学的探讨几乎都是围绕着“结构”这一核心概念展开的，其中，以巴尔特对叙事作品结构的分析、弗莱关于文学原型的模式系统的理论以及托多洛夫对小说文本的句法结构的研究最有代表性。

以卡西尔和苏珊·朗格为代表的符号论美学，注重从符号学的角度论述艺术的表现性特征，把艺术看作是人类情感符号的创造，这与主张自我情感表现的传统的表现理论有着本质的不同。后者强调的是情感表现的内容，而前者强调的是情感表现的符号形式。因此，符号论美学的文学语言观是倾向于本体论的。朗格把艺术符号与一般符号作了区分，指出艺术符号以自身为目的，而不是指向于外在的意义和内容，因而在艺术中具有本体的地位，艺术就是有意味的感性的符号形式。

三、客体论

客体论也是一种现代的文学语言观，但与上述本体论又有明显的不同。如果说本体论是对载体论的反动，那么，客体论则是对本体论的偏离。当然，客体论也与载体论有着本质的差别。载体论把语言视为负载内容的工具，为某种外在的目的服务。本体论把语言提升为文学的本体性存在，语言的本体性就在于它的自我指涉的自足性。而客体论则把文学文本与读者的接受联系起来，把文本语言看作是为了读者的阅读而存在的客体对象。因此，在20世纪文论中，所有突出读者作用的理论都属于客体论的文学语言观。当然，从某种意义上说，本体论也把语言视为客体，但本体论所说的语言客体是一种为自身而存在的客体。而客体论所说的语言客体并不是这种纯自在的客体，而是一种为了阅读经验而存在的、且只能在阅读经验中获得现实存在的客体。

现象学美学家英加登曾用现象学方法对作品语言的客体性作过专门的研究，他否认了关于作品语言的“实体性客体”、“观念性客体”等说法，提出了文学作品是一种纯粹“意向性客体”的论断。英加登把这个概念应用到艺术品的语言上，说明艺术品的语言结构只有一部分表层的属性由客体自身呈现出来，更加深层的属性则必须由读者的想象力加以建构。因此，艺术品的语言结构只有在读者的阅读重构中才能成为真正现实的自足体。

应该看到，同样是客体论，在对客体的意象性的理解上也有较大的差异。比如，文学解释学侧重于释义方面，接受美学则侧重于审美方面；有些客体论者更强调客体的客观规定性，另一些客体论者更强调读者的主观创造性。尽管如此，但一切读者论者的文学语言观的基本点还是一致的，即都把作品语言理解为可供读者读解并在这种读解中获得现实存在的客体对象。

四、评　价

单独地看，上述三种观点各有各的道理，各有各的例证，很难指定哪一种就是错的。即使有悖于一般常识的本体论的观点也不能说毫无道理。确实有一些作家，特别是现代作家，他们在创作中致力于语言形式的创新，同样也写出了好作品。因此，我们也应该承认本体论的观点有它的合理性，不能简单地予以否定。

所以，载体论、本体论、客体论这三种理论，就它们各自所强调的方面看，都有一定的合理性。但是，若把这三种理论摆到一起，加以比较对照，它们的各执一端的片面性就马上暴露无遗了。本体论一方面以它所坚持的语言“自我指涉性”与载体论构成尖锐对立的两端，另一方面又以它所坚持的“语言自足性”与客体论构成尖锐对立的两端。同样，载体论与客体论之间也具有不可兼容性，因为前者强调的是作家对语言的利用，后者强调的是读者对语言的接受，那么语言到底是被利用的工具还是被接受的对象？这个问题在这两种理论的对立中是永远纠缠不清的。正是这种不相容的对立性，使这三种观点只能固着在各自的片面性上，无法达到对文学语言的真正全面准确的理解。

这三种理论虽然各执一端，互不相容，但在文学观上却采取了同样的认识论方法，即都从某一种文学要素或关系出发去界定文学的基本性质。载体论主要是从作品与世界或作者的关系方面把文学界定为现实生活的再现或内心世界表现，客体论主要从作品与读者的关系方面认定文学的存在必须依赖于阅读和审美的经验，本体论则仅从作品这个单一要素出发将文学等同于作品存在本身。这种文学观上的孤立的、静止的、以偏盖全的认识方法势必造成它们文学语言观上的相互对立和各自的片面性。因此，要想从根本上克服这三种理论的片面性，就必须寻求一种全然不同的新的认识论原则，这就是从普遍联系的辩证思维出发，把文学理解成一个各种要素相互联结和相互转化的整体和过程，理解成一个系统性的完整的活动过程。

当我们不再把文学理解为单一的要素和关系，而是理解为从作者认识世界开始直到读者接受作品并反过来影响世界为止的不断回返往复的完整的活动过程，以及把语言放到这个完整的过程中去考察时，我们就会对语言在文学中的地位和作用产生新的认识。我们会发现，在完整的文学活动过程的背景中，载体论、本体论、客体论各自强调的那些语言的作用，实际上都可以统合为同一种中介的作用。因此文学语言，无论是它的传递内容的载体作用，还是它的标识文学存在的本体作用，还是它的引发审美经验的客体作用，从完整的文学活动的观点看，都是一种中介的作用。这就是说，在文学的整体和过程中，语言成为中介，而语言作为中介又使文学成为一个整体和过程。如果上述理解能够成立，那么，我们是不是可以提出一种既不同于载体论、本体论、客体论又综合了这三种理论的全新的文学语言观，即中介论的文学语言观？当然，这种中介论的文学语言观还有待于进一步的论证和阐发。

西方20世纪文论中的文学语言研究述评

一、文学语言研究与“语言的时代”

回顾西方20世纪文论史，我们不难发现，自世纪初的俄国形式主义之后，西方所出现的任何一个有影响的文论流派，都必谈语言问题，都给语言问题以优先的地位和特别的关注。这种关注，自然反映了文艺学自身发展的需要，但究其更深层的根源，不能不涉及20世纪西方社会、文化、思想领域所发生的一系列重大的新变化、新发展。

众所周知，20世纪以来，特别是二战以后，科学技术的突飞猛进，经济发展、政治合作、文化交流的全球化需要，使得知识信息的生产和传播无论在规模和效率方面都达到了空前的、令人惊异的高度。“信息”成为人类生存、发展的基本条件之一。人类社会进入了名副其实的信息社会，而信息的运行和交流无论采用何种传播手段，都主要是以语言的形态存在和呈现的，因而法国当代语言学家海然热又称这个时代为“语言的时代”。他这样评论道：“不管2000年为人类准备的是怎样的未来——其开端倏忽间已经逼进——我们完全可以认为，本世纪最后这些年代堪称实实在在的语言时代，正如说这是一个在宇宙、机器人、原子或遗传学等方面均有重大发现的时代一样。从收录机、电视、无线电广播、新闻和书刊，到借助电缆进行的高峰会议或微不足道的私下闲谈、通讯手段的飞速进步、电脑技术的革命和社会接触的无限增加，即所有通过缩减空间达到相对地控制时间的过程，显然都使语言的运用通过口、笔和媒体传播无限地扩大了。本世纪最后二十五年，人类已经没入词句的汪洋大海中。”① 于是，在词句的海洋里，语言无限地膨胀起来，整个地卷裹了人类。人类从来没有像今天这样从语言中获利，也从来没有像今天这样深受来自语言的危害，因为“语言也像呼吸、血液、性别和闪电等其他带有神秘性质的事物一样，从人类能够记录思想开始，人们就一直用迷信的眼光来看待它”②。在当今的世界上，到处充满了语言的魔力，也到处充满了语言的暴力；到处充满了对语言的崇拜，也到处充满了对语言的恐惧。语言这个万古之谜，直到今天才真正浮出了历史表层，像一个难以挥去的巨大幻象缠绕着现代人的心灵，同时也成为一个无法讳避的重大时代课题，摆在人们的面前，迫使每一个有思想的人正视它、思索它，回答它。

最早预感到这一世纪性课题并对之作出强有力反应的，是以语言为研究对象的语言学和作为时代精神象征的哲学。1916 年，瑞士语言学家索绪尔的《普通语言学教程》一书的出版，代表着语言学对这一世纪性难题的最初的也是最有创意的探索和解释。索绪尔的创造性突出地表现在，他第一个扬弃了在他之前的主流语言学派——历史比较语言学的基本观点和方法，把语言现象从与社会历史的错综复杂的关联中剥离出来，将其看作一个处于一定结构关系中的符号系统，并由此提出了一种与传统语言学迥然有别的新的研究方法——“必须研究语言本身”的结构主义方法。正是这一新的观念和方法，为整个 20 世纪的语言学确立了某种基调，而索绪尔本人也理所当然地占据了现代语言学奠基人的崇高地位。不仅如此，后来的事实表明，索绪尔的影响还大大超出了语言学的范围，尤其是他的一般符号学构想和结构主义方法被广泛地应用于文化人类学、社会学、心理学的研究中，自然也被应用于文艺学、美学的研究中，并因此而汇合成所谓的结构主义思潮。由索绪尔引发的这一思想进程也使他在西方现代思想发展史上占有突出地位。

索绪尔语言理论所产生的这种跨学科的巨大影响，也推动 20 世纪的语言学迅速跃居整个人文社会科学的前沿位置，甚而成为一门主导全局的领先

① ［法］海然热：《语言人——论语言学对人文科学的贡献》，张祖建译，生活·读书·新知三联书店 1999 年版，第 3—4 页。

② ［英］罗素：《人类的知识》，张金言译，商务印书馆 1983 年版，第 68 页。

学科。索绪尔之后，语言学所出现的每一次新进展，从布拉格学派的结构功能语言观，到乔姆斯基的转换生成语法，再到晚近兴起的语用学和认知语言学，无不给予当时诸多人文社会科学以新的启迪。德国哲学家卡西尔说："在整部科学史中也许没有一章比语言学这门新科学的出现更令人神往。这门科学的重要性完全可以跟17世纪伽利略改变了我们关于物质世界的整个观念的新科学媲美。"① 戴维·罗比还特别提到语言学对文学理论的影响，他说："在促进现代文学理论发展的为数众多的学科中，几乎可以断言语言学是最重要的。"②

那么，语言学何以能在20世纪获得如此重大的进展和取得如此重要的地位呢？这似乎不能简单归之于这个领域恰巧在这时出现了更多的天才人物，从根本上说，还是由于语言问题在20世纪的迫切性和重要性决定的。正是特定的时代给了语言学以特殊的地位，同时也给了语言学最有利的发展机遇。

在感应"语言"这一时代课题上，语言学捷足先登，哲学也不甘落后。稍加注意，就不难发现，几乎所有活跃在20世纪里的最重要的哲学家，都对语言问题极为重视和提出过系统的意见。例如：罗素把哲学的任务规定为对语言进行逻辑分析；维特根斯坦认为全部哲学就是语言批判；卡西尔提出人是"符号的动物"；胡塞尔认为语言研究是建立纯粹逻辑和进行哲学思考的基础；海德格尔从他的基础本体论出发提出语言是"存在的家园"；加达默尔强调解释学现象就是语言现象，语言就是我们在世存在的基本活动模式；德里达在语言问题上攻击传统的语音中心主义，力图消解言说与书写之间的二元对立。以上极为简略的列举已足以说明，语言问题确实成为整个20世纪的哲学共同关心的最重要的议题。加达默尔在总结20世纪西方哲学时说："毫无疑问，语言问题已在本世纪的哲学中处于中心地位。"③ 法国哲学家P.利科也指出："这种对语言的兴趣，是今日哲学最主要的特征之

---

① 转引自伍铁平《语言学是一门领先的科学》，北京语言学院出版社1994年版，第2页。

② ［英］安·杰斐逊、戴维·罗比等：《当代国外文学理论流派》，卢丹怀等译，上海外语教育出版社1991年版，第32页。

③ ［德］加达默尔：《科学时代的理性》，薛华等译，国际文化出版公司1988年版，第6页。

一。"① 西方20世纪哲学出现的这一重大变化就是通常所说的"语言论转向"。

关于"语言论转向"，多数论者是从西方哲学的整个发展过程来解释的，认为从古希腊开始的西方哲学史可划分为三个时期，其间经历了两次转向。三个时期就是，从古希腊到近代的本体论时期，从近代到现代的认识论时期，从现代开始的语言论时期。两次转向就是，近代的从本体论向认识论的转向和现代的从认识论向语言论的转向。笛卡尔的怀疑论哲学揭开了第一次转向的序幕，现代分析哲学揭开了第二次转向的序幕。从第一次转向到第二次转向具有逻辑的必然性，因为从历史发生的角度看，先有世界，后有能思想、会讲话的人，与这个顺序相应的哲学过程就是本体论——认识论——语言论。但从逻辑关系上看，人对世界的认识取决于他是怎样认识的，而人的认识过程又取决于他是怎样运用语言进行言说和表达的。于是，哲学研究的重心由本体论向认识论再向语言论的转移就有了逻辑的必然性。这样的解释不能说没有道理，但它无法讲清一个关键的问题，就是"语言论转向"为什么偏偏在20世纪发生了？要弄清这个问题，只是从哲学发展本身着眼恐怕不行，还是要回到哲学赖以存在和发展的具体的社会历史条件中去。说到底，哲学是时代精神的集中反映，哲学研究的主题随时代的变更而变更，20世纪的哲学之所以由认识论转向语言论，归根结底，还是因为这个时代是一个语言的时代，语言问题成为这个时代最突出的、最紧迫的问题。从这个角度看，"语言论转向"体现了20世纪哲学对"语言"这个时代课题的积极的回应和主动的承担，标志着哲学在现时代的重大进展，尽管要解决的问题至今还远远没有解决。

有论者担心，语言问题的强调会导致人的主体性的失落。应该承认，在"语言论转向"中，有些哲学派别，如分析哲学、结构主义等，确乎表现出极端的科学主义倾向。它们无限夸大了语言的客观性和本体性，或者把语言完全数理化和技术化，以冷冰冰的语言分析和逻辑演算取代满含人文情怀的哲学沉思；或者把语言完全形式化和结构化，把丰富多彩的人的世界解释成一个被永恒不变的规则主宰着的符号世界。在他们的哲学观和语言观里确实

---

① ［法］保罗·利科主编：《哲学主要趋向》，李幼蒸等译，商务印书馆1988年版，第33页。

忽视了人的地位和作用。但是，我们也要看到，还有更多的理论流派在突出语言问题的同时，并没有忽略人的主体性。例如前面提到的卡西尔，把人定义为创造和使用符号的动物，这实际上是对人性和人的主体地位的一种新阐发，用他的话说就是，只有“把人定义为符号的动物”，“才能指明人的独特之处，也才能理解对人开放的新路——通向文化之路”①。还有存在主义哲学家萨特，他把语言与人的存在联系起来理解，提出“我就是语言”的命题②，意思是说，语言就是人的存在本身，语言虽然制约着人的存在，但人对语言依然保持着自由的选择性，这不能不说是对人的主体性的一种存在主义的关护。此外，“语言论转向”是就西方现代哲学的主要倾向而言的，“语言”是现代哲学的主要问题，但不是唯一的问题。语言之外的问题，诸如本体论问题、认识论问题、人的问题、宇宙的问题以及更切近的生态问题，依然处于现代哲学的理论视野的主要关注之内，只不过对这些问题的思考往往要同语言问题缠绕在一起罢了。最后，也是最重要的一点，如果结合语言问题赖以产生的社会历史根源看，更能说明“语言论转向”并没有否定人的主体性，反而是人的主体性的一种发挥和体现，它实际上是以哲学的方式反映了陷入语言困境的现代人试图挣脱和超越这一困境的努力。这就是说，“语言论转向”表面上指向于语言问题，实质上还是指向于人的问题，解决语言问题就是为了最终解决人的问题。20 世纪的哲人们对语言问题的执著的追问和不懈的探寻，从客观上讲，正是为了提供一种哲学的理据，以帮助正漂流于语言的汪洋大海中的现代人不至被这大海淹没而能顺利地到达彼岸。这就是隐匿在“语言论转向”背后的真正的历史内涵和时代意义。

既然在人类社会历史的发展中出现了一个语言的时代，既然在这个时代里，语言学以其划时代的空前进展而成为领先的学科，哲学中也相应发生了“语言论转向”，那么，受这一切的影响，在文艺学、美学领域里出现了对语言的前所未有的浓厚兴趣，出现了文学语言的研究热潮，就不是什么难以理解的事情了。也许，那批最先发难的俄国形式主义者们，当初未必意识到他们行为的真正的历史内涵。他们只是希望通过对传统诗学理论范畴的批判

① ［德］恩斯特·卡西尔：《人论》，甘阳译，上海译文出版社 1985 年版，第 34 页。

② ［法］萨特：《存在与虚无》，陈宣良等译，生活·读书·新知三联书店 1987 年版，第 482 页。

和对语言形式的强调，来争取诗学理论的独立地位，使之成为一门有客观标准的真正的科学。从这方面看，他们推崇语言形式的直接动因来自对诗学理论发展本身的关注。但这只是一种表层的动因，更加深层的动因依然来自社会历史。历史条件、时代氛围是一种客观的存在，无论我们意识到与否，它都在我们周围发生着作用。社会中的任何一个个体所从事的任何一种社会活动，都不可能完全超越这种作用而获得一种绝对的随意性和自由性。因此，只有站在社会历史发展的高度，从“语言的时代”这一基本事实出发，才能真正揭示这个时代里普遍存在的语言情结、语言焦虑和语言冲动的最深根源，才能真正认清这个时代里发生的语言学的兴盛、哲学的语言论转向、文艺学美学的语言论倾向等思想文化运动的深层动因。

二、西方 20 世纪文学语言研究的三大成就

在过去的一百年里，西方现代文论在文学语言的研究方面所取得的进展和成就是空前的，这主要体现在以下三个方面：首先，西方现代文论以其对文学语言的全面而深入的研究，填补了传统文论中长期存在的这方面研究的缺失和不足，从而推动人类对文学艺术的认识迈出了极为关键的一步，并且使文艺学研究作为一门科学在人文社会学科领域中占有了更重要的地位。

西方传统文论，从亚理斯多德到别林斯基，虽也多有对文学语言的探讨和论述，但总体上看，达到的水平不高，与其他方面的研究相比，不能不说是一个较为薄弱的环节。我们知道，传统文论是以模仿论为基础的，这种理论最重视的问题是作家的创作、作品的内容和文学的社会功能，至于文学语言不过是传达作品内容的手段，是为内容服务的，属于次要的从属的方面。古希腊的亚里斯多德分析悲剧的构成时提到了六个要素，“语言”也列入其中，但排在“情节”、“性格”、“思想”等内容要素之后，可见在亚氏的心目中，语言在文学中的地位并不高①。俄国的高尔基倒是说过“文学的第一要素是语言”，但在这句话之前他又附加了一段说明：“文学就是用语言来

---

① 参见［古希腊］亚里士多德：《诗学》第六章，见《诗学·诗艺》，罗念生、杨周翰译，人民文学出版社 1962 年版。

创造形象、典型和性格，用语言来反映事件、自然景物和思维过程。”[1] 这就是说，他是在认定了语言是内容的表达工具的前提下谈语言的重要性的，这种观点比亚里斯多德稍有进展，但无实质差别。

西方传统文论既然总体上把语言界定为内容的从属要素，就不会对它有太多的重视和深入的研究。传统文论对文学语言的研究主要是从如何更准确、更流畅地表达内容着眼，强调语言风格的朴素自然，选词造句的精确性和通俗性，语言描写的真实性和形象性，人物语言的性格化，文体格式的规范化，如此而已。从西方传统文论的文献中，我们很少发现有专论文学语言的著作，但丁的《论俗语》可说是一个例外。但丁主张文学作品使用“俗语”，反对通行的拉丁文，因为拉丁文矫揉造作，“只有少数人会用这种语言”，而俗语比拉丁文“高贵”，就在于它“优美、清楚、完整、流畅”，能为大多数人民所理解[2]。但丁的这一观点从政治上看有进步意义，但从学术上看似无多少新意，无非强调文学用语要通俗易懂，以便更好地表达内容，这与古代的亚里斯多德、贺拉斯在基本点上没有实质性差别。比较而言，倒是 19 世纪的英国浪漫主义诗人们在诗歌语言问题上提出了较新的观点，雪莱甚至认为“较为狭义的诗表现为语言，特别是具有韵律的语言的种种安排”[3]。但即便这些已略具了现代理论的某些特征的观点，依然没有完全脱开传统的文学语言工具论，因为他们的总体文学观是把诗歌看作是诗人情感的自然流露，他们最看重的是诗歌的情感内容，而不是语言。

总之，西方传统文论，在长达两千余年的时期内，由于受模仿论的影响，在文学语言研究方面一直处于较低的水平，成为文学研究中的一个明显的薄弱环节。这个薄弱环节的存在，越来越阻碍着西方文论的进一步发展。于是，当 20 世纪到来之际，俄国形式主义第一个举起了反叛传统的大旗。俄国形式主义在与俄国社会历史学派的论战中，意欲翻转整个西方传统文论的模仿论基础。他们指出文学就是文学，与现实无关，也与作者的思维和心理过程无关，它只是表现为对语言材料进行加工和处理的一系列技巧和手法。所以，不是内容决定形式，而是形式就是内容，甚至形式决定内容，而

① ［俄］高尔基：《文学论文选》，孟昌等译，人民出版社 1958 年版，第 294 页。

② ［意大利］但丁：《论俗语》，见《文艺理论译丛》1958 年第 3 期，第 1—8 页。

③ ［英］雪莱：《诗辩》，见伍蠡甫主编《西方文论选》（下），上海译文出版社 1979 年版，第 52 页。

文学形式不是别的，就是它的语言形式。毫无疑问，俄国形式主义的这种观点明显偏激，是一种“矫枉过正”，但在当时又具有推动理论发展的积极作用。在俄国形式主义之后，文学语言基本上摆脱了以往的附属地位，真正成为文学的第一要素。而且，在俄国形式主义及后来的“新批评”、结构主义那里，文学语言不只是第一要素，还是文学的“文学性”本身，研究文学就是研究文学语言。受现代形式主义的影响，其他的理论流派也纷纷叛离了传统的文学语言观，重新给文学语言以定位，并从各自的角度提出了对文学语言的各种观点。至此，文学语言这个一向被冷落的“丑小鸭”一跃而变为备受青睐的“白天鹅”，第一次被当作一个显要问题而得到各家各派的普遍关注和研究。如果说文学语言的研究是传统文论的弱项，那么在现代文论中它却成为一个公认的强项，取得的成果也最突出、最引人注目。可以毫不夸张地说，西方 20 世纪文论是以文学语言的研究为重要标志的，它所取得的每一步进展也是以文学语言研究的进展为根基为依托的。回想一下，20 世纪 60 年代，由“文本中心主义”向“读者中心主义”的转变，其主要根据就是对文本语言结构的新认识，即不再把文本结构看成是自足的、封闭的，而是看成向读者开放的并在读者的阅读经验中实现的。同样，70 年代，解构主义向结构主义的权威地位发起挑战也是以对文本语言的新阐释开始的，如德里达对口头语和书写语、能指和所指等二元对立关系的消解。从这点看，我们完全有理由说，20 世纪文论给予 21 世纪的最大奉献就是文学语言研究。

西方现代文论在语言问题上的普遍关注和巨大的收获，也使得它的学科影响力和学科地位迅猛提升。在古代，文学理论隶属于哲学之下，到了 20 世纪，文学理论不仅成为独立的学科，甚至还取得了与哲学并驾齐驱的地位。20 世纪许多有影响的文艺理论家、美学家往往同时也是有影响的哲学家和语言学家。这表明在当今的人文社会学科领域里，文学理论（包括美学）跟哲学、语言学等学科一样也已跃居前沿位置，这些学科之间相互沟通、相互渗透，共同起着一种导引和带动其他人文学科的领先作用。应该看到，文学理论的学科地位的提升是同它在文学语言研究上的突破性进展分不开的。

其次，西方现代文论在文学语言研究方面的成就还体现在，各个理论流派都分别从不同的角度，运用不同的方法，针对文学语言不同方面的问题，发表了各种不同的观点，真正形成了学术研究上的多元并举、多元竞争的局面。

例如，正当俄国形式主义从语言学角度，对文学语言与标准语言加以分辨，大谈文学语言的“反常化”特征的时候，“新批评”又从严格的文本中心主义的立场出发，开始对具体作品的语言形式进行细致的分析和客观的描述。同样，当结构主义文论家依照符号学原则正在起劲地为一切文学作品营造一个普适性的语言结构之时，接受美学家们又接踵而至，从读者的角度宣称这个结构并不具有抽象的性质，而是具体地存在于读者对文本语言的解读和接受之中。而接受美学家的高论还未落下，解构主义者们又匆匆登场，他们干脆颠覆了结构的存在本身，指出在文本语言里，所谓的结构、中心、意义等都分解为能指片断的无止境的“延异”，阅读变成了徜徉于文本的欣悦的语言游戏。伴随着解构主义对结构主义的致命反击，可以说，由俄国形式主义开出的文学语言的本体论的研究路向终于走到了尽头，于是，又出现了新的逆转，这就是以西方马克思主义、新历史主义、女权主义等为代表的新的研究路向，即把文学语言的研究重新与社会、历史、政治、伦理等外部文本相结合。由此看来，西方 20 世纪文学语言的研究，的确出现了一个“八仙过海，各显其能”的真正的多元化格局，往往是一个流派产生之后，还未能站稳脚跟，就被另一个与之抗衡的更新的流派所覆盖，或者流派自身发生分化而趋向解体。没有一个流派能够长久地占据中心而不被其他流派所动摇或所取而代之。

一般地说，多元化格局是学术繁荣的表征，在一定的限度内，可以促进学术的不断飞跃。就文学语言的研究看，经过了一个长期多元发展的过程，无论从采用的方法、提出的观点、涉及的议题范围，都可谓百花齐放、应有尽有了。而且某些方面的议题也确已得到了相当深入的开掘和阐述。如俄国形式主义对诗歌语言的反常化的研究，结构主义对叙事作品结构的研究，“新批评”对具体文本的细读分析等，在学术水平上，都达到了堪称典范的高度。毋庸置疑，这种多元化格局以及这种格局所产生的多样化的研究成果，应该是 20 世纪文学语言研究所取得的成就的一个极为重要的方面。

再次，西方 20 世纪文学语言研究的成就还体现在，文学语言不仅一跃而成为文艺学、美学重要的研究课题，而且还招引了许多其他学科的重视，其中语言学和哲学在这方面表现得尤为突出。

文学语言是一种重要的语言现象，以语言为研究对象的语言学不可能不给予特别的注意。早在古希腊罗马时代，古典的语文学家就对文学作品中的语言作过音韵学和修辞学方面的探究。从索绪尔开始的现代语言学逐渐成为一门独立而显要的学科，并极大地扩张了它的研究领域，因而对文学语言的研究投入了更大的热情。索绪尔的《普通语言学教程》有一节专门谈“文学语言和地方话”，尽管他说的文学语言是一种语言学上的界定，但也包括文学作品的语言在内的。另一位著名的语言学家萨丕尔在他的《语言论》一书中，也列有专章谈及语言与文学的关系，并对文学语言的特性发表了极为深刻的见解。他指出，“语言不只是思想交流的系统而已”，当语言表述“非常有意思的时候，我们就管它叫文学”。他还认为，文学语言的特殊性在于“是分两层的，一是语言的潜在内容——我们经验的直接记录，一是某种语言的特殊构造——特殊的记录经验的方式”①。这些见解即使对专业的文艺理论家和美学家来说都是极富启发性的。总起来看，现代语言学对文学语言的研究主要体现在语体学和修辞学两个方面。语体学往往将注意力集中在有着更加显著变异特征的文学语言领域，对文学语言进行风格特征的分析。现代修辞学对文学语言的研究主要是确立文学中特有的修辞手段及其功能，尤其是对诗歌的基本修辞手段“隐喻”的研究，成果更多，影响更大，这也从一个侧面反映了修辞学对文学语言研究的浓厚兴趣和重大贡献。

20 世纪哲学中的“语言论转向”也使得哲学家们对文学语言的兴趣大增，最为显著的例子是海德格尔对“诗性语言”的探讨。海德格尔最为推崇所谓“诗化哲学”，他认为这种哲学的真理不是逻辑语言所能达到的，只能依赖于诗性语言，即一种“原初语言”，由此他得出了“语言是存在的家园”的著名论断。可见，诗语在海德格尔那里具有至高的地位。其他如塞尔、萨特、德里达、梅洛-庞蒂、利科等，这些在 20 世纪产生了重大影响的哲学家，也都对文学语言问题进行过深入的思考并提出过各种各样的富有启发性的意见。

---

① ［美］爱德华·萨丕尔：《语言论》，陆卓元译，商务印书馆 1997 年版，第 198—199 页。

文学语言研究吸引了众多学科的关注这一事实，表明了文学语言这个课题在20世纪具有重大的学术价值和理论意义。同时，文学语言研究的多学科的积极参与，也给了文学理论以更多的启示、借鉴和参照，促使它在文学语言的研究方面不断取得新的进展。

三、“标异冲动”与综合的发展趋势

以上我们从三个方面论述了西方20世纪文论在文学语言研究上所取得的巨大成就。但是，事情总有两面性。其实在我们谈论这些成就时，就已经透露出隐含在这些成就背后的困境，甚至危机。前面说过，在正常条件下，多元化格局是有利于学术思想发展的，也是学术繁荣的标志。所谓的“正常条件”，是指多元化格局的发展必须要以正常的学术规范和学术心态为基础，否则，多元化格局发展到一定的程度反而会阻碍学术思想的进步。我们知道，不仅文艺学、美学，可以说整个西方20世纪的思想文化都是在多元化格局中发展的。那么，西方思想文化的这种多元化格局是如何形成的？我们认为，西方思想文化多元化格局的形成有其特殊的根源。从主观方面看，它受一种标新立异的内心欲求的驱动，可以称之为“标异冲动”。这种标异冲动的思想根源，就是西方近代传统中的自由主义和个性主义思想的过度膨胀。但它的更为深刻的根源还在于20世纪的社会现实。20世纪是一个急剧发展而又动荡不安的世纪。一方面人们过分急切地、争先恐后地，甚或有些贪婪地创造和享受着科技进步带来的巨大的物质文明；另一方面，接连不断地发生的难以预料的“天灾人祸”又使人的以理性为基础的预见性和自我信念屡遭挫折。这种现实造成了一种普遍的心态或“世纪病”，这就是焦虑、躁动的情绪和过度强烈的表现欲和言说欲，反映到学术研究上就形成了所谓的标异冲动。单就“标异”来说，它表现为不断地创新，历来是学术进步的必要条件。可以说，没有“标异”就没有学术的飞跃式的发展。但是标异一旦成为一种“冲动”，就可能给学术发展带来一些麻烦和危害。因为学术的发展最需要理性的通盘考虑和深思熟虑的筹划，而标异冲动以满足自身为目的，并不或很少考虑学术发展的需要，这就可能干扰和阻碍学术的正常发展。所以标异冲动实际上是一种非正常的学术心态，在短时期内，它可以迅速造成多元化格局，使学术研究呈现出一种表面上的繁荣和热闹非凡的景象。但从长远来看，标异冲动也总有一天会使学术研究陷入困境。

这种困境主要表现在两个方面：一个方面是，标异冲动的非理性的盲动性特征必将造成不可遏止的无限度的标新立异，各种问题和观点走马灯似地轮番提出，并迅速地更迭和转换，往往是一个问题才刚刚展开，另一个更新的问题又被推出，一个观点还未及深入阐述，另一个更新的观点又取而代之。这种情况发展到顶点就必然导致这样的后果：再也没有什么更新的问题和观点可以提出了，这就是多元化格局的饱和状态。学术研究一旦进入到这种状态，就很难在原有的轨道上周转下去了。另一方面的困境来自冲动本身固有的自我中心和唯我独尊的情结。所有的冲动都是以自我为基点的，标异冲动也不例外。各家各派都以自己研究的问题为核心，都以自己提出的观点为准则。尽管在客观上各派之间也存在着相互影响相互渗透，也存在着因这种影响和渗透而发生的裂变和合流，但是在主观上它们是相互敌对的。各派都有强烈的抢占中心的意识，一有机会，就试图吞并或取代对方，占据主流。这种主观上的敌对态度，必将人为地造成各派所提出的问题和观点之间的难以通融和无休无止的无谓的争论，从而最终将学术研究推入难以自拔的僵局之中。

种种迹象表明，从 20 世纪 70 年代或更早的时候开始，包括文学研究在内的西方学术研究已越来越深地陷入因“标异冲动”而造成的困境和危机之中。韦勒克曾指出，“由于方法上的冲突，我们的文学研究也一直呈现出一种分崩离析的状态”，“最近些年也不能是一种例外，文学研究的危机甚至也不能说是已到了可以获得解决或是得到缓和的时候了”①。韦勒克说这些话的时间是 1963 年，他所注意的还只是多元纷争所造成的僵局，还没有看到多元饱和所造成的另一方面的危机。事实上，多元饱和比多元纷争所造成的危机更加深重，它意味着受标异冲动影响的学术研究由于持续不断的推陈出新而进入了山穷水尽的绝境，如果不设法冲出标异冲动的阴影，不改辙易道寻求新的出路，就不可能出现新的转机。

令人欣慰的是，近二十年来，西方学术界出现的某些新动向说明人们已

① ［美］R.韦勒克：《批评的诸种概念》，丁泓等译，四川文艺出版社 1988 年版，第 265 页。

经对面临的危机有了自觉的意识，并且为如何克服危机提供了一些思路。比如，人们已经厌倦了无限度的标新立异，而对一向被排斥的传统重新发生兴趣，甚至出现了回归传统的意向。早在20世纪60年代兴起的接受美学那里就已透露出这种意向。接受美学从读者的角度关注对文学史的研究，其实就是试图把传统的历史观点、主体性思想与现代的文本主义、语言本体论、结构主义等理论结合起来给予新的发挥。更晚近出现的新历史主义、女权主义等表现了更强烈的传统意识，他们在吸取现代形式主义研究成果的基础上重新强调历史方法、社会学方法的合理性和重要性。还有，在最近的20年里，以詹姆逊和伊格尔顿为代表的西方马克思主义以新的面目出现并再度风行于欧美，这一事实也体现出西方学术思想向传统回归的倾向。

此外，20世纪60年代与70年代之交兴起的解构主义思潮也是一个值得注意的新动向。这一思潮可以说既是标异冲动的极端表现，又是为了克服西方学术研究的危机而开出的另一种“处方”。解构主义的核心思想就是拆解中心和边缘的二元对立，它的目标是反对中心本身，即不承认有任何中心的存在。这种解构思想，从表面上看，好像是怀疑一切的虚无主义，但在深层里却隐含着解除一切对立，标举多元之间的平等、互补、兼容的精神。这正如伊格尔顿在评价德里达时所说的那样，“他并不是在荒诞地力图否定相对确定的真理、意义、同一性、意向和历史连续性，他是在力图把这些东西视为一个更加深广的历史——语言、潜意识、社会制度和习俗的历史——的结果”[①]。如此看来，无论是传统思想的现代复归，还是解构主义的消解中心，都表现出一个共同的意向，这就是改变由标异冲动所造成的原有的学术套路，寻求多元之间相互接近、沟通、结合、互补、交融的可能性，以便克服危机、走出困境，使学术研究重新进入良性发展的轨道。简言之，这种意向就是从多元分化走向多元综合。韦勒克在60年代初谈到后期结构主义文论家的成就时就说过，“他们把纯粹的形式主义研究与社会学和意识形态方法结合在一起”，“正是这种现代语言学和现代哲学的密切合作中，我们看到了具有远大前程的文学研究的萌芽”，“他们一方面反映了某种对综合研

① ［英］特雷·伊格尔顿：《二十世纪西方文学理论》，伍晓明译，陕西师大出版社1986年版，第185页。

究，对大胆的思考，对深入的哲学探索的新的愿望；另一方面还反映出了某种从总体性和整体性上越来越贴近细致地分析文学作品的新的愿望”①。韦勒克敏锐地察觉到并预见其有“远大前程”的这种综合的“文学研究的萌芽”，到 80 年代终于汇集成一种颇有声势的学术发展的新趋向。

当今的西方学术界和文艺理论界，综合的呼声越来越高，综合的观点和实践得到了越来越广泛的重视和赞许，而原有的以满足标异冲动为目的的治学方式则遭到了越来越多的质疑而受到冷落。就连一些过去在轮番的新潮更迭中享有盛名的理论家也肯定了最新的综合趋势，并改变了原先的学术套路。如著名的结构主义理论家托多洛夫在 20 世纪 80 年代中期回顾自己的学术生涯时说：“六十年代结构主义获得重大的发展，但目前就不好说了。现在是综合使用各种方法的时代，新的方法已不占统治地位，各种旧的方法也并未被否定，原因是各种方法的好的方面，都已被普遍接受，学校课堂上都介绍它们，并被文学研究者所使用。所以现代文艺理论研究，从方法论观点看，正走向综合。”托多洛夫还特别谈到在他新近出版的《批评之批评》一书中，“我的观点和方法也有所改变，此书涉及了更带着普遍意义的观念，如人道、道德问题。结构主义方法要补充、要完善。在综合中，我使用了历史方法、语言学、哲学等不同的方法。文学永远是探索的”②。托多洛夫晚年发生的这种学术立场的转变是很有代表性的，它充分证明了，在 20 世纪的最后 20 年里，西方学术的总体态势确实出现了重大转折，从连续不断的突变式的新潮更迭，走向了建立在已有成果之上的多向度的整合和综合。结构主义之后的后现代思想主张主体间性、文本间性、多元对话的观点，就是其明证。因此，我们完全有理由这样说，从 20 世纪 80 年代开始，西方学术发展的多元分化时期趋于终结，一个新的多元综合的时代到来了。

四、走向文学语言的综合研究

通过以上对西方 20 世纪文学语言研究的现状和发展趋向的分析，我们

① ［美］R.韦勒克：《批评的诸种概念》，丁泓等译，四川文艺出版社 1988 年版，第 263 页。

② 参见钱中文《法国文艺理论流派印象谈》，见《文艺研究》1985 年第 4 期，第 85 页。

得到的结论就是：推动目前文学语言研究深化和突破的关键就在于综合。那么，如何进行综合呢？第一，要从理论上认识到，综合是理论思维一般行程的高级阶段，也是达到学科更高发展的重要标志。马克思在《〈政治经济学批判〉导言》中论述过理论思维的一般行程，他以经济学为例说道："如果我从人口着手，那么这就是一个混沌的关于整体的表象，经过更贴近的规定之后，我就会在分析中达到越来越简单的概念；从表象中的具体达到越来越稀薄的抽象，直到我达到一些最简单的规定。于是行程又得从那里回过头来，直到我最后又回到人口，但是这回人口已不是一个混沌的关于整体的表象，而是一个具有许多规定和关系的丰富的总体了。……具体之所以具体，因为它是许多规定的综合，因而是多样性的统一。"① 马克思的这段话揭示了理论思维行程的两个阶段：第一个阶段是从具体的表象到"稀薄的抽象"，主要是分析的阶段；第二个阶段是从"稀薄的抽象"到"具有许多规定和关系的丰富的总体"，主要是综合的阶段。在马克思看来，综合只有在分析达到了一定的程度之后才能开始，它包容和整合了分析阶段中所取得的全部成果，它是"丰富的总体"，是"多样性的统一"，是"具体的再现"，因而也是思维过程中的最高级的阶段。因此，综合"显然是科学上正确的方法"，"经济学体系"正是经过综合的过程而"开始出现了"②。

我们认为，马克思的这个观点，是对人类学术研究和理论思维发展规律的一种总结和表述，理应引起我们的充分重视。当我们强调文学语言的研究必须走综合之路的时候，就是因为我们看到了这种研究已经历了一个长期的分析抽象的过程，已积累起了大量的"简单的规定"，这些规定是从各方面的单向度的抽象中产生，并且散乱地堆积在一起，已经达到了这样一个临界点，不经过综合就无法取得进一步的发展，而只有经过综合，才能使积累起来的许多抽象的规定聚合成一个"丰富的总体"，才能实现对文学语言的"具体的再现"。这样看来，文学语言的综合研究不仅是必然的，而且是必需的。

在这里，有一种误解必须澄清，即认为综合是学术上的折衷主义，综合

---

① 《马克思恩格斯选集》第 2 卷，人民出版社 1972 年版，第 103 页。
② 《马克思恩格斯选集》第 2 卷，人民出版社 1972 年版，第 103 页。

会重新导致“大一统”的一元化局面。事实上，综合研究并不盲从任何一派，也不站在任何一派的反面，而是致力于超越各派的对立和纷争，寻求各派的共同点和融合点，吸取各派的优势和长处，以便在更高的层次上达到对对象具体的、系统的、总体的把握。所以，真正的综合过程绝不是一个拼凑的折衷的过程，而是一个多元对话和交流的最有创造性的过程，因而也是一个最为艰难的过程，往往需要一代甚至几代学人的共同参与和努力才能完成。而且，在综合的过程中，每一个综合主体都有自己的独特的学术个性，这种学术个性必然使综合活动在总体上呈现出丰富多彩的多样性。独创性和多样化也同样体现在综合活动的千差万别之中。认为综合研究没有创造性、导致一元化的观点是缺乏根据的。

第二，综合研究的具体途径虽然可以因人而异，但综合研究的基本原则却是共同的。这个基本原则概括地说就是：以研究对象的整体存在为依据，以普遍联系的辩证观点为准则，以对对象的具体的、总体的、系统的把握为目的，对现有的彼此相异相对的各种理论、观点和研究方法进行整合，以便创造出一个以总体认识为标志的、具有系统形态的新理论。

从这个基本原则看，综合研究的关键是整合。整合不是机械地摄合、凑合、调和，而是按照事物之间固有的内在关联进行的结合、化合和融合。对整合来说，最重要的也是最困难的一点，就是寻找到事物之间的“内在联系”。而要做到这一点，又是以承认事物之间的普遍联系的辩证法思想为前提的。如此看来，综合研究的方法论基础就是辩证法，综合的观点就是辩证的观点。那么，如何按照事物的内在联系进行整合呢？让我们先从研究方法的层面上谈起。

20 世纪的各个文论流派都有各自不同的文学语言的研究方法。俄国形式主义、“新批评”、结构主义主要运用语言学的方法，另外一些流派主要采用了非语言学的方法，如心理学的、社会学的、文化学的、历史学的方法，等等。综合研究主张把语言学的方法与其他非语言学的方法结合起来运用。其理由在于：从研究对象方面看，文学语言是一种语言现象，但又不是一种孤立的语言现象，它与作者和读者的心理乃至整个社会历史、思想文化的外部语境都有密切的联系。正是文学语言的这种“多面体”的性质，决定了必须把多种研究方法结合起来使用。韦勒克把这种方法的综合称为

“透视主义”，他认为这一术语“表明从各种不同的、可以被界定和批评的观点认识客体的过程”①。另外，各派所运用的方法虽然来自不同的学科，但是它们又共同指向文艺学、美学研究范围内的同一个对象。这个共同点也提供了一种综合的可能性，就是仅仅选用各种方法与研究对象相对应的方面和内容，把它们统一起来，使各种方法都能够为文艺学、美学研究的总目标服务。这样一种综合不仅避免了文学语言的研究由于单独使用某种方法而偏离和改变了文艺学、美学研究的性质，更为重要的是，通过各种方法的结合使用，可以对对象构成一种多方面的交叉“透视”，以便更全面更完整地把握文学语言的各种本质属性。

除了方法的综合，各派在文学语言研究中所涉及的问题也需要根据内在关联的原则进行综合的处理。由于研究方法的殊异，各派对有关文学语言的各方面问题也有所偏重。例如，俄国形式主义比较关心文学语言与日常语言的区别以及诗歌语言的反常特性，“新批评”热衷于研究文学语言的语音、语义和修辞方面的某些特征，结构主义着重揭示文学语言的一般构成规则，接受美学和文学解释学强调的是文学语言与读者的关系以及读者的阅读问题，传统的社会历史学派对文学语言与外部语境的关系及其表述思想内容的过程最感兴趣。其他的一些文论流派在文学语言研究中也都有自己特别关心的问题。各派都坚持认为自己研究的问题最重要，并忽视甚至排斥其他流派所研究的问题。但事实上，各派从研究对象中抽象出来的这些问题并不是各自独立、互不相关的，它们之间的逻辑关系和秩序，是由研究对象的诸种性质、关系的整体性存在和历时性顺序规定好了的。综合研究的任务，就是打破这些问题之间人为造成的界线和分离，按照它们本身既有的内在联系，将它们组结成一个有序的逻辑系统。这实际上就是一个建构理论体系的过程，在这个理论体系里，各个问题都成为一个不可缺少的网结点，共同支撑起体系的基本构架。从这方面看，综合研究还是创建学科体系的必经之路，没有综合研究，就不可能有文学语言学的学科体系。

此外，还有一个观点层面的综合问题，这个层面的综合任务似乎更加麻

---

① ［美］韦勒克、沃伦：《文学理论》，刘象愚等译，生活·读书·新知三联书店1984年版，第165页。

烦，更加艰巨。因为在 20 世纪整整一百年的文学语言的研究中，产生的观点可谓五花八门，无以数计。不仅各派的观点不一样，即使同一派的内部也存在着各种不同的观点，即使同一个理论家的观点，前后也往往会发生变化，甚至最终走向反面，后期的罗兰·巴尔特就是这样的一个典型例证。综合研究必须面对所有的这些观点，要“如饥似渴地吸收人们就一个主题所思考过和谈论过的一切”①。更为关键的是，对所有这些观点的综合依然要遵循以对象为依据、以“普遍联系”为准则的整合原则，即如阿布拉姆斯说的，“在研究中，不同观点的聚合是惟一能深入研究的方式”②。所谓“聚合”就是整合，即坚持把研究对象作为客观的参照系，探查各种不同的观点之间是否具有“相通点”或“交叉点”，只要找到了相通点和交叉点，就能够把它们在更高的水平上整合起来。例如俄国形式主义和“新批评”都谈论文学语言的特殊用法，但俄国形式主义强调“反常化”，新批评则更推重“复义性”。这两种观点虽不一样，但都是对文学语言特性的不同方面的揭示，而且这不同的方面又是相互关联的（反常化导致复义性，复义性又表现为反常化的形式），从这一相通点上，我们就可以把这两种观点综合在一起。再如，接受美学和文学解释学都关心文学语言的阅读问题，但前者更注重阅读的审美过程，后者更注重阅读的释义过程。这两种不同的观点又有相互交叉之处，即阅读中的审美过程和释义过程不是并列平行的，而是相互重合相互交汇的，从这个交叉点上，就可以把这两种观点整合为一体。

在观点层面的综合中，最为难办的是对相反观点的整合。相反的观点，各执一端，相互排斥，确实很难统合。但是从辩证的观点看，在对立的观点中也有相通之处。除去对立的双方各自极端的一面，剩余的内容在一方为缺失者，在另一方恰恰成为优势，反之也一样，这就构成了对立双方的优势互补。如果着眼于这种优势互补的关系，相反的观点就有了综合的价值和可能性。而且，真正最有成就的理论建构往往产生于这种相反观点的综合之中。例如，内容主义者认为文学的内容决定文学的语言形式，而形式主义者则针锋相对地提出文学的语言形式决定文学的内容。如果扬弃这两种观点的各自

① 参见赫伯特·舒勒尔《托马斯·芒罗的美学著作》，载中国社会科学院哲学所美学室编《美学译文》第三辑，中国社会科学出版社 1984 年版。

② ［美］M.H.阿布拉姆斯：《解构主义的天使》，载《文艺理论研究》1995 年第 5 期。

极端的一面（即决定论观念），单取前者对文学内容的重要性的强调，后者对文学形式的重要性的强调，这就找到了两种观点间的互补联系，在这种互补联系的基础上，就可能把这两种相反的观点整合成一种新的观点，即一种涵盖了对立双方各自的合理性的更高的观点，比如内容和语言形式的“有机统一论”就是这样产生的。当然，实际的综合过程比上述的抽象说明要复杂得多，需要大量的论证和深入的分析，而且，也往往不是一次综合就能够完成的。但是，无论实际的综合过程多么复杂多样，贯穿于其中的基本原则应该是大致相同的。

第三，综合研究的视野要尽可能地开阔，它所综合的材料范围应该包括古今中外人类所创造的全部有关的理论、观点和论述。这其中，西方 20 世纪文论提供的有关成果最丰富、最集中、最有创意，当然构成了可供综合研究开发利用的最重要的资源库。此外，西方现代语言学和哲学领域里创造的相关成果也不可忽略，也是综合研究所要汲取的资料来源之一。然而，综合研究的视野绝不能仅限于西方现代的范围，还必须把目光伸展到中国古代这个极为广大而丰饶的领域中去。

我们知道，中国古代文学中，诗歌最为发达，而诗歌创作又最讲究语言形式的创新和语音的抑扬顿挫，因而中国古代文论一方面强调“言志”、“宗经”、“载道”，另一方面又始终对诗歌语言问题相当重视，产生了大量的有关诗语的论述，其成果无论从数量和质量上都远远超过了西方古代文论。先秦时代的思想家们就曾从哲学、伦理学、美学等不同角度论及文学语言问题。孔子《论语》中的“泰伯”、“雍也”以及《礼记·表记》中有“不学诗，无以言”、“言之无文，行之不远”、“情欲信，辞欲巧”，“文质彬彬”等议论，老子《道德经》中有“大言希声”、“信言不美，美言不信”的说法，庄子在《庄子》“天道”篇中提出“言不尽意”、“得意忘言”，《墨子·非命》强调“先质而后文”，孟子在《孟子·公子孙丑上》中主张“知言养气”，《荀子·非相》则断言“凡言不合先王，不顺礼义，谓之奸言；虽辩，君子不听”。先秦诸子的这些言论，虽然有的并不专指文学语言，但对后世的文学语言研究的影响是极为深远的。归纳起来，中国古代的文学语言研究至少包括五大内容：一是孔子开出的“文质论”；二是以庄子的“得意忘言”和《周易》中的有关论述为发端的“言、象、意”理论；三是兆始于《诗大序》的“赋、比、兴”理论；四是发源于曹丕的《典论·论文》的文体风格学；五是以沈约等人开创的“声律论”为主体的诗歌音韵学。由此简单列举已足以见出，中国古代文论中有关文学语言的论述确实是相当丰富多彩的，所论的问题也非常广泛和深入，有许多论点也极富启发性，无疑是文学语言研究方面极为重要的资源宝库，应尽量纳入我们的综合研究的视野之中。当然，毋庸讳言，这些论述和理论，也像中国古代文论中的其他理论一样，带有评点式、感悟式的弱点，也受历史的局限，其中某些内容已不能适应或不能完全适应现时代的要求。这就需要对之进行现代性的转换和提升。所谓现代性的转换和提升其实就是综合的工作，就是传统与现代之间的沟通和整合。综合的观点是与彻底反传统的观点截然相反的，它不仅不排斥传统，不与传统决裂，而且还认为现代是从传统发展而来的，现代与传统之间有着一种不可分割的内在联系，可以站在现代的高度上，对传统作出新的阐释和评价，从而实现现代与传统间的对接和综合。只有经过这种综合，现代的思想文化才能在原有的水平上获得深入的发展。

耐人寻味的是，西方现代的某些学者，不仅表现出向西方传统回归的倾向，而且还把探寻的目光转向了东方古代文化。海德格尔对道家思想的推崇，萨丕尔对汉语的审美特性的赞扬，德里达对汉字文化表现出的浓厚兴趣，都是这方面比较突出的事例。然而，相比之下，我国当代的某些学者反而缺乏这种宽厚的学术胸襟，至今仍对本土传统文化的这份宝贵的遗产没有给予应有的重视。

改革开放以来，我国的文艺学、美学获得了大踏步的进展，从反映论到主体论，从主体论到本体论，现在又有一些学者在大谈后现代主义、后殖民主义，所谓“后学”也已在中国学术界引起了一定的反响。特别是进入20世纪80年代后期，随着本体论的文学理论和批评的昌兴，文学语言的研究也迅即开展起来。一时间，一些有影响的理论家和批评家都不约而同地转向了文学的语言问题的研究，以至在20世纪90年代中期有些论者认为我国的文艺学、美学出现了“语言论转向”。应该肯定，在文学语言的研究热潮中，人们对文学与语言的关系以及文学语言的特性有了新的理解和认识，这种新的理解和认识势必影响到总体的文学观念的改变，为我国新时期文论的发展确立了一个新的“增长点”，其重大的理论意义和现实意义是显而易见的，不能低估。但是，我国当前文学语言的研究也存在着一些明显的问题，必须引起注意。一是过分的西方化倾向。我国当代文学语言研究是从学习和借鉴西方有关理论起步的，这原本是非常必要的。但是后来的发展却更多地表现为不顾中国具体语境的机械照搬和盲目“紧跟”，这就有些不太正常了。从目前情况看，为数不少的研究者，眼睛只是盯着西方，不是“跟着说”，就是“顺着说”、“重复说”。这样的研究不能说没有价值，但有一个致命的问题，就是缺乏自己的创造性。二是我国文学语言研究更多地表现为批评的实践，即运用某种理论去解说具体的作品语言。理论理应与实际相结合，这本来无可厚非。但问题在于，这种批评实践往往缺乏总体理论的指导，只是零碎地片面地搬用某一种理论观点，并从这种观点出发进行具体作品的评论，这样，就使得这种批评的价值和可靠性大打了折扣。三是与过分西方化倾向同时并生的问题是对本土传统文论的冷落和忽略。一种根深蒂固的思想仍盘踞在某些研究者的脑子里，以为现代的、新的东西就一定是先进的、有价值的，而传统的、旧的东西就一定是保守的、落后的。其实，这种观点、态度本身就是一种非现代的、褊狭的、独断论的思想方式的表现。要知道，我国当代文论如果最终不能在辩证思维的基础上打通与古代文论的一脉相承的联系，就不能建成有中国特色的文论，而没有中国特色的文论也就不能在当今的世界文论中占有一席之地。上述几方面问题的存在，愈加突显出综合研究的必要性和迫切性。综合研究不仅是世界学术发展的大趋势，也是中国当代文论和文学语言研究发展到现阶段而提出的必然要求。只有经过综合的途径，才能把现代的各派理论内在地联结为一体，才能把现代和传统内在地联结为一体，才能产生有中国特色的文学语言学的总体理论和学科体系。这就是说，综合研究实际上面临着双重使命，一重是现代范围内的整合，一重是现代与传统的整合。这两个使命都意义重大，但又都举步维艰，有待于众多的研究者去作长期而又坚实的努力。

传播技术的进步与艺术生产的变迁

后工业社会和信息时代的到来使得如何理解电子传播技术的问题愈益突出和严峻。已有显著迹象表明，当代电子传播技术的突飞猛进不仅大大提升了信息传播的速度和效率，还始料未及地从根本上改变了人、人的观念、人的生活以及人生活于其中的整个世界。正如詹明信于20世纪80年代指出的："后现代的技术已经完全不同于现代的技术，……新的技术不仅在表现形式方面提出了新问题，而且造成了对世界完全不同的看法，造成了客观外部空间和主观心理世界的巨大改变。"① 所以，如何从理论上解释和评价这种"巨大改变"，就成为当代各门人文社会科学不可回避的重大课题。本文试图从艺术传播学的视角切入这一课题，着力探讨传播技术的进步到底给艺术生产带来了怎样的变化，我们应该如何理解和回应这些变化，为了从根本上说明问题，让我们先从与艺术相关的两种技术谈起。

一、与艺术相关的两种技术

无论在汉语还是在英语中，"艺术"与"技术"（包括技艺、技巧等）两词在词源学上都有密切关联。从哲学上理解，这种关联实则根源于人类活

---

① ［美］詹明信：《晚期资本主义的文化逻辑》，张旭东译，生活·读书·新知三联书店1997年版，第292—293页。

动的技术特性，就是说，动物的活动基本上出自本能，人类活动则能够在活动之前意识到自己做什么和怎么做，这就决定了人类活动所特有的能动性的一个方面：总是能够通过不断发明新技术以更有成效地达成活动的目的。恩格斯在论述劳动是推动从猿到人进程中的决定因素时，特别指出“劳动是从制造工具开始的”[①]。这就是说，制作和使用石器的技术不仅将直立行走的类人猿最终转变为人，而且还成为人类活动区别于动物活动的一个重要标志。从这个意义上看，人类活动的本质特性的一个方面就是技术性，所有真正属人的活动都包含技术性的一面，而艺术作为人特有的一种复杂的创造活动，自当与技术更有密切之关联。

首先，艺术创作的活动就需要技术。我们知道，各门艺术的创作都必须使用一定的表达媒介，否则，艺术品既不能成型于创作者之外，也不能呈现于欣赏者之前。而如何熟练而巧妙地使用表达媒介以创作出像样的艺术品，就涉及技术或技巧问题。各门艺术所使用的表达媒介不同，因而所要求的技术也不同。例如雕塑使用石块等物质材料作为表达媒介，其所要求的技术就体现为对这些物质材料的选取和处理，或者如罗丹所说，雕塑就是一种“塑造的科学”[②]，也就是一种塑造的技术。而文学显然不同于雕塑，文学使用的表达媒介是一种文化材料——语言，文学创作要求的技术就不是对物质材料的塑造，而是体现为运用语言以表情达意的技巧，或者笼统地说，体现为一种“修辞”的技术。各种艺术家在其创作活动中所必须掌握的这种运用表达媒介的技术，我们称之为“表达技术”。

此外，完整的艺术生产过程不仅包括艺术品的创作活动，还包括艺术品在社会中的传播活动。如果说创作活动依赖于表达媒介和表达技术，那么，传播活动则依赖于传播媒介和传播技术。就绘画艺术说，已知最早的绘画作品是原始人画在岩壁上的“岩画”，这时，岩画的传播只能借用“岩壁”这种固定的天然媒介，因而受到极大限制，岩画能为后人所知，几乎全靠偶然的考古发现。而在纺织术和造纸术发明之后，绘画作品的传播就有了可随意移动的新媒介——帛和纸，这时期的画家可以在帛或纸上作画并凭借帛或纸

① 《马克思恩格斯选集》（第三卷），人民出版社 1972 年版，第 513 页。

② ［法］罗丹口述、葛赛尔记：《罗丹艺术论》，沈琪译，人民美术出版社 1978 年版，第 33 页。

来传播，传播效率自然大为提高。再后来印刷术的发明则使绘画作品的传播可借助印刷机而大量复制，至于当今高度发展的电子复制技术，更是把绘画作品几乎无限量地复制在纸面上或荧光屏上加以传播。从最初的岩画直到今天的电子复制画，可清楚地看到绘画史上所有的绘画作品的传播都要依靠一定的传播媒介以及附着于其上的传播技术。其他艺术种类也是如此，譬如音乐等听觉艺术的传播，在当代凭借的是无线电技术、录音技术、互联网技术等，而电影艺术的传播则主要依靠现代的摄像技术以及放映机的发明。

如此说来，完整的艺术生产活动实际上与两方面的技术相关，一方面是创作活动所需要的“表达技术”，另一方面是传播活动所需要的“传播技术”。没有表达技术，艺术家无法创作出艺术品；没有传播技术，艺术家创作的艺术品就无法在社会上发布和流传。也许正是从这个意义上，古希腊那些最早的哲学家在界定艺术时，就把一切需要特殊技艺的活动都归入艺术范畴。在他们看来，不仅演唱、作诗、讲演、造型等是艺术，就连航海、贸易、战争、制陶乃至驾车、格斗、竞技等都是艺术。这一艺术界定突出了艺术与技术的本源性关联，但又有将艺术与技术混为一谈之嫌。虽然艺术与技术密切相关，但毕竟又是两码事。艺术是一种借助于技术的创造活动，其侧重点在于创作主体的“创造”；技术则主要是按照原定程序的运作过程，其侧重点在于工艺程序的“操作”。后来的柏拉图敏锐地觉察到艺术与技术的这一根本区别，试图颠覆传统的艺术界定，他说：“凡是高明的诗人，无论在史诗或抒情诗方面，都不是凭技艺来做成他们优美的诗歌，而是他们得到灵感，有神力凭附着。”① 柏拉图这段著名的话，第一次将艺术界定为与技术完全不同的创造活动，其理论上的贡献极为巨大，对后世的影响也极其深远。但柏拉图在强调艺术创造特质的同时，又将其归结为“有神力凭附”的“灵感”，这不仅使问题陷入了神学的迷雾，也彻底切断了艺术与技术之间的必然联系。很难想象，一个艺术家可以毫不借助技术而单凭他的“灵感”就能充分发挥他的创造力，就能使他的作品广为流传。可见，在艺术和技术的关系问题上，妥当的做法还是应该把两种观点结合起来，由此得出的结论就是：艺术不是技术，但包含着技术并借助于技术，而且技术又反过

① 《柏拉图文艺对话录》，朱光潜译，人民文学出版社 1983 年版，第 8 页。

来深刻地影响着艺术。

显而易见，柏拉图所说的“技艺”主要还是指艺术创作中的表达技术，而我们所说的与艺术相关的技术则从整个艺术生产过程着眼，还应包括传播技术，尽管两种技术是相互交融的，很难绝然分开，表达技术中有传播技术，传播技术中也有表达技术。但，这两种技术又有明显的区别，表达技术内在于艺术家的创作活动，可以而且应该由艺术家自主掌控；而传播技术则外在于艺术家的创作活动，因而是艺术家只能凭借而不能掌控的。而且，更为重要的是，这两种技术对艺术产生的影响大为不同。一般说来，表达技术仅限于影响艺术创作的特色。例如国画和西画各有特色，传统国画更倾向于表现和神似，传统西画更倾向于再现和形似。为什么？其中一个重要原因就是两者各有其不同的表达媒介和基本技法。国画多用水墨和“皴法”，往往是先用简洁的笔触勾勒物象的轮廓，再辅以淡干墨侧笔描抹，此种画法难以逼真地摹写物象的外貌，却有利于彰显物象的神韵。而传统西画多用色彩和“透视法”，这就比较容易描画出物象的立体之状和原色原貌。所以，国画与西画的特色之不同实则根源于两者的表达技法之不同。而传播技术对艺术的影响就不仅限于艺术创作的风格和特色，而是影响到整个艺术生产过程，甚至影响到艺术生产的内在结构和总体方式，这是因为传播技术的影响力往往超出艺术领域而深入到整体的人及其社会生活，尤其是当代传播技术（如计算机技术、电视技术、网络技术、手机技术）更是如此。限于篇幅，本文仅侧重讨论传播技术对艺术生产方式的影响。那么，传播技术的进步给艺术生产方式带来了何种变化以及由此产生了何种后果呢？

二、艺术生产方式的三次变革

马克思坚持从社会生产方面考察艺术，较早明确提出“艺术生产”这一概念，他说：“宗教、家庭、国家、法、道德、科学、艺术等等，都不过是生产的一些特殊的方式，并且受生产的普遍规律的支配。”[①] 本雅明发展了马克思的这一思想，进一步认为艺术生产像物质生产一样，也有生产力和

① 《马克思恩格斯全集》第 42 卷，人民出版社 1979 年版，第 121 页。

生产关系问题，也受生产力与生产关系矛盾运动的制约，并特别指出艺术生产力的推进是引领艺术生产方式变革的根本动力。他说："艺术像其他形式的生产一样，依赖某些生产技术——某些绘画、出版、演出等等方面的技术。这些技术是艺术生产力的一部分，是艺术生产发展的阶段，它们涉及一整套艺术生产者及其群众之间的社会关系。"① 本雅明把关涉艺术的技术（主要是传播技术）视为艺术生产力的观点，对我们认识艺术生产方式变化的问题很有启发性。

我们认为，从艺术发展史看，艺术的生产方式先后发生过三次重大变化，第一次是从原始的"群体化"艺术生产发展到古代的"专业化"艺术生产，第二次是从古代的专业化艺术生产发展到近现代的"职业化"艺术生产，第三次是从近现代的职业化艺术生产发展到当代的"产业化"艺术生产。这三次艺术生产的重大变化，究其根本原因，都是由于传播技术的变革引起的，尽管也不可否认促成这些变化的还有许多其他因素。

原始时期，生产力低下，没有剩余产品，不可能产生专业的艺术家，艺术品是由氏族成员共同参与和创作的结果。艺术品的传播也长期处于利用自然物媒介和口语媒介传播的水平上，例如诗歌的传播就采取了口头传唱的形式，而绘画则是直接涂写在现成的岩壁上，这就使得每一个氏族成员都有可能和机会参与艺术创作，从而形成了所谓原始群体化的艺术生产方式。这种艺术生产方式虽然将艺术创作的权利赋予了全体氏族成员，但由于没有专门的创作人才，艺术活动的创造特质很难得到集中的发挥和展示。也许正是这个原因，导致了原始艺术在长达几万年甚至十几万年的时间里得不到显著进展。

以文字以及较为轻便的书写材料（如羊皮卷、绢、纸等）的发明为标志，艺术传播技术获得了第一次重大变革。就文学的传播说，书写取代了说唱，手抄取代了口传，这不仅促成了文学文本的产生并使之流传得更加广泛和久远，更重要的是催生了第一批文学创作的专门人才和署名作者的出现，有力地推动了文学生产由群体化向专业化的过渡。署名作者的出现是人类文

① ［德］瓦尔特·本雅明：《技术复制时代的艺术作品》，胡不适译，浙江文艺出版社 2005 年版，第 84 页。

学发展史上划时代的大事，从此以后，集体无名作者被个体有名作者所取代，平等参与的创作群体被掌握了特别技能的专门人才所取代，文学创作从此成为一种由个人承担的事业，从事这一事业的有成就的作家从此可以青史留名，其作品可以世代传诵。而这一巨大改变，都是由文字、纸、写作、手抄等新的传播技术的发明以及基于这些发明之上的专业化艺术生产方式的确立引起的。正是专业化艺术生产方式的确立，促使古代艺术家们的创造力获得了最大限度的迸发和释放，出现了一大批后世难以企及的艺术大师和艺术经典。

近代以后印刷技术的不断改进和广泛应用，促成了传播技术的又一次巨大飞跃，由此给艺术生产带来的突出变化就是：艺术品可以大量印制了，都市里出现了以盈利为目的的印制和销售艺术品的行业和机构，而艺术品的创作也随之越来越成为艺术家赖以为生的职业，随之也就形成了所谓职业化的艺术生产方式。在职业化的艺术生产中，艺术品的印制和销售成为重要环节，这个环节的出现意味着，艺术家必须首先把他创作的艺术品以换取稿酬的方式出卖给出版和发行的商人，才能在社会上发表，而欣赏者也只有向出版和发行商人支付一定的费用，才能买到欣赏艺术品的权利。这样一来，艺术生产第一次具有了商业性质，艺术品也开始进入了商品化的过程。在艺术生产的这个重大变化的进程中，艺术家虽还是创作的主体，但他在艺术生产中的中心地位已发生动摇，他已不再是唯一的艺术生产者，出版商、书商、编辑、艺术鉴赏家、宽泛意义上也包括艺术品的消费者，也都有了艺术生产者的身份，也都在艺术生产中起着举足轻重的作用。艺术生产的职业化以其内在的竞争机制，极大地激发了艺术创作的积极性。创作人才的大量涌现以及艺术精品的不断产生，极大地拓展了艺术受众的范围和艺术的社会影响力，也极大地丰富了艺术品体裁种类的多样性（如文学中的长篇小说的兴盛），其对艺术生产的推动作用无可置疑。但与此同时，艺术生产的职业化又以其内在的商业性与艺术性的激烈冲突，严重限制和扭曲了艺术家创造力的发挥，这也是无可争辩的事实。因此，艺术生产从专业化到职业化的变革，其复杂和深刻程度一点也不亚于从群体化到专业化的变革，而人类艺术生产方式最深刻的变革则是当代电子传播技术高度发展之后开始的，这场变革所指的就是艺术生产从职业化向产业化的转型和飞跃。

三、艺术生产的产业化及其引发的问题

产业化的艺术生产与前几种艺术生产的最大不同就是，艺术生产完全被纳入到社会生产的总体系统之中并成为附着于这个系统的现代文化产业的一部分。这意味着，艺术生产首先取决于一个以当代电子传播技术为依托而组织起来的社会文化生产机构，这个机构的核心就是广播、电视、网络、手机以及电子出版等大众传播媒介。因此，所谓艺术生产的产业化其实就是艺术生产的大众传媒化。毫无疑问，艺术生产的大众传媒化依仗电子传播技术的光电速度空前地提升了艺术的生产力、表现力、影响力。只要想想那些随着当代大众传媒铺天盖地而来的并使大众趋之若鹜的新的艺术或准艺术样式，如卡通动漫、流行音乐、电视剧、商业广告、时尚杂志、通俗读物、网络游戏、网络文学，乃至3D电影、手机微博，等等，是多么绚烂夺目，就不难看到大众传媒对艺术起到了多大的激发作用！然而，正如麦克卢汉早就说过的："媒介即讯息，因为对人的组合与行动的尺度和形态，媒介正是发挥着塑造和控制的作用。"① 麦克卢汉之所以反复强调"媒介即讯息"，就是为了提请人们警惕电子媒介技术对于"人"的这种"塑造和控制的作用"。依照他的另一个说法就是，媒介技术不仅是人的延伸，同时也是人的一种"自我截除"，他是这样说的，"电力技术到来之后，人延伸出（或者说在体外建立了）一个活生生的中枢神经系统的模式。到了这一步，这一发展意味着一种拼死的、自杀性的自我截除，仿佛中枢神经系统再也不能依靠人体器官作为保护性的缓冲装置，去抗衡横暴的机械装置万箭齐发的攻击了"②。这即是说，当代电子媒介对人的影响不仅有"延伸"的正面作用，还有一种通过不动声色的"截除"而实现的"塑造和控制"的负面作用。美国学者马克·波斯特也认为"信息方式"将造成人主体地位的改变，"信息方式中的主体已不再居于绝对时/空的某一点，不再享有物质世界中某个固定的

① ［加］马歇尔·麦克卢汉：《理解媒介——论人的延伸》，何道宽译，商务印书馆2000年版，第34页。

② ［加］马歇尔·麦克卢汉：《理解媒介——论人的延伸》，何道宽译，商务印书馆2000年版，第76页。

制高点，再不能从这一制高点对诸多可能选择进行理性的推算。相反，这一主体因数据库而被多重化，……在符号的电子化传输中被持续分解和物质化。”① 波斯特在这里敏锐地抓住了他所说的信息方式的主要问题，即导致人及其活动趋向于“物质化”，或者说，导致活的主体转化为死的物质。参照这一说法，我们姑且将当代电子传播技术对艺术的负面影响概括为：与艺术生产的大众传媒化结伴而来的日益加重的艺术的物化趋势。

这种物化趋势具体表现为以下几个方面：第一，艺术创作主体的物化。当今以大众传媒为核心的文化产业机构以其强大的钳制力量，不仅掌控了原本应由创作主体掌控的创作活动，甚而进一步掌控了创作主体本身，“在电子媒介交流中，主体如今是在漂浮着，悬置于客观性的种种不同位置之间。不同的构型使主体随着偶然情景（the occasion）的不确定而相应地被一再重新建构”②，以至最终将创作主体重构为这一产业机构中的一个物质组件。第二，艺术创作过程的物化。如前所说，艺术创作虽有技术含量，但本质上是一种充满了人的灵性和智性的创造活动，不能完全按照既定的技术程序进行。可是，这种创造活动一旦被纳入以大众传媒为核心的文化产业机构，就马上被一套技术规程所支配，“对置身于电子媒介中的主体而言，客体则倾向于变为能指流（the flow of signifiers）本身，……主体要想辨明能指流‘背后’的‘真实’存在已越来越难，甚至可以说毫无意义。结果是，社会生活已部分地变成一种操作”③，艺术的“创作”过程也就物化为技术的“制作”过程。第三，艺术创作产品的物化。艺术创作的产品是艺术家创造的精神产品，因而被称为“作品”，尽管它也有物质的外观。但是，以大众传媒为核心的文化产业机构却将这种精神作品的生产置换为一种以盈利为目的的物质商品的生产，“在工业资本主义时代，物质商品的生产所必需的社会及自然资源受到自私自利的私人控制。在信息方式时代，这一过程又在起作用了。现在我们不能不相信‘信息’首先是一种商品，其次，它受各种

---

① ［美］马克·波斯特：《信息方式——后结构主义与社会语境》，范静哗译，商务印书馆2000年版，第25页。

② ［美］马克·波斯特：《信息方式——后结构主义与社会语境》，范静哗译，商务印书馆2000年版，第20页。

③ ［美］马克·波斯特：《信息方式—后结构主义与社会语境》，范静哗译，商务印书馆2000年版，第24页。

市场力量的控制”①，于是，“物质商品”的生产成为艺术生产的目的，精神作品的生产反而成为实现这一目的的手段。上述艺术物化趋势的三个方面，主要还是创作主体的物化，首先是作为主体的“人”沦为“物”，然后才是“创作”沦为“制作”，“作品”沦为“商品”，从而直接威胁到艺术固有的创造特质乃至艺术之所以为艺术的人文根基。那么，如何应对艺术的物化趋势呢?

首先，在思想观念方面，要反对近代以来形成的各式各样的“技术决定论”。这种理论认为，发明和使用技术的能力是人的全部能动性的体现，技术进步决定社会进步，无论这种进步对人来说是好是坏，都是必然的，人在享用技术进步之福利的同时，也必须承受技术进步所造成的不利后果，有的技术决定论者还进一步认为，由技术造成的人及其社会的问题完全可以通过技术本身的进步而获得解决。技术决定论并非毫无合理之处，譬如互联网技术固有的交互性和共享性可以在全球范围内促进主体间的平等对话和相互理解，这对于建立一种人类主体间性的新型关系是有利的。但是，这种理论无视人在历史发展中的主体作用，从而彻底否认了人抵制“物化趋势”的可能性和必要性。美国传播学家克罗图和霍伊尼斯在反驳技术决定论时指出，“我们看到技术决定论观点的错误之处在于，它甚至否定了最基本的人为因素”②，“这一观点全都是束缚的框架而没有人类行为”③。技术决定论的这一错误根源于它对人的能动性的错误理解，它把人的能动性仅仅归结为“技术理性”，而忘记了人的能动性中还有一种更高级的“反思理性”，只有这种反思理性才代表人的真正的自主性，才能够反思人的包括技术活动在内的一切活动，并通过这种反思对人的活动提出价值评判和改进对策。如果说技术理性只是解决“做什么、怎么做”的问题，那么，反思理性则解决更高层面的“做得怎么样、应该怎么做”的问题。所以，人在技术面前并非

---

① ［美］马克·波斯特：《信息方式——后结构主义与社会语境》，范静哗译，商务印书馆2000年版，第101页。

② ［美］大卫·克罗图、威廉·霍伊尼斯：《媒介·社会——产业、形象与受众》，邱凌译，北京大学出版社2009年版，第388页。

③ ［美］大卫·克罗图、威廉·霍伊尼斯：《媒介·社会——产业、形象与受众》，邱凌译，北京大学出版社2009年版，第356页。

只能“顺应”而不能“回应”，人有能力且有责任在推动技术进步的同时去应对技术进步所造成的问题，而不是无所作为地等待技术的所谓“自行解决”。正如前面提到的两位传播学者所预示的那样：“即将发生的变革会像那些宣告工业化到来的变革一样深远。但是和所有的技术变革一样，未来媒介变革的发展方向将取决于社会成员所作的决定。技术或大众媒介的发展过程中没有什么是必然的。”① 须指出的是，我们只是反对技术决定论，但不反对技术进步，目的是要说明人必须且能够遏制技术进步造成的“物化趋势”。

其次，在艺术实践方面，艺术家作为创作主体理应成为抵制艺术物化趋势的主力军。麦克卢汉时常被人误解为技术决定论者，实际上他的思想极为复杂，他在为电子技术的进步大唱赞歌的同时，也不遗余力地肯定艺术家在遏制艺术物化趋势中的先导作用。他说，“艺术家是具有整体意识的人”，“艺术家在新技术的打击使意识过程麻木之前，就能矫正各种感知的比率”，“艺术家有办法预计和避免技术创伤所产生的后果”，“避开任何时代新技术的粗暴打击，完全有意识地避开他强暴的锋芒——艺术家的这种能力是非常悠久的”②。麦克卢汉充分估计和高度评价了在技术的打压面前艺术家所具有的反思和反击能力，认为只要艺术家能自觉张扬其反思理性和先导作用，就能在当代电子传媒对艺术构成的围攻中打开一个缺口，就能遏制甚至扭转艺术的物化趋势。

最后，在艺术理论方面，理论家面对艺术的物化趋势所能做的最大努力就是重申艺术的创造特质和人文根基。我们知道，“物化”是相对于“人化”而言的。毫无疑问，艺术本质上属于“人化”，属于“人的本质力量的对象化”③，始终是以人为主体、以人为核心、以人为根基的。撤除了人这个根基，也就等于撤除了艺术的底线，也就无所谓艺术的存在本身了。整部艺术理论史证明，恰是这些似乎老生常谈的观点，构成了艺术理论的第一原

---

① ［美］大卫·克罗图、威廉·霍伊尼斯：《媒介·社会——产业、形象与受众》，邱凌译，北京大学出版社2009年版，第438页。

② ［加］马歇尔·麦克卢汉：《理解媒介——论人的延伸》，何道宽译，北京大学出版社2009年版，第102页。

③ 马克思：《1844年经济学哲学手稿》，刘丕坤译，人民出版社1985年版，第79页。

则。但是，时至今日，艺术是“人化”的还是“物化”的，却不幸成了一个问题。艺术的本质是什么，我们可以搁置不论，但艺术的特质是人的创造，艺术的根基是人，这一点恐怕不会改变。艺术的生产方式可以随传播技术的进步而改变，但无论何种生产方式，都必然包含一个不变的内核，这就是，所有的艺术都是人创造的，都是为了不断提高人的自我认识、改善人的生存状态和升华人的精神境界而存在和发展的。因而，我们认为，重申艺术的人文根基，强调艺术的创造特质，乃是遏制和扭转当代艺术物化趋势的首要理论前提。

艺术形象动态存在的描述

艺术形象的存在是一种动态的存在，具体地说，就是从创作方式到作品方式，再到交流方式的存在。

一、从生活物象到作者心象的创作存在方式

创作方式是艺术形象最初的存在方式，它反映了作者对艺术形象的孕育和塑造过程。毫无疑问，作者是艺术形象的起因，但不是艺术形象的起点，艺术形象的起点是生活物象。

何谓生活物象？生活物象就是现实生活中存在的客观的人、事、景、物所呈现的表征和影像。这些客观的人、事、景、物存在于人的感觉之外，不依赖人的感觉，但又能被人的感觉所反映。正如列宁所说："物质是标志客观实在的哲学范畴，这种客观实在是人感觉到的，它不依赖于我们的感觉而存在，为我们的感觉所复写、摄影和反映。"① 作者通过对生活物象的反复多次的感觉和感受，获得了大量的有关客观事物的表象，并且还不断加深着对客观生活的情感体验和理性体认，这一切就提供了某种"土壤"，正是在这种土壤中发育出了艺术形象的最初的"胚芽"。所以生活物象是艺术形象的起点，而且是唯一的起点，作者对艺术形象的创造只能从对生活物象的感

---

① 《列宁全集》第14卷，人民出版社1986年版，第128页。

觉、体验开始。

作者对生活物象的感觉和体验达到一定的程度，就自然产生创造艺术形象的要求和冲动。这时，积存在作者头脑中的大量表象因为情感的激发作用而充分调动和活跃起来，并且在自觉理性的梳理和艺术想象的作用下，重新进行了组合和化合，从而在作者心中逐渐形成了一个愈来愈明晰、愈来愈完整的新形象，如此产生的新的形象系统我们称之为作者心象。

作者心象是对生活物象反映的结果，它按照某种客观的逻辑发育和生长，有着自己的活的生命；另一方面它又是作者心智创造的结果，是作者个人劳动的产物，它蕴藏在作者的内心深处，同作者的血肉灵魂乃至整个生命交融在一起。实际上，在作者心象里聚合着作者的全部思想、情感、欲求和理想，体现着作者的整个精神和人格的特点。因此，作者心象虽来自生活物象，但又不是生活物象的简单的映像和模写，而是映像与想象、模写与创造的统一，与生活物象比较起来，无论在外观和内容上都发生了质的变异。

但是，文艺上的自然主义者却把作者心象看作是对生活物象的简单的模仿和复制，认为作者心灵的作用就像一面镜子，应该丝毫不走样地把客观事物的现象和景象反照出来，这就彻底否定了作者的心象本身所包含的主观性内容。相反，文艺上的主观论者又彻底斩断了作者心象和生活物象的内在联系，把作者心象看作是作家绝对自由的创造物和随心所欲的虚构。例如弗洛伊德就认为，艺术创作不过是被升华了的“白日梦”，而这白日梦又根源于人的性本能的压抑，以及在此基础上产生的种种妄想和野心。而艺术家是最善于做白日梦者，他们借用种种技巧和美的形式，改装和美化了他们的白日梦，并且“利用目前的一个场合，按照过去的格式，来设计出一幅将来的画面”①。弗氏把创造艺术形象的想象和幻想活动完全归结为性的愿望和野心，而“目前的场合”顶多只起一种诱导作用，这就从根本上抹杀了作者心象来源于生活物象，抹杀了作者心象的客观基础。

① 参见伍蠡甫、胡经之主编《西方文艺理论名著选编》下卷，北京大学出版社 1987 年版，第 5—6 页。

二、从作者心象到作品物象的作品存在方式

作品方式是艺术形象的第二个存在方式，此方式直接连续着创作方式，两种方式之间以作者心象为联结点，作者心象既是创作方式的终点，又是作品方式的起点。艺术形象由创作方式向作品方式的跃进反映了艺术创作活动的必然进程。艺术家创作的目的，就是把他内心中构思的艺术形象通过某些物质的媒介形式传达给欣赏者，从而实现同欣赏者之间的交流，这就要求艺术家必须创造出艺术作品。没有艺术作品，艺术形象就会永远滞留在艺术家的心中，艺术家的创作目的也就永远不能实现。

但意大利哲学家克罗齐否认艺术形象由创作方式向作品方式跃进的必然性和必要性。他认为艺术创造的实质是所谓“直觉活动的作用”，这种直觉活动将杂多的感觉印象融合为一个有机的形象整体，当直觉活动完成之时，艺术作品就已经在艺术家心中完成了，至于艺术家的传达活动所产生的并不是艺术作品，而是艺术作品的“备忘录”，因此，传达活动并不是艺术创造的必要环节①。按克罗齐的这个说法，一个人只要宣称他在心中完成了“直觉活动的作用”，不用写出作品，就可以被称为艺术家了，这种明显有悖艺术常识的观点是我们难以接受的。

所谓艺术形象的作品方式就是把作者心象转化为作品物象，这个过程的实质，是作者通过他所使用的物质媒介，运用种种艺术手段和技巧把他内心构思的艺术形象外化出来，使之具有某种物质的外观。作者心象的外化和物化的过程，也就是艺术作品的生产和制作过程。在这里，起关键作用的是作者驾驭物质媒介的能力以及给心象赋予某种外在形式的能力。作者依靠这些能力，经过一番努力，使心象逐渐脱离它的母体，成为一种独立的客观对象，成为一种存在于作品之中的外在的客观对象。这种存在于作品中的艺术形象，已经具备了物质的外观，可以被作者之外的人通过对作品的读解而感知，因而被称为作品物象。

---

① 参见［意大利］克罗齐《美学原理·美学纲要》，朱光潜等译，外国文学出版社 1983 年版，第 106、114、121 页。

作品物象虽然也被称为“物象”，但同生活物象有着本质的差别。生活物象是现实生活中存在的客观事物呈现的景象，就其内容来说，具有物质实体性；而作品物象是直接由作者心象转化而来的，不过是作者心象的一种物质显现，也就是一种精神的、心理的现象的物质显现。因此作品物象虽然具有物质的外观，但又不是纯物质实体性的东西，而是一种物质和精神、物理和心理的统一体。

此外，生活物象因为是现实存在的客观事物的影像，必然带有其原生态的粗糙性、混杂性和散乱性，从这个意义上看，它是缺乏形式规定性的。作品物象虽然从它产生的最终根源上可以追溯到生活物象，但其本身却是作者的人工制造物，是作者按照某种预想的样式创造出来的，它经过作者的精心处理和组织，因而是规整的、有机的和系统的，具有鲜明的形式特征。形式对作品物象无疑是至关重要的，因为从心象到物象的作品形成过程基本上就是赋予心象以形式的形式化过程。但这又绝不是无内容的纯形式，所谓形式化过程其实就是对生活物象和作者心象的加工、处理和组织。因此，作品物象作为一种形式存在是标志着无限丰富的内容的。作品物象是形式和内容的统一。

20世纪西方文论的一个主导倾向就是形式主义倾向，特别强调作品本体，认为艺术作品是纯语言、纯结构、纯形式。英国批评家克莱夫·贝尔提出了一切视觉艺术品的共同性质就在于“有意味的形式”，所谓有意味的形式就是“线、色的关系和组合”、“审美地感人的形式”①。这个观点的主要问题就是孤立地考察作品文本，也就是孤立地考察作品物象，因而也就看不到它同生活物象、作者心象的内在联系，看不到它的内容要素的重要性。如果说克罗齐的观点是片面地强调艺术形象的创作存在方式而否认其作品存在方式，那么，形式主义者的观点则走向另一个极端，片面强调艺术形象的作品存在方式而忽视其创作存在方式。

三、从作品物象到读者心象的交流存在方式

艺术形象的最后存在方式是交流方式。之所以称为交流方式，是因为在

① 参见［英］克莱夫·贝尔《艺术》，周金环等译，中国文联出版公司1984年版，第4页。

这种方式里作者与读者之间实现了艺术交流。艺术家创作作品，其目的就是为了把他创造的艺术形象呈现于读者面前，以便达到同读者的交流。读者通过阅读和接受作品，在自己心中重建作者在作品中所创造的艺术形象，从而实现了同作者的交流。因而，没有艺术形象的交流方式，作者和读者之间就不能发生实际的联系，艺术创作的最终目和价值也不能实现。

但是，长期以来人们对艺术形象的交流方式并未给以应有的重视，传统的文艺理论一直对读者在文学活动中的地位和作用估计不足，认为重要的是作者创作作品，至于读者，除了被动地接受作品外，似乎没有太大的意义。20 世纪 60 年代以来在西方盛行的“读者理论”扭转了上述理论偏向。读者理论各个流派的总的特点就是突出读者接受活动的重大意义，认为读者的接受活动使作者所创造的艺术作品具体化和现实化，没有读者的接受，艺术作品只能处于潜在状态。因此，在他们看来，艺术作品是由作者和读者共同创造的。

法国美学家杜夫海纳从现象学出发认为，没有审美主体的审美感知，艺术产品只能是审美手段，只有诉诸于审美主体的审美感知，艺术产品才能从审美手段转化为审美对象。他耐人寻味地指出，“艺术作品刺激目光，目光把艺术作品改变成审美对象。目光专注于艺术作品时，便成为完成作品的一个组成部分”，但这“是否说博物馆的最后一位参观者，走出之后，大门一关，画就不存在了呢？不是。它的存在并没有被感知。这对任何对象都是如此。我们只能说：那时它再也不作为审美对象而存在，只作为东西而存在。如果人们愿意的话，也可以说它作为作品，就是说仅仅作为可能的审美对象而存在”①。早在杜夫海纳之前，马克思也在不同的哲学基础上提出过类似观点，他说：“任何一个对象对我的意义都以我的感觉所及的程度为限。”②上述观点都印证着读者的阅读和接受活动，即艺术形象的交流方式，对于艺术作品和艺术形象的对象化和现实化有多么重要！

在艺术形象的交流方式中，作品物象是交流的手段，而读者心象是交流的结果。也就是说，读者通过作品物象反观作者心象，与作者心象达成某种

① 参见［法］杜夫海纳《美学与哲学》，孙非译，中国社会科学出版社 1985 年版，第 33 页、第 55 页。

② 杨炳主编：《马克思恩格斯论文艺和美学》上册，文化艺术出版社 1982 年版，第 36 页。

程度的视界融合，最终建构起读者自己的心象，实现了与作者交流的目的。然而，一部作品的作者是唯一的（合作者也应看作是一个作者整体），因而作者心象也是唯一的；一部作品的读者是众多的，因而所产生的读者心象也是众多的。这众多的读者心象固然都以同一个作品物象为依据，都力图去理解同一个作者心象，但它们之间又显然不存在简单的对应关系，这就是说，众多的读者在接受同一个作品时所产生的心象并不是一样的。这正如鲁迅先生说的："譬如我们看《红楼梦》，从文字上推见林黛玉这一个人，……那么，恐怕会想到剪头发，穿印度绸衫，消瘦，寂寞的摩登女郎；或者别的什么模样，我不能断定。但试去和三四十年前出版的《红楼梦图咏》之类里面的画像比一比罢，一定是截然两样的，那上面所画的，是那时的读者的心目中的林黛玉。"[①] 鲁迅先生在这里说的是不同时代读者心目中的林黛玉不一样，其实同一时代读者心目中的林黛也是不一样的。

那么，为什么读者依照同一作品所造成的心象总是不一样呢？

这原因可以从两方面分析。从作品方面看，作品物象是作者心象的物化，而物化活动及其过程必然受到所使用的物质媒介的制约和限制，因此，就一般情况讲，它不可能是作者心象的详尽无遗的写照，它只能是作者心象的大致的、近似的显示，其中许多具体的细节和环节将有待于通过读者在阅读中的想象和联想来补充。对此，德国的美学家伊塞尔曾从文学语言的角度给以说明。他指出文学文本使用的是"描写性语言"，而描写性语言不可能表现出事物的全貌和全过程，这样，作品文本就必然存在许多"意义空白"，就形成为一个"召唤结构"，召唤读者去填充这些空白。

此外，从读者方面看，读者的主体条件也不一样，他们在年龄、性别、职业、生活经历、思想、趣味、爱好、习惯、文化修养乃至心理品质等方面都各不相同，这诸多的不同就决定了他们在接受同一个作品时会有不同的感受、体验和理解，在同一个作品物象面前接受不同的暗示，作出不同的反应，从而产生不同的心象。

读者心象的差异性，说明了读者接受作品的过程不是消极的被动的过程，而是读者积极地介入作品并重构作品的过程。当然读者的这种"介入"

① 《鲁迅全集》第 5 集，人民文学出版社 1981 年版，第 430 页。

和“重构”也不是毫无限度的，这个过程的实质乃是读者和作者之间的相互制约、相互影响的交流和对话。一方面作者以他的作品影响读者，他的作品既为读者的想象提供了自由发挥的余地，又给读者的想象划出了一个大致的范围和区域；另一方面读者以他对作品的再创造反作用于作品和作者，对作者以后的创作产生深远的影响。这种对作品的再创造当然以作品为基准，同时又浸透着读者个人的特殊的经验、知识、想象力和理解力。而读者心象的最后生成就是读者与作者之间相互交流的一个成果，也是艺术形象在历经全部的动态过程之后的一个最终完成。

综上所述，艺术形象的动态存在是一个相当复杂的过程，这个过程大致显现为四种形态（生活物象、作者心象、作品物象、读者心象）的交替和三种方式（创作方式、作品方式、交流方式）的递进。对艺术形象的特性的科学界定应建立在对艺术形象的动态存在的全面而深入的把握和分析的基础上，而不能仅依据某一种存在形态、某一种存在方式就匆匆得出结论。

文学创作心理动力的结构分析

一

文学创作活动固然离不开客观情境的激发，但只有当这种激发被创作主体所接受，并转化为主体内部的自愿要求或心理动力时，创作活动才能实际地萌发和进行。因此，不了解文学创作的心理动力就不可能真正搞清创作的心理根源和心理机制等重要问题。

对创作心理动力的研究至少有两种方法：一种是侧重研究这种动力的具体内容，主要解决是什么引发了作家的创作；一种是侧重研究这种动力的形式构成，主要探讨这种动力是怎样被组织成一个统一的整体。这两种方法都很重要，理应得到同等的重视。但就目前情况看，前一种研究似得到了应有的重视，而后一种研究则相当薄弱。研究者大都注重探寻引发创作行为的种种动机，至于这些动机的整体构成则往往被忽略了。然而，如果只是孤立地研究个别动机，而不能同时揭示出隐匿在诸个别动机背后的结构模式，从而从总体上把握这些动机，恐怕创作心理动力对我们将永远是个“斯芬克司之迷”。

结构分析的首要工作是确定结构整体的基本构成要素。那么，创作心理动力的基本构成要素是什么呢？综观人们对种种创作动机的揭示，不难发现，创作心理动力有两个基本构成要素，我称之为“意图”和“冲动”。

1985 年初，巴黎图书沙龙曾通过法国驻各国使馆，分别邀请在世的世界各国数百名著名作家就“您为什么写作”一题作答，最后得到的答案可谓五花八门、千奇百怪[①]。但略作归纳，就会发现这些不同的答案尽可划分为两大类。一类是诸如这样的答案：“写作为的是人类解放”（陈映真），“是为了他人”（莱奥波德·塞达尔·桑戈尔），“为了揭示事物的本性”（莫里斯·吉），为了“留下自己的名字”（保罗·塞鲁克斯），求得“一些物质上的收益”（迪埃斯·坎塞科），等等。这些说法的共同之处，就是认为创作动力主要来自那些作家为自己设定的目标，或者说来自那些被作家事先意识到的心理指向，而这就是我所说的“意图”。另一类答案则与此不同，例如，写作是因为“有一种神秘感在支配着我”（欧文·莱顿），“烦恼和虚荣心的驱使”（琼·迪戴恩），“被一种超人的力量抓住”（马齐齐·库内内），“写作是由不得我的事”（格林厄姆·格林）等。这类答案都异口同声地说明了这样一种心理动力，它体现为一种不能被主体随意驾驭控制的“内驱力”，这就是我所说的“冲动”。

因此，我认定意图和冲动是文学创作心理动力的两个基本构成要素，以下我将对这两个要素的心理内涵及其结构方式分别加以解说。

二

通常所理解的创作意图是指作者在作品中想要表达的思想观念，因而也被称为“思想意图”。但作为创作心理动力的意图，其概念外延要比思想意图大得多。它泛指在创作中起动力作用的一切预设的计划、蓝图和目标，其中固然包括思想意图，但又不止于此。

因而，作为创作心理动力的意图又可分为两类，即“直接意图”和“间接意图”。所谓直接意图是指这样一些意图，这些意图所规定的目标直接指向作品本身，它的实现就在写作活动所产生的作品之中。通常所说的思想意图要求在作品中直接表达，显然属于直接意图。关于思想意图还需要说明的是，这种意图的心理形式一般并不是抽象概念，而是同饱含情感因素的表象结合在一起，它的心理过程也不表现为单纯的逻辑推理，而是一种始终

① 参见王歌等选编《五角丛书》中的《世界100位作家谈写作》一书，上海文化出版社1987年版。

不脱离想象的感性直观的过程。俄国作家冈察洛夫讲过，激励他写作《奥勃洛摩夫》的不是什么抽象原则，而是奥勃洛摩夫这个活生生的人物形象。“我的心中始终存在着一个形象”，“就是它引导我前进”，而思想意义就蕴含在这个形象之中[①]。

除思想意图外，形式意图也是一种直接意图。形式意图就是作者在写作前对作品的文体、结构、语言等形式方面的筹划和构想，这种意图有时会在创作中起着非常突出的作用。据说诗人徐志摩当年路过庐山，听到了开山石工的号子声，那悠扬的旋律和凄迷的情调使诗人大为感动，并促使他仿拟这种号子声，写出了著名的《庐山石工歌》一诗[②]。因此，在直接意图中，无论如何不能忽视形式意图的存在，当然形式意图也不可能孤立存在，而是同思想意图融合在一起的。

间接意图是指那些以作品完成后所能产生的某种后果或效果为目的的意图，例如作家企图通过他作品的成功取得个人的物质利益、名誉地位，或者影响公众的意识和行为、推动社会进步等都属于间接意图。间接意图同直接意图的区别和联系是显而易见的。一方面，间接意图的实现完全依赖于直接意图。没有直接意图为作品设计主题、题材、表达方式、语言形式等，就不可能有作品本身，而没有作品，一切间接意图都必将流为空想。另一方面，间接意图又常常反过来制约直接意图的确立。举个例子，假定某个作者有着占优势的名利动机，为了博取较大的名声和利益，他必须要争取尽可能多的读者的支持和拥戴，因而他也就必须更多地从多数读者的趣味的角度来考虑写什么和怎样写，这就是说他的名利动机（间接意图）在很大程度上制约甚至决定了他对作品的内容和形式的设计（直接意图）。因此，作为创作心理动力的意图，既不单指直接意图，也不单指间接意图，而是这两者的统一，它实际上是作者对作品的内容、形式和作品将会产生的个人效益和社会效益的全部考虑以及在这种考虑基础上产生的全部主观目的的总和。

意图既然是创作主体事先设定的、并有意识地追求其实现的一种目的，那么文学创作因为意图的存在就必然成为一种具有主体自觉性的活动。但在

① 参见外国文学研究资料丛刊编辑委员会编《外国理论家作家论形象思维》，中国社会科学出版社 1979 年版，第 107—108 页。

② 参见《徐志摩诗集》中的《庐山石工歌》并附录。

文学创作自觉性问题上一直还存在着激烈的争论。特别是西方现代某些非理性主义的理论家，更是否认创作活动中意图的存在，意欲从根本上取消创作的自觉性。这方面典型代表当推超现实主义的理论家。这派理论家认为，艺术创作并没有预设的意图，也没有主体的自觉控制，是一种完全受无意识支配的盲目的即兴的活动。为此他们竭力提倡一种“自动写作法”，即要求在创作中摒弃一切理性活动，避免一切道德的、美学的考虑，完全放纵潜意识的涌动，力求把潜意识每一瞬间的活动不加任何修饰、不作任何删改地记录下来。如此主张，显然误解了艺术创作的真实面目。

我们讲文学创作的主体自觉性，不仅有大量创作实践的证明，而且还有理论上的可靠依据。从马克思主义人类学的观点看，人同动物的本质区别在于人能够把他自身同自然界区分开来，同他自己的活动区分开来。马克思曾明确指出：“动物不把自己同自己的生命活动区别开来，它就是这种生命活动。人则使自己的生命活动本身变成自己的意志和意识的对象。他们的生命活动是有意识的。”① 马克思在后来的《资本论》中，又以人类的劳动为例，重申了这一观点。他说：“劳动过程结束时得到的结果，在这个过程开始时就已经在劳动者的表象中存在着，即已经观念地存在着。这不仅使自然物发生形式变化，同时还在自然物中实现自己的目的，这个目的是他所知道的，是作为规律决定着他的活动的方式和方法的”。② 马克思还谈到，“最蹩脚的建筑师”也比“最灵巧的蜜蜂”“高明”，因为建筑师按规划的蓝图建房子，他知道自己做什么和怎样做，而蜜蜂的造蜂房则纯属无意识的本能行为③。总之，在马克思看来，人类活动的本质特性就在于它的意图性和自觉性。正如恩格斯所说的：“在社会历史领域进行活动的，全是具有意识的、经过思虑或凭激情行动的、追求某种目的的人；任何事情的发生都不是没有自觉意图，没有预期的目的的。”④

马克思主义人类学的这一基本观点得到了现代神经心理学方面的证实。苏联著名神经心理学家 A.P.鲁利亚通过对大量脑损伤病人的临床研究，创

① 马克思：《1844 年经济学—哲学手稿》，刘丕坤译，人民出版社 1985 年版，第 97 页。

② 《马克思恩格斯全集》第 23 卷，人民出版社 1985 年版，第 202 页。

③ 参见《马克思恩格斯全集》第 23 卷，人民出版社 1985 年版，第 201—202 页。

④ 《马克思恩格斯全集》第 4 卷，人民出版社 1985 年版，第 243 页。

立了人脑三个基本机能区的学说。鲁利亚认为，根据人脑不同区域和层次的不同机能，可以把人脑活动分为三个基本机能区。第一基本机能区位于皮层下中枢的深部，主管情绪、情感活动；第二基本机能区位于大脑皮层的各感觉区，主管知觉、记忆活动；第三基本机能区主要指大脑皮层的额叶部分，它的功能就是形成意图、控制人的语言和行为。“大脑额叶一方面是产生复杂动机的器官，另一方面是构成主动的意图或形成构思的器官”，它“制定自己行动的计划和程序，注意着它们的完成”，“使自己行为的效果同原初的意图相对照，更正它们所犯的错误，从而控制着自己的有意识的活动”①。鲁利亚强调三个基本机能区的相互配合和协同运作，但他又特别突出了第三基本机能区对人的重大意义。因为在三个基本机能区中，第三基本机能区是最后发展起来的部分，这个部分只是在人那里才获得了高度的发展和充分的完成，“与猿猴相比较……人的颞区的面积显著地增大了，而皮层的第三区——下顶区和额区——的面积增大了若干倍”②。鲁利亚指出正是第三基本机能区的这种充分发展使人类活动发生了质的飞跃。

按照鲁利亚的这个学说，文学创作虽然不只是第三基本机能区的活动，但又必然包含着第三基本机能区的活动，这就从神经生理上证实了文学创作的意图性和自觉性。如此说来，那些非理性主义的理论除非能阻止作家第三基本机能区的积极运作，否则，其观点是难以令人信服的，而超现实主义者提倡的“自动写作法”在创作实践中也是行不通的。

当然，在强调文学创作的自觉性时，也不能忽略这种自觉性的特点。文学创作的自觉性决不是一种机械的、呆板的自觉性，而是一种跃动着生命、充满着活力的自觉性；文学创作活动也决不是一种严格按既定程序进行的活动，而是一个充满了随机性和偶然性的生动活泼的过程。导致这种情况的原因固然同创作意图的直观性、模糊性等特点有关，但更加深刻的原因则在于：文学创作并非只有意图这一种心理动力，它还接受另外一种心理动力的支配，这就是冲动。

---

① 参见［苏］A.P.鲁利亚《神经心理学原理》，汪清等译，科学出版社 1983 年版，第 300 页、第 106 页。

② 参见［苏］A.P.鲁利亚《神经心理学原理》，汪清等译，科学出版社 1983 年版，第 12 页。

三

冲动是一种情感激奋状态，在这种状态里，主体受内部情感力量的驱使，强烈地指向于某种行为，至于为什么进行这种行为以及这种行为将会产生什么后果，主体在冲动的时刻是难以顾及的。

冲动在文学创作中经常发生。郭沫若谈他早期的诗歌创作时说，那个时期是他的"诗兴喷涌的时代"，"那是一种不可遏抑的内在冲动，一种几乎发狂的强烈的热情"，他说他这时期写的长诗《凤凰涅槃》，"前后怕只写了三十分钟的光景，写的时候全身发冷发抖，就好像中了寒热病一样，牙关只是震震地作响，心尖只是跳动得不安"①。郭沫若讲的就是典型的创作冲动状态。

冲动所显示的心理力量显然不同于意图，它不是一种受主体控制的力量，而是一种控制着主体的力量，因而这种力量又常常被作家名之为"超人的力量"、"神秘的力量"等，但实际上这种力量并不是不可解释的。作家之所以冲动不已，是因为他内心激起的那种创作情感强烈地要求得到表现，因此冲动不过是情感寻求表现的征状，或者说是情感表现的迸发和激化。因此理解创作中的冲动现象的关键在于搞清有关"情感表现"诸问题。

关于艺术表现情感的观点，早在我国古代就已相当流行，如《诗大序》中的"情动于中而形于言"，《文赋》中的"诗缘情而绮靡"，《文心雕龙》中的"情以物迁，辞以情发"等。但这些说法都缺乏深入细致的分析，比较含糊。西方自18世纪以来，随着浪漫主义艺术的兴起，艺术表现情感的观点受到重视。特别是进入20世纪以后，这种观点更获得了迅速的发展，出现了一些成系统的理论。影响比较大的如列夫·托尔斯泰的"艺术是作者和读者之间的情感交流"说，弗洛伊德的"艺术是被压抑的性欲的替代的满足"说，苏珊·朗格的"艺术是人类普遍情感的符号形式"说等。这些理论总起来看，都显示出某一方面的突破和建树，但同时又都是各执一端，表现出一定的理论上的褊狭。如此看来，要想真正搞清艺术表现情感的

① 参见高国平编《郭沫若论创作》，上海文艺出版社1983年版，第326页。

问题，仅仅恪守已有的现成结论恐怕不行，必须深入到心理学领域，追问一些更加基本的问题，如什么是情感，人为什么要表现情感，人如何表现情感，等等。

笼统地说，情感是人对自己的各种需求在现实中的遭遇的一种体验，换个说法，是人对客观情境是否适合自己的各种主观需求而产生的感受过程。这种感受过程不只是心理上的，还是肉体上的，具有心理和生理的双重性质。依据情绪生理学的观点，情感的神经生理过程是这样的：外界情境的刺激把神经冲动传给脑皮层，脑皮层的兴奋又普遍地扩散到皮层下中枢，导致受皮层下中枢控制的交感神经系统的异常活动。交感神经系统有调节内脏肌和腺体运动的功能，它的异常活动势必引起内脏和内分泌系统的暂时失调和紊乱，这就造成了人在情绪状态中的心跳加快、血压升高、呼吸急促、出汗等一系列不寻常的生理变化。情感的这些生理上的变化必然又反过来加强着心理的体验，正是这种生理上和心理上的相互激发、相互诱导使得情感体验对情感主体来说成为一种刻骨铭心的体验，这样的体验一旦发生无疑会对人的行为产生强大的支配作用。美国现代心理学家汤姆金斯甚至说："第一性的动机体系就是感情［情绪］的体系"。[①] 另一个美国心理学家也认为，"人类行为的主要决定因素是情绪"[②]。他们的看法也许有些过分，但情感对人的行为的巨大作用恐怕是难以否认的。这种由于情感所激起的心理能量要求获得释放而驱使人指向于某种行为的过程，就是情感的表现过程。因此，情感从本性上看是趋向于表现的，情感表现是一个难以遏制的自然过程，诚如刘勰所说："人禀七情，应物斯感，感物吟志，莫非自然"。[③]

那么，人的情感是怎样表现的呢？概而言之，人的情感表现有两条渠道，一条是现实性渠道，一条是非现实性渠道。现实性渠道就是情感直接激发了外显的实际行为，如愤怒时的攻击、恐惧时的逃避、喜爱时的趋就、厌恶时的排拒等，这是情感直接的、实在的表现。但并非人的所有情感都能获得这种现实性的表现。因为人是有理智的，当人的理智还没有被激情冲垮，人总是要靠对客观现实的冷静分析来决定自己的行为，在没有认清客观现实

① 转引自克雷奇《心理学纲要》下册，周先庚等译，文化教育出版社 1980 年版，第 443 页。

② 转引自［新西兰］K.T.斯托曼《情绪心理学》，张燕云译，辽宁人民出版社 1986 年版，第 120 页。

③ 刘勰：《文心雕龙·明诗》。

是否允许之前，他是不会贸然行事的。人的理智随时都在梳理着情感，调整着情感的方向、强度，有时将它升华了，有时就干脆把它压在心底。凭借理智控制情感，这正是人超越动物之处，同时也使人的情感生活变得更加丰富多彩、复杂多变。而那些因理智的控制或其他原因而得不到现实表现的情感并没有从此销声匿迹，因为它所形成的心理能量并没有消释，只是被闷压滞积在心底，这些心理能量仍旧在伺机寻求新的出路，这条新的出路就是情感的非现实性表现。所谓情感的非现实性表现，就是情感的一种间接的、虚拟的、替代的表现。根据现代动物习性学理论，当动物的一个本能中枢受阻断而得不到实现时，由此积蓄起来的心理能量可能转向另一个中枢，即“移位本能中枢”，产生所谓“移位行为”，如鸟类的拔草吃食的本能行为常常以用嘴梳理自己羽毛的行为来代替。人的情感的非现实性表现当然不能等同于动物的移位行为，但究其生物学根源，大概可以追溯到这种移位行为，它可以看作是人在动物移位行为的基础上经过社会化定型而逐渐发展起来的一种高级适应行为。但情感的非现实性表现既然是情感间接的、虚拟的、替代的表现，就不可能彻底解决人的情感问题，它只能暂时缓解因情感能量的滞积所产生的心理紧张，以及这种心理紧张对人的机体可能造成的损害和病变，但不能彻底消释掉情感能量本身。因此，情感的非现实性表现说到底不过是人的一种心理的（同时也是生理上的）防护性机制。

情感表现的非现实性渠道又有两条具体的途径，这就是“情感的内部舒泄”和“情感的外部推移”。情感的内部舒泄是指主体把闷压在心底的情感能量释放在幻想的表象情境之中，心理学里讲的所谓“文饰作用”、“自居作用”、“移情作用”、“隔离作用”以及“精神胜利法”、“白日梦”等，其实都是情感内部舒泄的种种具体方式。当然，艺术家在艺术想象中宣泄被压抑的情感也属于情感的内部舒泄。情感的外部推移要比情感的内部舒泄复杂得多，它的活动不仅仅局限在个人想象的领域，也不仅仅是为了把被压抑的情感能量释放出来，而是借助某种物质媒介把内在的情感外化出来，并利用人的同情心理感染他人，将情感推移播散到他人心中，从而获得心理上乃至精神上更大的自慰和满足。

情感的外部推移细说起来又可区分为两种情况。一种情况是主体较少考虑接受者的接受能力和接受环境，而是专注于自身情感的宣泄，因而这种宣泄常常是肆无忌惮的，这种情况可称为“情感的自然流露。”另一种情况是主体特别重视对接受者的影响效果，根据接受者的需要有针对性有选择地表达自己的情感，因而情感的表达是有所保留有所限定的，这种情况可称为“情感的定向传达”。情感的外部推移所采用的具体方式也是多种多样的，最常见最便利的方式就是所谓“话语交流”，即运用话语的力量，如诉说、表白、恳谈等，把内心情感表达出来，以感染他人。文学创作也是一种话语交流，并且还是最有成效的一种话语交流，因为文学恰恰是语言的艺术，它充分利用各种语言手段，创造艺术形象，把思想情感艺术地传达给读者。从这个意义上看，文学创作又是情感外部推移的一种特殊的方式。

总括以上所论，通常说的文学表现情感，从心理学的角度看，属于情感的非现实性表现的范畴，它主要包括三方面的内容，即情感的内部舒泄、情感的自然流露和情感的定向传达。这就是说，文学表现情感总是同时混合着情感的舒泄、流露和传达等多种成分，尽管具体到某个作家的某次创作，也可能某方面的成分显得特别突出。但是前面提到的弗洛伊德的理论强调情感的内部舒泄，托尔斯泰的理论强调情感的自然流露，苏珊·朗格的理论强调情感的定向传达，他们的理论都分别突出了情感表现的某一方面的内容，因而都不无以偏赅全之嫌。

让我们再回到冲动问题上来。现在看来，文学创作中的冲动及其显示的自发驱动力并非神秘莫测，这一切其实都兆始于人的情感表现，都可以通过情感表现的心理过程得到科学的说明。情感表现原本就是一个自然而然的客观过程，它该行处当行，该止处即止，如行云流水，自有其来去踪迹，自有其心理学的规律可循。当创作主体受到这个自然过程支配时，当然就表现出冲动状态和身不由己的自发性。但需要指出的是，我们说的这种冲动和自发性是说创作主体此时已无法维系日常的自觉意识，但并不意味着创作主体完全丧失了意识觉醒。我们认为，即使在冲动之时，创作主体仍旧保持着一定的意识觉醒度，这种意识觉醒度虽然还达不到自觉意识，但却能使主体不至陷入错乱迷狂的病态。要理解这点并不困难。先看情感的内部舒泄。我们知道，情感的内部舒泄是创作主体在被压抑的情感的驱使下想象某种情境，然后又反过来通过这种情境的静观体验，把自己的情感投射到这些想象之中。在这个过程中，创作主体必须一方面在想象，一方面又意识到自己在想象。

他只有意识到自己在想象，才能把自己的想象作为一个对象来观照，才能在这种自得的观照中使情感宣泄。这种情况就与精神病有明显的区别。精神病患者也生活在想象中，但他对自己的想象没有丝毫的意识，他不知道自己在想象，因而他把想象与现实完全混淆起来。这种可怕的混淆不仅不能使原来的情感能量获得释解，反而会使这种能量不断加强。

再看情感的外部推移。如前所述，情感的外部推移是一种向外开放的有对象的活动，这种活动要求创作主体必须时刻意识到读者的存在，注意读者的反应，否则，这种活动就不可能得到读者的合作，不可能卓有成效。尤其是情感的定向传达，要求创作主体对特定读者的“期待视野”有较清楚的察知。这表明，情感的外部推移比情感的内部舒泄需要更多的意识觉醒。

因此，我们应该把创作中的冲动同精神病的迷狂严格区分开来，后者是丧失了意识的病态心理，而前者较之正常心理虽已发生了某些异变，但还不属于病态心理。同时也要看到，创作冲动中的意识觉醒毕竟是一种自发状态中的意识觉醒，这种意识觉醒还不可能达到自觉意识的程度。比如情感的内部舒泄，主体的意识觉醒只是体现为在一旁静观默察情感活动的自然进程，而不能干预和改变这一自然进程。即使情感的定向传达，意识觉醒的作用也只是体现在对要传达的情感的选择上，当这种情感一旦选定，当这种选定的情感一旦在创作主体内心激起，情感就会尽力挣脱主体的控制，按照自身固有的法则活动，因而仍旧不能完全改变自发的性质。

四

如上所论，文学创作心理动力的两个基本构成要素具有相反的心理性质。意图体现着一种自觉的动力要素，它的神经生理基础主要是额叶皮层控制下的三个机能区的联合活动，并通过网状结构的下行纤维同交感神经系统的活动发生联系；冲动则体现着一种自发的动力要素，它的神经生理基础主要是皮层下中枢控制的交感神经系统的活动，并通过网状结构的上行纤维同大脑皮层的活动发生联系。因此，创作心理动力的一般结构模式乃是一种二项对立的格局，即结构整体只能分解为两项相反的基本要素，并且其中任何一项都占有重要的结构地位，都具有不可替代的结构功能。从结构整体的观点看，对立的两项缺一不可，这点可以从两方面得到说明。

从意图和冲动发生作用的各自特点看，意图以其预定的目标激励着创作主体，好比是“火车头”的牵引导向作用；冲动以其情感的内驱力激奋着创作主体，好比是火车头中熊熊燃烧的“炉膛”，为创作输入着活力和底气。很难想象，缺少其中任何方面的作用，文学创作活动将怎样进行。

从意图和冲动各自承担的创作任务看，意图只是为未来的作品设计概略的蓝图，要想最终成就作品还须把这个概略的蓝图充实起来，使之成为饱含着情感、充盈着细节的丰满生动的艺术形象。而要实现这一点，非有仿佛身临其境的想象不可，而这样的想象没有情感的冲动是不可能发生的。如果说意图为未来的作品搭造起一幅骨架，那么冲动则赋予这幅骨架以血肉并灌注生气。意图和冲动显然都是成功的文学创作所不可缺少的。

创作心理动力的这种一般结构模式并不是预成的先验图式，也不是人的主观臆想物，而是逐渐生成于客观的建构过程，并且通过无数建构过程而逐渐昭示于人的。在每一次具体的建构中，由于建构活动的主客观条件各异，这种一般的结构模式总是表现为一系列不同的变体。这些不同的变体又可归纳出三种基本类型，我分别称之为自觉型、自发型和自由型。

自觉型和自发型属于结构的非平衡态。自觉型偏于意图一方，意图占据优势地位，冲动只能遵循意图的指向起着配合的补充的作用；而自发型偏向于冲动一方，冲动占据着优势地位，意图只能顺应着冲动的要求起着配合和补充作用。这两种类型，其结构整体的轴心都向对立两项的某一端点倾斜，因而对创作主体来说都是不自由的状态。在自觉型中，创作主体过分受制于意图的限定，情感活动受到一定的遏止，不能得到痛快淋漓的宣泄；在自发型中，创作主体又过分受制于冲动的挟持，理智活动受到一定的干扰，主体自觉性不能获得充分的发挥。

真正自由的状态存在于自由型中。自由型属于结构的平衡态，其构成上的特点是，结构整体的“天平”不再发生倾斜，而是接近于稳定的零线位置，两项对立的紧张状态趋向和解。在这种类型中，意图指向与情感要求之间，自觉意识与自发意识之间，自为状态与自在状态之间已经达成了高度的统一，创作主体也因而进入了所谓“从心所欲不踰矩”的创作胜境。

别林斯基曾经说过：“不管一个人的信念多么神圣而超越，他们的意图多么高尚而纯洁，可是要表达它们，或者把它们付诸实行，光靠信念力量或者善良的渴望，还是不够的；要达到这一点，非有一种灵感激励的冲动不可，在这冲动里，一个人的全部力量混而为一，他的肉体本性渗透他的精神本质，反过来，精神本质又照亮他的肉体本性，理性行动变成了本能行动，反之亦然，思想变成了事实，人的理性的、自由的意志变成了直感的现象"①。别林斯基设想的这种"混而为一"的境界就是文学创作的自由境界，这种境界应该成为一个作家终生追求的理想境界。

① 外国文学研究资料丛刊编辑委员会编：《外国理论家作家论形象思维》，中国社会科学出版社1979年版，第65页。

论“艺术再现”

“再现”从字面上讲就是重新展现的意思。“艺术再现”是说艺术作为现实的反映，可以重新展现自然和社会中的一切客观的存在。古今中外几乎所有的文艺理论（少数极端者除外）都在不同程度上承认艺术的这一再现性质。影响深远的古希腊文艺理论甚至把艺术的再现性质看作是艺术的本质。不过那时用的不是“再现”这个词，而是“摹仿”。柏拉图就把文艺的本质确定为摹仿，认为一切艺术都是摹仿，但摹仿在柏拉图那里被解释成像镜子一样地反照。他说，艺术家就像“拿一面镜子四面八方地旋转”，非常轻易地就创造出世间的一切。因此，艺术只是摹仿了现实的“外形”，根本不能反映现实物的本质即“理式”本身，“摹仿和真实体隔得很远，它在表面上能制造一切事物，是因为它只取每件事物的一小部分，而那一小部分还只是一种影像”。这样，柏拉图的摹仿论就成为他否定文艺的认识价值、贬低文艺活动的口实。①

亚里士多德提出了另外一种不同的摹仿论。他认为，摹仿不能被简单地理解成镜子似的反照，镜子式的反照是照抄和复制现实的外形，而“诗人的职责不在于描述已经发生的事，而在于描述可能发生的事，即按照可然律或必然律可能发生的事”，因而“诗所描述的事带有普遍性”，诗不仅摹仿事物的外形，还能深入地摹仿事物的本质。如果说诗人在柏拉图那里属于

① 参见《柏拉图文艺对话集》，朱光潜译，人民文学出版社 1959 年版，第 64—68 页。

“不受欢迎的人”之列，而在亚里士多德那里，诗人的地位则被提高到历史学家之上，因为在他看来历史只是“叙述已发生的事”，“叙述个别的事”[①]。

柏拉图和亚里士多德在摹仿问题上的这一原则分歧一直贯穿于文艺复兴以及以后的现实主义与自然主义的有关争论中。在这些争论中，有的强调柏拉图的镜子论，认为文艺再现现实就是对现实的一种复制和翻印，越跟现实的状貌相似就越成功；有的强调亚里士多德的本质论，认为文艺再现现实主要不是追求“形似”，而是反映现实的“普遍性”，达到一种本质的真实。也有的理论试图调和这两种相反的意见。

19世纪下半叶以后，在文艺再现的理论中又滋生出一种主观主义的、心理主义的倾向，这种倾向的较典型的表现就是德国心理学家谷鲁斯的“内摹仿”说。谷鲁斯提出艺术创作的审美本质在于“内摹仿”，所谓内摹仿就是通过对外在事物和现象的观察，把它们的图像临摹下来并移入观察者的内心世界，使之与这个内心世界相契合。因而艺术创作只是表面看来是对外在事物的摹仿，实则是对个人的内心世界和心理感受的摹仿。谷鲁斯以前的摹仿论，无论有多大的分歧，都还承认摹仿的对象是外在的客观现实，而谷鲁斯却把摹仿对象看作是个人的内在的主观世界了。此种摹仿论与其说是一种再现理论，毋宁说是一种表现理论更合适。

那么，艺术再现到底是怎么回事？艺术再现是不是同被再现物的外形越相似越好？艺术再现要不要反映被再现物的本质？在再现过程中再现主体究竟起着什么样的作用？为了解答这些问题，首先要对艺术再现的过程进行分析。我们认为，完整的艺术再现过程可以分解为三个相互联系的方面，一方面是再现对象，另一方面是再现结果，在这两方面之间还有一个中介环节，这就是再现活动。再现对象是再现过程的出发点，依据唯物主义的反映论，这个出发点就是外部的客观现实，谷鲁斯所说的“内摹仿”，究其最终根源也只能是外部的客观现实。再现结果体现为艺术家在作品里面描绘出来的艺术形象，这个艺术形象就是艺术家对客观现实再现的最终成果。从再现对象到再现结果中间经过再现活动，就是说必须经过再现活动，再现对象才能转化为再现结果。所以，在整个再现过程中，起着更关键作用的应该是再现活

① 参见《诗学·诗艺》，罗念生、杨周翰译，人民文学出版社1982年版，第28—29页。

动，再现活动既决定着再现结果，也决定着再现结果与再现对象的对应关系。

所谓再现活动，就是艺术家使用一定的媒介物对再现对象所进行的描绘和摹写。在这个过程中，“艺术家”和“媒介物”显然是两个最重要的因素。艺术家是再现活动的主体。毫无疑问，艺术家作为主体在再现活动中是积极的、活跃的、能动的。艺术家有他自己的感觉和思想，他在作品中描摹出来的对象总是他“眼中”、“心中”的对象，也就是经过了他的观察、感受和理解了的对象。而一个艺术家如何观察、感受、理解他的对象又直接取决于他对对象的观察方式和理解方式。由于每个艺术家的主体条件是千差万别的，他们的观察方式和理解方式也是千差万别的，而观察方式和理解方式的差别又必然造成对同一对象的再现上的差别。马克思说：“对象如何对他说来成为他的对象，这取决于对象的性质以及与其相适应的本质力量的性质；……每一种本质力量的独特性，恰恰就是这种本质力量的独特的本质，因而也是它的对象化的独特方式，它的对象性的、现实的、活生生的存在的独特方式。”[①] 马克思在这段话中揭示的就是在人类活动中主体对客体的能动作用，主体总是以他的“本质力量的独特的本质”、“对象化的独特方式”来把握他的客体对象的。同样，在艺术的再现活动中，主体的能动作用也是存在的。同样是描写北宋宋江起义，在施耐庵的《水浒传》中，起义者被写成了“替天行道”的英雄，在俞万春的《荡寇志》中，起义者却被写成了犯上作乱的盗贼。之所以有如此之不同，就是因为这两位作者对再现对象有不同的理解、不同的把握，而这不同的理解和把握又根源于他们不同的世界观和历史观。再现对象是一样的，再现结果却迥然相异，这中间作家所显示出的巨大的能动作用不是很清楚了吗？

此外，艺术家所使用的媒介物也对再现活动有重要的影响。艺术家要再现对象，就必须借助一定的媒介物，而这媒介物的性质就直接制约着再现的结果。如画家使用的线条、色彩和雕塑家使用的石膏、青铜、大理石等是有形的、可观的，画家和雕塑家使用这样的媒介就可直接呈现对象的形貌，因而绘画和雕塑的再现就容易达到较高的相似度、逼真度。相反，音乐使用的

① 马克思：《1844年经济学—哲学手稿》，刘丕坤译，人民出版社1985年版，第82页。

乐音是非视觉的，所以音乐不可能直接地再现对象的形貌，音乐里的形象再现只能是间接的，需要通过欣赏者的想象。文学的媒介（语言）也是听觉的，也不能直接呈现对象的形貌，但文学的媒介又是一种约定俗成的表义符号，文学可以运用这种符号描述出对象，所以，文学再现对象外形的能力高于音乐，但又远不及绘画和雕塑。马克思说："颜色和大理石的物理特性没有超出绘画和雕刻的范围。"① 马克思的这句话所强调的就是某一媒介的物理特性对使用这一媒介的艺术的制约作用。

即使是使用同一种媒介，由于使用的方法和风格不同，也会对再现活动造成不同的影响。例如，现实主义文学在语言运用上比较平实，侧重于叙述和描写，因而其再现性质就比较突出；浪漫主义文学的语言比较夸张，侧重于抒情表意，因而其再现性质就不很明显。在绘画中更是如此，每个民族、每个时代的绘画在媒介的使用上都各有一套习惯和技法，这些不同的习惯和技法使再现活动各具特色。美国著名美学家阿恩海姆在其《艺术与视知觉》中举过一个有趣的例子，他假设让一个西方人和一个古埃及人同画一个树木环绕的池塘，结果将会画出两幅迥然不同的画。为什么呢？因为他们有着全然不同的绘画习惯和技法，西方人用的是"中心透视法"，古埃及人用的是近似儿童的"平面直视法"，尽管他们使用的都是线条。由于不同的绘画习惯，他们还可能互相指责对方画得不像。埃及人会说西方人把池塘的形状"歪曲得不成样子"，"它看上去与其说是一个正方形，倒不如说是一个不规则的四边形"，"某些树跑到水里去了，另一些树则留在水的外边，某些树与地面是垂直的，而另一些树与地面相交的角度却是倾斜的。所有的树都高低不一，其中有一些树看上去比其余的树要高得多"。一个西方画家也会反驳说，"埃及人所画的池塘只有从飞机上往下看时才是那个样子，因为池塘周围的树看上去都象是躺在地上似的"②。这样的争执肯定是不会有什么结果的，因为关键的问题在于：他们使用媒介的方法不一样，更深入地说，他们感知对象的方式不一样，其再现的结果也就必然不一样。

通过以上分析，我们可以清楚地看到艺术家和媒介物在再现活动中所起

① 《马克思恩格斯全集》第46卷上册，人民出版社1985年版，第121页。

② 参见［美］阿恩海姆《艺术与视知觉》，滕守尧等译，中国社会科学出版社1984年版，第135页。

的重要作用。这种作用，概括起来说就是改造和改变了再现对象，使再现结果跟再现对象并不一定完全相符，因为在再现结果里既融进了艺术家的主观的感受和理解，也体现着媒介物的制约和限定。由此看来，那种把再现理解成镜子式的反照，或理解成单纯地复制和翻印的观点是不正确的，事实上，那种镜子式的反照，那种要求与对象一丝不走样的再现，也是根本不可能的。有些艺术家之所以追求这种再现，并且相信自己能够达到这种再现，乃是因为他们对自己的主观能动作用以及媒介物的制约作用并不自觉的缘故。古代埃及人和西方人相互指责对方画的池塘不像，就是因为他们都没有意识到自己的观看方式和描绘方式的独特性，如果他们意识到这一点，就不会再继续这种争论，就会承认他们画得其实都没有达到绝对的像，同时也会承认对方在某些方面比自己画得更像。

现代摄影术的发明已经使得艺术在再现事物的外形方面大大落后于摄影。但是即使摄影也没有达到绝对逼真地再现对象的地步。据美国当代学者布洛克的研究，认为照片同现实之间仍有很大的差别。如照片是平面的，现实是立体的，照片比现实小得多，“然而主要的区别还在于这种照相形象基于的透视理论。照相乃是透视画的直接产物，而透视画本身又是文艺复兴时期开始的对视觉研究的产物。按照这一理论，视觉形象乃是由光线在视网膜上的投射影像造成的”。所以，照相也不是不偏不倚地复写现实，在照片里也“掺杂了西方习俗性的东西”①。如此看来，连摄影都不是绝对写实的，艺术的再现就更难成为绝对写实的了。

但是，从另一方面看，艺术再现虽不能达到绝对写实，但也不能摆脱和超越再现对象。说到底，艺术再现是以对象为起点、为参照、为依据的。再现结果无论发生了多大改变，依然是对对象的反映，否则艺术再现就成为一句空话。在艺术再现问题上的那种主观主义观点，无限夸大了艺术家主体的主观作用，完全割断了再现结果与再现对象的内在联系，使艺术再现成为无源之水、无本之木，成为一种纯主观的任意创造，也同样是我们不能赞同的。现代的抽象派绘画也不是纯主观的任意创造，尽管从画面上看，我们也许不能为它找到直接的现实对应物，但是，无论是它那形式奇特的色彩线

① 参见［美］布洛克《美学新解》，滕守尧译，辽宁人民出版社 1987 年版，第 74 页。

条，还是它那内涵纷杂的思绪观念，归根结底都是对现实世界的反映，只不过这种反映采取了一种抽象的方式罢了。

总之，我们既反对把再现结果简单地等同于再现对象的观点，也反对认为再现结果可以脱离再现对象的观点，这两种观点的错误都在于不能恰当估计艺术家和媒介物在再现活动中的中介作用，前者无视这种作用，后者又过分地夸大了这种作用。我们主张，艺术再现起始于再现对象，因而是对再现对象的反映，但在这种反映中又包含着艺术家的发现、发明乃至创造。因此，艺术再现不是镜子式地反照和复制对象，而是对对象的加工、改造、变形。依据这样的认识，我们认为应从以下几方面来把握艺术再现的性质：

第一，外形与内神的统一。对象有外在形貌和内在精神两个方面，艺术再现对象，既要描摹对象的外在形貌，也要揭示对象的内在精神。描摹对象的外形，是为了显示它的内神，而只有显示了对象的内神，它的外形才具有了内在生命的律动。中国古代画论中素有“形似”和“神似”之说，认为艺术再现只达到形似还不够，更高的境界是达到“传神”。“论画以形似，见与儿童邻”（苏轼诗句），这就是说描摹对象只刻意追求形似是不高明的，应该通过描摹外形达到传神的目的，把对象的外形和内神统一起来，有时为了达到传神，甚至可以把对象的外形加以扭曲和改变，这种“变形”的做法，在艺术再现活动中是大量存在的。如李白的诗句“燕山雪花大如席”，燕山雪花再大也不可能像席一样大，这就是变形，这一变形无疑把塞外冬日的寒冽和荒漠入木三分而又富有诗意地传达出来了。因此，在对象的外形和内神中，内神是更加根本的东西，外形是用来传达内神的，而外形虽不必“似”，但必须要“有”，否则再现就成为非艺术的了，因为艺术的基本特征就在于感性直观性。

第二，个别与一般的统一。亚里士多德在《诗学》中说，历史叙述“个别的事”，诗则描述“有普遍性的事”。其实，诗也描述个别的事，只是不照抄个别的事，而是通过对个别事物的有选择的描写显示出事物的一般性。事物的一般性并不外在于它的个别性，而是寓于个别性之中的。必须通过个别才能显示一般。所以，艺术再现对象时，是把描述它的个别性和揭示它的一般性辩证地结合起来的。就是说，艺术所描述的事，既是个别的，又是一般的，个别是能够显示一般的个别，而一般又是寓含在个别中的一般。

单纯地描述已经发生的个别的事，或单纯地描述可能发生的一般的事，都不能被看作是对事物的完满的再现。

第三，内容与形式的统一。再现对象进入再现活动中就成为再现的内容，而这种内容又必须要有一定的形式才能存在。从这个意义上说，再现活动就是赋予再现内容以一定的形式，换言之，再现活动就是凭借一定的物质媒介，运用一定的手段和方法，把再现的内容组织成一个有机的整体，这个有机的整体就是再现的结果。所以，艺术再现既离不开内容，也离不开形式，是内容和形式的辩证统一。再现对象一旦进入再现活动成为再现的内容，就要求某种形式来加以规定，如果没有这种形式的规定，再现内容就只能是些不成系统的散碎的材料。同样，没有再现内容，形式的规定也就失去了对象和材料，所谓的艺术再现也就成为某种既不可能、也无意义的事情了。需要进一步说明的是，形式的规定本身也是有规定的，一方面它取决于特定的对象和内容，另一方面它又受制于特定的媒介、手段以及艺术家对这种媒介、手段的创造性运用。

第四，客观与主观的统一。艺术再现的对象是客观的，但在再现过程中又有艺术家的主观因素的介入，艺术家是用“我”的手，通过“我”的眼和心去再现对象的，因而无法脱去“我”的主观色彩。所以，艺术的再现就不是纯客观的，而是客观与主观的统一。中国古代诗论中常说的“情景交融”、“物我无间”就是在讲这种统一。如，明人谢榛说：“做诗本乎情景，孤不自成，两不相背。……景乃诗之媒，情乃诗之胚，合而为诗。”[①] 清人刘熙载也说：“在外者物色，在我者立意，二者相摩荡而赋出焉。若于自家生意无相入处，则物色只成闲事，志士遑问及乎?”[②] 在诗里，“景”、“物”为客观，“情”、“我”为主观，客观是“媒”，主观是“胚”，客观是主观的“相入处”，“二者相摩荡”，“合而为诗”。诗如此，其他艺术也无不如此。因此，在艺术的再现中，主观的因素就“栖居”在客观之中，同客观融为一体。

或许有人会问：既然有了艺术家主观的介入和渗透，艺术再现不就成为

① 见谢榛《四溟诗话》。
② 见刘熙载《艺概·赋概》。

完全相对的了？何谈这种再现的真实性呢？首先，艺术再现的真实性并不在于纯客观性，纯客观性既是不可能的，也是不必要的。其次，艺术家虽然是用他的主观的“眼光”去看再现对象的，但不能认为艺术家的主观的“眼光”都不能达到对象的真实。事实是，在这些“眼光”里面，有些是短浅的、呆滞的，看不清看不透对象，因而也不能真实地再现对象；有些则是深远的、敏锐的，能够看清看透对象，因而也能够真实地再现对象。因此，艺术家的主观的“眼光”的介入并不是达到真实的障碍，相反，优秀的艺术家正是凭借他的深刻的“眼光”去知觉对象，达到对对象的真实再现。

略论小说中的故事及其基本内涵

一

小说大抵从上古的纪实和史传文体生发变化而来，因而总是脱离不了其故事性的根基。现代主义小说的某些流派，如意识流、荒诞派、“新小说”等，的确不太讲究小说的故事性，但仔细分析他们的作品，仍可看出还是有点故事性在里面的，只不过这种故事的线索不太清楚、不太完整，有着更多的象征意味罢了。而当代小说的更加新近的发展，却又使得小说的故事性特征重新凸显出来。这既可以从当代严肃小说的纪实性倾向见出，也可以从当代流行小说的追求趣味性、娱乐性的功能见出。当代小说的最新发展表明，故事性依然是小说的不可动摇的根基。小说以故事为最切近的指归，小说的一切功能、魅力和效果都是通过故事以及故事的讲述实现的。那么，何谓故事？何谓小说中的故事？

简单说，故事（story）就是人做过的事。这里首先强调的是“人”做过的事，只有人做过的事才能称为故事，所以纯粹大自然中发生的事不被看作故事，但是如果大自然中发生的事与人有关，与人构成了利害关系，则可以成为故事的一个组成部分。譬如，某某地区爆发了大地震，给当地人们的生命财产造成了重大损失，从而引起了一场英勇悲壮的抗震救灾运动。在这种情况下，“大地震”这一纯粹自然中发生的事就具有了明显的故事功能，成为一个故事的不可缺少的重要起因。同样，单纯动物的行为也不构成故事，一只狗咬死了一只鸡，就这件事本身看不是故事；但是如果这件事严重地影响到人，例如因鸡的死亡而导致鸡的主人也命归黄泉，或者将这件事比拟为人的所作所为，像《伊索寓言》中所做得那样，那么这件事无疑也具有了故事的功能。总之，一切已经发生的人做过的事、与人有关的事、可以比拟为人的所作所为的事都叫作故事。

知道了何谓故事，必然会引发另一个问题，人为什么要做事？这个问题若从根本上回答，不能不说是因为人有欲望。人有欲望，就有行为，有行为就有行为的结果，就有欲望的满足和不满足，就有事遂心愿，或者事与愿违。这就是人做的事，也就是故事。所以，从另一个角度看，所谓故事也可看作是人的欲望在现实中的遭遇和命运，即如乔纳森·卡勒所言："情节讲述的是欲望和欲望的命运。"① 按现代心理学的观点，应该说生存的欲望（包括食欲、性欲、安全欲等）是人类最基本的欲望，由此升华而成为人的种种意愿、意图、志向和理想。一切推动人类行动的心理动力，无论多么高级，其最原始的根底都是建立在生存欲望之上的。人类的本质特征并不是体现在人可以消灭他的肉体所固有的生存欲望，而是体现在人的一种特殊能力上，即人能够在生存欲望的基础上升华出更高级的需求，从而达到对生存欲望的超越。这种升华和超越的特殊能力，马克思主义称之为人的主观能动性。这就是说，一方面人与动物一样，也有肉体的存在和种种生理的欲求，因为人最初也是从动物界脱胎而来的，人无论如何也无法彻底消除这些肉体的欲望。但是更为重要的一方面是，人不是靠肉体的本能欲望生存的，而是靠他特有的理性生存的，人靠了理性之光的照耀和导引能够在起码的肉体需求满足之后，又踏上一条不断向上的道路，由此生发出诸多的精神追求。正是人的这一本质特性把人与动物从根本上区别开来了。所以，人的欲望较之动物的欲望虽然有着共同的根基，但又有着本质的不同，不可同日而语。人的欲望除了生存的欲望之外，还包括一种更高级的欲望，这就是发展的欲望。动物受本能的支配，只能存活，不知发展。而人在自觉理性的导引下，不仅存活着，还自觉要求不断地发展。这种主观精神上的能动性以及由此产

① ［美］乔纳森·卡勒：《当代学术入门·文学理论》，李平译，辽宁教育出版社、牛津大学出版社 1998 年版，第 96 页。

生的奋发向上的欲求，就是人性绝对超出动物性的主要标志。人所特有的欲求也规定着人的活动的基本内容，也就是人到底做些什么样的事。人是受欲求的激发而活动的，人所特有的欲求是生存和发展，这种欲求所激起的活动也必是一种求生存、争发展的活动。这种活动通常是在三个方面的关系中展开的，这就是人与自然的关系、人与人的关系、人与自我的关系。此外，人的活动虽是由欲求激起的，但由于人有自觉理性的判断，有自由意志的选择，因而人的活动就必是一种有自觉筹划和自觉目的的活动，而不是一种受纯粹欲望冲动支配的盲目自发的活动。上述在三个方面的关系中展开的自由自觉的求生存、争发展的活动，就构成了所谓人的生活的基本内容。换句话说，所谓人的生活就是为满足生存和不断发展的需求而进行的自由自觉的活动。如此看来，与其说"故事"是人的欲望在现实中的遭遇和命运，毋宁说"故事"就是人所特有的生活，就是人对他所特有的生活的一种回顾和总结的方式。《红楼梦》里的故事，一桩桩，一件件，无非都是讲述了小说中一个个人物的生活，都是讲述了这些男女主人公们受了怎样的欲望的驱使而谋划着、行动着、冲突着，又是受了怎样的不可抗拒的阻碍或者可怕的命运的捉弄而一步步走向覆灭和死亡的，以至最终"落了个白茫茫大地真干净"。这就是《红楼梦》里的故事，这些故事虽然无不演示了各个人物的种种欲求及其命运或悲剧性结局，但在实质上却是对于他们或她们作为人的生活的写照、总结和理解。所以，所谓故事就其本质而言，就是遵循人的本质特性而对人的生命活动的过程和结果的某种描述和解释。

二

明白了故事的基本内涵，紧接着的一个问题就是故事是如何构成的。简单地说，故事是由事件构成的。首先，故事必须要有多个事件，至少有两个以上的事件；其次，事件与事件之间要有一种内在的联系，要能够显示出一个有着逻辑关联的过程和一个结局。单独一个事件不能成为故事。例如，"玛丽到医院探视病危的父亲"，这只是说出了一个孤立的信息，这个信息只是告诉我们玛丽今天没有做别的事，而是到医院去看父亲。那么，她看到了父亲没有？怎么看的？看的结果如何？这一切我们无从得知，所以单一的事件构不成故事。多个事件机械地罗列在一起是不是故事呢？也不是。假如我这样叙述："玛丽到医院看父亲"，"玛丽抱憾终生"，"玛丽的父亲死了"，"玛丽的车出了故障"。这几件事并列地加在一起，各自分别说出来，我们难以确定这几件事的内在联系，也难以确定事情的过程和结局。因而把多个事件叠加在一起也不是故事。多个事件要构成故事，必须要在多个事件之间建立一种逻辑的关联，一个事件必然导引出另一个事件，而且各个事件在整个故事的发展进程中（起始、进展、高潮、结局），都分别处在某一不可缺少的关节点上。还是上面的例子，如果我们这样讲述："今天早上，玛丽急着去医院探视病危的父亲，但车子开到半路抛锚了，玛丽心急如焚，等到玛丽终于赶到医院的时候，父亲已经去世了。对此玛丽抱憾终生。"这就显然是一个故事了，尽管这个故事很单纯。当然这个故事还可以有其他许多种讲述方法，譬如可以先说玛丽有一件事抱憾终生，然后再讲这件事的过程。但无论采用何种讲法，只要能把这几个单独的事件依照其内在联系串联起来，讲清了这个事情的来龙去脉、变化、转折以及结局的全部过程，我们就得承认这是一个故事。如此看来，构成故事的要素除了事件之外，还需要一个要素，这就是情节（plot）。乔纳森·卡勒说："仅仅是一系列事件不能形成一个故事。必须要有一个与开头相关联的结局——根据某些理论家的观点，这个结局要能够说明引出故事中一系列事件的最初欲望的结果。"他又说："情节是一种把事件设计成一个真正的故事的方法。"① 在这里，乔氏很正确地强调了构成一个故事的条件，不仅要有事件，还必须要有情节，这两个条件缺一不可。所以，故事就是事件与情节的合成，或者说，故事就是放到情节中去的事件。

"情节"是小说理论中最常用的概念之一。情节从空间上讲是指事件之间的内在联系，从时间上讲是指事件之间的连续所显示出来的从开头到结局的整个过程。情节就是事件的有序化、合理化、一体化，简言之，就是事件的故事化。正是情节使事件成为故事的。无论事件和情节，其最初的原型都是包含在现实的人的生命活动中的。如果说事件在人的活动中是显在的，是

① ［美］乔纳森·卡勒：《当代学术入门·文学理论》，李平译，辽宁教育出版社、牛津大学出版社 1998 年版，第 88—89 页。

具体可感的，仅仅需要故事讲述者从中去筛选和搜集就可得到，那么，情节在人的活动中则是潜在的，隐蔽在具体可感的事件背后，有待于故事的讲述者运用理性的透视力去发现和揭示。因此，构成故事的最为关键之处，并不在于事件的搜集，而在于情节的发现。这种发现取决于讲述者对现实生活的感受力和理解力。讲述者的感受力、理解力越强，他就越能在更深的层次上揭示事件之间的联系，揭示情节的思想意义。《红楼梦》里讲述的“宝黛”之间的爱情故事，我们尽可以从社会历史的层面去理解，说明这个爱情故事的悲剧结局是由当时特定的社会环境造成的。但《红楼梦》的作者则显然是在人生层面上解释这一爱情悲剧的，认为人生原本就是一场梦幻，不管是“烈火烹油”，还是穷愁潦倒，到头来都是过眼烟云，很快就会化为乌有，这就是小说中反复渲染的所谓“色空”观念。对这种“色空”观念我们不一定相信，但小说作者在理解他所讲述的故事时所触及的这一人生层面，应该说是一种超越了社会历史层面的更普遍、更深邃的层面，因而按照他的理解所设置的故事情节也必然蕴含着更丰富、更深厚的思想内涵。

三

虽然所有被讲述的故事从其本原的形态看都来自于人的现实的生命活动，都是人对一定社会历史条件下的现实生活的直观形式的理解，但由于文学活动作为审美活动的特殊性，小说中的故事与非文学文体中的故事又有着根本不同。非文学文体，如回忆录、日记、传记、编年史、纪实作品、新闻报道等，也都是叙事性文体。而且从时间上说，这些文体中的大部分，其产生的年代都远远早于小说文体。史传文体是人类最古老的叙事文体，早在小说文体产生和兴起的几千年之前，就已经出现并臻于成熟。无论东方还是西方，在古代流传下来的那些最重要的典籍中，都包括着不少的史传著作，如中国先秦时代的《尚书》，西方古希腊的《希腊波斯战争史》等。所以，从叙事性作品的传承关系方面看，小说与古代的史传著作无疑有着极为密切的渊源关系，两者之间的一脉相承之处也是显而易见的。但小说中讲述的故事与史传、新闻等叙事文体比起来，又有自己极为不同的特殊性质。史传、新闻等文体中的故事是严格按照已经发生的事件如实记载下来的，其中虽也有所选择和突出的重点，某些细节也要稍加润色，但故事的总体面貌不允许失实，更不允许有超限度的夸张和虚构。由于史见和编写方法的不同，有些历史学家的著作文学性可能更强一些，例如中国的司马迁等。但历史著作中的文学性说到底是依附于历史叙事的，是为历史叙事增光添彩的，其宗旨和目的还是不能脱离历史叙事的基本原则——无条件地忠实于史实。正是这一点把历史叙事和历史演义中的叙事彻底区分开来了，这种区分，只要比较一下《三国志》和《三国演义》的不同，就能即刻见出。而历史叙事和历史演义的这种区别和不同，也就是一切纪实性作品中的故事与小说中的故事的根本分野之所在，即纪实性作品中的故事是追求实事实录，而小说中的故事则倾向于想象和虚构的创造。

这就是说有两种故事，一种是如实记载的故事，一种是虚构的故事，小说中的故事显然属于后一种。“小说”一词的英文是“fiction”，这个词原本就含有杜撰、想象、虚构的意思。当然我们并不否认，许多小说中的故事是有实际生活和历史的原型作为依据的，有些小说创作流派，如经典的现实主义、自然主义，还公然宣称自己的小说是绝对忠实于现实和历史的，是现实和历史的如实的写照和记录。某些现实主义的小说——诚如恩格斯对巴尔扎克所评价的那样——也确实描写出了一个时代的真实面貌和某些本质方面，“他在《人间喜剧》里给我们提供了一部法国‘社会’特别是巴黎‘上流社会’的卓越的现实主义历史，他用编年史的方式几乎逐年地把上升的资产阶级在1816年至1848年这一时期对贵族社会日甚一日的冲击描写出来，这一贵族社会在1815年以后又重整旗鼓，尽力重新恢复旧日法国生活方式的标准”[①]。恩格斯站在现实主义的立场上，给予巴尔扎克的小说极高的评价。他最为推崇的一点就是巴尔扎克小说反映历史的真实性，甚至认为巴尔扎克采用了“编年史的方式”写出了他的小说。但是，恩格斯并没有因为巴尔扎克小说的“编年史方式”而否认其小说性质，也没有因为巴尔扎克小说的历史真实性而否认其小说的虚构性。事实上，小说故事的虚构性与反映历史的真实性并不矛盾，虚构的故事完全可以反映历史的真实性，而反映历史真实性的作品，只要它还是小说，就一定包含着一定程度的虚构性。我

① 《马克思恩格斯选集》第4卷，人民出版社1972年版，第462—463页。

们承认巴尔扎克的小说反映了法国复辟王朝时期的历史真实性，但是巴尔扎克小说中的故事都是实事实录吗？显然不是。他的小说中的人物都确有其人吗？显然不是。在19世纪30、40年代的法国，确实产生了一批伺机向上爬的外省人集结在巴黎，也确实形成了这批人的独特的生活环境和生活习性；但是像巴尔扎克的《高老头》中所描写的“伏盖公寓”以及拉斯蒂涅之类的人物却是独一无二的，他们都是巴尔扎克创造的，是他运用他的想象能力虚构出来的，尽管这种创造和虚构都可能以现实中的原型为根据。因为巴尔扎克终归是小说家，而不是史学家，也不是新闻记者。总之，凡是小说中的故事都是虚构的，不同仅在于，有的小说故事现实感强一些，有的小说故事更表现出主观化、理想化。这种差别我们尽可以从《红楼梦》与《西游记》的比较中看出。首先这两部小说的故事都不是实事实录，都是虚构的。《西游记》是神魔小说，讲述了神魔世界的故事，是典型的想象性、虚构性作品。《红楼梦》虽然描写的是现实世界和现实的人生，但其中的人物及其故事有的纯粹是虚构，有的至少加上了一定程度的想象、夸张、虚构和理想化，即如作者在开篇中说的：“曾历过一番梦幻之后，故将真事隐去，而借‘通灵’说此《石头记》一书也。”[①] 既然“将真事隐去”，那就只好另行虚构和编排，才能敷演出一段有头有尾的故事来。其次，《红楼梦》和《西游记》虽然都是虚构，但两部小说的虚构又有明显的差别。《红楼梦》的虚构显然有“真事”的依据，并且是按照现实固有的样式想象出来的，“其间离合悲欢，兴衰际遇，俱是按迹循踪，不敢稍加穿凿，至失其真”[②]，因而所讲述的故事，虽然不是现实中实际发生的，却是现实中可能发生的。而《西游记》中的虚构则远离了“真事”的依据和约束，远离了现实本来的模样，极尽人的想象力之能事，上天入地，呼风唤雨，必要时山可让路，水可倒流……其构想出的人物及其故事不仅是现实中不曾有的，也是现实中永远不可能有的。最后，无论是《红楼梦》中的离现实较近的虚构故事，还是《西游记》中的离现实较远的虚构故事，都能够反映现实和历史的真实性。一部小说有没有真实性，并不取决于有没有虚构，也不取决于有没有描写

① 曹雪芹、高鹗：《红楼梦》，人民文学出版社1986年版，第1页。
② 曹雪芹、高鹗：《红楼梦》，人民文学出版社1986年版，第3页。

“实事”，关键在于作者是否看出和抓住了现实和历史的内在本质或某些本质方面，只要作者通过他的故事烘托或暗示出现实和历史的本质或某些本质方面，则无论他的故事虚构得多么缥缈玄远，都应该说反映了现实和历史的真实性。即如《西游记》的故事如此之玄虚，鲁迅却认为，其中的“神魔皆有人情，精魅亦通世故”，而且“讽刺揶揄则取当时事态，加以铺张描写”①。这就是说，《西游记》的故事虽然玄虚到荒诞不经，但由于与“当时事态”相通，揭示了“人情”、“世故”的本质，因而也同样反映出了现实和历史的真实性。

既然小说中的故事总体上看都是虚构的，对此许多小说家，尤其是现代小说家，也是确认不讳的，那么，人们理应对小说这种专讲“假事”的文体敬而远之了。可事实上，小说总是拥有众多的读者，其中的奥秘当如何解释？这主要是因为小说家在虚构他的故事时，运用了一种特殊的手段，使得读者虽然知道小说讲的不是“实事”，但又处处感到好像是真的，于是被吸引着一直读下去，直到读完全篇。这种特殊的手段就是：利用逼真的细节描写，给读者造成一种身临其境的真实感，造成一种好像是“实事”的幻觉。英国启蒙运动时期的作家斯威夫特创作的《格列佛游记》可谓一部纯粹幻想型的小说，描述了主人公漫游小人国、大人国、飞岛等地的神奇经历，整个故事都是虚构的，充满了荒诞至极的情节，但一系列细节的描写却极为逼真，极为合乎情理，致使读者暂时忘记了整个故事的荒诞不经，而不知不觉地进入到小说描写的情境之中。对此，韦勒克评论道：“细节的逼真是制造幻觉的手段，但正如在《格列佛游记》中一样，它常被作为套圈用以引诱读者进入一些不可能或不能置信的情境之中，这样的情境比起那偶然意义的真实来具有更深一层的‘现实的真实’。”② 明明是虚构的，却要利用细节的逼真制造虚幻的真实感，以“引诱”读者相信是真的，对于小说家的这种做法，韦勒克从艺术的角度给予了充分的肯定，认为小说利用幻觉创造了一种更深层的“现实的真实”。

但是，正如我们都知道的，古希腊大哲学家柏拉图及其后来的追随者

① 《鲁迅全集》第 8 卷，人民文学出版社 1981 年版，第 130 页、第 134 页。

② ［美］韦勒克、沃伦：《文学理论》，刘象愚等译，生活 · 读书 · 新知三联书店 1984 年版，第 238 页。

们，却对史诗讲述者利用幻觉讲述虚构的故事从道德上给予了严厉的抨击。柏拉图认为，以荷马为代表的诗人们，“他们做了一些虚构的故事，过去讲给人听，现在还讲给人听”，这实际上就是“说谎”，他们“应该指责的最严重的毛病是说谎，而且谎还说得不好”。他指出，诗人们讲述虚构的故事，还哄骗人们信以为真，这不仅是撒“言语上的谎”，而是在撒一种“真谎”，“真谎就是在自己性格中最高贵的方面，对于最重大的事情所撒的谎”，“所以凡是受迷惑的人在心灵里的蒙昧无知，就恰是我所谓真谎”。在柏拉图看来，诗人所犯的是一种道德上非常严重的罪，因而他宣布：“我们不能让母亲们受诗人的影响，拿些坏故事来吓唬儿童”，“这类故事在我们的城邦里就必须禁止”①。柏拉图这种对虚构文学的过激的控诉，显然来自他那众所周知的关于文艺的基本意见，即文艺作品是一种模仿的模仿，与真理“隔着三层”，“所以我们可以说，从荷马起，一切诗人都只是模仿者，无论是模仿德行，或是模仿他们所写的一切题材，都只得到影像，并不曾抓住真理”②。这样一来，荷马等诗人们所讲的那些故事，也就毫无真实性可言，他们的所谓“技艺”不过是用谎言欺瞒听众，是一种欺骗行为，不仅毫无价值，而且十分有害，需要加以防范。柏拉图就是这样通过抽去虚构性文学作品的真实性基础，彻底否定了虚构性文学作品存在的合理性和合法性。

柏拉图的这种彻底反文艺的思想无疑是过于极端化了，因而理所当然地遭到了他的“吾爱吾师，吾更爱真理”的弟子亚里士多德的有力回击。亚氏决心为文艺作品重新正名，为诗人恢复应得的名誉。亚氏首先承认史诗、悲剧等叙事作品确实都是“模仿”，是模仿“人的行动”，但是这种模仿并不远离真理，更不是与真理“隔着三层”，而是与真理相当接近，至少比“历史”更接近真理。亚氏认为，历史只是“叙述已发生的事”，而“诗人的职责不在于描述已发生的事，而在于描述可能发生的事，即按照可然律或必然律可能发生的事”，“因此，写诗这种活动比写历史更富于哲学意味，更被严肃的对待；因为诗所描述的事带有普遍性，历史则叙述个别的事”③。

① 《柏拉图文艺对话集》，朱光潜译，人民文学出版社 1983 年版，第 21—31 页。

② 《柏拉图文艺对话集》，朱光潜译，人民文学出版社 1983 年版，第 76 页。

③ 亚里士多德：《诗学》，见《诗学 · 诗艺》，罗念生、杨周翰译，人民文学出版社 1962 年版，第 28—29 页。

在亚里士多德看来，有两种真实必须加以区分：一种是狭义的历史的真实，一种是哲学的真实。狭义的历史的真实因为只叙述已发生的个别的事，因而是一种事实上的真实，是一种只适合于特定的事件、地点的有限定的真实。历史叙事就属于这样一种有限定的真实。而哲学的真实则是一种超越了个别事物的更具永久性、更具普遍性的、更高层次的真实，文学叙事描述“按照可然律或必然律可能发生的事”，因而更加靠近这种哲学的真实。亚里士多德就是这样以两种真实的区分和比较为依据，为文学叙事的合法存在作了最有说服力的辩护。而且，亚氏还进一步论证了文学叙事的虚构性不仅不是“说谎”和“欺骗”，而恰恰是文学叙事通向更高真实性的必要途径。亚氏指出，史诗、悲剧等并不追求狭义的历史真实，因而不能像历史那样照抄已发生的个别的事，有些悲剧“只有一两个是熟悉的人物，其余都是虚构的”，“有些悲剧甚至没有一个熟悉的人物……其中的事件和人物都是虚构的”。但是，文学叙事的这种虚构不是叙事者任意而为的，而是“按照可然律和必然律布置情节”。因此，“与其说诗的创造者是‘韵文’的创造者，毋宁说是情节的创造者”，而这种情节的创造又完全是为了超越个别事实的真实而达到更高的普遍真实①。亚里士多德正是通过这样的论证把文学叙事的虚构性与真实性统一起来了。

总之，上述柏拉图和亚里士多德之间的这个影响深远的分歧和争论，主要是由叙事文学的虚构性引起的，分歧和争论的焦点在于，虚构性是否就是“说谎”？能否达到与真实性的统一？如前所说，我们的观点明显倾向于亚里士多德的。我们认为，文学叙事或者小说叙事较之历史叙事、新闻叙事等的根本不同，就在于小说叙事的最高目的不是要与已经发生的个别事件相似，而是追求所讲述的故事总体上符合一种更具概括力、更带普遍性的本质的真实。为了达到这一目的，小说中的故事就不能是“实事实录”，必须对其中的人物和事件给予全新的编排和虚构，不通过这种全新的编排和虚构，就不能达到那种更高的“具有哲学意味”的真实。我们的观点与亚里士多德的观点也有不同之处：其一，我们不认为小说的虚构性只是体现在“按

---

① 亚里士多德：《诗学》，见《诗学·诗艺》，罗念生、杨周翰译，人民文学出版社 1962 年版，第 29—30 页。

照可然律或必然律可能发生的事”上，我们认为这种虚构性也可以是按照“心理的”可然律或必然律设置不可能发生的事件和情节，即如《西游记》那种极端幻想型的小说就是这样，虽然讲述的都是不可能发生的事，但同样可以反映现实和历史的更高的真实。其二，无论虚构的是可能发生的事或是不可能发生的事，都应该尽量运用“逼真”的细节描写，制造一种好像是“实事实录”的幻觉，以便“诱引”读者暂时忘却整个故事的虚构性而进入到故事所描述的情境中。我们认为，“逼真”的细节描写是由虚构走向真实的必要环节和有效方法，不仅古典的小说重视这个方法，就是现代的小说，如乔伊斯的《尤利西斯》、卡夫卡的《变形记》、马尔克斯的《百年孤独》等，也都充分利用“逼真”的细节描写，尽管这些小说的整个故事往往是荒诞不经的，但具体的场景和情境却描写得细致入微、真实可信，给人以如同亲历之感。如《变形记》开头的一段：“一天早晨，格里高尔·萨姆沙从不安的睡梦中醒来，发现自己躺在床上变成了一只巨大的甲虫。他仰卧着，那坚硬得像铁甲一般的背贴着床。他稍稍抬了抬头，便看见自己那穹顶似的棕色肚子分成了好多块弧形的硬片，被子几乎盖不住肚子尖，都快滑下来了。比起偌大的身躯来，他那许多只腿真是细得可怜，都在他眼前无可奈何地舞动着。”一个人突然变成了一只大甲虫，这样的事谁也不会信，但由于作者把主人公变成甲虫后的所感所见描写得很具体、很生动，使我们不由自主地进入了所描写的情境，甚至产生了与主人公同样的感觉，我们感到强烈的惊惧，好像我们自己也变成了一只大甲虫。正是这种不断产生的幻觉，把我们一步步带进故事里去，使这个荒谬得难以置信的故事也仿佛变得可信起来。这就是细节的“逼真”在虚构故事中所起到的不可思议的重要作用——明知虚构，却还相信。

论“现实主义和浪漫主义两分理论”的普适性问题

长期以来，我国通行这样一个观点，即认为古今中外的文学创作都可以归结为两个基本的创作倾向或创作方法，这就是现实主义和浪漫主义。直到新时期以后，这个观点（以下简称“现实主义和浪漫主义两分论”）虽然受到了各方面的冲击和质疑，但依然反复出现在新编文艺理论的教材中。在文学评论中，也习惯于给古今中外的作家贴上或现实主义，或浪漫主义，或现实主义与浪漫主义相结合的标签。本文将对这个观点的所谓“古今中外”的全称性提出质疑，力图证明这个观点的适用范围其实并不是无限定的，而是有着特定的时间和地域上的限制。

一、“现实主义和浪漫主义两分论”之由来

“现实主义和浪漫主义两分论”的由来甚至可以上溯到古希腊的亚里士多德。亚氏在《诗学》中曾谈到，索福克勒斯“按照应当有的样子来描写”，而欧里庇得斯“则按照人本来的样子来描写”[①]。这可看作是对现实主义（按人本来的样子描写）和浪漫主义（按应当有的样子描写）两种创作

---

① 亚里士多德：《诗学》，见《诗学·诗艺》，罗念生、杨周翰译，人民文学出版社 1982 年版，第 94 页。

倾向的最早的区分。但亚氏不是在一般的意义上，而是在一个非常有限的范围内（就古希腊的悲剧作家）谈这种区分的。因此，在他这里还只能说看出了“现实主义和浪漫主义两分论”的一点端倪。

第一次从一般意义上去概括两种创作倾向的是席勒和歌德。席勒在1796年写成的《论素朴的诗与感伤的诗》一文中指出，欧洲从古代到近代出现过两类不同的诗人：一类是素朴的诗人，一类是感伤的诗人。素朴的诗人“尽可能完美地模仿现实”，感伤的诗人旨在“表现或显示理想”。前者产生的是素朴的诗，后者产生的是感伤的诗。席勒又认为，古代多是素朴的诗人，近代多是感伤的诗人。因此，他有时也把素朴的诗称为古典诗，把感伤的诗看作近代的浪漫主义。[①] 三十多年以后，歌德在同爱克曼的谈话中又说道：“古典诗和浪漫诗的概念现已传遍全世界，引起了许多争执和分歧。这个概念起源于席勒和我两人。我主张诗应采取从客观世界出发的原则，认为只有这种创作方法才可取。但是席勒却用完全主观的方法去写作，认为只有他那种创作方法才是正确的。为了针对我来为他自己辩护，席勒写了一篇论文，题为《论素朴的诗与感伤的诗》。……目前人人都在说古典主义和浪漫主义，这是五十年前没有人想得到的区别。”[②] 由此看来，席勒和歌德确是最早区分欧洲文学中的两种创作倾向的人。

但是，席勒和歌德的这种区分主要的还是从文学史的角度、而不是从类型学的角度着眼的。席勒和歌德，特别是席勒，基本上是把古典主义（即现实主义）和浪漫主义看作欧洲文学史上从古代到近代先后继起的两大流派，而不是看作同时并存的两大类型。虽然，席勒也认为，古代也有浪漫诗，近代也有古典诗，但他强调的重点却在于，现实主义是古代的主要倾向，浪漫主义是近代的主要倾向。这可以从他把现实主义称为古典主义，把浪漫主义主要看作近代的浪漫主义运动得到证实。

起始于席勒和歌德的这些思想到了俄国人那里发生了很大的变化，这变化主要是由于区分角度从文学史到类型学的转换而引起的。例如，别林斯基这样说：“诗歌，可以说是用两种方法，来包含和再现生活现象的。这两种

① 参见伍蠡甫、胡经之主编《西方文艺理论名著选编》上卷，北京大学出版社1987年版，第473—474页。

② ［德］爱克曼辑录：《歌德谈话录》，朱光潜译，人民文学出版社1978年版，第221页。

方法互相对立，虽然引向同一个目标。诗人或者依存于对事物的看法，对生活在内的世界、时代和民族的态度的他固有的理想，来改造生活；或者忠实于生活的现实性的一切细节、颜色和浓淡色度，在全部赤裸和真实中来再现生活。因此，诗歌可以说是分成两个部分——理想的和现实的。”[①] 到了高尔基则说得更为明确：“在文学上，主要的‘潮流’或者是倾向，共有两个：这就是浪漫主义和现实主义。”[②] 这些说法显然出自席勒和歌德，但又不同于席勒和歌德。无论是别林斯基还是高尔基，都已经把现实主义和浪漫主义看成两个基本的创作方法类型，贯穿于整个欧洲文学史。在他们看来，特别是在高尔基看来，现实主义和浪漫主义是文学创作的两大基因，这两大基因的衍生繁化以及相互之间的交织汇合，产生着西方文学史上过去、现在乃至将来的一切创作方法和流派。

可以明显看出，我国流行的“现实主义和浪漫主义两分论”直接来源于高尔基，上述高尔基的那段话曾被我们一再引用，为我们所熟知。但是，当我们一旦把高尔基的这个观点引入我们的国度，就必然扩大了这个观点原定的适用范围。按高尔基的原义，恐怕还没有“古今中外”的意思，他主要是针对欧洲说的，是说在欧洲存在着两个主要的创作倾向。而我们却把这一本来有限定的思想提升为无限定的思想，提升为既无时间限制又无地域限制的普遍适用的思想。

从“现实主义和浪漫主义两分论”的由来，可以发现一个有趣的情况：历史上有关这个论点的陈述，其指称边界一直在不断地延展。从最初的单称陈述发展到特称陈述，最后又升级为一个全称陈述。但这种指称边界的不断延展，尤其是从特称到全称，带有过分的人为因素和主观意向，这样就必然使得这一陈述本身遭到这一陈述所指谓的事实的越来越强烈的排拒和反抗。这种语言陈述和经验事实的相悖和冲突，必将导致语言陈述自身日益陷入被证伪的窘地。

---

① 《别林斯基选集》第 1 卷，满涛译，时代出版社 1958 年版，第 143 页。

② 《高尔基论文学》，林焕平译，广西人民出版社 1980 年版，第 92 页。

二、西方现代主义也是一种独立的创作方法

按照“现实主义和浪漫主义两分论”，西方20世纪以后发展起来的现代主义是没有独立地位的，它至多不过是浪漫主义的一个变种，可以把它称为“后浪漫主义”、“新浪漫主义”等①，或者干脆就斥之为没有或缺乏思想内容的“形式主义”②，意在将其打入不正常的现象加以翦除。总之，就是不承认现代主义的独立地位和存在的合理性。但是，现代主义以其一个多世纪的发展已无可争辩地证实了自身的独立价值和存在的合理性。现代主义不是浪漫主义的变种末流，更不是犯了“形式主义”错误的反常现象，而是19世纪末20世纪初兴起的一股新的文艺思潮，它构成了西方现代文学史的主体，代表着一种同传统的现实主义和浪漫主义根本不同的独立的创作方法。

现实主义和浪漫主义虽然是相对的，但又有着共同的文化背景。西方从古代到近代，其文化的基调是理性精神。从西方先哲说出“认识你自己”的名言始，西方文化就高扬起理性之旗。其后，柏拉图把理性客观化，亚里士多德又把理性拉回人自身；中世纪把理性神圣化，文艺复兴则把理性放还俗世；18世纪的启蒙运动把理性绝对化，近代的科学思潮又把理性根植于感觉经验的基础上。西方古近代文化思想的这一切变化，都是从不同的角度、以不同的方式体现出对理性的重视和信任。即使在中世纪，宗教信仰压制着理性的自由，但是宗教神学并不一般地反对理性。相反，神学家大都借助和运用理性，建立逻辑周密的神学体系，以论证上帝之永恒、信仰之可靠。中世纪经院哲学的发达即是一个明证。罗素曾说；“在柏拉图、圣·奥

① 《苏联大百科全书》“浪漫主义”条认为：“各种颓废主义——象征主义、‘现代主义’等——都极力赞扬反动浪漫主义理论和实践，并且推行了独特的、基本上具有极端颓废的反现实主义性质的‘新浪漫主义’。”茅盾先生也在《夜读偶记》中提出：“现代派诸家也可以算是‘理想’系。”又在《关于革命浪漫主义》一文中说：“资产阶级学者以为浪漫主义否定了古典主义，后来，现实主义又否定了浪漫主义，而到本世纪初，新浪漫主义或现代派，又否定了现实主义。”以上这些说法都把现代主义看作浪漫主义的一个变种。

② 这种说法更为常见，例如茅盾在《夜读偶记》中说，“‘现代派’诸家是彻头彻尾的形式主义”，“是抽象的形式主义的文艺”。新中国成立以来的文论教材也大都这样讲。

古斯丁、托马斯·阿奎那、笛卡尔、斯宾诺莎和康德的身上都有着一种宗教与推理的密切交织，一种道德的追求与对于不具时间性的事物之逻辑的崇拜的密切交织，这是从毕达哥拉斯而来的，并使得欧洲的理智化了的神学与亚洲的更为直截了当的神秘主义区别开来……如果不是他（指毕达哥拉斯，引者注），基督徒便不会认为基督就是道，如果不是他，神学家就不会追求上帝存在与灵魂不朽的逻辑证明。”① 罗素从哲学史的角度论证了贯穿西方古近代文化的理性精神，使得它们的宗教信仰也抹上了浓重的理性色彩。

这种理性精神渗透进文学艺术中，就形成了西方古近代在创作上追求有序、严整、明晰、合理化的总体特征。无论现实主义还是浪漫主义都表现出这个特征。现实主义再现现实，但不是再现纷杂混乱的现实，而是经过理性的梳整，将现实条理化、有序化，并且以尽可能简洁的方式将这现实真实清晰地描绘出来。浪漫主义的表现理想也不是毫无限定毫无节制的情感的暴露和发泄，而是表现经过理性过滤了的情感和愿望，这些情感和愿望通常都是作者自觉到的，并且往往以“直抒胸臆”的方式明白地表达出来。当然，这只是就一般情况说的，不能作绝对的理解。事实上，西方古近代的少数作家和作品也显示出非理性的神秘主义倾向，如18世纪的部分伤感主义文学、英国的湖畔派诗人、后期的自然主义等，但这些为数有限的反证并不能改变上述西方古近代文学的整体面貌。

然而，自19世纪末以来，西方社会发生了剧烈而深刻的变故。两次世界大战的爆发，大工业文明的急剧膨胀，经济危机的频频发生，社会主义革命和殖民地半殖民地解放运动的不断高涨，科学技术的迅猛发展，生态环境的破坏，核战争的威胁，普遍的焦灼、恐慌、迷惘和悲观情绪，这一切导致和加速了西方文化主调由理性向非理性的拨转。这一拨转过程，兆始于康德的批判哲学，后经叔本华的悲观哲学、尼采的超人哲学、柏格森的生命哲学的推波助澜，至弗洛伊德的精神分析学达到高峰。到底人类的理性在推进历史方面起了多大的作用？人类仅仅依仗理性能否达到理想的王国？人类的非理性部分有没有存在的合理性和合法性？这些非理性的因素是否只起着消极的作用？如何疗救现代人的精神危机和心理疾患？对这一系列重大问题的探

① ［英］罗素：《西方哲学史》上卷，何兆武等译，商务印书馆1982年版，第65页。

求就汇成了一股强大的非理性思潮。这一思潮，从对理性的拷问到对理性的怀疑，从对理性的敌视到对理性的诅咒，一浪高过一浪，猛烈冲击着传统的理性精神，显示出一种对传统的文化价值观念的不无偏激的反叛。到20世纪上半叶，非理性思潮已奏出西方现代思想交响乐中的最强音，而西方现代主义文艺则是对这一最强音的强烈反响。

所以，西方现代主义是一种全新的文化背景下的产物，它同传统的现实主义和浪漫主义有着根本的差别。首先从创作题材上看，传统的现实主义和浪漫主义一般都对原始素材作理性的调整和处理，以便展示出一个井然有序的世界图景。现代主义则故意地陈列客观生活的纷杂破碎和内心世界的迷乱异变。现代主义打破了原有的审美惯例和定格，挑战性地把现实世界和人性中的“丑”和“恶”引入艺术的殿堂。因此，在他们的作品中往往充满了丑陋荒诞的人生，充满了阴森可怖的梦魇、迷狂的醉态、下意识的涌动、原始经验的浮现和变态心理的狂乱，而这一切则是传统文艺的禁地。

其次从创作手法上看，传统的现实主义和浪漫主义也讲求用形象来表现，但在形象和表现之间，不主张有间隔和缓冲，他们通常的做法是采用清晰透明的形象以“直奔主题”和“直抒胸臆”。相反，现代主义则在形象和表现之间有意地设置障碍、制造间离、延长时间，强调用变异的、含混的、迷濛的形象曲折地、隐匿地表现主题。因此，现代主义最惯于使用的表现手法就是象征、隐喻、歧义、反讽等，而这些手法则是传统文学不常运用的。

再次，从语言特色上看，传统的现实主义和浪漫主义一般都讲究文学语言的自然流畅，重视对古代典范的学习和文体风格的一致性。但是，现代主义则特别强调文学语言的独特性，认为文学语言是一种“偏离常态”的变异的语言，应该产生“惊震效果”。因此，他们主张破除文体样式和语言运用方面的一切格式和束缚，开展文体形式和语言风格的自由创造。现代主义在这些方面取得的成就应该说是空前的，他们在文学语言上所进行的一切严肃的革新和试验，无疑极大地丰富了人类文学创作的技巧和经验。

由此看来，现代主义虽然同传统文学有着难以断绝的相继关系，尤其同浪漫主义更有着一种内在的关联，但是由于它们产生于不同的社会文化背景之中，它们之间的根本区别也是显而易见的。现代主义矗立于现代社会基础之上，纷呈于现代文化背景之前，演构出西方文学的新景观。它既不是浪漫主义在现代的延伸，更不是一种不应出现竟至出现了的荒谬现象，而是西方文学在其正常发展中产生的一种全新的创作方式，它的存在的合理性和独立性是不容置疑的。

但是，在现代主义已经获得了一个多世纪发展的今天，“现实主义和浪漫主义两分论”仍旧不顾事实地坚持“从古至今”只有两个基本创作倾向的说法，这不能不让人大惑不解。正确的说法应该是，西方古代、近代的基本创作倾向是现实主义和浪漫主义，而发展到现代，除了传统的现实主义和浪漫主义之外，还应该包括现代主义。这就是说，西方现代不是存在着两个而是存在着三个基本的创作倾向，这三个创作倾向之间当然也要相互激荡、相互影响、相互渗透，但又各自独立，并驾齐驱于西方现代文坛。其中现实主义和浪漫主义又是传统的创作倾向在现代条件下的继续发展，现代主义则完全是现代条件下的新产物，代表着西方现代文艺的主潮。

如果情况确实如此，那么，“现实主义和浪漫主义两分论”的所谓“从古到今”的说法就要打一个折扣。说古代、近代只有现实主义和浪漫主义大致属实，说现代仍然只有现实主义和浪漫主义则显然与事实不符。高尔基提出上引的那段著名的话的时间是 1928 年，当时西方现代主义已经有了相当的发展。但是由于当时苏联与西方世界在政治上、意识形态上激烈对峙的形势，使得高尔基很难客观地看待这种发展，他考虑最多的还是如何抵制西方现代派文艺的强大影响，如何发展社会主义新文艺与之相抗衡①，这就需要从理论上消除现代主义文艺的合理性及其独立地位，因而提出了文学上只有现实主义和浪漫主义两个基本倾向。但是这种过分的政治上的考虑往往要以学理上的偏差为代价，其结果不仅没能阻止现代主义的发展，反而使社会主义文艺愈益陷入困顿，这历史的教训是应当认真吸取的。我国新时期以来，在解放思想、改革开放的推动下，大量引进了西方现代主义文艺，许多作家也以积极的态势学习和借鉴现代主义的成功经验，并且形成了有中国特点的现代主义文艺②。这表明，我们已经在事实上承认了西方现代主义的独

① 早在 1896 年高尔基就指出以魏尔伦为代表的象征派诗人是颓废主义者，并且认为“颓废主义者和颓废派是一种有害的、反社会的现象，是一种必须与之斗争的现象”。见高尔基《论文学》续集，第 2—3 页。

② 此点可能有争议，但无论如何，中国新时期文学受了西方现代主义的极大影响则是实情。

立性和部分的合理性，那么为什么不能在理论上也承认这一点呢？为什么不能改变过去那种有明显错误的说法，代之以与事实相符合的说法呢？

三、中国古代没有西方意义上的现实主义和浪漫主义

“现实主义和浪漫主义两分论”不仅坚持“古今”只有现实主义和浪漫主义，而且还坚持“中外”都有现实主义和浪漫主义，可谓“放之四海而皆准”。于是，从先秦的《国风》、《离骚》开始，到唐代的李白和杜甫，再到明清的《水浒传》、《红楼梦》和《西游记》、《聊斋志异》等，都可以用现实主义和浪漫主义来“一分为二”，划分成泾渭分明的两大阵容和两大派系，整部中国古代文学史就这样被简捷明快地处理掉了。他们这样做的主要理由不过是：文学是客观生活的反映，作家在反映时就必然要解决主客观的关系，这种解决无非有两条途径，一条是重客观再现，一条是重主观表现，这样就造成了现实主义和浪漫主义两个基本的创作倾向。外国人如此，中国人当然也如此。这种推论貌似合理，实则很成问题。因为他们忽视了一个很重要的环节，就是从“主客观的关系”到“对它的解决”之间要经过头脑的思维，如何解决这一关系是以头脑如何思维为转移的。因此在他们的这个推论中就暗含着一个未经证明的假定，即西方人和中国古代人的思维方式必须是一样的，否则在处理主客观的关系上就未必都有或重客观或重主观的两条途径。那么西方人和中国古代人的思维方式是一样的吗？

近年来，中西文化的比较研究也带动了中西心智结构和思维方式的比较研究，几乎所有的研究者都认为中西思维方式有着重大的差别，他们在这一点上大概没有争论，他们的争论大都集中在对这种差别的具体分析和评价。下面我们就在汲取诸家观点的基础上，从某些侧面谈谈对这个问题的见解。我们认为西方人（主要指西方古、近代人，下同）的思维方式基本上是一种“二元对立”的思维方式。西方人最初是站在自然的对面，是面对自然来认识自然的，他们对自然采取的是一种解析的态度。因而西方人的思维是以主客体的对立为其前提和出发点的。这个前提和出发点导致了西方人在思维方向的确定上也是“二元对立”的。他们把认识对象分解为现象和本质，认为在个别现象的背后存在着一般的本质，在殊相的背后存在着共相，现象

和殊相是外显的、流变的，唯有本质和共相才是恒定的存在。因而他们认为思维的目标就是透过现象达到本质。这样一个思维目标就决定了西方人的思维过程也是“二元对立”的，即惯于运用分析的、演绎的、思辨的逻辑推理，稀释消解事物的表象，以达到对抽象概念的把握。西方人以其逻辑严谨、定义严格的特点显示出思维中的表象和概念的二极分裂。总之，西方人思维的基本特征就是逻辑的“二元对立”。罗素曾在他的《西方哲学史》一书中指出；“在一般公认的哲学中，几乎一切都和主体客体的二元对立有密不可分的关系。”[①] 这其实就是西方人的思维方式在他们的哲学中的体现。这种思维方式使得西方人总是习惯于在对象身上抽绎出相互对立的两端，然后再对每一端及其相互关联分别加以考究。在西方人眼中，主体和客体、肉体和灵魂、理想和现实、感性和理性、理智和情感等无不处于严格的对立之中。

与此相反，中国古代人的思维方式可以概括为“合二为一”。中国古代人在思维之初就不是把自身同自然相对立，而是将自身置于自然之中，与自然和谐相处，即所谓“天人合一，万物同体”，对自然取一种观感的认知态度。这就决定了中国古代人的思维方向不是透过现象把握本质，而是把对象作为一个不可分割的整体，在现象中感悟本质。中国古代人讲“道”与“器”的统一，认为“器亦道，道亦器”，“道之外无物，物之外无道”（程颢语），这意思就是强调事物的现象和本质的统一，而不是两者的对立。中国古代人的运思过程也体现出表象和概念的和谐统一，而不是两者的分裂。中国人最善于通过象征、寓意、比喻、联想的方式对事物的总体作直观顿悟式的把握，而不是通过逻辑分析以达到概念的抽绎。中国的古代哲学有发达的意象理论，讲“观物取象”，“立象以尽意”[②]，这其实就是中国的特殊的认知理论，它直接说明了中国古代人的直观顿悟的运思过程。所以，中国古代人思维的总的特色就是直观的“合二为一”。但这不是说在中国古代人的思维中否认差别，否认矛盾对立，而是说中国古代人习惯于在对立中寻求统一，在差别中看出一致，以中庸之道来消解两端、调和矛盾。李泽厚讲到中

① ［英］罗素：《西方哲学史》下卷，马元德译，商务印书馆 1982 年版，第 370 页。

② 见《周易·系辞》。

国古代辩证法的特点时说：“它的重点在揭示对立项双方的补充、渗透和运动推移以取得事物或系统的动态平衡和相对稳定，而不在强调概念或事物的斗争成毁或不可相容。”[①] 中国古代的辩证法同西方的那种把两极的矛盾对立推向极致的辩证法有着显著的不同。

以上所述，大致可以看出中西思维方式有着重大差别，甚至在某些方面还是根本相反的。当然，我们这里讲两者的差别，是就各自的主要倾向说的，万不要以为中国人的思维中就没有“二元对立”，西方人的思维中就没有“合二为一”。我们是说，中国古代人主要的思维倾向是直观的“合二为一”，西方人主要的思维倾向是逻辑的“二元对立”。西方人和中国人在一般思维方面的这种不同的倾向，直接影响着东西方的哲学思维和艺术创造，使得东西方的哲学、艺术乃至整个文化都呈现出不同的特色。

就哲学方面来说，西方古近代哲学家在“二元对立”中思维，因而他们的哲学可以划分为界线分明的两大阵营，即唯心主义和唯物主义。而且这两大阵营一直处于尖锐的冲突之中，互不相让，互不相容，以种种不同的视角和方式反复进行着同一个论题的永恒的论争。如古希腊的柏拉图和亚里士多德之争、中世纪的唯名论和唯实论之争、近代的经验主义和理性主义之争，等等。中国古代哲学也可以有唯心唯物之区分，但是由于“合二为一”的思维方式，中国古代的哲学家大都不把自己的论点推向极端，而是为包容其他不同的论点留有余地。所以中国古代虽有唯心唯物之区分，但却没有唯心唯物之剧烈的冲突以及无休无止的论战。中国古代唯心唯物之间更经常的不是相互排拒、相互攻讦，而是相互借鉴、相互包容。中国古代即使发生唯心唯物之争，其结局也往往不是一方压倒一方，而是论争双方的“大团圆”。所以在中国古代更多地是讲“儒道互补”、“释道互补”、“和而不同”、“兼容百家之长”的文化整合观念。中国古代文化中的许多重要范畴，如“气”、“道”、“神”、“理”等，之所以很难界定它们究竟是唯物还是唯心，在很大程度上正是因为这些范畴本身就是对精神和物质两个对立面的中和。

哲学方面如此，艺术方面也是一样。尽管一般的思维还不等于艺术思

① 李泽厚：《中国古代思想史论》，安徽文艺出版社 1999 年版，第 304 页。

维，但艺术思维也必然带有一般思维的特征。受“二元对立”思维的制约，西方艺术家在处理主客观关系上总是趋向于两个端点：不是趋向于再现现实，就是趋向于表现理想，这就自然形成了现实主义和浪漫主义两大倾向。西方古近代文学史就是现实主义和浪漫主义两大潮流此起彼伏、竞相发展的历史。文艺复兴取代了中古文学，浪漫主义战胜了新古典主义，批判现实主义压倒了浪漫主义，这一切文学流派的相互否定和更迭，充分说明了西方古近代文学中一直存在着现实主义和浪漫主义两个极端的竞争和斗争。虽然从席勒到别林斯基、再到高尔基都倡导过现实主义和浪漫主义的结合，以消除两者之间的分裂和对立，但这种结合，只能作为一种理想的境地，从来也没有在实际的文学中真正实现过，这不能说同西方人的“二元对立”的思维方式没有关系。

然而，中国古代的文学艺术家是沿着另外一种思路去解决主客观的关系问题的。他们在创作中不是趋向于主客观的绝然的“二元对立”，而是致力于主客观的协调融合。中国独特的直观顿悟式思维同艺术思维的本性有着一种内在的契合。中国古代艺术家正是借助这种思维将主客观艺术地融为一体。因此，中国古代文学没有分裂为西方意义上的再现现实和表现理想的两种倾向，而是不约而同地求谋一种物我两忘、情景交融、意象浑一的境界，这种境界古代人称为意境。意境，按照古人和今人的诸多解释，它既不能归结为客观现实的再现，也不能归结为主观理想的表现，而是指一种“心境”和“物境”的相印合、相融洽而造成的艺术的氛围和气象。西周至两汉言“意象”、“比兴”，钟嵘言“滋味”，王昌龄言“诗之三境”，司空图言“象外之象”、“味外之旨”，王夫之言“情景交融”，王国维言“境界”，宗白华言“空灵与充实之结合”，这一切都是反复地不断深入地论说意境的这种主客统一、意象统一的基本特征。中国古代文学最鲜明也是最可珍重的特点，不是现实主义和浪漫主义的对立，而是意境的创造，从《诗经》开始就有了意境的创造。清人潘德舆说：“《三百篇》是神理、意境。”[①] 公认为意境理论的集大成者的王国维在《人间词话》中也指出：“然沧浪所谓‘兴趣’，阮亭所谓‘神韵’，犹不过道其面目，不若鄙人拈出‘境界’二字，

① 见潘德舆《养一斋诗论》。

为探其本也。”[①] 他不特认为诗词要讲意境，戏剧、小说等其他文学样式也要讲意境。他说，元代杂剧“其文章之妙，亦一言以蔽之曰：有意境而已矣”[②]。还说：“文学之事，其内足以摅己而外足以感人者，意与境二者而已。”[③] 因此，我们认为，要想真正认清中国古代文学的特色及其创作倾向，不能套用西方的现实主义和浪漫主义的名词，而是要根据中国文学创作的实际，紧紧抓住意境的创造这一关键问题。从意境的创造来看，中国古代文学也存在着两种创作倾向，我认为可以用王国维所说的“写境”和“造境”来概括。所谓“写境”即实写的意境，所谓“造境”即虚写的意境。历来论者皆以为这就是指现实主义和浪漫主义两种创作方法，其实不是。诚然，王国维也说过：“有造境，有写境，此理想与写实二派之所由分。”[④] 这里的“理想与写实二派”的说法显然来自西方，王国维无疑是受了西方思想的启发和影响，他用西方的新名词比拟他的“造境”和“写境”的区分，当时梁启超等也在用“写实派”和“理想派”来解说中国的小说。所以，王国维才说“造境”和“写境”是“理想和写实二派之所由分”。但是，王国维紧接着又说：“然二者颇难区别。因大诗人所造之境，必合乎自然，所写之境，必邻于理想故也。”[⑤] 他在另一处还说过：“出于观我者，意多于境。出于观物者，境多于意。……二者常互相错综，能有所偏重，而不能有所偏废也。”又说：“上焉者意与境浑，其次或以境胜，或以意胜。苟缺其一，不足以言文学”（重点号为引者所加）[⑥]。可见，王国维所说的“造境”和“写境”还不能认为就是现实主义和浪漫主义，两种说法不能简单地画等号。“写境”和“造境”，无论有多大的区别，但都有“意”、有“境”，都是意境，它们是意境的两种形态，或者说是创造意境的两种方法，这显然不同于把现实和理想对立起来的现实主义和浪漫主义。现实主义和浪漫主义趋向于离异和分裂，是逻辑的“二元对立”的思维的产物，“写境”和“造

① 见滕咸惠《人间词话新注》，齐鲁书社 1986 年版，第 71 页。
② 见滕咸惠《人间词话新注》，齐鲁书社 1986 年版，第 8 页。
③ 见滕咸惠《人间词话新注》，齐鲁书社 1986 年版，第 106 页。
④ 见滕咸惠《人间词话新注》，齐鲁书社 1986 年版，第 34 页。
⑤ 见滕咸惠《人间词话新注》，齐鲁书社 1986 年版，第 34 页。
⑥ 见滕咸惠《人间词话新注》，齐鲁书社 1986 年版，第 106 页。

境”则趋向于认同和互补，是直观的“合二为一”的思维的产物。这两种说法貌合神异。“写境”和“造境”的说法，是从意境的创造着眼的，符合中国古代文学创作的实际。现实主义和浪漫主义的说法，是从再现现实和表现理想的分离着眼的，不适用于中国古代文学。所以，我们认为中国古代没有西方意义上的现实主义和浪漫主义，只是到了近代以后，特别是“五四”以后，西方的古典文学和现代文学大规模地涌入，这时中国才有了现实主义和浪漫主义，同时也有了现代主义。当然，中国近代以后的现实主义、浪漫主义和现代主义都曾经历过一番不寻常的遭遇，其中既有同传统文学的激荡和汇合，也有因受政治的挤压而发生的扭曲和畸变，此等后话，非本文所能论及了。总之，“现实主义和浪漫主义两分论”机械地搬用苏联的理论，用现实主义和浪漫主义的标准简单、武断地评议中国古代文学，客观上抹杀了中国古代文学的独特性。

综上所述，作为一个全称陈述的“现实主义和浪漫主义两分论”其全称性是大为可疑的。不是古今中外都有且只有现实主义和浪漫主义两个基本创作倾向，而是：西方古近代只有现实主义和浪漫主义，而到了现代，除了现实主义和浪漫主义外，还有现代主义；中国古代没有现实主义和浪漫主义，只是到了近代以后，才逐渐有了西方意义上的现实主义、浪漫主义和现代主义。

中国当代文学面临着两大使命：一是继承和发扬中国古代文学的优良传统，一是批判地借鉴西方现代文学的精华，中国当代文学的出路和进展在很大程度上取决于这两大任务的完成。但是，“现实主义和浪漫主义两分论”从理论上既否认了西方现代主义文学的独立性，又抹杀了中国古代文学的特殊性，因而极不利于上述两大任务的完成。这大概就是我们对这个颇有影响的观点给以清理的现实根据吧。

略论小说中的叙述人

一

自 20 世纪 90 年代中期以来，西方的叙事学理论出现了重要的变化和新的发展态势，这就是，从以叙事文本分析为中心的经典叙事学转向了偏重于讨论叙事文本与读者接受、与社会历史和文化的关系的所谓“新叙事学”、“后现代叙事学”、“后经典叙事学”。对这种新的变化和发展态势，国内学者迅速作出了反应和回响，及时译介和评述了大量有关著作，这对于中国的叙事学研究无疑具有积极的推动作用。从学理上讲，后经典叙事学克服了经典叙事学“文本中心主义”的弊端，强调了叙事文本与读者接受以及与其赖以产生的社会历史文化语境的内在联系，极大地拓展了叙事学研究的视野和范围，确实标志着理论上的一个进步和超越。但若结合中国文学研究的实际，能不能说经典叙事学已经过时，已经失去了借鉴的价值和意义呢？回答是否定的。

我们知道，中国近代以来的文艺理论由于特殊的历史原因而形成了一个“重思想内容轻艺术形式”的传统，这个传统在“文革”前发展到极端而蜕变为以政治取代文艺的所谓“庸俗社会学”理论。改革开放后，庸俗社会学理论虽遭到严厉批判，但“重思想内容轻艺术形式”的传统却没有断，依然对中国当代文艺理论的发展起着潜在的影响作用。这种影响作用在对西方文学理论的接受上可以明显看出。回想在改革开放之初，西方整个20世纪出现的各派文艺理论像开了闸的洪水一般涌入中国，无论心理学的文艺理论，还是存在主义的文艺理论，还是社会学的、文化人类学的、接受美学的文艺理论等，都备受关注并一一成为热点，唯独形式主义理论被冷落一边，几乎无人问津。直到进入90年代，在某种特殊的历史条件下，诸如俄国形式主义、结构主义叙事学、“新批评”等这些一向被斥为形式主义的理论才引起人们的注意，一度还似乎形成了不大不小的研究热潮。但“好景不长”，很快西方现代文艺理论新一轮的转向之风就吹到中国，由于这股风与中国原有的文论传统在某些方面正好契合，所以，一时间后现代诗学、新历史主义、后殖民主义、文化批评、后经典叙事学等相继登陆，受到中国学术界的特别青睐；而关于文本、语言、结构、修辞、技巧等的理论，又被视为雕虫小技，甚至被视为过时的东西再度遭到忽略和冷落。

事实上，从近代传统影响的角度来看，中国当代文艺理论最为薄弱之处恰恰在于缺少一种对文本、语言、形式的认真而深入的研究，叙事文学理论自然也不例外，虽然对叙事文本语言结构的研究已做过一些很有成效的工作，但还远远没有达到应有的深度。再者，由于受到近年来大众文化产业化、商业化的影响，目前的小说创作也出现了热衷于叙事内容的煽情性、时尚性、娱乐性的倾向，而对于叙事艺术本身的追求则越来越淡漠，从这方面看，也急待加强经典叙事学理论的研究和着重文本分析的叙事学批评。所以，尽管西方叙事学已出现了新的转向，但对中国来说，经典叙事学非但没有过时，而且有待加强。我们在大力吸收西方叙事学最新研究成果的同时，也要充分认识到以叙事文本研究为中心的经典叙事学对我们依然具有重要的价值和意义。当然，我们并不赞成割断文本的所有的外部联系，孤立地研究文本的“文本中心主义”，但我们主张一种“文本基础主义”，即对叙事文学的研究不能离开文本，无论我们将叙事学的研究领域开拓得多么广远，以至涉及与文本有关的社会历史文化的方方面面，都要以对叙事文本的话语结构的分析和理解为基础，否则，文学的理论和批评就丧失了起码的“文学性”了。而对叙事文本话语结构的分析和理解，也正是我们的文学理论和批评的最为薄弱的环节之一。

二

鉴于上述原因，本文拟有针对性地重提一个经典叙事学研究的老问题，并综合各派观点力图给之以更深入的阐释，这个问题就是：到底谁在小说里讲述故事？听到这个问题，一般读者可能会马上回答：当然是小说作者在讲述故事了，每篇小说都署有作者的名字，说明这篇小说是这位作者写出来、编出来的，小说中的故事当然也是他讲述的了。这种常识性的回答表面看来好像很有道理，但仔细揣摩一下却又是很成问题的。首先“作者”这个概念就有必要认真辨析一番。

“作者”这个概念应该是与“读者”相对提出来的，没有读者就无所谓作者，反之当然也一样，所以要准确地把握“作者”这一概念就不能离开“读者”，须要与“读者”联系起来理解。那么，读者是如何认识作者的？一般说来（特殊情况除外），读者并不认识“现实中的作者”，他对某某作者的印象和了解都是通过阅读这位作者的作品而获得的。所以，若要较为确切地界定“作者”这一概念，似乎应该这样说，“作者”就是由他所写的作品体现和显露出来的作品写作者的形象，或者说，是读者通过对作品的解读从作品中推想和建构出来的作品写作者的形象。由读者从作品中推知的作者当然与现实中的作者有着密切的关联，但显然又不能等同于现实中的作者。前一个作者与后一个作者可能一致（有些理论支持这种一致，如中国古代的“文如其人说”、“文气说”等），也可能不一致（有些理论认为这两种作者往往是不一致的，甚至是相反的，这也可以从读者的某些经验中见出，如某一读者读了某一作家的小说，对这位作家产生了某一印象，待到实际上结识了这位作家后，才知与原来的印象大相径庭）。到底一致不一致，读者并不想知道，似乎也没有必要知道，读者所知道的只是由作品体现出的并由他从作品中推想出的作者。

当代美国著名小说理论家布斯，把这种作品中的作者非常恰当地称为“隐含的作者”（persona），以便与作品外的作者，即现实中的作者相区别。布斯认为，隐含的作者不过是现实中的作者进入作品之后而形成的“第二自我”，是现实中的作者体现在作品中的各式各样的“替身”，是有意无意地戴上了各种“假面具”的现实中的作者。布斯所用的指称这一概念的英文词“persona”，其本意就是指古希腊戏剧表演中角色所戴的面具，也就是指一种所谓“人格面具”。布斯说：“即使那种叙述者未被戏剧化的小说，也创造了一个置于场景之后的作者的化身，不论他是作为舞台监督，木偶操纵人，或是默不做声修整指甲而无动于衷的神。这个隐含的作者始终与‘真实的人’不同，——不管我们把他当作什么——当他创造自己的作品时，他也就创造了一种自己的优越的替身，一个‘第二自我’。”① 布斯的意思是说，作者原本就是在现实中生活的人，但他一旦以作者的身份创作作品，也就意味着将自己化身于作品之中了，成为隐含在作品中的作者。这个隐含的作者固然来自那个在现实中生活的人，但已经或多或少地变化了面目，变成了另外一个样子了，只能将他视为现实中的作者在小说创作条件下的化身、替身和变体。这就像在化装舞会上，一个人一旦跳起舞来就马上变成了一个蒙着假面的跳舞者，这个跳舞者当然与他未进入舞场之前是同一个人，但他在跳舞时却已经变得面目全非了。可以说，隐含的作者就是这种戴着面具的跳舞者。

毋庸置疑，把隐含作者与现实中作者区分开来，在理论上具有重大意义。长期以来，一般读者，包括一些批评家，往往出于常识的成见而意识不到隐含作者的存在，把隐含的作者与现实中的作者不加区分地混为一谈，从而导致了文学读解中的一些错误和混乱，如离开对作品本身的具体阅读和感受，仅仅依据现实中的作者的生平和思想理解和评价作品。而现代的小说理论中，如左拉的自然主义理论、“新小说”派等，则又因为竭力排拒作品外的读者对作品叙事的介入与干涉，以致连隐含的作者的存在也统统否认了，这同样也造成了小说解读中的一些问题以及对小说叙事性的某种误解。布斯提出了“隐含的作者”的概念，从理论上划清了作品外的作者和作品内的作者的界限，这对于纠正上述两种偏向无疑具有重要的理论参考价值。

三

让我们再回到前面的问题，谁是小说故事的讲述者？笼统地说作者是小

① ［美］W.C.布斯：《小说修辞学》，华明等译，北京大学出版社 1987 年版，第 169 页。

说故事的讲述者显然是不正确的。那么，能不能说作品中隐含的作者就是故事的讲述者呢？答曰：也不能。因为隐含的作者是指小说的写作者，而故事的讲述者是指小说里的叙述人，这是两个不同的概念，分别回答了两个不同的问题，即谁在写？谁在讲？毫无疑问，写作者是公开地或潜在地存在于小说中的至高无上的决策人，他是小说叙事的真正的组织者和调控者，他担负着从布局谋篇直到遣词造句的全部创作任务，他直接或间接地创造着小说中的一切。布斯曾着重指出，隐含的作者在小说叙事的任何地方和任何时候都顽强地存在，这种存在是任何力量也挥之不去、抹煞不掉的，他说："隐含的作者的感情和判断，正是伟大作品的构成的材料。"他还直接引用了现代小说家亨利·詹姆斯的话"作者创造他的读者，正如他创造了他的人物"作为他的观点的佐证，他又转述了萨特的意思，认为"萨特声称每一件事物都是作者操纵的表现信号，这肯定是正确的"。他断然强调："虽然作者可以在一定程度上选择他的伪装，但是他永远不能选择消失不见。"[①] 总而言之，小说的写作者在小说文本中是无时不在、无处不在的，正是他创造了全部的叙事话语，控制着整个的叙事过程，包括选择、确立和转换小说的叙述人及其讲述方式（例如确定采用纯叙述的方式，还是采用描写的方式，如果采用纯叙述的方式，就是让叙述人直接出面讲述故事，如果采用描写的方式就是让叙述人暂时隐退，使场景自行显露）。所以，在小说作品里，写作者（隐含的作者）和叙述人（故事的讲述者）是两种不同的身份，写作者可以看作是驾驭全局的"君主"，而叙述人则是执行命令的"臣子"，不仅如此，写作者还在本质上决定着叙述人的人选，支配着叙述人的叙述过程。

那么，写作者或隐含的作者是如何确立他的小说的叙述人的呢？大体上有两种不同的方式，一种是写作者直接出面担当叙述人，在这种情况下，写作者就是"一身而兼两任"，既是写作者，又是叙述人，同时以双重身份出现在小说中；另一种是写作者让自己暂时隐蔽在幕后，委托另一个他所设置的人物作为他的小说的叙述人，这个人物可以是小说故事中的人物，也可以是一个与小说故事没有太大关系的局外人和旁观者。在这种情况下，写作者

① ［美］W.C.布斯：《小说修辞学》，华明等译，北京大学出版社1987年版，第96页。

和叙述人就是分开的，写作者只能在幕后操纵着叙述人。以上我们是从理论上讲了两种截然相异的比较纯粹的情况，事实上在具体的作品中，我们还可以发现在这两种不同的情况之间的种种复杂变化，如从写作者与叙述人之间的完全重合，到部分重合，再到部分分离，直到完全分离，这些中间状态的复杂变化，都应充分估计到，不能给予简单的理解。

写作者和叙述人完全重合的情况，我们可以举出《阿 Q 正传》作为一个例证。《阿 Q 正传》应该说是鲁迅最著名的小说之一，这篇小说在叙事上的一个突出特点，就是在小说的开头加了一章议论性的序言，这章序言是用第一人称写的，使我们感兴趣的是，这个第一人称的“我”是谁？首先，这个“我”显然就是作者本人，更确切地说，是作品中隐含的作者本人。因为这种议论性的言说方式的采用，就表明了作者一开始就迫不及待地从后台走到了前台，直接地、公开地露面了。作者在这个序言里佯装不能确定他的故事的主人公的姓名、籍贯，极力表白主人公的许多事情他还弄不清楚，暗地里却用一种幽默的笔调把主人公的基本情况都介绍给读者了，使读者知道了主人公实际上是一个不配立传的、不配姓赵的、居无定所、社会地位极为低下的小人物。同时，作者还通过这种“佯装不知”的方法，反而提高了读者对他的信任程度，也为下面就要讲述的故事的可信性作了有力的铺垫。其次，序言中的这个“我”不仅是作者本人，而且顺理成章地成为了从第二章开始的故事的叙述人。因为在第一章序言里他以作者的身份直接出面对主人公的一般情况作了评述，接下来主人公的故事就开场了，“阿 Q 不独是姓名籍贯有些渺茫，连他……”，这里的故事的叙述人，只能是序言里的那位主人公的评述者。这一点，也可以从小说后来的叙事过程中又多次出现的几个评论性段落得到证实，如第四章开头的一段和小说的最后一段，都是议论性的文字，说明小说的作者已转化为叙述人，并与叙述人融为一体，必要时他还可以暂时抛开叙述，再次公开露面对所讲述的事件加以评述。只不过作者在小说的第二章从主人公的评述者转成故事的叙述人时，叙事的人称发生了变化，由第一人称的“我”变成了第三人称的“他”。这种变化是必然的，当作者作为主人公的评述者时，他发表的是他自己对主人公的看法和见解，所以要用第一人称；当他作为故事的叙述人出现时，他只是故事的知情者而不是故事中的一个人物，所以必然要用第三人称。有意思的是，当他用第一人称评议主人公时，他竭力表白自己对主人公的家世和身世都不太清楚，但他用第三人称讲述同一个主人公的故事时，却俨然成为一个全知全能的叙述人。他显示出他对故事中的一切都了如指掌，不仅知道主人公的所作所为，甚至连主人公的内心所想也非常清楚，如小说中经常出现“阿Q知道……”、“阿Q想……”、“阿Q觉得……”等字眼。这表明作者运用人称变换的叙事技巧，顺利地完成了由作者身份向叙述人身份的转换，尽管这种转换的跨度较大（从半知情的作者到全知的叙述人），却使得读者于不知不觉中认可和接受了这种转换，自然而然地投身于故事所讲述的情境中去了。由此我们可以断定《阿Q正传》这部小说里，讲述故事的人和写作作品的人是同一个人，也即是小说的叙述人和作者是完全重合的。

而鲁迅的另一部重要小说《孔乙已》，则是叙述人和写作者完全分离的典型个案。我们知道，《孔乙已》是采用了第一人称的“我”来讲述故事的，这个“我”当然就是故事的叙述人。那么这个“我”是不是作者呢?显然不是。“我”只是作者在小说中设置的一个人物，是咸亨酒店的一个小伙计，“我从十二岁起，便在镇口的咸亨酒店里当伙计”，所以“我”熟悉常来喝酒的孔乙已，可以作为孔乙已故事的当事人和见证者。正因为这样，小说的作者没有采取直接出面作为叙述人讲故事的方式，而是虚设了故事中的一个人物——“我”，让他充当故事的叙述人。这样处理的好处是，因为“我”是故事的亲历者，通过“我”的口讲述这个故事可以产生更强的可信性和感染力。这样，在《孔乙已》这篇小说里，作者和叙述人就处于完全分离的状态中了，在这种状态中，作者不可能直接出面说话，他只能作为隐含的作者躲在隐蔽处控制着另一个叙述人，通过这种隐蔽的控制来实现他的种种艺术构思和目的。

四

现在我们已经辨清了故事的讲述者并不一定就是小说的作者，他只能是指那个在小说中可以通过分析而察觉到的叙述人。小说的作者作为全篇叙事的组织者，必要时他当然可以亲自出面担当小说的叙述人。但在有的时候，为了艺术表现上的需要，他往往委托另外一个人物充任小说的叙述人，这个人物或者是他所虚构的小说中的某个人物，或者是其他的某个知情人。在这种情况下，小说的作者和叙述人就是分开的，不容混为一谈，否则就分辨不清到底谁在写，谁在讲，谁是真正的讲述故事的人。除此之外，要准确地分辨出故事的讲述者，还须弄清另外一个问题，即谁在以谁的眼光讲述故事，这个问题换个问法，就是要分辨出在故事的叙述中到底是谁在讲，谁在看，这意思就是说，在讲述故事的过程中，叙述人并不总是以他自己的眼光讲述故事的，有时候，叙述话语仍旧是由叙述人发出的，但叙述眼光却转移到了其他人物的身上。这就是说，叙述人不是用他自己的眼光，而是用别的什么人的眼光讲故事的。在这种时候，小说中的叙述人没有变，提供叙述视角的人却发生了变化；换个说法就是，小说中的“叙述声音”没有变，“叙述眼光”却发生了变化。这样，小说中就出现了叙述声音与叙述眼光的偏离和错位。这种偏离和错位，在传统的小说中并不多见（例如在巴尔扎克、列夫·托尔斯泰等人的小说里，叙述声音和叙述眼光往往是同一的），而在强调叙述视角变化的现代小说作品那里，却是一种随处可见的现象。

举一个简单的例子。现代英国著名作家康拉德写过一篇短篇小说，小说的主题涉及现代社会中人与人之间的可怕的异化关系，描写了一对夫妇之间由相互隔膜发展到相互仇恨，妻子（维洛克太太）竟对丈夫（维洛克先生）起了杀机，当她背藏着一把切肉刀走向正在躺椅上闭目养神的丈夫时，小说里这样写道：“维洛克先生听到地板咯吱咯吱地响，感到心满意足。他等待着。维洛克太太过来了。”小说是以第三人称讲述的，在这一小段里，叙述人把叙述眼光突然转到了维洛克先生那里，让故事在维洛克先生的视角中展开，是维洛克先生而不是叙述人在听、在看、在感受。因而在这一段中叙述人所讲述的情景是按照维洛克先生所想象所理解的样子呈现出来的：在外忙碌了一天的维洛克先生，此时又累又饿，他听到了地板的响声，以为他的妻子给他送晚饭来了，所以他很满意，很高兴，等着他妻子的到来。但他万万想不到的是，维洛克太太并不是给他送晚饭，而是手提一把利刃要来杀他，他已死到临头却还浑然不觉。这一切实情，叙述人是清楚的，但叙述人没有按他所知道的说出实情，而是按维洛克先生错误的看法来讲述，这就是叙述声音和叙述眼光的分离和错位。如果叙述人用他自己的眼光叙述这一段，似乎应是：“维洛克先生听到地板咯吱咯吱地响，以为他妻子给他送晚餐来了，他心满意足地等待着，其实，这时维洛克太太正拿着一把切肉刀，一步一步地走近他。”这样的叙述显然不如小说中现有的叙述更能制造一种反讽和恐怖的效果，由此也可看到小说叙事中叙述眼光的变化所能起到的重要的艺术作用。

叙述眼光的变化不仅大量的存在于用第三人称叙述的小说里，即使在用第一人称叙述的小说里也有不少的体现。请看下面一例：“我把船稍稍向上游开了一下，然后掉过头来开向下游。两千双眼睛紧紧盯着我开的这个外貌凶异、噼噼啪啪溅水的河怪，盯着它掉头下行的一举一动，看它用可怕的尾巴打着河水，喘气时还向空中吐出一团团的黑烟。”这是康拉德最著名的小说《黑暗的心脏》第三节中的一段。这一段第一人称叙述人“我”是汽船的船长马洛，这段的第一句是从叙述人的眼光写的，第二句却暂时转换成了站在两岸观看的非洲土著人的眼光。因为船长马洛不可能把汽船理解成“河怪”，而土著人从未见过汽船，只有在他们的眼里看起来汽船才像“河怪”似的。所以，从他们的眼光去写，就更能反映出土著人看到汽船时的震惊和畏惧的情绪。但这样一来，叙述眼光就与叙述声音分开了。第一人称叙述中叙述声音与叙述眼光的分离还有更复杂的情况，例如美国作家弗茨杰拉德的名篇《了不起的盖茨比》第三章中有一段这样的描述：“我们正坐在一张桌子旁边，同桌的还有一位年龄跟我差不多的男人和一个动不动就放声大笑的喧闹的小姑娘。我现在很开心。”在这段话里，叙述人是追忆往事的第一人称“我”，叙述声音就是由这个“我”发出的，但叙述眼光却不是正在追忆往事的“我”的眼光，而是所叙述的往事中的“我”的眼光。这就是说在这里出现了从正在追忆往事的“我”的眼光向正在经历往事的“我”的眼光的转换，换一个说法就是，同样一个“我”，却出现了从叙述人的“现在时”的眼光向经验者的“过去时”的眼光的转换。因为，在这段叙述里，叙述人没有说“我们那时……”、“我那时……”，而是用了“我们正坐在……”、“我现在……”这样的字眼，如果用前一种说法就是作为叙述人的“我”的眼光，而用后一些字眼则转成了正在经历往事的“我”的眼光。这种转换也显然造成了叙述眼光与叙述声音的错位，使叙述眼光远离了叙述声音。

综上所述，从小说叙事的角度看，“怎么讲”首先取决于“谁在讲”，而要确定“谁在讲”，又须要把“谁在讲”与“谁在写”、“谁在看”区分开来。也就是在叙事话语的层面上，把作品外的作者与作品中“隐含的作者”区分开了，把叙述人与“隐含的作者”区分开来，把叙述声音与叙述眼光区分开了。所以，到底谁在讲述故事绝不是一个像初看起来那样简单的问题，对小说叙事的诸多误解，差不多都来自对这一问题的简单化处理。譬如，把叙述人与“隐含的作者”混为一谈，进而又把“隐含的作者”与现实中的作者混为一谈，就是一种对小说叙事的最常见而又最严重的误解。这种误解导致的后果就是，仅仅把小说叙事归结为对现实的现象的或本质的再现和反映，而对于小说之所以为小说的“叙事性”则多有忽略。再譬如，叙述声音与叙述眼光的混淆不清，也是小说解读中常见的错误之一。我们知道，叙述声音来自叙述人，叙说眼光就不一定是叙述人的了。如果对其中的这种区别分辨不清，不仅搞不清谁在以谁的观点讲故事，而且也难以准确地把握故事的错综复杂的细节和内容，以及充分地领略小说叙事技巧所显示的种种奥妙和效果。这一切的误解，归根结底，都需要通过对小说叙事性的深入研究，尤其是对小说叙述人的正确辨认给以澄清。

从马克思恩格斯的原典看文艺的意识形态性

近年来，由于文化研究的兴盛和文艺学学科边界的大幅度拓展，使得文艺学的一些基本理论问题又重新成为讨论的热点，特别是“文艺意识形态性”问题还引发了激烈的争论。争论中各派观点都援引马克思恩格斯的有关论述作为重要依据。应该说，这种力图从马克思主义原典入手以便正本清源的做法，确实抓住了澄清问题的关键。但遗憾的是，争论的双方由于观点上各执一端，互不相容，以致在援引马克思恩格斯有关论述的时候，常常是择其一点，不计其余，大有割裂和肢解之嫌。事实上，马克思恩格斯关于“文艺意识形态性”的论述是一个不可分割的有机整体，只有完整地援引这些论述，揭示这些论述之间的内在逻辑联系，才能全面准确地把握马克思恩格斯的“文艺意识形态性”的理论，我认为马克思恩格斯的“文艺意识形态性”的理论是由相互关联的五个要点构成的，现分别将这五个要点列述如下，不妥之处，请方家指正。

一、文艺属于观念的上层建筑，是一种社会意识形态的形式

众所周知，马克思恩格斯历史唯物主义思想的基础是他们的社会结构理论，他们把整个社会比作一座大厦，有基础的部分，也有上层建筑的部分。社会的经济方面构成了基础部分，而社会的政治、文化方面则属于上层建筑

部分。很显然，从马克思恩格斯的这一社会结构理论看，文艺在社会整体中的位置是早已确定好了的，文艺属于上层建筑，更准确地说，文艺属于“观念的上层建筑”（马克思恩格斯又把上层建筑分为“靠近经济基础”和“远离经济基础”两部分，靠近经济基础的部分叫作“政治的上层建筑”，远离经济基础的部分叫作“观念的上层建筑”，也称为“社会意识形态”），与哲学、宗教等并列，处于整个社会大厦的顶端，是一种“社会意识形态形式”。

上述论断有马克思恩格斯论述作依据，应该是符合马克思恩格斯的原义的。可是，在近来的讨论中，有论者却认定马克思恩格斯从来没有明确说过文艺是一种社会意识形态形式，以此来质疑文艺的意识形态性。文艺是否具有意识形态性，当然是可以进一步探究的问题。但若从马克思恩格斯的原典看，我们不能不指出，马克思恩格斯确实说过文艺是一种意识形态形式的话，且不止说过一次。不知持相反意见的论者为什么竟对这一显而易见的事实毫无所知。就在马克思恩格斯合著的《德意志意识形态》一书中，马克思恩格斯对他们刚刚成型的历史唯物主义思想作了第一次系统的表述，其中有这样一句话：“……直接从生产和社会交往发展起来的‘社会组织’，这种社会组织在一切时代都构成国家的基础以及其他观念的上层建筑的基础。”① 从马克思恩格斯一贯的思想看，这里所说的“其他观念的上层建筑”，毫无疑问是包括文艺在内的，只是马克思恩格斯在这句话里没有明确点出。而后来恩格斯在《反杜林论》里则明确指出了所谓“观念的意识形态”是包括文艺在内的。恩格斯的话是这样说的：“在按历史顺序和现在的结果来研究人的生活条件、社会意识、社会关系、法律形式和国家形式以及它们的哲学、宗教、艺术等这些观念的上层建筑的历史科学中，永恒真理的情况还更糟。”② 恩格斯的这段话主要是讲在上层建筑领域、包括艺术等观念的上层建筑领域很少有“永恒真理”可言，但捎带着也确定地指出了艺术像哲学、宗教一样属于观念的上层建筑，也即社会意识形态。此外，还可举出马克思《〈政治经济学批判〉序言》里的一段话，马克思的这段话更有

---

① 《马克思恩格斯选集》第 3 卷，人民出版社 1972 年版，第 41—42 页。

② 《马克思恩格斯选集》第 3 卷，人民出版社 1972 年版，第 128 页。

名，一向被认为是对历史唯物主义基本原理的第一次经典表述。在这段话里，当谈到上层建筑的变革随经济基础的变革而“或快或慢地”变革时，马克思说道：“在考察这些变革时，必须时刻把下面两者区别开来：一种是生产力的经济条件方面所发生的物质的、可以用自然科学的精确性指明的变革，一种是人们借以意识到这个冲突并力求把它克服的那些法律的、政治的、宗教的、艺术的或哲学的，简言之，意识形态的形式。”① 在这句话里，马克思在指出要把经济基础和上层建筑区分开来的同时，又一次明确指出文艺属于上层建筑，是一种社会意识形态形式。

由此看来，说马克思恩格斯从来没有说过文艺是一种社会意识形态形式是不符合事实的，若从马克思恩格斯的原典看，的确是肯定了文艺的意识形态性，把文艺看作是建立在经济基础之上的上层建筑和意识形态形式，这可算是马克思恩格斯文艺意识形态性理论的第一要点，也是最根本的一点。我们在解释文学艺术的发展变化时，在任何情况下都要把社会基础方面的发展变化摆到首先考虑的位置上。

二、经济基础是文艺存在和发展的最终根源，但不是唯一根源

在马克思恩格斯看来，既然文艺属于观念的上层建筑，是一种意识形态形式，那么它的存在和发展就必然取决于经济基础，经济基础是文艺发展的最终根源。但马克思恩格斯又认为，经济基础不是文艺发展的唯一根源，上层建筑的各个方面，意识形态的各种形式也相互发生影响，并反过来影响经济基础。因此，除了经济之外，其他社会因素也能成为文艺存在和发展的原因，有时甚至成为起决定作用的原因。

晚年的恩格斯为了反对当时社会上对历史唯物主义的庸俗化理解，曾反复强调过这方面的思想。恩格斯认为不能机械地理解经济基础与上层建筑之间的关系，经济基础决定上层建筑，经济基础的变化必然引起上层建筑的变化，这种决定被决定的关系只是从最终的意义上讲的，不能简单地理解为社

① 《马克思恩格斯选集》第3卷，人民出版社1972年版，第83页。

会的经济方面是社会发展的唯一原因，社会的其他方面只能被动地接受来自经济方面的影响。社会的任何变动，其原因都是错综复杂的，是多种因素交互作用的结果，仅仅从经济一个方面解释这个结果，就要犯把历史唯物主义庸俗化的错误。对这一原则性的看法，恩格斯的原话是这样表述的："根据唯物史观，历史过程中的决定性因素归根到底是现实生活的生产和再生产。无论马克思或我都从来没有肯定过比这更多的东西。如果有人在这里加以歪曲，说经济因素是唯一决定性的因素，那么他就是把这个命题变成毫无内容的、抽象的、荒诞无稽的空话。经济状况是基础，但是对历史斗争的进程发生影响并且在许多情况下主要是决定着这一斗争的形式的，还有上层建筑的各种因素……这里表现出一切因素间的交互作用，而在这种交互作用中归根到底是经济运动作为必然的东西通过无穷无尽的偶然事件（即这样一些事物，它们的内部联系是如此疏远或者是如此难于确定，以致我们可以忘掉这种联系，认为这种联系并不存在）向前发展。否则把理论应用于任何历史时期，就会比解一个最简单的一次方程式更容易了。"① 同样的意思，恩格斯又在后来的一封给友人的信里作了更精炼的表述，他说："政治、法律、哲学、宗教、文学、艺术等的发展是以经济发展为基础的。但是他们又都互相影响并对经济基础发生影响。并不是只有经济状况才是原因，才是积极的，而其余一切都不过是消极的结果。这是在归根到底不断为自己开辟道路的经济必然性的基础上的互相作用。"② 晚年的恩格斯之所以一再强调这种历史发展中各种因素交互作用的思想，就是为了抵制当时出现的宣扬"唯经济决定论"、"用理论裁剪历史事实"、企图把历史唯物主义公式化和庸俗化的思潮，因而是有强烈的现实针对性的。所以，恩格斯强调的经济基础与上层建筑之间以及政治、法律、哲学、宗教乃至文学、艺术之间的"交互作用"的思想，不是对经济基础决定上层建筑这一历史唯物主义基本原理的修正，而是对这一基本原理的必要的补充、丰富和发展。

因此，马克思恩格斯文艺意识形态性理论的第二个要点就是始终坚持经济基础与上层建筑之间的辩证关系，在强调经济基础对上层建筑的最终决定

---

① 《马克思恩格斯选集》第4卷，人民出版社1972年版，第477页。

② 《马克思恩格斯选集》第4卷，人民出版社1972年版，第506页。

作用的同时，也承认上层建筑各要素之间的相互影响和对经济基础的巨大反作用。这一辩证关系具体到文艺也是一样，从最终的意义上说，文艺的发展变化取决于经济基础，但不能因此理解为经济基础是文艺发展变化的唯一根源，不仅作为经济的集中表现的政治会对文艺的发展变化产生重大的影响，而且观念的上层建筑各个要素，比如伦理、哲学、宗教等也会给予文艺的发展变化以更为直接的影响。与此同时，文艺的发展变化还反过来给经济基础以有力的影响。应该说，马克思恩格斯所坚持的经济基础与上层建筑之间的这一辩证关系，已经被整个文艺发展的历史所证明，也被文艺发展的现状所证明。我国现行的发展文艺事业的“二为”方针，就是遵循马克思恩格斯文艺意识形态性理论的这一要点并依据我国文艺发展的具体情况和现实需要提出来的。

三、文艺作为意识形态形式还是一种“自由的精神生产”

马克思恩格斯对文艺意识形态性的辩证思考还体现在，他们一方面把文艺看作是一种意识形态形式，从根本上受制于经济基础；另一方面他们又认为文艺还是一种“自由的精神生产”，并非总是隶属于主流意识形态，并非总是同主流意识形态相一致，有时甚至与主流意识形态相反对。

马克思在《剩余价值理论》一书中说过：“要研究精神生产和物质生产之间的联系，首先必须把这种物质生产本身不是当作一般范畴来考察，而是从一定的历史的形式来考察。例如，与资本主义生产方式相适应的精神生产，就和与中世纪生产方式相适应的精神生产不同。”只有“历史地考察物质生产本身”，把物质生产“当作这种生产的一定的、历史地发展的特殊的形式来考察”，“才能够既理解统治阶级的意识形态组成部分，也理解一定社会形态下自由的精神生产”①。马克思的意思无非是说，不能从一般的意义上考察精神生产和物质生产的关系，要结合具体的历史条件，在资本主义条件下，有些意识形态形式还具有“自由的精神生产”的性质。那么，哪

① 《马克思恩格斯全集》第26卷，人民出版社1972年版，第296页。

些社会意识形态形式属于自由的精神生产呢？在随后的篇章里，马克思提到了诗人密尔顿及其最著名的诗作《失乐园》，他说："密尔顿出于同春蚕吐丝一样的必要而创作《失乐园》。那是他的天性的能动表现。"[①] 因而，马克思认为，密尔顿的诗歌创作不受资本家的雇佣，不为资本家生产剩余价值，所以是"非生产劳动者"，他的创作也就是一种自由的精神生产。而有些作家之所以是生产劳动者，"并不是因为他生产出观念，而是因为他使出版他的著作的书商发财，也就是说，只有在他作为某一资本家的雇佣劳动者的时候，他才是生产的"[②]。很显然，在马克思看来，在资本主义条件下，像文艺这样的意识形态形式是可以成为一种自由的精神生产的。

从马克思的上述论述看，即使在资本主义社会里，有些艺术家的创作活动仍旧可以保持自由的精神生产的性质，只要他们坚持出自他的内心表现的需要，而不是受资本家的雇佣和支配。所谓"自由的"精神生产，就是按照生产者自己的意愿进行的精神生产，这种精神生产很可能和这个社会的主流意识形态不一致，甚至是相反的。为什么会是这样呢？主要原因在于：艺术的本性是自由的，而资本的本性则是反自由的，两者从根本上说是敌对的。这也正如马克思的那个著名论断所说的："资本主义生产就同某些精神生产部门如艺术和诗歌相敌对。"[③] 这一论断已被文艺创作的历史所证明，例如19世纪那些批判现实主义作家，尤其是巴尔扎克和列夫·托尔斯泰，这两位批判现实主义大师都如马克思提到的密尔顿一样，在资本主义这个充满着铜臭气的、一切都可以用金钱衡量的商业社会里，出污泥而不染，相信自己的眼睛和思考，忠于自己的理想和信仰，坚守着自己的人道情怀和艺术良心，对现实社会的黑暗和丑恶进行了无情的揭露和批判，从而保持了文艺创作的自由品格。需要指出的是，马克思在阐释文艺是一种自由的精神生产，并非总是同主流意识形态保持一致的时候，并没有否定文艺的意识形态性。其实，文艺的偏离甚至反对主流意识形态的性质恰恰正是文艺的意识形态性的特殊的体现，难道巴尔扎克、列夫·托尔斯泰在他们的创作中体现出来的强烈的社会批判精神，不正是代表着在这一社会中的那些被损害、被侮

---

① 《马克思恩格斯全集》第26卷，人民出版社1972年版，第432页。

② 《马克思恩格斯全集》第26卷，人民出版社1972年版，第149页。

③ 《马克思恩格斯全集》第26卷，人民出版社1972年版，第296页。

辱的底层民众的立场和利益吗？不正是反映着这一底层民众的意识形态吗？所以，马克思的原意绝不是用文艺的精神生产性反对文艺的意识形态性，恰恰相反，它是结合特定的历史情况对文艺的意识形态性的一种具体的分析和说明。此为马克思恩格斯文艺意识形态理论的第三个要点，当然也是极为重要的一点。

四、文艺是一种远离经济基础的社会意识形态

马克思恩格斯认为，在社会的上层建筑领域里，有靠近经济基础的部分，如政治、法律等；还有远离经济基础的部分，如宗教、哲学、艺术等。关于这一论点，恩格斯至少在两个地方直接谈到，一处是在《路德维希·费尔巴哈和德国古典哲学的终结》一书中说，“更高的即更远离物质经济基础的意识形态，采取了哲学和宗教的形式”①；另一处是在给友人的一封书信里说的：“至于那些更高的悬浮于空中的思想领域，即宗教、哲学等等，那末它们都有它们的被历史时期所发现和接受的史前内容，即目前我们不免要称之为谬论的内容。”② 在这两句话里，恩格斯虽然没有直接提到“艺术”两个字，但按他一贯的思想，文艺是应该同哲学、宗教并列的，而且在后一句话里，恩格斯用了“等等”的字眼，显然是为了行文的便利而把“艺术”两字省略了。这就是说，在恩格斯的一贯的思想中，他确实认为艺术同哲学、宗教一样都属于远离经济基础的意识形态形式。

那么，恩格斯为什么要在上层建筑中区分出远离基础的意识形态呢？恩格斯想要说明的是，那些远离经济基础的意识形态正是由于“远离”，因而与经济基础的关系将呈现出更加复杂的情形。一种情形是，远离经济基础的意识形态与经济基础的关系不可能是直接的，两者之间必然存在一些“中介环节”。这正如恩格斯在提到那些远离经济基础的意识形态之后说的：“在这里，观念同自己的物质存在条件的联系，愈来愈混乱，愈来愈被一些中介环节弄模糊了。”③ 恩格斯在这里说的“中介环节”应该包括上层建筑

---

① 《马克思恩格斯选集》第 4 卷，人民出版社 1972 年版，第 249 页。

② 《马克思恩格斯选集》第 4 卷，人民出版社 1972 年版，第 484 页。

③ 《马克思恩格斯选集》第 4 卷，人民出版社 1972 年版，第 249 页。

的全部要素，其中最重要的应该是政治。因为政治是上层建筑中最靠近经济基础的部分，因而是经济的集中表现，是上层建筑中的核心要素，经济基础对意识形态的最终决定作用以及意识形态对经济基础的反作用都主要是通过政治这一环节进行折射和传递。政治就像社会机体中的一条最敏感的神经，离开了这条神经的传导，意识形态与经济基础之间甚至就无从发生联系。这就决定了意识形态与政治之间的相互关系必然是最经常、最紧密的。由此我们联想到我国现行的文艺政策，虽然我们现在不再提“文艺为政治服务”的口号，但也不能因此认为文艺可以完全脱离政治，甚至认为文艺与政治无关。文艺与政治的这种紧密无间的关系是由文艺在社会整体中的特殊位置所决定的，因而也是不以人的意志为转移的。除了政治外，意识形态的各种形式之间还互为“中介”，因为它们同属意识形态的范围，当然相互之间会发生更加直接的相互影响。远离经济基础的意识形态与经济基础之间关系的另一种复杂的情形是：由于中介环节的存在，在意识形态和经济基础之间就造成了一种缓冲和隔离的作用，从而使得意识形态的发展显示出更为明显的独立性。正如恩格斯指出的：“任何意识形态一经产生，就同现有的观念材料相结合而发展起来，并对这些材料作进一步的加工；不然，它就不是意识形态了，就是说，它就不是把思想当作独立地发展的、紧紧服从自身规律的独立本质来处理了。”① 恩格斯在这里是说一般意识形态的发展变化，因为存在着某些中介环节的疏离作用，并不总是与经济基础发展变化相对应，而是具有自己的独立性，即“同现有的观念材料相结合”、“独立地发展”、“紧紧服从自身规律的独立本质来处理”。一般意识形态尚且如此，“远离经济基础”和“悬浮于空中”的意识形态更当如此，它们的发展除了受经济基础的制约外，还取决于他们自身的发展状况，他们只能在自身现有的发展水平和程度上图谋新的发展。这一观点对我们考察文艺发展问题时是至关重要的。譬如，不能简单地认为文艺的发展是经济发展的直接产物，也不能简单地认为文艺的发展水平一定同经济发展水平相一致。从历史上看，文艺的发展同经济的发展经常出现不平衡的现象。如马克思就指出古希腊的艺术繁荣

---

① 《马克思恩格斯选集》第4卷，人民出版社1972年版，第250页。

出现在物质生产并不发达的历史阶段上①，恩格斯也指出17世纪末叶的德国在经济、政治等方面是“可耻的”，但在文学方面却是伟大的②。也不能简单地认为文艺的革新可以脱离已经形成的传统这个基础而凭空进行，即如马克思说的，人们总是“在直接碰到的、既定的、从过去继承下来的条件下创造。一切已死的先辈们的传统，像梦魇一样纠缠着活人的头脑”③。如文艺复兴时代的那种“请出亡灵”和所谓“回到古希腊”的历史举动，就是为了“借用它们的名字，战斗口号和衣服，一边穿着这种久经受崇敬的服装，用这种借来的语言，演出世界历史的新场面”④。这种历史上经常出现的艺术生产同物质生产的不平衡以及回归传统的现象，都充分证明了“中介环节”的缓冲、间隔作用以及由此而造成的艺术发展的相对独立性和历史传承性。

当然，我们在强调文艺发展的自身独立性和历史传承性时，还是不能忘记经济基础对文艺的最终制约作用，尤其是在当代社会中，作为第一生产力的科学技术对文艺的发展已经和正在起着前所未有的巨大作用。例如，现代传播技术、大众传媒、互联网，等等，对当代文化和文艺产生的巨大影响，已引起学术界的高度重视。科学技术的发展水平不仅直接决定着生产关系的变化，甚至也直接决定着社会的文化、文艺的变化。毫无疑问，文艺与技术到底是一种什么关系，将日益成为文艺研究者必须面对和亟待解决的问题，这一问题的严峻性绝不亚于前面提到的如何对待传统的问题。

五、同属远离经济基础的意识形态的各种形式又各有其不同的特点

马克思恩格斯不仅强调了远离经济基础的意识形态与经济基础的极为复杂的交互作用的关系，而且还进一步指出了在远离经济基础的意识形态的各形式之间，如哲学、宗教、艺术等，也各有其不同的特点，它们分别以不同

---

① 《马克思恩格斯选集》第2卷，人民出版社1972年版，第112—114页。
② 《马克思恩格斯选集》第2卷，人民出版社1972年版，第633页。
③ 《马克思恩格斯选集》第1卷，人民出版社1972年版，第603页。
④ 《马克思恩格斯选集》第1卷，人民出版社1972年版，第603页。

的方式反映和把握世界，同时又对这个世界起着不同的作用和影响。

马克思在著名的《〈经济政治学批判〉导言》中曾提到过人类掌握世界的四种方式，他说："整体，当它在头脑中作为被思维的整体而出现时，是思维着的头脑的产物，这个头脑用它所专有的方式掌握世界，而这种方式是不同于对世界的艺术的、宗教的、实践——精神的掌握的。实在主体仍然是在头脑之外保持着它的独立性；只要这个头脑还仅仅是思辨地、理论地活动着。"① 从这段话的前后论述看，马克思主要在讲理论思维问题。马克思认为理论思维并不像黑格尔所幻想的那样是"具体本身的产生过程"，而是"思想用来掌握具体并把它当作一个精神上的具体再现出来的方式"。具体作为客观实体"仍旧是在头脑之外保持着它的独立性"。马克思反对黑格尔对理论思维问题的唯心主义幻想，但又吸取了黑格尔关于抽象和具体相互转化的辩证思想，着重指出理论思维绝不能产生思维对象，只能在思维头脑中掌握对象，其具体行程是"从表象中的具体达到越来越稀薄的抽象"，然后再上升到"思维具体"或"思维总体"，这个过程不是思维对象的产生过程，而是人的头脑理论地把握客观世界的过程，是人类掌握世界的一种方式。马克思为了进一步说明理论思维这种掌握世界的方式的特点，又列举出其它三种掌握世界的方式（艺术的、宗教的、实践——精神的）与之相对照，正是在这种对照中，马克思提出了艺术也是一种掌握世界的方式，而且是一种与理论的、宗教的和实践——精神的方式不同的方式。②

关于如何理解马克思提出的四种掌握世界的方式，学术界一直争论很多。在本文中我们只想结合马克思恩格斯的原典谈谈马克思提到的艺术的掌握方式到底具有什么特点。首要的一点，同理论的掌握方式不同，艺术的掌握方式不是"思想用来掌握具体并把它当作一个精神上的具体再现出来的方式"，而是运用想象把世界形象化并创造出一个形象化的艺术世界的方式。马克思在谈到希腊神话时说过，希腊神话"是已经通过人民的幻想用一种不自觉的艺术方式加工过的自然和社会形式本身"，"是用想象和借助想象以征服自然力，支配自然力，把自然力加以形象化"③。这里更引起我

① 《马克思恩格斯选集》第2卷，人民出版社1972年版，第104页。
② 《马克思恩格斯选集》第2卷，人民出版社1972年版，第102页。
③ 《马克思恩格斯选集》第2卷，人民出版社1972年版，第113页。

们关注的倒不是马克思关于神话的阐释，而是马克思顺便提到的“艺术方式”这个术语。按照马克思的解释，“艺术方式”不是“思维”的“再现”，而是“想象”的“再造”；不是通过思维把这个世界“概念化”，而是通过想象把这个世界“形象化”。因此，在马克思看来，一个是“想象性”，一个是“形象性”，大概是“艺术方式”的两个主要特征。马克思认为，正是由于有了想象力，人类才“产生神话、传奇和传说等未记载的文学，而业已给予人类以强有力的影响”①。想象不仅产生了一切“未记载的文学”，而且也继续产生着记载下来的文学。从心理学上讲，想象就是把留存在大脑中的表象加以连缀组合并给以新的创造。动物是不具备想象这种能力的，即使是最高级的动物，至多也只能感知眼下的事物，当这事物在眼前撤除后，有关它的表象或许可以依赖记忆能力而再次浮现，但绝不可能对记忆表象加以重新缀合和创造，也就是不可能具有一种想象的能力。只有人才会想象，这种想象的心理功能是在劳动中形成和发达起来的。劳动离不开想象，劳动的结果在劳动以前已经以观念的形式存在于劳动者的头脑中了。正是这一点决定了人的劳动与动物的本能活动（如蜜蜂造房、蜘蛛织网）之间的根本区别。从这个意义上看，没有想象，就没有人的一切创造性活动。马克思说的“艺术方式”中的想象就是创造了一个形象化的艺术世界，这个艺术世界首先应该是形象的，无论是倾向还是思想，都不应该是抽象的说明，而是形象的展示。恩格斯说过，“我决不反对倾向诗本身”，“可是我认为倾向应当从场面和情节中自然而然地流露出来，而不应该特别把它指点出来”② 他认为拉萨尔的《济金根》中的“主要人物是一定的阶级和倾向的代表，因而也是他们时代的一定思想的代表，他们的动机不是从琐碎的个人欲望中，而正是从他们所处的历史潮流中得来的。但是还应该改进的就是要更多地通过剧情本身的进程使这些动机生动地、积极地，也就是说自然而然地表现出来”③。恩格斯的这两段话都是在强调“艺术方式”要创造的是一个形象性的艺术世界。而且，这个形象性的艺术世界还应当具有现实主义的真

---

① 马克思：《摩尔根〈古代社会〉一书摘要》，中国科学院历史研究所翻译组译，人民出版社 1956 年版，第 552 页。

② 《马克思恩格斯选集》第 4 卷，人民出版社 1972 年版，第 454 页。

③ 《马克思恩格斯选集》第 4 卷，人民出版社 1972 年版，第 343 页。

实性和典型性，也就是恩格斯说的“据我看来，现实主义的意思是，除细节的真实外，还要真实地再现典型环境中的典型人物。”① 这就是说，“艺术方式”中的想象不是漫无边际的胡思乱想，而是在思维基础上的想象，即后来所说的形象思维；而形象也不是浮光掠影的表面现象，而是具有理性深度的形象，也就是一种具有典型意义的形象。所以，如果说“艺术方式”是一种运用想象创造形象化的艺术世界的方式，那么这种创造也是按照美的规律去创造，创造一个具有审美价值的艺术世界。马克思在谈到人的活动与动物活动的区别时指出，这种区别的显著特征之一就是，“动物只是按照它所属的那个物种的尺度和需要来进行塑造”，而人则是“按照美的规律来塑造物体”②。马克思在这里说的还是人的一般的生产活动具有美的创造的性质，如果具体到人的艺术活动，应该更具有一种美的创造的性质。在人的艺术活动中，无论是运用想象将世界形象化的活动，还是运用一定的物质媒介将艺术形象外在化的活动，都要按照美的规律来进行，都要创造一个具有审美价值的艺术世界。因此，若结合马克思的原典看，“艺术方式”的特点除了想象性和形象性外，自少还应该包括审美性。

联系当前关于文艺意识形态性的讨论，有论者提出文艺是审美的意识形态，有论者不同意这种提法。马克思恩格斯所说的社会意识形态形式是否有“审美”和“非审美”之分，这当然是一个可以继续研究的问题，但若从马克思所说的艺术作为掌握世界的方式看，艺术方式与其他方式、特别是理论方式的重要区别，的确是包括审美性在内的。我们完全有理由认为，在马克思看来，“艺术方式”主要就是一种审美的掌握世界的方式。

---

① 《马克思恩格斯选集》第 4 卷，人民出版社 1972 年版，第 462 页。

② 马克思：《1844 年经济学—哲学手稿》，刘丕坤译，人民出版社 1979 年版，第 50 页。

论“艺术审美经验”的涵义

近代以来，在美学领域发生的经验美学、心理美学、人生美学的转向，使得“艺术审美经验”一词越来越引起人们的关注，而当前国内学术界热烈展开的关于“大众审美文化”、“日常生活审美化”以及“文学的边界”、“艺术的边界”、“审美的边界”等的讨论也无不涉及对“艺术审美经验”这一概念的理解。因此总结历史的经验、综合各派观点，从理论上探讨一下“艺术审美经验”这一概念的基本涵义，应该是很有必要、很有现实意义的。从字面上看，这个概念在“经验”一词的前面有“艺术的”、“审美的”两个限定，因而是一个特指概念。本文拟先清理一下这个特指概念所规定的外延边界，即它的能指范围，然后再来确定这个概念的所指内涵。

一、艺术审美经验的外延界定

首先，艺术的审美经验是一种关涉“艺术的”审美经验，所有与艺术无关的经验，即使是审美经验，都不是我们所说的“艺术的”审美经验。譬如，我们在现实生活中，面对种种自然景物、社会现象、人的漂亮的面孔乃至某种高尚的品行所产生的审美经验，就不属于艺术的审美经验，因为这些审美经验与艺术没有直接的关联，它们不是在面对艺术作品时产生的。但是，这样的界定马上又引出了一个更为麻烦的问题，这就是如何划定“艺术”与“非艺术”的界限？这里的困难在于，被我们称为艺术的东西本身是不断变化着的，它的指称边界既不是预先设定的，也不是固定不变的，而是随着艺术本身的变化而“伸缩”不定的。总之，艺术与非艺术的分界由于艺术本身的不断变化而很难划清。

就西方的情况看，起初古希腊时期所说的“艺术”包括了一切“技艺性”的活动，很明显，这个所指范围是比较广泛的，诸如建筑、雕塑、制陶、裁缝、战术、医术、论辩术、经商术、航海术，等等，凡是一切依靠手艺的、有着既定程序的、需要某种特殊技术的活动，都被古希腊人看作是艺术。但奇怪的是，像诗歌、音乐这些被现代人看作标准艺术的东西反而未被古希腊人列入艺术的范围之内，因为，在当时的人们看来，诗歌、音乐等同哲学一样都是依靠智力的、创造性的、高贵的活动，都不属于“技艺”的活动，而被归入“艺术”的技艺活动则是机械的、粗俗的、低贱的活动。直到 1747 年法国学者查理斯・巴托首次提出了“美的艺术”的概念之后，艺术的外延边界才随之发生了重大的改变，这就是把原来被认为是艺术的那些“纯技艺”活动排除出去，而把绘画、诗歌、戏剧、音乐、舞蹈等具有审美意义的活动吸纳进艺术的范畴，由此就形成了近代以来关于艺术的新概念。

但是，自 20 世纪初开始，随着现代主义文艺特别是后现代主义文艺的兴起，艺术与非艺术之间的界限又重新变得模糊起来。这主要还不是指涌现出一些因大众传媒的发展而产生的新的艺术种类，如电影艺术、广播文艺、电视文艺、网络文艺、卡拉 OK、流行歌舞等；更重要的是，有一些按过去的艺术概念无法归属的东西也统统被称之为艺术品，如现在比较时兴的所谓环境艺术、装置艺术、过程艺术、行为艺术，等等。特别是行为艺术，已经把艺术创作和生活行为直接融合在一起，甚至赤裸裸地展示丑陋、恐怖等令人震惊的行为过程，就更是原有的艺术概念所难以包容的。所有这些新的变化，都使得我们在界定什么是和什么不是“艺术的”审美经验时，感到无所适从和难以取舍。在当今时代，“艺术”与“非艺术”之间的分野已变得模糊不清和游移不定，以至有人开始怀疑：这世界上究竟还有没有一种叫作“艺术”的东西？于是，各式各样的现代“艺术消亡论”和“泛艺术论”也就由此大量生出。

尽管如此，我们依然不能赞同当前流行的各种“艺术消亡论”和“泛艺术论”，我们依然认为，“艺术”与“非艺术”之间的界限虽一时难以明确划定，但为这种“划定”确立一个基本的原则还是可能而且应该的，这就是我们前面提到的，一方面要承认艺术的边界是不断开放的，以前不被看作是艺术的东西并不意味着永远不是艺术，在发展到一定程度的时候，它们也完全有可能进入艺术的范围。企图封闭艺术的边界，剥夺它们成为艺术品的权利，是不明智的，也是不可能的。至于说到现在流行的过程艺术、行为艺术等，我们认为，至少应该把它看作是一种新的艺术尝试，一种新的艺术实验，一种新的艺术探索，或者说，是一种新的艺术现象。文艺学美学的研究也必须“与时俱进”，对这种新的艺术现象应该给以特别关注。但另一方面也要看到，艺术边界的开放和拓展也不是无限度的，不能什么东西都可以装到艺术这个“大筐”里去，在这里还是存在着一个底线的。比如说，被称为艺术的东西起码是一个由某个特定作者创作出来的“人工制品”，而且这种人工制品必须具有一定的审美（宽泛意义上的审美）价值，具有一种可以让人观赏的可能性。完全自然的东西，毫无审美价值的东西，不能被人观赏的东西，无论怎么说，都绝无可能成为艺术品。我们所说的“艺术的”审美经验，当然不会包括这些对象所产生的经验。

其次，我们所说的艺术审美经验，还是一种关涉“审美的”经验，所以，一切“非审美的”经验，包括非审美的艺术经验，都不能算在艺术的审美经验之中。但是，这里仍然存在着一些理论上困难，就是如何划定“审美”和“非审美”的界限？如果说某某人明显地以一种求真的科学态度，或以一种求善的道德态度，或以一种日常的实用态度对待艺术品，由此产生的经验当然不能算作审美经验，这是不难判定的，尽管在面对艺术品时，审美态度与科学态度、实用态度，特别是与道德态度，往往是交织、混杂在一起的。可是，如果我们结合“美”的概念的历史演变看，“审美”与“非审美”的界限就不那么容易分清了。

我们都知道，美学史上关于美的概念有狭义和广义之分。狭义的美只是指“优美”，而广义的美，则随着社会历史的变迁和人类审美活动的深入，其指称范围也在不断地延伸、扩展。先是“崇高”被纳入到审美之中，成为一个重要的美学范畴，继而“丑”、“荒诞”、“反讽”等也正式进入了审美领域，被人们普遍地接受和认同。而到了 20 世纪中叶以后，在后现代的文化语境中，种种前所未有的全新的艺术样式和艺术形态纷至沓来，审美与非审美的分野就更是纠缠不清了。时至今日，我们不禁要问，当我们沉浸于种种大众传媒文艺中的那些富有诱惑力和刺激力的内容时，还是不是审美呢？由此激发的种种感官的体验和感受还算不算审美经验呢？再有，当我们面对所谓行为艺术制造出来的强烈的震惊效果时，还是不是审美呢？而由此引起的“惊悚”、“恐惧”乃至“恶心”等的体验还算不算审美经验呢？这一切的确都使我们越来越感到惶惑不解。尽管如此，有一点还是可以肯定的，这就是，审美与非审美的界限不是固定不变的，不仅“非审美的”可以转化成“审美的”，而且从“非审美的”到“审美的”，其间还存在着种种交叉和混杂的过渡形态，使我们很难也不可能在审美和非审美之间划定一个明确的界限。

鉴于上述复杂情况，我们在确定什么是“审美的”艺术经验时，决不能画地为牢、作茧自缚，狭隘地固守原有的成说，因为美和审美毕竟是一个在历史中不断变化发展的概念。较为积极而又稳妥的做法应该是，既要有一种历史的胸襟，又要有一种前瞻的眼光，既要尊重传统，又要立足现实和放眼未来，以一种尽可能宽容的学术态度来思考和权衡这一问题。特别是对那些新近出现的、尚处于萌芽状态的“艺术”样态和“艺术”经验，在其总体发展还不明朗的情况下，先不必忙于下结论，不妨将其作为一种准审美现象或因素先行纳入到文艺学美学的理论视野中来，给予认真的研究，例如对当代大众艺术和后现代艺术的审美现象如何看待，还有对当前所谓“日常生活审美化”的现象如何理解，等等。无论如何，对这些新近产生的准审美现象和事实，或采取一种视而不见的回避态度，或在尚未认真研究之前就简单地给出一个结论，都是极不科学的做法。

另外，我们在清理艺术审美经验的概念外延时，还要注意区分两种不同的经验形态。说到艺术审美经验，人们往往仅仅将其常识性地理解为接受者欣赏艺术作品时的审美经验。但事实上，艺术审美经验在审美活动的方式上是存在着两种形态的，除了读者欣赏作品时的审美经验外，还应包括作者创作作品时的审美经验。因为，从美学的角度看，作者的创作过程也应该是一个美的发现和美的创造的过程，尽管每个作家在创作过程中对美和审美可能有不同的感受和理解。毫无疑问，所谓艺术的审美经验，既可以指称艺术创作主体的审美经验，也可以指称艺术欣赏主体的审美经验，两种形态的艺术审美经验之间虽有着密切的联系和衔接，但也有着明显的区别，譬如两者在心理结构、心理过程、心理指向等方面都有着诸多的不同，不容混为一谈。杜夫海纳在《审美经验现象学》一书中，一开始就挑明了他所研究的审美经验“指的是欣赏者的而不是艺术家本人的审美经验”，但他又接着声言，他“之所以选定研究欣赏者的经验”，并非因为“欣赏者的经验是唯一的审美经验”，而是因为“尽管欣赏者的经验不如创作者的那样光彩照人，它仍不失为一种独特而关键的经验”，他同时又承认，“要对审美经验进行透辟的研究，一定要把这两者结合起来”①。这说明杜夫海纳早已注意到艺术审美经验的两种不同形态，并强调了区分艺术审美经验的两种形态对审美经验研究的重要意义。所以我们在谈论艺术审美经验时，还必须要搞清所谓的艺术审美经验是欣赏形态的审美经验，还是创作形态的审美经验。

总而言之，艺术的审美经验虽然是一个特指概念，但它所指称的外延范围还是极为广阔的，不仅包括一个历史的跨度，如前现代的艺术审美经验、现代的艺术审美经验和后现代的审美经验；也包括一个文化的跨度，如中国的艺术审美经验、东方的艺术审美经验、西方的艺术审美经验等；还包括一个种类的跨度，如文学的审美经验、音乐的审美经验、绘画的审美经验、戏剧的审美经验、舞蹈的审美经验、影视的审美经验，等等；还包括两种不同的形态，即创作审美经验和欣赏审美经验。所以，我们在把握艺术的审美经验概念的内涵之前，要充分考虑到这个概念的外延所涉及的对象和范围的开放性、复杂性以及某种程度的不确定性，将历史上的、文化上的、形态上的、种类上的所有的艺术审美经验，都无一遗漏地尽收眼底，加以审视和探究，由此才可能根据各种艺术实践，对艺术审美经验作出一个涵盖面宽、包容力大的解释。

二、艺术审美经验的内涵界定

关于艺术审美经验的内涵，西方近代以来有过更多的论述，涉及的问题

① ［法］杜夫海纳：《审美经验现象学》，韩树站译，文化艺术出版社 1992 年版，第 1—3 页。

更多，分歧也更大。因为，每个理论家对艺术的审美经验内涵的理解都有不同的视角，也反映了他们各自不同的哲学理念、审美理念和艺术理念，在观点上五花八门也就不足为奇了。英国的经验主义美学、德国的实验论美学以及精神分析、“格式塔”、“原型”、“移情”、“内模仿”等心理学美学自不用说，它们代表的是心理经验主义的一派，它们的美学理论从总体上看主要就是各种审美心理经验论；其他诸如表现论美学、现象学美学、存在论美学、阐释学美学、符号论美学、实用主义美学、接受美学等，这些在西方现当代美学中影响极大的美学学派，也无不将审美经验列为自己美学理论研究的重要内容，对此发表了各自不同的意见。至于中国古代美学中的如“兴观群怨”（孔子）、“得至美而游乎至乐”（庄子）、“身与物化”（庄子）、“比兴”（毛苌）、“迁想妙得”（顾恺之）、“澄怀味象”（宗炳）、“滋味”（钟嵘）、“神与物游”（刘勰）、“味外之旨，韵外之致”（司空图）、“兴趣”（严羽）、“性灵”（袁枚）、“神韵”（王士祯）、“境界”（王国维）诸说，因其“经验式”、“感悟式”的突出特点，也都可看作是分别从不同侧面对艺术审美经验的描述和解说，具体的观点更是异彩纷呈、各有千秋。

上述中外美学史上关于艺术审美经验的大量观点，一方面为我们研究艺术审美经验的内涵提供了极其丰富的宝贵资料，另一方面也不可避免地给我们的研究造成了一定的困难，使我们多少产生眼花缭乱、无所适从之感。面对如此复杂难辨的情况，我们所能做的就是坚持辩证思维的综合原则，在深入细致地审视和分析研究对象的基础上，从各家各派的优势互补着眼，求同存异，对各家各派的观点加以整合，由此来创构我们对艺术审美经验内涵的独特理解。

首先要说的是艺术审美经验的哲学内涵。就研究对象的本体来看，艺术审美经验无疑属于一个美学概念，当然需要从美学方面加以探讨。但艺术审美经验的研究也涉及一些哲学问题，诸如艺术审美经验的本质属性及其形成的起因和根源等，因而也需要从哲学方面加以探讨，以揭示其哲学内涵。正如我们知道的，当代美学的主要趋向是侧重具体的审美分析，回避抽象的哲学探讨，许多哲学问题都被作为“虚假”问题而被“悬置”起来了，在对审美经验的研究上尤其如此。但是，总不能把所有的哲学问题都悬置起来，因为毕竟有些哲学问题是客观存在的。如果说艺术审美经验的本质问题可以暂时搁置的话，艺术审美经验的历史起源问题是绝对无法回避、也是无法搁置的。这显然是一个真实的哲学问题（如果承认世间万物都有一个从无到有的过程，那么艺术的审美经验同样也有一个从无到有的过程，而且这个过程显然是一个曾经存在过的客观过程）。事实上，许多当代美学流派在对艺术审美经验进行美学分析和探究时，已经或多或少涉及了“根源”问题。譬如杜夫海纳在他的《审美经验现象学》里，虽然特别强调审美经验是从审美对象在意识中的“呈现”开始的，但他同时也辟专章论述了审美对象与“自然之物”的关系、审美对象与“历史”、“世界”的关系，提出了“任何审美对象都是一个‘历史的丰碑’”、任何审美对象“只有在历史中并且通过历史才有自己的生命，因为创造它或感知它的人也是存在于历史之中”[①] 等观点，这实际上就是在探讨审美经验产生的历史根源问题，就是在揭示审美经验的哲学内涵，尽管他的这些观点我们并不一定完全赞同。

回顾整个美学发展史，人们对审美经验产生的根源主要是从主观和客观两个方面加以考察和给出解释的，有的解释侧重于审美经验产生的客观因素，把审美经验产生的根源归结为审美客体，这就是所谓哲学唯物主义的解释，如英国经验派美学的重要代表柏克就认为美和美感来自“物体”，“是指物体中能引起爱或类似情感的某一性质或某些性质”[②]。有的解释侧重于审美经验产生的主观因素，把审美经验产生的根源归结为审美主体，这就是所谓哲学唯心主义的解释，如德国古典美学的奠基人康德，就把美感判断的普遍性的来源归之为普遍的人性，即人的一种“共同感”和“普遍的赞同”。当代美学大都不满意于这种机械的“主客对立”的思维方式，试图寻求一种能超越这种思维方式的新的解决问题的途径，如杜威的实用主义审美经验论，就是想通过对“生活经验”的强调来消解主客对立，而阐释学美学的审美经验论强调意义的阐释活动以及接受美学的审美经验论强调读者的接受活动，其理论目的也都是为了消解主客对立。但在我们看来，真正从根本上超越了传统的主客对立思维方式的还是马克思的社会实践论。

因为马克思所主张的社会实践是基于这样一个最明显，因而也是最基本

① ［法］杜夫海纳：《审美经验现象学》，韩树站译，文化艺术出版社 1992 年版，第 189—190 页。

② 北京大学哲学系美学教研室编：《西方美学家论美和美感》，商务印书馆 1980 年版，第 118 页。

的社会历史事实，尽管这一社会历史事实常常被以往的哲学家们所忽略，这就是“首先必须劳动，然后才能争取统治，从事政治、宗教和哲学等等”①。后来，恩格斯在马克思墓前总结其一生的理论贡献时，首先提到的就是马克思的这一重大发现，他说：“正像达尔文发现有机界的发展规律一样，马克思发现了人类历史的发展规律，即历来为繁茂芜杂的意识形态所掩盖的一个简单的事实：人们首先必须吃、喝、住、穿，然后才能从事政治、科学、艺术、宗教等等；所以，直接的物质的生活资料的生产，因而一个民族或一个时代的一定的经济发展阶段，便构成为基础，人们的国家制度、法的观点、艺术以至宗教观念，就是从这个基础上发展起来的，因而，也必须由这个基础来解释，而不是像过去那样做得相反。”② 所以，马克思所说的社会实践活动是以物质资料的生产为基础的，是“自然界的人化”和“人的对象化”的根本意义上的统一，是实践主体与实践客体的根本意义上的融合，因而也是对主客对立思维方式的根本意义上的超越。相比之下，西方当代哲学中的“生活世界”、“生活经验”、“阐释本体”、“生命活动”等的提法，由于没有触及物质生活资料的生产这个最基本的历史事实，由于不能在这个最基本的历史事实中来理解人类的实践活动，因而就显得过于浮泛和薄弱，难以真正超越主客对立的模式。

坚持以马克思主义的社会实践理论为指导，我们就可以更深刻地揭示审美经验的哲学内涵，从而也可以更深刻地揭示审美经验的美学内涵。我们认为，人的审美经验的发生取决于人的审美能力，而人的审美能力的形成，从根本上说，则是人长期社会实践活动的一个结晶和成果。用马克思的话说就是：“社会的人的感觉不同于非社会的人的感觉。只是由于人的本质的客观地展开的丰富性，主体的、人的感性的丰富性，如有音乐感的耳朵、能感受形式美的眼睛，总之，那些能成为人的享受的感觉，即确证自己是人的本质力量的感觉，才一部分发展起来，一部分产生出来。因为，不仅五官感觉，而且所谓精神感觉、实践感觉（意志、爱，等等），一句话，人的感觉，感觉的人性，都只是由于它的对象的存在，由于人化的自然界，才产生出来

① 《马克思恩格斯选集》第3卷，人民出版社1995年版，第335—336页。

② 《马克思恩格斯选集》第3卷，人民出版社1995年版，第776页。

的。五官感觉的形成是以往全部世界历史的产物。”① 这里说的“人的感觉”当然不只是指人的审美感觉，但显然包括着人的审美感觉和审美经验在内。而“人化了的自然界”就是指人的本质“对象化”了的自然界，也就是指通过人的生产劳动改造了的自然界，以此为基础构成了“以往全部世界史”。这就是说，人的审美感觉和审美经验是以往全部生产劳动发展史的产物。生产劳动创造了美，也创造了能够感受美的主体，也创造了主体的审美感觉和审美经验，这三句话，大致就构成了艺术审美经验产生的历史根源的基本命题。当然，从以生产劳动为基础的社会实践到审美能力的形成，到艺术审美经验的产生，其间还要经历一些复杂的中介环节，我们也并不否认所谓“生活经验”、“阐释活动”、“接受活动”乃至审美主体的先天本性所体现出的能动性和创造性，在艺术审美经验产生中的重要作用，但这些都不是艺术审美经验产生的决定性的因素，决定性的因素只能是生产劳动，或以生产劳动为基础的社会生产活动。

第二个需要探讨的方面是艺术审美经验的心理内涵。单从字面上理解，艺术的审美经验就是指审美主体在艺术的审美活动（创作和欣赏）中的亲身的经历和体验。“经历”和“体验”既有联系，也有区别，“经历”是多次“体验”之总和，而“体验”则是“经历”之基础。那么，审美主体在艺术的审美活动中都是体验到了什么呢？当然是体验到了一些在内心展开的心理过程，也就是审美心理。所谓研究艺术审美经验的心理内涵，就是揭示审美心理的机制和过程的发生和规律。总结前人的研究成果，可以看到，审美经验的心理内涵主要涉及这样一些问题：审美心理的发生条件、审美心理的构成要素、审美心理的运行机制，等等。审美心理的发生条件取决于审美主体在进入审美活动之前所具有的一种特殊的心理定势或心理状态，审美心理学将其称为审美态度，这种审美态度是在审美主体的审美需求基础上确立起来的，因而它既不同于日常生活中的实用态度，也不同于科学研究中的科学态度。实用态度是以直接功利性为目的，譬如饿了的时候看到一碗米饭就想把他吃到肚里，这就是一种实用态度，它所促成的是一种旨在满足某种物质欲望的实际行为；而审美态度则没有直接的功利性目的，观赏一幅美的图

① 马克思：《1844 年经济学—哲学手稿》，刘丕坤译，人民出版社 1985 年版，第 83 页。

画，只是因为它好看，能使自己愉快，并不是想获得图画上画的东西。科学态度体现为以概念思维去认知对象，它要满足的是人的一种求知需要，例如植物学家探究“梅花”这种木本植物何以会在寒冷的气候里开花，这是对梅花的科学态度；而审美态度则以静观的方式去观照对象，这种“观照”表现为一种对对象的审美特性的直觉和感悟，并通过形象的想象而受到美的对象的感染，从而达到一种“物我同一”的境界。如果也是面对“梅花”，审美态度关注的是“梅花在大雪纷飞中盛开”这种奇特而美妙的境象及其所引发的种种内心的感受，而不是探究梅花为什么会在大雪天里开放的原因。

关于审美心理的构成，大多论者认为人的心理功能的三个方面（认知、情感、意志）都积极参与了审美过程，当然这三个方面的心理功能的活动又都是以审美态度的确立为前提的。一般认为，审美心理的构成要素包括感知、情感、想象、理解等。而审美活动的特性决定了在审美心理的所有构成要素中，感性直观和情感体验应该是最重要的。当然，在审美心理中也包含着理解和认识，例如我们读《红楼梦》，只要我们有一定的理解力，就会对中国封建社会后期的贵族生活获得一定的感性和理性认识，但是这些感性和理性认识不是通过纯粹概念的思维达到的，而是与对《红楼梦》人物和情节的感性直观和情感体验水乳交融在一起的。至于审美心理的运行过程，一般认为这个过程历经了三个阶段：第一阶段是审美情感的激发，第二阶段是审美能量的释放，第三阶段是审美愉悦的享受。这只是一种理论上的划分，实际的情况要复杂得多，常常是三个阶段之间会出现交叉和重叠，并没有一个严明的时间次序。而且审美情感的激发要有审美主体对审美客体的审美知觉作为基础，而审美愉悦的程度也是与审美能量释放的大小成正比的。

就目前情况看，在审美心理学中争议最多、分歧最大的还是“想象”问题和“快感”问题。想象无疑是审美心理的核心要素，想象将审美心理的其他要素（感知、情感、理解）融为一体，形成一个统一的、完整的心理过程，没有想象就没有审美心理。对这一点，各家各派似没有太大的分歧，分歧主要在于审美中的想象究竟是一种怎样的想象。在我们看来，审美想象首先是一种不同于日常想象的特殊的想象，它是在一种特殊的审美情景（把审美对象与现实分开，并对审美对象采取一种“静观”的态度）中发生的，并且是为了一种特殊的审美目的（主要是创造可感可思的审美意象）而展开的；另一方面，审美想象同所有的创造性想象一样，也是以感性为基础、以知性为主导、以情感为动力的。我们主张把这两方面结合起来理解，在我们看来，无论是唯美主义的所谓完全超脱现实的“纯粹审美想象”，还是自然主义的所谓绝对照抄现实的“录像机式的想象”，还是弗洛伊德主义的源于性本能的“白日梦式的想象”，都是对审美想象的片面理解。

“快感”问题也是审美心理研究中的一个敏感问题。毫无疑问，审美心理总体上是一种愉悦的感受和体验，它虽然与“痛感”有关，时常是从“痛感”转化而来的，但最终必是一种“快感”，否则审美就失去了存在的价值和意义。关键依然在于如何理解审美快感？从一般意义上说，凡属人的快感总是多种多样的，这既与人的感受能力有关，也与人的活动方式有关。首要的一点是要认识到，人的自由自觉的活动特性使得人在愉悦的感受上比其他动物复杂得多、丰富得多、高级得多。人愉快了就能产生“笑”的表情，而其他的动物却都不会笑，仅此一点，足以说明人的快感的超越性，因而人的快感与动物式的本能满足的快感相比有着天壤之别。此外，人的活动的复杂性和多样性也决定了人的快感的千差万别，一顿美餐后的快感决不同于完成一件善行义举后的快感，观看一场足球比赛时的快感也不同于人生中某一时刻因大彻大悟而获得的快感。那么，人在审美活动中获得的是怎样的一种快感呢？对这一问题，我们总的原则是主张审美快感的层次论，即审美快感不是单纯的，它涉及感官愉悦、心理愉悦和精神愉悦三个层次。感官愉悦是指人们在审美活动中所获得的感觉器官上的舒适和愉快，这属于浅层次上的审美快感。心理愉悦是指人们在艺术审美活动中深入到艺术作品所创造的独特的艺术世界时，想象力受到鼓舞，各种各样的情感也被调动和激发起来并在艺术的虚构世界中获得了充分的宣泄，从而使我们日常生活中所形成的心理上的郁闷和紧张可能得到一定程度上的疏通和缓解，由此体验到一种如释重负般的心情舒畅感。这种心理愉悦的实质在于它实现了一种对审美主体的心理医疗的作用，属于比感官愉悦更深层次的审美快感。而审美快感的最深的层次则是精神愉悦，是指人在从事审美活动时，由于受到审美对象中内含的崇高的思想境界和精神力量的感染，感到自己在文化素养、道德情操、审美情趣等方面有所提高和升华，从而获得一种精神上的充实和满足。

精神愉悦所指向的是超越物质追求之上的精神追求。很显然，审美快感既不是单纯的感官愉悦，也不是单纯的精神愉悦，而是从感官愉悦到心理愉悦再到精神愉悦的一个层层递进深化的感受过程。精神愉悦是审美快感的最高层次，也是审美快感的“高峰体验”。当然，并不是任何人的任何一次审美活动都能达到精神层面的“高峰体验”，这取决于具体的审美对象、具体的审美个性和具体的审美情景。譬如，再美的音乐也不能给一个不懂音乐的耳朵带来高级的快感，同样，再敏感于音乐的耳朵也不会对一首缺乏音乐美的乐曲产生高级的快感。但作为人的总体的审美快感则应该而且必然是一个由生理到心理再到精神的层层递进的、不断深化的过程。

第三个需要探讨的方面是艺术审美经验的人文内涵。如上所说，审美经验通过审美心理感受、特别是通过审美感受的“高峰体验”，而实现一种从感官到精神上的感染人、教育人、提升人的作用。因此，审美经验中还应该蕴含着一种超越了心理内涵的人文内涵。对这种人文内涵，历代富有人文思想的美学家都给以特别的关注。早在两千多年以前，古希腊的大哲学家亚里斯多德就提出过著名的“净化说”，认为对艺术的欣赏不仅使人愉快，还可以起到净化人的灵魂、保持人的心理健康的作用。他还特别指出，“快感”如果与“净化”相结合，就可以成为一种“无害的快感”，所谓“无害的快感”，强调的正是艺术审美的教育作用及其人文内涵。我们知道，柏拉图是轻视艺术的，他之所以轻视艺术，主要是基于他的理念主义而认为艺术活动属于感性的、情感的活动，因而会对社会和人产生有害的影响。亚里斯多德正是通过把艺术快感与艺术的净化作用结合起来，张扬了艺术审美特有的人文内涵，以回应柏拉图对艺术的这种不应有的轻视和贬低。18 世纪德国伟大的启蒙思想家席勒更是从解决“人性分裂”、“人性异化”的高度，第一次明确提出了审美教育的问题。他针对当时资本主义分工所造成的“欣赏和劳动脱节，手段和目的脱节，努力与报酬脱节”的异化状态，以无可置疑的口气指出：“总之，要使感性的人变成理性的人，除了首先使他成为审美的人，没有其他途径。”① 而一个人要成为审美的人就必须接受审美教育。所以，在席勒看来，审美教育对异化了的现代人的人性复归和全面发展具有

① ［德］席勒：《美育书简》，徐恒醇译，中国文联出版公司 1984 年版，第 116 页。

决定性的意义。席勒二百年前提出的审美教育理论，对我们今天深入理解审美经验的人文内涵依然具有重要的借鉴价值。

历史发展到今天，已经进入了后工业文明时代，伴随着科技进步、物质生活大幅度提高而来的，还有人口爆炸、生态破坏、战争威胁、精神疾患，信仰缺失、道德沦丧等严峻的社会问题。人类的总体生存环境反而日趋恶化，人类的发展前景也不容乐观。在如此令人堪忧的当代生存状态下，突出艺术特殊的审美教育作用，强调审美经验特有的人文内涵，就显得尤为迫切和重要。正因如此，杜夫海纳在对审美经验进行现象学研究时，并没有妨碍他对审美经验的人文内涵的关注。他在《审美经验现象学》一书的最后一章里，就特别强调了“审美经验的本体论意义”，在谈及“艺术的真正功能是什么”这个古老的问题时，他说道：“艺术给予我们感知一个典型对象……时，它使我们并训练我们去读解表现，去发现只有在感觉中才显示的气氛。它使我们感受情感的绝对经验。我们之所以能够读解现实的诸表现，是因为我们对审美对象这种超现实对象或前现实对象受过这种训练。所以艺术首先具有预备教育的功能。”① 杜夫海纳在这里说的“预备教育的功能”，就是指艺术审美可以提高我们对现实“真理”的理解和认识，而这一点，正是杜夫海纳所指出的审美经验的本体论意义之所在。当代著名的存在主义哲学家海德格尔，则在人类生存的意义上揭示艺术审美的人文内涵，他把“诗”与“思”并置，并提出“思者道说存在，诗人命名神圣”的命题，认为艺术审美和哲学一样具有一种对“遮蔽”进行“解蔽”的伟大作用。他指出，“美是无蔽性真理的一种呈现方式”，人通过艺术审美可以走向真理敞开的“澄明之境”，从而达到所谓“审美地生存”和“诗意地栖居”，他充满诗意地说道，“正是诗，首次将人带回大地，使人属于这大地，并因此使他安居。”② 此外，还有接受美学的主要创立者和理论代表尧斯，也重新举起了席勒所奠定的人道主义审美教育思想的旗帜，在论及当代艺术审美经验的人文使命时，他有针对性地指出：“处于感受层次的审美经验承担了一个与社会存在不断加剧的异化现象相对立的任务。在艺术的历史中，审美

① ［法］杜夫海纳：《审美经验现象学》，韩树站译，文化艺术出版社 1992 年版，第 584 页。

② ［德］海德格尔：《人诗意地安居》，郜元宝译，上海远东出版社 1995 年版，第 36 页。

经验从来没有接受过这种任务：运用审美知觉的语言批评功能和创造功能去抵御文化工业中萎缩了的经验和卑贱的语言。鉴于社会角色和科学视角的多元化，这种视角还被用来保存其他人对世界的经验，从而捍卫了一种共同的视域。自宇宙论消失之后，艺术最适合于支撑这种共同视域。”① 可以说，几乎所有的当代著名的美学家和有识之士，在论述审美经验时，都毫无例外地大力凸显它的人文内涵，大力凸显它在提升人的精神境界和美化人的生存环境中的重大作用。因此，我们今天研究艺术审美经验，就不能只是停留在心理学的描述上，必须把更多的注意力投放在对它的教育功能和人文价值的探讨上，以便更深入地揭示出它的人文内涵和当代意义。

① ［德］尧斯：《审美经验与文学阐释学》，顾建光译，上海译文出版社 1997 年版，第 138—139 页。

艺术审美经验是最基本的审美事实

确立文艺美学研究的出发点或逻辑起点，对文艺美学理论的建构来说，是至关重要的。有什么样的出发点就有什么样的理论建构，从而也决定着理论体系的基本特色。纵观整个美学史，文艺美学研究的出发点无外乎两大类，一类是从某种理论预设出发，例如从柏拉图开始的对“美本身”以及美的本质的探讨，就是一种最有代表性的、也是最有影响的从理论预设出发的文艺美学研究。这种文艺美学研究首先确立一个关于艺术美的“一般本质”的理论预设，然后再从这一理论预设推衍出艺术的审美特性和审美规律。从某一理论预设建构文艺美学体系的优点在于思路宏大，涵盖面广泛，或许更具有理论上的普适性，但缺点也是显而易见的。主要问题就是从理论到理论，为体系而体系，极易脱离研究对象的实际情况，难以触及艺术实践中的现实问题。也许是为了克服从某种理论预设出发的抽象性弊端，近代以来又有些学者尝试以艺术的审美事实作为文艺美学研究的逻辑起点，这就构成了另外一类从艺术审美事实出发的文艺美学研究。这类文艺美学研究紧紧抓住艺术审美活动中涉及的种种具体的现象和事实，力图将理沦的建构置放于具体的艺术审美事实之上。这样做的确增强了文艺美学理论的实证性和实践性品格，但是，“艺术的审美活动”的概念还是让人感到有些宽泛和抽象。因为“艺术的审美活动”包括各种形态，若把艺术的审美活动作为主要参照来设计理论体系的基本构架，尚不失为一种行之有效的理论建构方略，但若把艺术的审美活动作为理论研究的出发点，就会使人觉得无从下手。当然，我们也可以依据某种理念硬性规定某一种审美活动形态为理论建构的出发点，但这样一来，就意味着我们又把一种关于“艺术审美本质”的理论预设不自觉地强加给了具体的审美事实，也意味着我们从审美事实开始又转回到了“艺术的审美本质”的出发点。所以重要的问题还是在于找到一个作为艺术审美活动赖以展开的最基本的审美事实。尽管“艺术的审美活动”的提法尚有不尽人意之处，但这一提法毕竟为文艺美学的研究指出了一条“从基本的审美事实出发”的新思路。循着这条新思路，我们就可以进一步探讨这样一个问题了，即在艺术的审美活动中最基本的审美事实是什么?

一、从具体的艺术审美活动中寻找最基本的审美事实

从常识的观点看，在文艺美学研究所涉及的对象范围中，唯一不证自明的审美事实也许就是我们所亲历的具体的艺术审美活动了。譬如我们现在正在欣赏一首乐曲，我们感到这首乐曲很好听，我们的心情因此很愉快，这些都是确定无疑的事实。如果我们认同这个常识性的观点，那么，所谓“最基本的审美事实”就只能从具体的艺术审美活动中寻找。因而，这里首先需要搞清的是，在我们亲历具体的艺术审美活动时都发生了些什么。

现在，让我们再回到刚才的那个例子，我们正在欣赏一首乐曲，更具体地说，我们正在欣赏贝多芬著名的《命运交响曲》。正如我们所熟悉的，这首象征着与命运抗争的交响曲共有四个乐章：第一乐章是奏鸣曲式，包含两个主题，第一主题就是所谓的震撼人心的“命运敲门声”，接着圆号吹出了嘹亮的号角声，引出了第二主题，随后威风凛凛的命运之神再次闯入，并暂时占了上风。第二乐章是双重主题同时展开的变奏曲，第一主题是抒情、安详、沉思的，在以后的变奏中，这个主题逐渐由沉思转向行动，并随后化为坚定有力的进行曲。与此相重叠，第二主题表现经过思索后又获得了抗争的信心和勇气。第三乐章，引出了振奋人心的赋格曲，意味着抗争的力量在不断壮大。当音乐再次回到该乐章开始的命运主题时，由低音弦乐奏出的音调向高处拔升，并在不断增强的轰鸣声中迎来了第四乐章，似乎抗争的力量已居于优势。第四乐章又是奏鸣曲式，起首就是全部乐器奏出辉煌的第一主

题，后由弦乐拉出欢乐的第二主题，这是由三连音组成的胜利舞曲。到发展部高潮时，欢乐主题突然中断，远处又隐约响起命运的威吓声，但显然已成强弩之末了。于是辉煌的主题再度奏响，这场与命运的抗争终以抗争者的彻底胜利而告终。

以上不过是对贝多芬所创作的《命运交响曲》乐谱文本结构的大致描述，这里需要注意的是，《命运交响曲》的乐谱文本还不是我们所听到的这首交响曲的“乐音”本身，更不是我们在欣赏这首交响曲时的具体感受，尽管我们在描述中不得不加进些主观性的用语。要想把《命运交响曲》的乐谱文本变成我们可以听到的“乐音”，除了乐谱文本的先行存在这个前提之外，还需要乐队的演奏，即乐队指挥根据乐谱文本所进行的“二度创作”。这样，由贝多芬创作的《命运交响曲》要想成为可以被我们听到的音乐，并产生我们听这首乐曲的具体感受，至少要有两个前提：第一前提是贝多芬写出了《命运交响曲》的乐谱文本，第二个前提是乐队根据乐谱文本所进行的演奏。除此之外，还有第三个前提，这就是乐意欣赏并且能够欣赏《命运交响曲》的听众的存在。很显然，没有听众，或者只是“对牛弹琴”，贝多芬的《命运交响曲》只能是一纸空文！

如此看来，如果具备了上述三个前提，即文本、演奏、听众，一次实际地欣赏《命运交响曲》的审美活动就可以进行了。让我们再继续描述前面的那个例子，看看在我们欣赏这首交响曲时发生了什么事情。假设此刻，我们正坐在某某音乐厅欣赏某某乐队演奏《命运交响曲》，当第一乐章那极具震撼力的“命运敲门”的旋律刚刚传入我们的耳朵，我们的心就被激动起来，我们更加专心致志地聆听着随之而来的风起云涌般的旋律，随着这些旋律和节奏的不断变化，我们的内心也时而紧张，时而放松，时而消沉，时而振奋，时而祥和，时而惶乱……我们在倾听音乐的同时感受着我们内心世界的起伏跌宕，我们在感受内心起伏跌宕的同时也驰骋着我们的想象……总之，我们的耳朵的感觉、我们的情感的波动、我们的想象和幻想以及由此而生的欢欣和愉快，这一切就构成了我们在欣赏《命运交响曲》时的亲身的经历和体验。在美学中，这些在审美活动中产生的亲身的经历和体验被称为“审美经验”。

表面看来，在我们欣赏《命运交响曲》的过程中，是贝多芬创作的乐谱文本和乐队的演奏产生了我们的审美经验，但实际上问题并没有这么简单。贝多芬的乐谱文本和乐队的演奏是产生我们的审美经验的不可缺少的前提，必须先有乐谱和演奏，然后才可能有我们的欣赏。但是，就乐谱和演奏本身来说，乐谱不过是一些印在纸上的符号，演奏也不过是一些有着不同频率的声波，而作为欣赏者的我们却是活生生的人。首先我们欣赏这首交响曲完全出自自愿，无论作曲者还是演奏者都不可能强迫我们；其次我们在欣赏这首交响曲时又是完全能动的，是我们的心灵对作用于我们耳朵的那些乐音的一种积极的并带有创造性的回应，否则就不可能有那样的感受和想象，就不可能产生那样的审美经验。正是在我们的审美经验中，或者说在我们内心被激起的情感体验、想象和感悟中，作曲家写出的那些无生命的乐谱符号以及乐队奏出的那些物理性的声波震动，才变成了动人的乐音和旋律。也就是说，《命运交响曲》这首乐曲只有在我们的审美经验中才能从潜在的状态转化为它的现实的存在。如此看，在欣赏《命运交响曲》的过程中，最基本的审美事实既不是乐谱文本的存在，也不是乐队的演奏，而是我们在这一过程中产生的审美经验。因为没有我们的审美经验，也就没有这首乐曲的现实的存在。

二、对审美经验作为最基本的审美事实的理论说明

从上面列举的实例里，我们已经从感性上意识到，在唯一不证自明的审美事实——艺术的审美活动中，最基本的审美事实应该是伴随着这一活动过程而发生在我们自己身上的审美经验，这个结论是否具有一般的普适性，还有待我们从理论上加以阐发和论证。我们认为，我们所从事的一切艺术的审美活动，无论是创作的审美活动，还是欣赏和接受的审美活动，都建立在一个共同的审美事实之上，这就是在所有的审美活动中都会发生的审美经验，而且这种审美经验是任何一个活动主体都能真切地感受到的。因此，我们就把这种“审美经验”视为最基本的审美事实。也许马上会有人反驳说，审美经验是以“审美对象”为前提的，相比审美经验，审美对象应该是更基本的东西。我们并不否认，任何审美活动都是从审美对象开始的，的确很难想象没有对象的审美活动。但是，在任何艺术的审美活动中，审美对象

（艺术作品）都不以纯然客体的方式存在，因而也不能等同于审美客体（艺术作品文本）。审美客体确实是存在于审美活动之外和之前的，而审美对象只能存在于具体的审美活动之中，也就是存在于审美主体与审美客体相互遭遇、相互作用之时。

马克思说过："只有音乐才能激起人的音乐感，对于没有音乐感的耳朵来说，最美的音乐也毫无意义，不是对象，因为我的对象只能是我的一种本质力量的确证，也就是说，它只能像我的本质力量作为一种主体能力自为地存在着那样对我存在，因为任何一个对象对我的意义（它只是对那个与它相适应的感觉说来才有意义）都以我的感觉所及的程度为限。"① 在这段被人经常引用的话里，马克思从历史唯物主义的立场指出了审美对象的特殊的存在方式，即审美对象的存在必须要在审美客体与审美主体的相互联系中来理解。

法国美学家杜夫海纳也从另一种视角，即一种审美经验现象学的视角，阐述了审美对象的特殊的存在方式。他首先表明了他的现象学立场："我们存在在世界中，这意味着意识是世界之本，任何对象都依照意识采取的态度并在意识的经验中得到展示和表达。"随后杜夫海纳又通过审美对象与"艺术作品"（他说的"艺术作品"实际上是指作为审美客体的艺术作品的文本）的区别揭示了审美对象的存在条件和呈现方式。他这样说："审美对象和艺术作品的区别是：要有审美对象的呈现，必须在艺术作品之上加上审美知觉。"②，我们当然不会毫无批判地认同诸如"意识是世界之本"这样的纯粹现象学理念，但杜夫海纳关于审美对象如何存在、如何呈现的观点则很值得我们借鉴。如果说"审美对象"只有在"审美主体"与"审美客体""遭遇"（即杜夫海纳所说的"审美知觉"的形成）时才能存在，那么，它的呈现也只有在审美主客体"遭遇"的那一时刻产生的"审美经验"里才有可能。这就是说，"审美经验"的产生与"审美对象"的呈现是同时发生的，"审美经验"的产生就意味着"审美对象"的呈现，而"审美对象"的呈现也意味着"审美经验"的产生。"审美经验"与"审美对象"是合

---

① 马克思：《1844年经济学哲学手稿》，刘丕坤译，人民出版社1985年版，第82页。

② ［法］杜夫海纳：《审美经验现象学》，韩树站译，文化艺术出版社1992年版，第5、22页。

而为一的、不可分割的统一整体，它就像一张纸的两面，从主观方面看是“审美经验”，从客观方面看就是“审美对象”。

所以，在审美活动的范围内，既不能说审美经验是审美对象的前提，也不能说审美对象是审美经验的前提，因为两者有着一个共同的前提，这就是审美主体与审美客体的“相遇”或“相互作用”。当我们作为审美主体面对审美客体并与之发生审美关系时，我们最先意识到的就是审美对象在我们审美经验中的呈现和展开。正是在这个意义上，我们把审美经验看作是最基本的审美事实，并将其确立为我们文艺美学研究的出发点。所谓“最基本的审美事实”，就是在“悬置”了一切理论预设之后遗留下来的再也不能化简的审美事实，就是我们在进入艺术的审美活动之初最先真切地感受到的审美事实，也可以将其称为艺术审美活动中的“原子事实”。我们认为，从这种“原子事实”出发，文艺美学的建构就有可能获得一种更为彻底的可靠性和稳定性。在这方面，马克思的政治经济学研究早在一个半世纪前就为我们树立了光辉的典范。我们知道，马克思建构他的政治经济学体系大厦是从分析商品开始的。为什么从商品开始？马克思在他的《资本论》一开头就对这个问题作了明确的解答。他说：“资本主义生产方式统治下社会的财富，表现为‘一个惊人庞大的商品堆积’，一个一个的商品表现为它的原素形式。所以，我们的研究要从商品的分析开始。”① 这就是说，在马克思看来，他的政治经济学研究之所以从商品开始，是因为他发现，在资本主义社会里商品是大量存在着的、人们几乎每时每刻都会遇到并与之发生关系的一个最基本的经济事实，用他自己的话说，就是资本主义经济的“细胞形态”、“原素形式”。马克思的整个政治经济学体系，就是以“商品”这个“最基本的经济事实”的分析为“基石”建立起来的。虽然文艺美学与经济学分属于不同的学科领域，但由马克思倡导并成功地实践的从“原初的基本事实”出发的研究方略，则无疑具有一般的指导意义，对文艺美学的研究也应该是适用的，只不过在考察和确定艺术审美领域的“基本事实”时，审美活动有其显著的特殊性，因而在审美活动中对“基本事实”的认定是与在经济活动中不一样的。正像“商品”作为资本主义社会中的基本经济事实而成

① 马克思：《资本论》第1卷（上），人民出版社1953年版，第5页。

为政治经济学研究的出发点一样，“审美经验”作为艺术的审美活动中的基本审美事实也可以成为文艺美学研究的出发点，文艺美学研究只要紧紧抓住这一基本事实，从这一基本事实出发上升到理论，文艺美学的理论建构也就被根植于一个坚实牢靠的地基之上了。

需要指出的是，当我们强调确立艺术的审美经验作为文艺美学的出发点时，丝毫没有否定其他出发点的意思，相反，我们依然认为，其他的出发点都有其各自的合理性，都有其各自的存在价值。事实上，从艺术的审美经验出发与从艺术的审美本质出发，虽然有着根本的差异，但也不是截然对立的。正如从艺术的审美本质出发的体系建构中必然包含着具体的“事实归纳”一样，从艺术的审美经验出发的体系建构中也必然包含着抽象的“逻辑演绎”。至于同从艺术的审美活动出发的体系建构相比，从艺术的审美经验的体系建构更不会与之构成相互拒斥的关系，两种体系建构本来就是走在同一思路上，只不过从艺术的审美经验出发的体系建构试图寻求一种更原初、更直接、更基本的审美事实，因而走得更远一些罢了。而且艺术的审美经验就是在审美主客体“相遇”的审美活动中产生的，实际上它也是一种审美活动，是一切审美活动的最基本的形态。

三、艺术的审美经验一直是中西美学研究的重要内容

众所周知，西方近代以来美学研究的一个突出走势，就是从自上而下的逻辑思辨转向自下而上的事实归纳，从对美的本质主义的思考转向对具体的审美和艺术现象的探究，从抽象的哲学美学转向现实的人生美学，因而重视现实生活中的审美问题，重视美学理论的实践价值，重视对审美事实和经验的分析，力图从个别的审美经验总结出一般的审美规律，就成为现当代美学研究的一个显著特点。以洛克、休谟、柏克等为代表的英国经验主义美学作为近代审美经验论之发端，他们的美学理论自然都是以审美经验为核心的；即使像康德、叔本华、尼采这样的偏重形而上超越的哲学家，也无不将他们的美学研究或多或少地建立在审美经验之上，即如叔本华的“生命意志说”、尼采的“酒神精神说”，都是以审美经验为其立论的基础的；而在康德之前的鲍姆加登，于1750年首次为美学学科命名时，就用了“aesthetics”

（感性学）这个词，意思是美学应该是一门研究感性经验的学科。进入20世纪以后，几乎所有的西方美学流派，从克罗奇的直觉表现论，克莱夫·贝尔的“有意味的形式”论，直到杜夫海纳的现象学美学、莫加登的阅读现象学以及姚斯的接受美学，就更是把审美经验摆到重要的位置。需要特别指出的是，美国实用主义哲学的创立者杜威，于1934年出版了《艺术即经验》一书，提出了其艺术哲学的使命就是恢复艺术经验与生活经验的延续关系，明确打出了艺术审美经验的旗帜，可视为经验论美学逐步走向成熟的标志；而现象学美学的代表人物杜夫海纳则在1953年发表了影响深远的重要论著《审美经验现象学》，他在书里集中系统地阐述了“审美对象的呈现离不开审美知觉”的核心观点，赋予现代审美经验论美学以强烈的哲学色彩和深刻的内涵。对于西方现当代美学发展的这一大趋势，许多美学史家都给予了密切的关注和充分的研究。例如美国分析美学的代表人物莫里斯·韦兹就总结道：“自康德以来，审美反应问题，或审美经验问题，在艺术的哲学探讨中一直处于最突出的地位。”[①] 那么，西方现当代美学为什么那么看重审美经验的研究？为什么把审美经验摆到美学探讨的突出地位？原因当然是多方面的，其中的一个重要原因恐怕还是来自美学自身发展的要求，即从柏拉图开始的以探讨“美本身”为己任的思辨美学。思辨美学在以黑格尔为代表的德国古典美学那里发展到极端，以至演化为完全脱离生活实际的有关美的本质的抽象逻辑探讨，于是近代美学开始寻求一种把美学与生活现实和审美现实重新联系起来的新路，由此逐渐形成了现代美学的从抽象的思辨美学到具体的人生美学的大转型。这样，美学研究的重心由审美本质向审美经验的转移和倾斜，自然就成为一个不可遏止的潮流了。

当然，我们将审美经验看作最基本的审美事实并确立为文艺美学研究的出发点，并非仅仅是为了追随什么潮流，更重要的则在于我们认识到，凡是“经验”都是在一定的时间和地点发生的，具有非常确定的当下性和现实性。尽管古往今来的“先验论”和“超验论”的哲学家都竭力否认现实的经验世界的真实性，但即使常识也告诉我们，经验世界依然是我们所知道的唯一实存的世界，在某一确定的时刻和地点，我们只知道有一个经验世界存

① 转引自李戎《美学概论》，齐鲁书社1992年版，第284页。

在，至于其他世界的存在与否，则是永远不可能被证实的，当然也是永远不可能被证伪的。因此，经验世界就是唯一的一个当下实存的现实的世界。我们之所以主张文艺美学以审美经验作为由之出发的最基本的审美事实，一个最重要的目的就是为了促进文艺美学研究与当下生活现实和文艺现实联系得更紧密，从而保证它所提出和解决的问题是从现实的审美实践中来的，保证它所构建的理论具有真正的实践性和现实性品格。

让我们再把眼光转向中国古代的美学史，我们知道，由于受中国传统文化和思维方式的影响，中国古代美学始终以文艺作品为主要研究对象，并且在研究文艺作品时，不是像西方美学那样致力于建构艺术理论体系，而是偏重研究文艺创作和欣赏中的审美感受和经验。中国古代美学所提出的所有重要的概念和范畴，几乎都是对中华民族的特殊的艺术审美经验的直接描述和阐发。所以中国古代美学更倾向于一种文艺美学和体验美学。譬如“意境”这个概念，我们都知道它是中国古代美学中最著名最有代表性的概念之一，而这个概念的形成就与中国文学特殊的创作经验和欣赏经验有着直接的关系，可以说它就是对中国特色的“情景交融”、“物我合一”的审美经验理论的概括和总结，而不是出于哪个美学家的“形而上”的奇思妙想。其他再如“言志”、“缘情”、“比兴”、“应感”、“滋味”、“妙悟”、“机趣”、“兴会”、“神韵”、“格调”、“境界”等重要概念的提出，也无不建立在对中国古代文学作品的特有的体验和体悟的基础上。正如近代学者王国维在分析“境界”这个概念时说的：“有有我之境，有无我之境。……有我之境，以我观物，故物皆著我之色彩；无我之境，以物观物，故不知何者为我，何者为物。”① 很明显，这里说的“境界”就是对中国古代文学体现出的一种特殊的审美经验的理论提升。可见中国古代美学基本上是一种经验式的、感悟式的美学，而不是一种对“美本身”的纯粹形而上的追问和探寻，这一点，是与西方古典的哲学美学有着极为明显的重大差别的。

---

① 郭绍虞、王文生：《中国历代文论选》（1 卷本），上海古籍出版社 1979 年版，第 444 页。

现实关怀与问题意识：中国当代美学发展的出路

首先须要解释的是，我们这里说的“当代”不是指 1949 年新中国成立以后，而是指 1979 年改革开放以后，我们这里说的“中国当代美学”也主要不是指中国当代美学的整体，而是单指中国当代美学的理论。就中国当代美学的整体来说，它应该包括三个方面：美学理论、艺术和审美批评、艺术和审美实践，这三个方面虽然相互关联和相互交融，但实际上又是各成系统，各自独立，形成三方面平行发展之势，不能统而论之。

进入新世纪以后，美学界对改革开放以来近三十年的美学发展历程的反思越来越多，之所以有这么多的反思，倒不是因为历史开始了一个新纪元，而是因为恰巧在世纪之交的特定历史条件下中国美学遭遇到一些新情况，出现了一些新问题，亟须通过一个反思的过程以找出问题、摆脱困境和谋求进一步发展的可能性。在反思中，许多论者已经认识到使中国当代美学陷入困境的根本问题之一就是美学理论与现实的艺术和审美实践的脱节，这个问题不仅体现在 20 世纪 80 年代的实践论美学上，也体现在 20 世纪 90 年代的后实践论美学上。因为无论实践论美学还是后实践论美学都是本体论美学，它们或者以物质生产实践为本体，或者以生命、生存为本体，这种被种种“本体”框定的美学体系终究会被日新月异的艺术和审美实践的发展所冲破而陷入困顿。所以当今的美学理论所面临的不只是某些范畴和观念刷新的问题，甚而是整个美学研究范式需要转换的问题。基本赞同上述论者的意见，笔者认为中国当代美学摆脱困境的出路之一就是理论与实践的靠近和结合。但须进一步追问的是：造成中国当代美学中的理论与实践脱节的原因是什么？如何解决这个“脱节”的问题？

一、决定中国当代美学发展进程的四大向力

从总体上看，中国当代美学是在四个不同向度的力量的牵制和撕扯中形成和发展的。首先是“自身发展”这一向力。这个向力又体现为两个相对因素的合力作用，一个是现代性的追求，一个是传统的潜在影响。众所周知，中国的现代化进程是在帝国主义列强船坚炮利的严峻逼压下、在救亡图存的危急情势中被迫开始的。所以中国现代化进程的现代性除了有其一般的世界性内容外，还有其特殊的民族内容，这就是第一步通过共产党领导的新民主主义革命摆脱半殖民地半封建的严峻局面以争取民族独立和“自立于世界之林”的民族地位，第二步是通过共产党领导的社会主义革命和改革、通过民主法制的建设、通过发展科学技术和社会生产力以实现民富国强的现代化目标。1979 年以来。“改革开放”三十余年的历程正是这第二步现代性追求的继续和深入。整个中国的近百年的现代性追求是在克服了种种客观阻力和主观干扰中不断推进的，但从其自身发展的角度看，最大的困扰和麻烦还是来自传统的牵制力量。一方面，中国的现代性追求的“现代”性质决定了它的目标不可能从自己的传统中自发生成，必须要摆脱传统的束缚以超越传统才行；另一方面，中国现代性追求的展开又离不开传统这个基础。中国的现代性追求不可能另起炉灶、从新开始，它必须要在与传统的接续和承继中进行，而且传统作为一种“集体无意识”还对现代化进程直接构成一种潜在影响，当前“和谐”、“仁爱”以及“孝敬”等价值观念的重新倡导就是这种潜在影响的体现，也是在现代化进程中现代与传统两方面并非绝然对立、可以进行部分的链接和融会的一个明证。中国五千年的文明史及其创造的灿烂文化和近百年现代化进程中形成的新传统，完全可以成为现代性追求可资挖掘和利用的一笔巨大文化资源和理论财富，而不能仅仅被认为是现代性追求的拖累和负重而企图予以“彻底决裂”，甚而至于“连根拔锄”。中国当代美学作为中国学术现代化进程的重要一翼，是与整个中国社会的现

代化进程连成一体的，也同样遭遇到现代性追求与即成的美学传统的矛盾和冲突，也同样遭遇到不断突进前行的现代导向力与已有的传统牵制力之间的交互作用而形成的情感缠扰和理论困惑。回顾中国当代美学近三十年的历程，20 世纪 80 年代主要是通过“拨乱反正”和大规模外借西方理论以求得新突破和新进展，于是有了实践美学的复兴和扩建，有了“新的美学原则的崛起”，有了“现代主义”的风行。这种基本以“破旧立新”为主的发展态势必然导致对美学传统的轻视和掩蔽，从而使美学理论的现代建构逐步陷入无根无基的飘浮状态。而到了 20 世纪 90 年代，日益高涨的全球化浪潮的冲击，使得人们越来越意识到了企图摆脱本土美学传统的不可能性和有害性，于是又出现了所谓“国学热”，出现了所谓“失语症”的议论，出现了“古代文论的现代转换”的呼声，出现了后实践美学的种种理论创新的尝试。尤其是进入新世纪后，由于受更新的社会历史文化语境的影响，中国美学理论的建构愈益呈现出向古代和近代以来形成的美学传统靠拢贴近的趋向，这种趋向决不是单纯为了恢复美学传统和回到美学传统，而是因为真正认识到了美学传统在美学现代化进程中本应具有的价值和作用，以便把美学的现代性追求重新拉回到中国自身的美学传统这一坚实可靠的基础之上。近年来兴起的文艺美学、生态美学等理论，之所以被人们认为是中国自产的原创性理论，就是因为这些理论不是从西方直接搬来的，而是全面借鉴和吸取了古今中外的美学资源，尤其是对中国本土的美学传统进行了现代性转化而构建起来的。只有这种深深扎根于本土美学传统的现代美学理论，才有可能取得与西方美学理论对等交流的话语权，才有可能在将来形成的世界美学系统中真正占有一席之地。所以，就中国当代美学自身发展这一向力看，不能以为只有现代性追求这一因素在起作用，还要对以往形成的美学传统这一因素给予充分的重视。毕竟，中国当代美学自身发展这一向力的具体态势是由这两个不同因素交互作用的结果。

制约中国当代美学发展进程的第二个向力来自西方美学理论的影响。如前所说，中国的现代化取向不是自发的，而是被迫的。这种情况先在地决定了中国现代化道路所凭借的主要思想文化资源不可能发掘于内，而只能求取于外，即向那些率先走上现代化的发达国家学习和借鉴，把它们先进的科学技术、哲学思想、文化学术直接拿过来为我所用，发展我们自己的现代化事业。而且，历史已经证明，整个中国现代化进程中的每一步关键性进展都是先从引进西方先进的思想文化资源开始的，五四新文化运动是这样，新时期的改革开放也是这样。同样，中国美学的现代化进程也是从外求于西方美学理论开始的，没有西方美学理论的引进，就没有王国维、梁启超、蔡元培等对中国现代美学的开创，也不会有朱光潜、宗白华、蔡仪等对中国现代美学体系的建构，更不会有中国当代美学近三十年在理论创新上所取得的所有重大进展和成果。从这个意义上讲，西方美学（包括西方古典和现代美学、马克思主义美学、苏联的美学、西方马克思主义美学和种种后现代主义美学）的影响，作为牵制中国当代美学进程的一个强势向力，对中国当代美学的进展起到了决定性的推动作用。但上述论断只是讲了问题的一个方面，问题还有另一个方面，这就是客观情势决定了要推动中国现当代美学理论的进展必须先从引进西方美学理论开始，也就是先从另一个“他者”那里“拿来”现成的理论，随后再利用这个理论发展我们自己民族的理论。这种做法虽很有必要，也比较便捷，但长此以往，以致形成一种“外求式”为主导的理论创新模式之后，就很可能造成两个消极的后果：一个是以为西方美学理论总是先进的、新的，使中国的现当代美学理论建构在很多时候都是跟在西方美学理论的后面“跑”，随着西方美学理论的话语去“说”，以致很少或无暇顾及这种理论是否适合中国国情，是否可以与中国已有的理论对接以解决中国自己的问题；由此又造成了第二个消极后果，这就是在很大的程度上使一部分中国现当代美学理论沦为西方美学理论的一个“注脚”、一个“镜像”，从而也在很大程度上使一部分中国现当代美学理论在“他者”面前丧失了“本我”的地位，丧失了本民族的特点和特色。正因如此，中西问题也就成为贯穿中国现当代美学的最大难题，这个问题的困难主要不是在理论上，而是在实践上。从理论上讲，无论是“中体西用”还是“西体中用”，都主张通过中国理论的西方化或西方理论的中国化以达到中西融合，都有一定的道理可以说通。但这些理论主张在实践上却殊难把握，极易出现偏差而走向极端，不是走向“排外自守”，就是走向“全盘西化”。而在当代条件下，最多发生的还是“全盘西化”的倾向。因此，我们在考虑西方美学的影响这个向力的时候，不能只看到他对中国当代美学的积极推动作用，还应注意将已成定势的“外求式”理论创新模式转换为“自主式”

理论创新模式，以防止和避免这一向力所可能产生的消极后果。最近几年，对“中国特色”、“民族特点”、“本土化”等的强调和提倡，可以看作是为促使“外求式”理论创新走向“自主式”理论创新而做出的新努力。

干预中国当代美学进程的第三个向力是全球化浪潮的冲击。所谓“全球化”是指世界经济一体化的趋势，资本主义的资本无限扩张的本性必然导致世界市场的形成和世界经济一体化的指向。所以，从严格的意义上讲，全球化的历程从资本主义生产方式诞生的那一天起就开始了。但是到了20世纪90年代以后，全球化进程突然大大加速，在短短十几年的时间里，几乎整个世界都被卷入了全球经济一体化的巨大浪潮。这主要是因为20世纪80年代末苏美对峙冷战局面的终结、世界新格局的形成以及广大第三世界国家经济发展的迫切需求而促成的。伴随全球化浪潮而来的，是以美国为代表的发达国家的强势文化的大规模“入侵”，从而使西方与东方乃至美国与欧洲原有的宗教、意识形态、文化的冲突愈加尖锐化和表面化。就中国而言，全球化浪潮的冲击不仅为中国经济的飞跃发展提供了百年未遇的契机，而且，在经济飞跃发展的前提下，还推进了中国后现代文化状况的迅速萌生蔓延、以现代传媒为依托的大众文化的崛起以及新的文化格局的形成（主流文化、精英文化、大众文化、民间文化四足并立），从而开始了与西方发达国家文化现状的对接。与此同时，全球化浪潮的冲击也促使了中国原有的中西文化之间的矛盾进一步激化。更为重要的是，在全球化的过程中，通过外来文化与本土文化的剧烈冲撞和现实的比照，使得外来文化的诸多消极因素和负面作用逐渐暴露，也使得本土文化一直被遮蔽着的优势和当代价值日益彰显。总之，全球化浪潮的冲击对于中国这样一个发展中国家产生的影响是极为复杂而深远的，给中国的经济、政治、文化和学术带来的巨大变化也是前所未有的。仅就中国当代美学的情况看，近年来中西比较美学的再度兴盛、对“东方主义”和后殖民主义文化理论的普遍关注、人类学美学和当代大众审美文化研究热潮的出现、“本土化”和民族特色的大力倡导等，都是对全球化所引发的一系列新现象、新变化、新问题的一种回应和反响。

牵制中国当代美学进程的第四个向力是中国艺术与审美实践的发展。如前所说，按照正常的程序，美学理论的建构应该是自下而上地从艺术审美的实践出发，经过艺术审美批评这一中介环节上升到理论概括，然后才能对艺术审美实践切实起到一种导引的作用。但是，由于中国社会历史条件的特殊性以及其他的一些原因，中国当代美学理论的建构在很多时候却是走了一条自上而下的道路，即首先引进或“拿来”什么“新”理论，然后再用这种理论去比附中国艺术审美实践，试图用这种理论去规定和约束中国艺术审美实践的发展。这种反常做法的结果必然导致要么实践俯就理论并在理论所规划的圈子里打转，要么实践冲出理论的束缚而自行发展，因为中国当代美学中的实践方面毕竟是最有活力的一个基础层面。前一种情况造成了实践对引发理论革新的根基作用的彻底丧失，后一种情况造成了理论与实践上下两个层面各自运作、各行其是的“两张皮”局面。特别是历史进入新世纪之后，中国的艺术和审美实践领域发生了一系列崭新的变化，如流行文艺、网络文艺、传媒批评、传媒学术讲坛、日常生活审美化现象等的大量涌现，使得中国当代美学理论与现实的艺术审美实践的距离进一步拉大，使得理论与实践两个层面的“脱节”问题愈加突出。也正因如此，实践层面对理论层面固有的原发性激活作用又一次凸显出来，它又一次警示人们，新实践亟须新理论的阐释和评价，实践的突破和变化必将催发理论的突破和变化。目前文艺学和美学界出现的关于“日常生活审美化”、关于文艺学和美学研究的“文化转向”、关于大众审美文化的感性化和娱乐化倾向等问题的关注和争论，正是艺术审美实践的发展对美学理论建构所应发挥的原发性激活作用的体现。因此，我们在对中国当代美学进程的反思中，一方面要在特殊的意义上看到理论层面对实践层面的先在规定作用以及由此而造成的与实践层面的脱节，另一方面也要在一般的意义上看到，实践层面作为一种最具活力的基础因素也必然对理论层面构成着一种原发性的牵制力量，因而在很大程度上制约着美学理论的建构和创新。

二、造成美学理论与艺术和审美实践脱节的原因

通过上述四个向力的分析，我们可以清楚地认识到，正是在这四个向力综合起来的交互作用下，在这四个向力构成的“力的平行四边形”之中，中国当代美学走过了它近 30 年的从实践美学到后实践美学再到后实践美学之后的诸美学流派的曲折发展之历程，形成了它当今多元并存的格局以及复

杂多变的现状。同时，我们也可以大致了解到当前中国美学所遭遇的主要问题之一就是美学理论与艺术审美实践的脱节以及造成这种脱节的种种原因。具体地说，造成这种脱节的原因有客观和主观两个方面。

从客观方面看，这种脱节主要是因为中国现代性追求的紧迫性和西方文化影响的优先性的缘故。鸦片战争之后，中国所面临的最迫切的任务就是迅速改变清朝专制政府腐败软弱、人民大众贫困不堪的严峻国势以挽救迫在眉睫的沦为西方列强殖民地的亡国灭种的危局，就是尽快走上争取民族独立、国家富强、人民安居乐业的现代化道路以实现中华民族“自立于世界之林”的宏伟目标。而要尽快走上这一现代化道路，在思想文化上就必须要采取便捷快当之途，这就是所谓“以夷制夷”、“取他人之火煮自己之肉”，直接从西方列强那里拿来先进的科学技术和文化思想用以对中国传统的政治、经济、文化进行现代性的革新和改良。毋庸置疑，这种直接从西方“搬用”的做法在当时是完全合乎时宜的，也是大有成效的。但是问题在于，这种以“外求式”为主导的理论创新方式一旦定型为一种范式，就有可能造成外来的某些理论思想并不适合中国具体国情的偏差。当年胡适曾提出的“少谈些主义，多研究些问题”的主张在当时确乎属不识时务之谈，但从今天的观点看还不能说完全没有道理。胡适的意思也许就是提醒学人们注意，并不是所有引进的新思想、新理论都能适合于中国的特殊情况的，应该警惕和避免外来的新思想、新理论与中国的具体实践相背离的问题。而且，在我们看来，像艺术哲学、美学这种原本就缺乏世界普适性的人文社会学科理论，在从西方搬用于中国的时候，就更容易出现理论脱离实践的问题。所以当我们反思中国当代美学的进程，这种以“外求式”为主的理论创新模式依然没有根本的改观，尤其是当历史的新发展已经使得艺术审美实践领域的新事实、新情况、新变化层出不穷之时，尤其是当艺术审美实践领域的这些新事实、新情况、新变化亟须理论的梳理、概括和说明之时，我们的理论却仍旧对此缺乏应有的关注而沉浸于这种“外求式”的理论仿制和建造，其代价必然就是理论与实践的背离和脱节。当然，即使在今天新的历史条件下，现代性追求的紧迫性、借鉴西方先进思想文化的必要性、“外求式”理论创新的可行性，还没有发生根本改变。现代性追求所构成的牵引力和西方思想文化的引进所构成的影响力依然是决定中国当代美学发展进程的两大强势因素。所以我们在分析造成中国美学理论与艺术审美实践相脱离的原因时，首先应该承认有些原因属于客观方面的，是人的主观意志难以左右的。

但是，我们对客观方面原因的承认和强调并不能成为我们忽略和抹煞主观方面原因的理由，从理论上讲，客观原因只是促成事物变化的可能性，只有主观原因才能促使这种变化实际地发生。人的主观能动力即受到客观进程的限制，又能够促进甚至创化着客观的进程。而且，就是从中国当代美学发展的客观境遇看，也已经发生了一些重大变化，这就是前面所说的全球化浪潮的冲击和艺术审美实践方面的新进展。这些重大变化已经为变换“外求式”理论创新模式和解决理论与实践脱节问题的主观努力，提供了相当有利的客观条件。但遗憾的是，就目前情况看，这种主观努力做得还很不够、很不自觉。这就需要从主观上深刻反省造成理论与实践脱节的思想认识根源。我们认为，造成理论与实践脱节的思想认识根源可以从历史和现实两个方面作出分析。从历史方面说，主要是近代以来逐渐形成的、在几代学人中几乎已经积淀为“集体无意识”的所谓“学术拿来主义”和“学术普世主义”；从现实方面说，主要是在当代条件下滋生的“学术功利主义”。

即如我们都知道的，“拿来”这个说法最初由鲁迅提出。按鲁迅本来的意思，“拿来”之“拿”并不是盲目地见什么拿什么，更不是被动地接受“送来”的东西，而是“运用脑髓，放出眼光，自己来拿”，而且，强调“拿来”的理由是因为“没有拿来的，文艺不能自成为新文艺”①。鲁迅的这个见解在当时无疑是明智的，无可非议的。但我们也不能不承认，用“拿来”这一词语表示一种对待外来文化的策略是有缺陷的，这个词语本身就很容易导致“不必费心用力，只需伸手去拿”的误解，况且，“拿来”一旦成为一种“主义”，也就逐渐定型为一种理论了，这种理论的片面性也是显而易见的。后来的历史也证实，在“拿来主义”的支配下，每当中国的美学理论出现问题、需要发展的时候，人们首先想到的就是从国外“拿来”什么理论以及怎样把这理论原样置移到中国，而不是着力研究中国美学到底出现了什么问题，这些问题是怎么产生的，怎样才能解决这些问题。所以，“拿来主义”在理论上只是强调“拿来”的一面，所谓“先拿来再说”，至

① 《鲁迅全集》第6卷，人民文学出版社1958年版，第32—33页。

于拿来之后怎么办并没有一个确定的说法。岂不知更重要的问题恰恰在于拿来之后如何与中国的实际相结合，如何解决中国的实际问题，如何通过解决中国的实际问题再次提升到理论，并把这种提升的理论作为对世界的一份贡献“送出”到国外。因而，对待外国的理论，不仅有一个“拿来”的问题，还有一个“送出”的问题。当然，我们也不能脱离一定的历史条件去苛求前代人，在鲁迅的那个时代，“拿来”已属不易，“送出”更谈何容易！但是，在历史已经发生了巨变的今天，我们的多数论者仍然大讲“拿来主义”，把“拿来主义”奉为不可更改的金科玉律，其结果必然是不仅强化了中国理论对外来理论的依附性，而且也加大了理论与中国具体实践相脱离的严重性。好在近几年有些论者已觉察到单纯“拿来”的弊端，开始提倡“送出”了，譬如前面提到的“文艺美学”、“生态美学”的创建很可能就是中国美学对世界美学的一种“送出”和奉献。所以，在当代条件下，如果要讲“拿来主义”，也必须同时讲“送出主义”，只有把这两种主义结合起来，才是中国美学发展的正途。

所谓“学术普世主义”也是中国近代以来盛行的一种根深蒂固的学术思想传统，它的核心观念就是认为在人文社会科学领域里存在着一种具有全世界意义的“用之四海而皆准”的理论，而且又进一步把这种理论与西方理论挂钩，认为西方理论就是这种具有世界普适性的理论。这种学术观念的流行和深入人心，确实推动了向西方先进学术思想引进、学习和借鉴的热潮，也确实推动了中国学术的超越式发展，其重大的积极作用不能否认。但同样不能否认的是，这种学术观念的通行也直接导致了一些不良后果，这就是在部分学者那里把中国的现代化简单地理解为西方化，把全球化简单地理解为美国化，错误地以为中国要走上现代化的道路，要参与全球化的进程，只要照搬西方和美国的经验，只要向西方和美国看齐，就万事大吉了，至于什么民族性，什么中国化，什么中国的特殊国情，都是无关紧要的，因为他们认为无论是现代化还是全球化，好像西方和美国已经给全世界准备好了一种普遍适用的模式，我们要做的只是按照这个现成的模式去做就行了。如此一来，中国的学术理论与中国的具体实践就必然相隔得越来越远了。尤为严重的是，这种“学术普世主义”作为一种学术传统，至今未绝，对中国学术发展可能造成的危害性不能不引起我们的警惕。只要稍加反省就不难看到，“学术普世主义”在理论上是建立在两个不能成立的信条之上的，一个是相信人文社会科学像自然科学一样可以具有绝对的真理性和普遍性，再一个是受所谓“西方中心主义”的影响。应该承认，自然科学的理论确实具有全世界的普遍性意义，我们不能说物理学仅是哪一国的物理学，世界上只有一个物理学，无论哪一国的物理学家提出了一种理论，只要它是真理，世界各个国家都会同样接受它。但人文社会科学理论却不是这样，它作为一种理论当然也有一定的普遍意义，但由于各个国家的文化传统和文化精神不一样，各个国家的政治经济文化的具体情况不一样，就很难产生一个“用之四海而皆准”的普适性理论。各个国家的人文社会科学理论当然可以相互借鉴和相互影响，但不能相互照搬和相互替代。这就是说，人文社会科学理论既具有普遍性，又具有民族性，“学术普世主义”把人文社会科学等同于自然科学，片面强调世界性而排斥民族性，这是其问题之一。问题之二，“学术普世主义”明显接受了“西方中心主义”的思想，相信西方是世界的中心，代表着世界历史的发展潮流，体现着世界精神的本质。但是，在全球化的今天，这种由西方学者编织的世界历史的现代“神话”已经受到了越来越多的质疑，越来越多的学者（包括西方“后殖民主义”学者）已经认识到，世界本没有什么中心，即使有中心也绝非只有一个，世界是多元的，世界中的每一元都是平等的，都有其存在的合理性和合法性。而“学术普世主义”思想依然把西方和美国尊奉为世界的中心，唯西方和美国的马首是瞻，就是不肯认同“中国化”和“本土化”的必要性和重要价值。这种观念对今天的发展中国家来说，不仅是有害于理论与实践的结合，也是极为不合时宜的。

至于“学术功利主义”，是特指近年来在一部分学者那里表现出来的一种不良的学术心态。这里所说的“功利”，不是指对社会的功利，而是指对个人的功利。就是说，某些学者不是将学术看作是自己一生为之奋斗的事业，而是仅仅将其看作是捞取个人名利的手段。他们甚至采取了所谓“玩”学术的做法，不惜通过虚构问题、制造争端、刻意炒作以达到吸引眼球、哗众取宠、名利双收的目的。这种学术态度的养成，固然与人文学科边缘化、不健全的学术评价体系有关，但主要还是因为某些人文学者自身耐不住寂寞、经不起诱惑、急功近利、想走捷径等不正常的学术心态所致。目前，

“学术功利主义”虽还未形成一种风气，但其可能造成的危害不能低估。主要危害在于，它助长了不严肃、不认真、不用心、不下力气研究实际问题的学术作风，终至使理论成为理论家手中的一个“玩偶”。可想而知，这样炮制出来的所谓理论，不只是与实践相脱节，而是与实践根本就不搭界、不沾边了。

以上我们已经结合“四大向力”论证了中国当代美学面临的主要问题之一就是理论与实践脱节的问题，并且分析了造成这一“脱节”问题的主客观两方面的原因。现在需要我们继续探讨的问题是：怎样解决这一“脱节”的问题？其实，问题的解决就已经隐含在对问题根源的分析之中，只要我们找到了问题产生的根源，我们也就能有针对性地找到了问题解决的具体途径。根据我们对问题产生的主客观原因的分析，我们认为解决中国当代美学理论与艺术审美实践脱节问题的思路主要有两点，一是力倡美学研究的“现实关怀”，二是强化美学研究的“问题意识”。而且我们还认为，这两点也是促使美学理论摆脱目前的困境、获得突破性进展的关键之所在。

三、现实关怀和问题意识

需要首先说明，我们所说的“现实关怀”和“问题意识”并不是各自分离的两端，而是紧密联系的一体，是同一个说法的两个方面。所谓“现实关怀”并不是指一般地从个人之利害出发而关注现实，也不是指一般地从一己之感受出发而评判现实，而是指作为一个美学研究者为了推动美学理论的发展，必须首先要研究和弄清艺术审美实践领域里的现实变化和动向，以便为美学理论研究找到一个真正值得研究的问题。如此看来，作为一个美学研究者的现实关怀是与他的问题意识紧密相连的，问题意识既是现实关怀的目的，也是现实关怀的出发点。同样，“问题意识”也不是说单凭个人意愿、随心所欲地构想出一个问题，更不是说出于某种个人功利的动机而去虚构和炒作一个问题，这样获得的问题都不是真有价值的真问题，因为这些问题都不是从理论家的现实关怀中来的，都不是从艺术审美实践发展的现实需求中来的，而是脱离甚或背离现实的产物，纯属一些无关痛痒的枝节问题甚或虚假问题。所以，在“现实关怀”与“问题意识”之间实际上存在着一种紧密的勾连关系，可以说，两者之间互为出发点和目的，谈“现实关怀”，不能不涉及“问题意识”，谈“问题意识”，也不能不涉及“现实关怀”。

说到“现实关怀”，需要首先指出的是，美学理论研究中一向存在着两种“关怀”，除“现实关怀”外，还有与之相对的“终极关怀”。“现实关怀”是指美学理论研究对实践层面的现实问题的关注，而“终极关怀”则是指美学理论研究对自身的理论革新和构建的关注。很显然，这两种关怀对美学理论研究来说同等重要，终极关怀要以现实关怀为依托，而现实关怀又须提升到终极关怀。我们现在之所以特别强调“现实关怀”，是因为我们认识到中国美学理论一直受西方理论的过强牵制，以致把西方理论作为其理论创构的主要依据和范型，从而造成了理论研究的“终极关怀”与“现实关怀”的断裂，也造成了美学理论与艺术审美实践的脱节。这就是说，中国当代美学理论的这种以“外求式”为主的创构方式，决定了它的“终极关怀”在很大程度上失去了“现实关怀”的有力支撑，也决定了它的理论创构必然与中国自身的艺术审美现实的严重脱节。因此，为了解决这一“脱节”问题，我们认为有必要首先通过加强“现实关怀”，尽快将“外求式”为主的理论创构方式转化为“自主式”为主的理论创构方式，把理论的创构重新拉回到现实的艺术审美实践的坚实根基上。那么，在目前的情况下，如何加强现实关怀呢？第一，美学理论的研究要直接介入现实和关注现实问题，从现实出发并以现实为基准丰富和发展理论。在这个过程中，美学理论研究首先要敢于直面现实，要承认现实的客观性和必然性，要对现实采取一种历史主义的“与时俱进”的态度。与此同时，美学理论的研究也不能简单地相信“凡是存在的就是合理的”，还要运用一定的理论原则去评价和引导现实，要在现实面前始终坚守人文主义的批判精神。就是说美学理论在直接应对现实之时，要把介入和顺应现实的历史主义态度与干预和批判现实的人文主义精神结合起来，只有这样，美学理论的研究才能真正触摸到现实的脉动，才能从现实中引伸出能够解释现实和导引现实发展的理论。然而，我们目前在关于某些现实问题的争论中，譬如在关于“日常生活审美化”的争论中，更多地看到的不是历史主义和人文精神的结合，而是单纯历史功利主义或单纯道德情感主义的两个极端和偏向。第二，美学理论的研究要贴近艺术审美批评这个中介，并凭借这个中介加强理论与现实之间的互动联系。如前所说，中国当代美学有三个层面构成，上层是美学理论，下层是现实的艺术审美实践活动，中层就是艺术审美批评。所以，艺术审美批评作为一个中介环节，理应在理论和现实之间起到重要的沟通作用。通常的情况下，美学理论都是通过艺术审美批评这个中介与艺术审美现实间接发生关系的，这样说来，艺术审美批评也就成为美学理论研究实现“现实关怀”的一条重要途径。但是长期以来，我们的美学理论研究与艺术审美批评联系得并不紧密，可以说两者之间一直存在着相当的隔阂，理论和批评就像是“两股道上跑的车”，各走各的路，各管各的事，这是极不正常的。这种情况本身就是理论与现实分离的一种体现，同时也是促使这种分离更加严重的一种因素。正因这样，目前要特别强调美学理论向艺术审美批评靠拢，关注和参与艺术审美批评所讨论的现实问题，甚至可以说，美学理论首先要成为一种艺术审美批评，也就是首先要成为一种别林斯基所说的“运动着的美学”，只有通过这种“运动着的美学”，美学理论研究才能真正接触到“运动着的”艺术审美实践，才能切实实现它的“现实关怀”，才能从这种“现实关怀”上升到新理论的构建。

所谓“问题意识”，是指理论研究中的一种主动地发现问题、捕捉问题的心理意向，这种心理意向是以这样一种认识为前提的，即认为理论研究是由问题触发的，首先是出现了问题，然后才有了理论研究的必要，理论研究是围绕着问题展开的，并以问题为其发展的第一推动力。不言而喻，这种认识无疑具有相当的合理性，整个科学发展的事实也已证明，任何科学理论研究的革新都是从新问题的产生、发现开始的，美学理论的研究当然也不例外。因为理论决不是“为理论而理论”，理论总是有所指的，这个“所指”就是艺术和审美实践中所出现的问题，正是“问题”的出现促成了理论的革新和变化。尤其是近年来的美学理论研究，仍然以“外求式”理论创新为其理论发展的主导模式，这是一种“从理论到理论”的模式，这种理论创构模式所造成的不良后果之一就是问题意识的普遍淡薄，因而问题意识的强化就显得更加迫切和重要。我们认为，当前“问题意识”的强化应着重从两个方面入手：第一，要把“问题意识”中的“实践指向”与“理论指向”结合起来。即“问题意识”包含两个指向：一个是“实践指向”，即指向于艺术审美实践发展中出现的新问题；一个是“理论指向”，即指向于因艺术审美实践中出现的新问题而引发的原有美学理论中的问题。两个指向中，“实践指向”是原发性的，“理论指向”是继发性的，但从问题的解决程序上看，则是理论问题的解决在前，实践问题的解决在后。因而所谓强化“问题意识”，就是强化“两个指向”，并把“两个指向”结合起来，既要牢牢抓住实践问题不放，又要在理论问题上狠下功夫。譬如“日常生活审美化”成为当前美学界关注的热点，这是一个审美实践中出现的新问题，对这个问题的关注显示了理论开始向实践贴近的迹象，当然要给以充分的肯定。但是要想真正从理论上说明这个问题，还必须首先在某些美学理论问题上（如美学的对象、范围等）有所创新，然后再用这种创新的理论阐释实践中的新问题，也就是要把“问题意识”中的“两个指向”结合起来。第二，“问题意识”的强化还体现在将“实践指向”及时地提升到“理论指向”。理论创新是针对实践问题的，实践问题激发理论创新，是理论创新的真正生长点，从这个意义上说，实践问题是基础性的，处于首要的位置。但这并不意味着加强理论研究的问题意识就是仅仅局限于实践问题上的争论不休。实践问题毕竟是浮在表层的具体问题和个别问题，但实践问题的产生又往往是原有的理论出现问题的一个表征。理论研究的使命就在于，以实践问题为“标尺”来衡量原有理论，看看原有的理论观念在哪些方面出现了问题，在哪些方面还有有待于填充的“空白”，由此推进理论的革新，用以解决实践中的问题。但当前美学理论研究的偏颇恰恰在于：要么无关现实，脱离实践，从理论到理论；要么在实践问题上陷入无休无止的争论，不能上升到基本理论问题上展开讨论。例如关于“文化转向”的争论就是这样，有的论者大力倡导文化转向，有的论者极力反对文化转向，两种观点相持不下，很难达成共识。其实，这种争论很明显地涉及美学研究的方法论等基本理论问题，如果能把这种争论的焦点提升到基本理论问题上给予集中而系统的讨论，所谓“文化转向”也许就不会是一个难以解决的问题了。所以，我认为，近年来的一些有关具体实践问题的争论并不能从根本上解决理论与实践脱节的问题，也不能使美学理论研究从根本上摆脱困境，甚至这些争论本身就是美学研究陷入僵局的一种体现。因此，我们的结论是：只有把“实践指向”和“理论指向”结合起来，并把“实践问题”提升到“理论问题”，我们的美学研究才能具有真正的问题意识和现实关怀，才能从以“外求式”为主的创新转向以“自主式”为主的创新，也才能摆脱目前的困境，跨到一个新的平台上去谋求进一步的发展。

世纪之交的新时期文艺理论

如果从 1976 年那个令人难忘的多事之秋算起，新时期文论已走过了二十多年的不寻常的路程，二十多年间所凝聚的历史内涵也是极为丰富复杂的。值此新旧世纪、新旧千年交替的关键时刻（中国和世界都处于重要的转折关头），对新时期文论的发展变化，作出有理论深度的总结，不能说是没有意义的。本文拟从新时期文论的一个比较突出的特点入手，从一个侧面对新时期文论进行一点所谓的反思，希望能有助于当前的有关讨论。

一

关于新时期文论的特点，这当然是一个见仁见智的问题。但若从现象形态上看，我们不得不承认，伴随着新时期文论二十余年发展历程的一个非常突出的特点，就是对西方 20 世纪文论的引进和借鉴。这种对西方新理论的引进和借鉴，在 80 年代中期和 90 年代以后，曾两度达到高潮，其规模之大，范围之广，持续时间之长，即使与五四时期相比，也有过之而无不及。

当然，新时期向西方学习的热潮是在全新的历史境遇中展开的。如果说 20 世纪初的一代学人向西方寻求真理，是因为受帝国主义列强的殖民侵略和旧中国政府的腐败无能双重挤压的缘故，那么新时期向西方的探求和学习则是在改革开放和现代化建设的时代潮流中起步，并逐渐走上高潮的。然而，无论是世纪初，还是新时期，从某种意义上说，都体现着同一个现代历史进程，这就是中国的现代化之路。

现在要探讨的问题是：二十余年来对西方现代思潮的大规模引进到底给中国新时期文论带来怎样的影响？应该说，这影响是深远的，同时又是复杂的。让我们先从积极的方面讲。我们知道，从历史渊源上看，新时期文艺理论是上承中国的马克思主义文艺理论发展而来的。十月革命一声炮响给中国送来了马克思主义，也送来了马克思主义的文艺理论。20 世纪二三十年代，经过瞿秋白、鲁迅、冯雪峰、胡风等老一代理论家的译介和研究，马克思主义文论在中国广为传播并扎下根柢。到了 40 年代，随着新民主主义革命文学和解放区文艺的兴起和发展，中国式的马克思主义文论基本形成，其重要标志就是毛泽东的《在延安文艺座谈会上的讲话》的发表。毛泽东把马克思主义文论的基本原理同中国具体的文艺实践相结合，创立了中国本土的马克思主义文艺思想体系，对指导中国新民主主义革命文艺的蓬勃发展做出了巨大贡献。新中国成立后，马克思主义文论在中国取得了主导地位，继而又取得了独尊地位。50 年代中后期，受极左政治路线和苏联模式的双重影响，中国的马克思主义文论在加紧学科规范化的同时，也日益走向了教条主义乃至政治实用主义。“十年动乱”中，“四人帮”以文艺起家，把文艺批评和理论作为其篡党夺权的舆论工具，对马克思主义进行了肆意的歪曲和践踏，中国马克思主义文论的发展遭遇到前所未有的严重挫折，几乎陷入了全面停滞和僵化的境地。

以“四人帮”的倒台为标志，中国开始了一个新的历史发展时期。随着“四人帮”的倒台，他们所鼓吹的阴谋文艺和为其篡党夺权服务的文艺理论，也于顷刻间土崩瓦解，真正的现实主义文艺传统得到了一定程度的恢复和发扬。但是，由于“四人帮”长期的干扰和破坏，文艺领域又是重灾区，积重难返，后遗症颇多，当时的文艺理论依然存在着一些急待解决的问题。如庸俗社会学倾向、极端的政治化倾向、独断论倾向，等等。不解决这些问题，当时的文学创作就难以获得真正满足时代要求的突破性进展，而要解决这些问题，就必须要打破原先的封闭状态，向外部寻求新的思想资源。正是在这样的历史机遇和挑战面前，再加上改革开放政策的引导和激励，一大批中青年学人率先发起了向西方现代理论学习和借鉴的热潮。由此也决定了这种学习和借鉴对新时期文论的积极影响和重大意义。

概括地说，新时期文论在发展过程中所显示出来的几次大的转向，都与对西方现代理论的引进和学习有着密切的关联。当然，从根本上说，这几次大的转向都体现了历史的要求，都是新时期文论内在地逻辑地发展的必然结果。但若从外在因素分析，就不能不看到西方现代理论所起到的积极的先导和激发作用。例如，新时期文论在其发展过程中对政治附庸地位的挣脱以及由“他律”转向“自律”，就与俄国形式主义、“新批评”、结构主义等文论的引入有关。因为上述文论的引入使理论界对一向忽视和排斥的文艺形式问题、文艺内部规律问题有了新的认识，进而对学科的独立性有了较清醒的理解和自觉，其结果必然会导致文学理论对自身的学科特点和独立地位的强调和追求。再如，新时期文论发生过两次研究重心的转移，一次是由客体向主体的转移，一次是由作者向读者的转移，前一次转移显然与表现主义、精神分析、存在主义、“格式塔”心理学等主体论的文艺理论的引进和传播有关，而后一次转移则分明是学习和借鉴现象学、解释学、接受美学等读者论的文艺理论的结果。主体论的文艺理论突出和强化了文艺的主体性问题，使主体的创造能力和创作心理都得到了更加精细和深入的研究；读者论的文艺理论启发了理论界对读者问题的关注和思考，读者作为文学活动中的一个积极的创造性因素，取得了与作者同等的地位。这一切就为上述两次研究重心的转移从理论上铺平了道路。又如，新时期文论的“多元并存”格局的形成也得力于西方现代文论的引进。形形色色的西方新思潮新理论的蜂拥而入，尽管令人眼花缭乱，有些无所适从，但也大开了人的眼界，活跃了人的思路，人们逐渐适应和学会了从各个角度、各个侧面交叉透视文学现象，而且各个角度、各个侧面相互容忍各自的存在和发展，这就从思想方法上打破了过去理论研究中的“一花独放、万马齐喑”的局面，促使新时期文论从“一元独断”逐步走向了“多元并存”。

上述新时期文论的几个方面的转向和变化，实际上也体现着中国马克思主义文论在新的历史条件下的自我调节、自我改善、自我充实的过程。因为中国马克思主义文论的发展进程与新时期文论的发展进程，如形影相随，始终是同步的。由于“四人帮”的干扰和破坏，中国马克思主义文论一度陷入困境，但绝非意味着其理论生命力的衰竭。中国马克思主义文论的实践的理论品格，决定了它的开放性和包容性，它能够和敢于以全面开放的姿态，吸取一切新理论中的合理成分，从而使自身不断地调整变化，不断地发挥着对现实的文艺实践的解释和指导功能。从这个意义上看，积极主动地学习和借鉴西方现代文论也是马克思主义文论自身发展和更新所需要的，是建设当代形态的马克思主义文艺理论的一个不可缺少的重要条件。

二

引进和学习西方现代文论的热潮确实对新时期文论的发展起到了巨大的推动作用，其历史贡献有目共睹，不可抹杀，应该给予充分的评价。但是，从另一方面看，由大规模地输入西方现代文论而造成的负面影响，也是显而易见的。如同新时期文论的种种进步与西方理论的输入息息相关一样，新时期文论出现的某些偏差也与西方理论的输入有关。就目前情况看，我认为新时期文论在其整个发展过程中所暴露出来的最严重的问题就是“两个脱节”：一是与传统的脱节，二是与实践的脱节。造成这两个脱节的原因，当然是多方面的，但其中的一个重要原因就是对西方现代文论的过度的、无节制的、无选择的输入。

前面说过，新时期文论向西方理论的学习和借鉴曾两次达到高潮，一次是20世纪80年代中期，一次是90年代以后，这两次高潮都是在比较紧迫的情势下涌起的。80年代中期，新时期文论面临着在“拨乱反正”之后进一步谋求突破性发展的历史任务，无论是当时改革开放的新形势，还是文艺创作领域中出现的新动向，都迫切要求文艺理论作出进一步的新反应，当时的情况应该说是比较紧迫的。90年代以后，市场经济大潮汹涌而至，大众文化和通俗文艺迅猛崛起，一向高居文学殿堂中心的严肃文艺仿佛在一夜间失去了轰动效应，一向以领导社会潮流、推动社会进步自许的人文社会科学也忽然失去了往日的风光。面对这突如其来的变故，学界同人哗然、茫然，甚至惶恐不知所措，情势自然也是相当紧迫的。正是在上述两次紧迫情势的逼压下，学人们加紧了向西方寻求理论资源和思想灵感的步伐，从而形成了两次向西方学习和借鉴的高潮。

紧迫的情势可以使人奋起，使人急中生智，迅捷地找到出路，但也容易造成一种过分求新求变的心态，这种心态显然是不利于从容、冷静地思考问题和解决问题的。我认为，在两次引进西方理论的高潮中，都程度不同地，有时甚至是严重地存在着过分求新求变的心态，在这种不良心态的影响和支配下，出现了一些不正常的现象。如引进中的饥不择食，食而不化；轮番的术语“大爆炸”，彻底的概念“大搬家”；你刚说了“结构主义”，我马上来个“解构主义”，你才讲了“现代主义”，我立即抬出“后现代主义”、“后殖民主义”、“后哲学文化”。总之，你新我更新，你变得快我变得更快，反正西方有的是新东西供我随意搬用。这种对西方现代思潮的缺少理性分析的、无节制的搬用以及一窝蜂地攀新比变的学术风气，必然造成严重的后果，这就是一切唯“新”，一切唯“变”，一切唯“西”的不良倾向。本来引进西方理论、求新求变是为了解决中国文艺实践中出现的新问题，在传统的基础上发展中国自己的文艺理论。但是现在的情况却是：求新求变、引进西方理论成了目的本身，而原来的真正目的则被完全忘记了。这种对目的和手段的混淆和颠倒，是导致新时期文论出现某些偏差的一个重要原因。

以求新求变为目的的倾向给新时期文论的发展所造成的消极影响的集中表现，就是所谓的“两个脱节”，即与传统的脱节和与实践的脱节。当然，就目前情况看，这两个脱节还没有达到全局性的严重程度，但已构成了一个突出问题被学术界所注意。近年学术界流行着所谓“理论失语症”的说法，而这种“理论失语症”如果存在的话，其病根其实就在于“两个脱节”。

我们先说与传统的脱节。这里所说的传统应该包括三个方面的内容，依次为古代传统、五四传统、中国马克思主义传统。就这三个方面的传统看，脱节最严重的是古代传统。我们知道，五四文化运动是以彻底反传统著称的，那时所反对的传统就是古代传统。反对的结果在文学领域就是以白话文取代了文言文，这不仅是文学话语的根本转变，也是文学内容、文学精神的根本转变。五四彻底反传统的绝决态度，在当时是有现实意义的，但若从学理上看，就未必完全恰当。因为彻底反传统是不可能的，任何新的文学理论都是在原有的传统的基础上发展起来的，五四文学理论也不能例外。但是在实践上，五四的彻底反传统也确实造成了与古代传统的脱节，乃至断裂。新中国成立后，传统的古代文论依然低就末位，当时，有“古为今用”的提法，多从政治实用的角度给以阐发，还谈不上真正地接续和发扬古代文论的传统。到了新时期，人们面对的是更加新近的传统，人们最为关注的是革新和发展的问题，至于古代传统似乎已成为隔世之物，甚至成了保守落后的代名词，避之犹不及，何谈恢复和发扬？所以新时期文论与古代传统处于更加严重的隔绝和断裂之中。近年来情况有些变化，人们在意识到“理论失语症”的同时，也发出了回归古代传统、寻求本土理论之根的呼声。“回归”、“寻根”之说是否得当，另当别论，但有一点可以肯定，古代文论的传统不应也不能丢掉！的确，如果把从古至今的中国文论比拟为一棵大树，古代文论就是这棵大树的根，如果把树根斩断了，树干和枝叶怎能生长、怎能存活呢？

除了与古代传统的严重脱节之外，新时期文论也存在着与马克思主义传统的某种程度的脱节问题。如前所说，新时期文论是直接从中国本土的马克思主义文论发展而来的。但是，在新时期之始，由于受“四人帮”长期的歪曲和践踏，中国马克思主义文论正陷入深刻的危机，甚至在某些方面已显出僵化之态，尽管从内在实质上看依然蕴含着进一步发展的强大生命力。因此，新时期文论虽然直接由马克思主义文论发展而来，但与马克思主义文论的关系却不仅仅是一种简单的承继关系，而是一种既有承继，又有调整，甚或在某些问题上有磨擦、争执乃至碰撞的关系。这种关系应该说是正常的，实际上也是马克思主义文论进一步发展所要求的。但问题在于，当西方非马克思主义思潮大批涌入之后，受过分求新求变心态的影响，某些西方思潮没有得到合理的解释和利用，就有可能在某些基本原则问题上与马克思主义文论发生不可调和的对抗。所谓与马克思主义文论传统的脱节就是由这种不正常的对抗关系造成的，因为对抗关系是不承认和排斥承继关系的。当然，新时期文论的主流倾向仍旧是在承继马克思主义文论传统的基础上给予发展的倾向，脱节的现象只是局部的和非主流的。

新时期文论与五四传统的关系也是既有承继的一面，也有脱节的一面。前面说过，从五四到新时期，虽然时隔半个多世纪之久，实则是同一历史进程的不同的发展阶段，两者间的历史传承关系应该是非常密切的。实际的情况则是：就学习西方理论、拒斥古代传统方面看，新时期文论是与五四传统一脉相承的。但是五四的那种以天下为己任的社会责任感和历史使命感以及强烈的入世情怀和现实主义精神，则没有得到始终如一的、充分的承继和发扬。特别是进入 20 世纪 90 年代以后，受市场经济大潮的冲击，部分所谓

“学院派”的理论家、批评家退缩到书斋中，或者炮制一个又一个的脱离现实的所谓“新话题”，以期造成虚假的轰动效应；或者搞起纯而又纯的学术研究，很有些“两耳不闻窗外事，一心只读圣贤书”的味道。这种消极的倾向与五四精神是格格不入的，不能不看作是与五四传统脱节的一种表征。

以上谈了与传统的脱节，现在我们再来看与实践的脱节。新时期文论与实践的脱节主要表现在：某些理论不是从总结中国文艺实践经验的基础上建构的，而是直接从西方照搬过来的；某些话题不是针对中国现实的文艺实践自然地生发出来的，而是“鹦鹉学舌”般地从西方进口而来的。然而，西方的理论话语实则是西方特定语境的产物，它适合于西方的语境，但未必适合于中国的语境。在西方是积极的东西，在中国未必起积极的作用。现代化也并非西方化，国情不同，现代化的道路就不一样。如果不顾中国的具体国情，硬把不适合于中国的西方理论话语原封不动地移植到中国来，就难免不生出“橘生淮北而为枳”的尴尬。这道理本来是明明白白的，但由于受攀新比变之风的影响，也就顾不得许多了，只好“你方唱罢我登台，各领风骚三五天”。新的话题一个接一个，新的理论层出不穷，但这些话题和理论都是从西方或“原装”或“组装”贩运进来的，跟中国本土的文艺现状根本不搭界，不仅不能解决中国的现实问题，反而还会无端地生出些虚假问题，造成更多的理论混乱。这样的话题和理论注定都是短命的，就像五色斑斓的肥皂泡，飘浮在空中，中看不中用，过不了多久，就接二连三地自行破灭了。正是在这个意义上，我们认为新时期文论与中国本土的文艺实践存在着某种程度的脱节。

三

那么，在这新旧世纪交替的重要时刻，如何解决“两个脱节”的问题，以推动新时期文论的进一步发展呢？首先要说明的是，在新世纪里，我们的文艺理论将继续改革开放，继续面向世界，继续出新创新，这是毫无疑义的。但是一切唯新、一切唯变，显然是行不通了，彻底与传统决裂的全盘西化更是死路一条。反过来，完全回到传统，把老祖宗的一套重新搬出来，恐怕也无济于事。在我看来，最为切实可行的办法就是走综合创建的道路。

早在20世纪90年代初，狄其骢就提出了“面向新的综合”。他认为，新时期文论由一元步入多元的发展是一个“历史性的转折”。“文艺理论多元化格局的创建，为各种人才、潜能、创造力和独立性的充分发挥，为建构和繁荣中国的文艺理论学科、学派、体系开辟了宽广的道路”。同时他又指出，“当追新逐异成为理论自我实现的唯一目的”，多元发展的各种理论观念之间就出现了“种种疏远和隔阂”，不同的理论观念之间“愈来愈没了共同的话题和语言，甚至发展到‘话不投机半句多’的各自封闭起来的状态”，他认为这种态势的恶性发展必将给新时期文论带来“灾难性”的影响，因而他提出：“目前文艺理论多元发展的关键，已不在量的增多和翻新，而在质的提高和落实，也就是说，不在分化而在综合，分化的深入需要综合，综合是分化的深入。”①

从狄先生的观点看，所谓“综合”是针对多元分化的恶性发展提出来的，目的绝不是想从多元重新回到一元，而是想创造一种多元之间相互亲和、相互沟通、以便能共存共荣的新局面。所以，综合观点的提出还是为了多元的深入发展，为了给多元的深入发展争取一种最有利的学术风气和学术氛围，只是综合观点所强调的侧重点，已不是多元的分化，而是多元之间的相互沟通。由此也可看出，综合的关键在于相互沟通。那么，多元之间如何沟通呢？我以为有以下两点似应给予特别注意：

一是在对话中异中求同。多元发展中的各家各派都有相异之处，否则就不会有各家各派的区别。但是这相异之处又不是绝对的，如果各家各派只是片面地夸大自身的独特性和新奇性，把自身与他者的相异之处绝对化，那就必然造成各自的日益疏远和隔绝。依照辩证法的逻辑，异是相对于同而言的，异中有同，同中有异，任何相异的文艺理论总存在着某些方面的相同点。我认为现今的各家各派都应该在寻求相同点上下功夫，而要找到相同点就要通过对话，只有通过对话找到了相同点，才有了沟通和综合的可能性。让我们以马克思主义文论为例来说明这一点。马克思主义文论内部也有多种观点，有的提出既坚持又发展的观点，有的提出“当代形态”的观点，而在“当代形态”的提法中又有种种不同观点。但这些不同的观点之间又有

① 参见狄其骢《文艺学问题》，山东大学出版社1993年版，第41—53页。

着明显的相通性，这就是都要在新的历史条件下发展马克思主义文论。正是这一相通性决定了各种观点在理论整体中的地位及其特殊价值。各派观点都应该通过平等对话异中求同，认识到这一相通性，既要看到自身的特殊价值，也要看到他者的特殊价值，也就是要看到自身和他者之间的互补性，这就为它们的相互沟通、相互借鉴、共同发展提供了可能性的依据。不仅马克思主义文论内部的各派之间有相通性，马克思主义文论作为一个整体与其他非马克思主义文论之间也有相通性。比如，马克思主义文论与古代文论有历史传承的关系，与西方现代文论有相互激荡、相互促动的关系。而且，在新时期文论的整体格局中，各派文艺理论（中国的和外国的、传统的和现代的、马克思主义的和非马克思主义的）都是一个不可缺少的组成部分，都占有一定的特殊地位，都处在一种相互依存、相互补充的结构性关联之中；这一切不可分割的关系和关联就构成了新时期文论各派之间的相通性和相同点，而这种相通性和相同点的存在就是各派文艺理论相互沟通和综合创建的内在根据。

二是贴近现实的文艺实践。新时期文论的各家各派为什么会发生疏远和隔阂、难以对话，其根本原因就是过分求新求变所造成的与现实的文艺实践的脱节。因此，要想从根本上解决“疏远和隔阂”的问题，各派文艺理论就要努力与实践相结合，从实践中提出问题和解决问题，在总结实践经验的基础上形成观念和体系。实践将为各派理论提供真正的共同话题和聚合点。各派理论贴近实践的过程也就是寻求共同话语和聚合点的过程，也就是实现沟通和综合的过程。各派理论都要接受实践的检验，不仅西方派的文论要接受实践的检验，马克思主义文论也要接受实践的检验。至于古代文论的研究，也要从单纯的材料发掘整理的层次上提升一步，尝试用古代传统的理论和方法去研究和解决当代文艺实践中出现的新情况、新问题，也就是进行所谓的“现代性转换”。各派理论的合理性和学术价值不能靠自我标榜，不能靠相互吹捧，也不能靠包装炒作，而是看它能否发现和解决当代文艺实践中蕴含的时代性问题。所有的理论派别都要在实践中调整，在实践中取舍，在实践中整合，在实践中竞争发展。从这个意义上看，贴近实践、向实践靠拢是各派理论达到沟通、实现综合的基本途径。

概言之，我们所提出的综合的道路就是通过对话异中求同，通过与当代文艺实践的结合而达到各派间的沟通、联结和亲和。这条道路既是多元发展的各派理论进一步深化和超越的必要阶梯，也是整个新时期文论在以后的发展中克服与传统和实践脱节的必经之路。已有不少论者指出，20 世纪是一个多元分化的世纪，而 21 世纪将是一个多元综合的世纪。在我看来，这不仅是一个预测，很可能就是一个现实的过程。目前，在全球范围内出现的经济一体化和政治合作化的趋势，以及文化学术领域中的各学科相互渗透的趋势，已经预示着世纪之交的中国文艺理论必将从多元分化走向多元综合的前景。

关于文艺学新体系建构的几个基本理论问题

新时期以来，文艺学的新观点、新方法层出不穷，但在体系总体上却至今难有重大突破。究其原因，当然是多方面的，其中一个重要方面，就是对体系建构的一些根本问题尚缺乏深入的探讨。本文拟就新体系建构的方向、视野、原则等问题谈点粗浅的看法，欢迎同行专家批评指正。

一、建构的方向

文艺学新体系的建构需要多方面的探寻和尝试，从具体途径上说是多元的，但在总的方向上则应取得大体一致，即所谓“殊途同归”。建构的总方向并不是由哪一个人硬性规定的，而是取决于建构的社会和文化背景以及文艺学自身发展的历史、现状和未来。就我个人的体会，新体系的建构似应在以下几个向度上着力：

首先是当代性。我们提出新体系建构的全部针对性就在于原有体系的陈旧、不合时宜。因此，我们所建构的新体系必须能够反映新时代的特点，随新时代的步伐而不断进步；必须能够汲取当代文化创造的新成果，达到当代文化创造的新水平；必须能够涵盖当代文艺的新发展，解决当代文艺的新问题；这就是所谓当代性的基本涵义。概括起来说，当代性就是反映新时代，解决新问题，达到新水平。

其次是马克思主义性。新体系必须出新，但又不是刻意求新，一切唯新，因为新的并非都是正确的，这就需要对新的东西有所统领，有所规范。而我们赖以统领和规范的依据就是马克思主义，这也决定了我们所建立的新文艺学从基本精神倾向上看依然是马克思主义文艺学。之所以选择马克思主义为准则，不仅因为马克思主义一直是我们的立国之本，更因为它的基本原理至今仍具有不衰的理论生命力。可以说，在当今世界中，我们还找不到一种思想能够取代马克思主义在中国现代史上已经形成的主导地位。当然我们也决不能教条主义地对待马克思主义，马克思主义还有一个在当代发展的问题。但是，如果我们不能以发展了的马克思主义作为统领和规范，文艺学新体系的建构终将一事无成。

再次是民族性。我们所说的文艺学新体系是在中国这块土地上产生的，因而中国的民族特点是不可缺少的。所谓中国的民族特点不仅是指借鉴中国传统文论的范畴、概念、术语，引用中国的文艺作品作为例证，更重要的是指把一般的理论同中国文艺的具体实践相结合，使理论能够说明和解决中国的文艺问题。如果新体系不能反映中国的民族精神，不能解决中国的文艺问题，那么，无论这个新体系在形式上多么精巧玄妙，也只能是一种毫无用处的空头理论。然而，要建立一个真正的具有民族特点的新体系也决非易事，很可能就是我们所面临的最大难题之一，需要进行艰苦的探索和努力。

最后是世界性。民族性不是狭隘的民族主义，不是让我们将自身牢牢地困囿于中国一隅，只看中国，不看世界。民族性的真正含义恰恰在于立足民族，放眼世界。因此，民族性和世界性这一对范畴有内在联系，世界性以民族性为基础，民族性又须提升到世界性。从这个意义上看，世界性是一种比民族性更宏大的指向。早在一百多年前，马克思恩格斯就断言，随着资本主义经济的发展，随着世界市场的形成，各民族的文学必将融合为一种“世界文学”[①]。文学要有世界性，文学理论更要有世界性。从某种意义上说，中国的文艺学就是整个世界文艺学的不可或缺的一部分，理应为世界文艺学的发展做出贡献。今天我们提出建构文艺学新体系，更要有大志向、大气魄、大眼界，要立足本国，面向世界，研究世界的新情况，跟踪世界的新变化，汲取世界文化的全部精华于一身，使新体系具有更广泛的普适性和世界

① 参见《马克思恩格斯选集》第1卷，人民出版社1972年版，第254—255页。

意义。

以上所说的当代性、马克思主义性、民族性、世界性四个向度相互贯通和融合为一体，就是建设当代形态的、有中国特色和世界意义的马克思主义文艺学，这种文艺学将是中国文艺学在当代历史条件下，其自身发展演化的必然归宿。当然，这不是说这种文艺学可以自发地产生，它的产生还必须依靠建构新体系的种种努力和实践来促成，由此可以看出新体系建构的巨大意义。新体系的建构实际上关系着马克思主义文艺学在中国的命运。有人认为马克思主义文艺学早该寿终正寝了，但在我们看来，马克思主义文艺学依然具有光明的发展前景，它的实事求是的科学精神和高度的开放性，使它完全能够通过对文艺实践新发展的“同化”和“顺应”的双重机制达到自身的调整和完善，不断保持着对实践的有效的解释和指导功能。而我们建构新体系的全部工作集中到一点，就是促进马克思主义文艺学与当代文艺实践的双向对流，给马克思主义文艺学注入新的活力，推动马克思主义文艺学自组织、自调节、自发展的进程，这其实也就是新体系建构的基本路径。

二、建构的视野

文艺学新体系建构的四个向度决定了建构的视野必然是全面开放的，这就要求我们的眼界要尽量地拓宽、拓远。从内容上说，不仅要看到现代的材料，还要看到古代的材料，不仅要看到外国的材料，还要看到中国的材料，不仅要看到马克思主义的材料，还要看到非马克思主义的材料；从形式上说，不仅要看到观念层面的东西，还要看到知识层面上的东西，更要看到实践经验层面上的东西；总之，要把古今中外人类在文艺学方面所创造的成果和样态都尽收眼底。只有把建构的视野尽可能地放远拓宽，才能使我们的思想充盈饱满，使我们的思路活泼生动，才能从中生发出真正具有普适性、包容力和实践效力的理论体系。但是，建构视野的全面开放性并不意味着把眼睛所看到的合部材料都一古脑地收容进来，然后加以机械的排列和拼凑。如果是这样，我们的工作就成为一种纯粹的资料汇编，而不是新体系的建构了。新体系的建构不仅需要开放的眼界，同时也需要一种深邃的眼力和思考，正是这种深邃的眼力和思考把眼睛看到的东西经过深入的分析和综合，创造性地转化为主体自己的东西。因此，所谓建构的视野也不仅是指外部视野，更重要的是指一种由外部视野转化而成的主体的内部视野，而新体系正是产生于这种内部视野与外部视野的相互融合之中。我认为，外部视野与内部视野相互融合的关键就在于正确处理以下几个方面的关系：

第一，马克思主义的当代形态与经典形态以及种种嬗变形态的关系。我们所建构的文艺学是当代形态的马克思主义文艺学，是马克思主义文艺学在当代条件下的继往开来。既是这样，新体系的建构至关重要的一步就是切实返回到马克思主义文艺学之“根”，即马克思主义文艺学的经典形态，给马克思主义经典作家的文艺学遗产以特殊的重视，下大功夫研究这些遗产，恢复它们的本来面目，并在新的历史条件下作出新的解释，以此作为我们建构新体系的第一基础。我们不能赞同那种对马恩文艺遗产以种种名目或任意宰割、或弃之不顾、或全面否定的做法，照这样的做法建构出的文艺学就不可能是马克思主义文艺学，因为它在起始点上就已经发生了严重的偏离。但是，以马克思主义的经典形态为起始点，又决不是简单地重复经典形态，而是在更高的阶梯上回归经典形态。换句话说，就是按照新时代的要求对经典形态做出创造性的新解释，使之获得新的发展，否则就不能叫作“当代形态”的马克思主义文艺学。这样，新体系的建构，在马克思主义文艺学的材料内，除了重视经典形态外，还要重视经典形态之后的种种嬗变形态，从中总结经验教训。但名为马克思主义文艺学的种种嬗变形态也未必都是真正的发展了的形态，其中情况非常复杂，需要作具体的分析。譬如，20 世纪五六十年代的苏联模式和中国模式，可以肯定地说它们现在已经远远落后于时代的发展，但是不是说它们就一无是处、必须全部推翻呢？这恐怕还是一个需要认真考虑的问题。再譬如，西方马克思主义文艺学流派也可看作是经典形态之后的一种嬗变形态，对我们新体系的建构无疑具有启发和借鉴意义。但这种嬗变形态是以对经典形态的反叛为旗帜的，它的理论起点不是经典形态，而是用现代西方的种种新思潮裁剪和改造经典形态，这就不能轻易说是对马克思主义文艺学的发展，也不能轻易说是马克思主义文艺学的当代形态。我们所说的当代形态是以经典形态为起点，以新的世界发展为依据，中间经过创造性转化的过程，最后又在更高的阶梯上回归到经典形态，这也是我们判断是否当代形态的基本标准。依据这样一个标准，对西方马克思主义文艺学的借鉴和吸取似应采取一种较为客观的态度为好。总之，处理好马克思主义当代形态与经典形态及种种嬗变形态的关系，决定着新体系建构的总方向，是一个须三思而后决的重大问题。

第二，马克思主义与非马克思主义的关系。当代性的规定使新体系的建构不能不向西方现代文艺学思潮和流派积极开放，而马克思主义的总方向又使新体系的建构必须以马克思主义为主导来统领西方现代文论所提供的大量而芜杂的理论材料，这就产生了一个马克思主义与非马克思主义之间的统领与被统领的关系问题。在我看来，所谓“统领”决不是“顺我者昌，逆我者亡”，而是根据具体情况所采取的一种有分析、有区别的取舍。只要采取这样一种具体分析的方略，即使是一些与马克思主义相异，甚至相反的理论材料，也可能显示出一定的借鉴意义。譬如，对于一些非马克思主义的理论材料，如果在观念层面上我们很难接受，那么从知识层面上看是不是就有了汲取的可能性？就拿精神分析学的文艺思想来说吧，他们把艺术看作是性本能的升华，这样的艺术观念是马克思主义文艺学难以接受的，但是精神分析学关于文艺心理的大量知识，则是值得我们认真学习和汲取的。此外，俄国的形式主义和“新批评”派关于文学语言学的知识，接受美学和现象学美学关于文学阅读学的知识，结构主义关于文学叙事学的知识，同样也是值得我们认真学习和汲取的。过去，受“左”倾思潮的影响，搞纯而又纯的马克思主义，对非马克思主义的理论，不分青红皂白一概排斥和反对，这样就在反对非马克思主义的艺术观念的同时，连那些有价值的知识性的东西也反掉了，以致造成原有文艺学体系知识性匮乏的严重缺陷，这其实是对马克思主义文艺学极为不利的。应该承认，西方现代文论的优势恰恰在于知识性的根底，只要我们善于把这些知识性的东西从观念层面上剥离出来，为我所用，就可以收到以长补短的效果。当然，对非马克思理论材料的汲取并非仅限于知识层面，在观念层面上也不是不可以借鉴的。因为马克思主义的文艺观念不是铁板一块、水泼不进的，相反，它有着巨大的吞纳力和包容力，唯其如此，它才能吞纳、消化一切有价值的养料而获得自身的不断发展。例如，马克思主义文艺观念强调反映论，但它同时又讲反映的能动性，在这里显然就出现了一个较大的理论空间，使它可以容纳情感表现论等观点的合理成分。所以，即使在观念层面，马克思主义也不是一见相异、相反的东西就一律排斥的。况且，马克思主义文艺观念本身也不是完美无缺的，如关于文学形式的观念就存有一些不足，这就需要批判地借鉴形式主义的理论以填补自己的漏洞甚至空白。总之，在如何对待马克思主义与非马克思主义的关系问题上，要进一步解放思想，有胆有识，允许尝试，也允许犯错误，通过不断的实践以求得这个问题的妥善解决。

第三，“中”与“西”的关系。每当西方文化大量涌入我国，与我国本土文化发生冲撞交汇之时，就一定会出现如何看待中国文化与西方文化的关系问题。五四时期有这个问题，近二十年来也有这个问题。有一点是清楚的，新体系的建构既不能缺少本民族的文艺学材料，也不能缺少西方的文艺学材料，否则就难有民族特色、世界意义和当代水平。但问题在于，对于本民族的材料如何取舍？对西方的材料如何取舍？这两方面的材料又如何融合为一体？从历史上看，五四时期的中西文化之争产生出“中体西用论”、“西体中用论”、“全盘西化论”、“国粹主义”等观点。由这些代表性观点反映出的争论焦点就是：是中国文化优越，还是西方文化优越？是以中国文化为主，还是以西方文化为主？新时期关于中西文化的讨论虽然是在新的历史背景中展开的，但仍深受五四文化之争的影响，也出现了新面目的中体西用论、西体中用论、全盘西化论以及文化寻根派，但更多的人似倾向于既不固守中国传统又不全盘西化的中西合璧的观点。这种观点虽超越了何者优越的问题，但依然有个何者为主的问题。在我看来，把争论的焦点定为何者为主是一个导向上的错误。我们之所以探讨中西文化问题，是因为要创造一种能够反映新时代的新文化。在这里，主体既不是中国传统文化，也不是西方文化，而是新文化。如果以中国传统文化或西方文化为主体，那建成的就是带有西方色彩的中国传统文化或带有中国色彩的西方文化，而不是中国现代新文化，这在方向、目标上就错了。因此，我认为，在如何对待中西文化关系的问题上，很重要的一点就是扭转以往的争论焦点，由何者为主转到如何创造新文化，对文艺学来说，就是如何创造新文艺学体系，这样，我们就可以以新文艺学的建构为目标、为主体，以新文艺学的当代性、马克思主义性、民族性、世界性为准则，对中西文艺学材料进行分析、综合，提取出一切有价值的东西，融入我们的新体系之中。至于是中国的材料用的多一点，还是西方的材料用的多一点，都是无关紧要的，只要对创造新体系有利，都是可以允许的。

第四、古代和现代的关系。文艺学新体系的建构从历史渊源上看同古代的文艺学材料有着纵向继承的联系，而新体系的建构又是在现代的历史条件下进行的，又同现代的文艺学材料有着横向借鉴的联系。既是古代的，又是现代的，这就有了一个古代和现代的关系问题。西方现代文艺学基本是以反传统的极端形式推进的，这种发展形式决定了西方现代文艺学各流派刻意求新、迅速嬗变，各领风骚三五年的特点，其实是不太正常的。在继承传统的基础上谋创新，是一切文化文艺思想发展的客观规律。任何文艺学新思想都不可能不包含古代传统的成分，不同仅在于量的多少。因此，今天我们建构文艺学新体系决不能采取彻底反传统的极端方式。古代的文艺理论家用他们的聪明才智创造了一大笔文艺遗产，这对我们来说是弥足珍贵的，也是非常幸运的，从这里我们不仅可以获取大量的启示和灵感，还可以汲取进一步发展的自信和力量。历史证明，越是讲创新的时候，越是容易出现割裂传统的偏向，五四时期有这方面的教训，20 世纪 80 年代也有这方面的教训。最近几年我们开始注意从古代文化传统中发掘营养，这一动向是应该肯定的。但是，继承古代传统是要以传统为创新的跳板和凭借，而不是让传统成为创新的桎梏和负重。即使是公开打出“回到古希腊”旗号的文艺复兴运动，也不过是穿着古人的服装演出一场现代的戏剧。因此，为了文艺学的创新，我们还必须要同现代接轨，从现代文论中寻求新思路、新观点、新方法。需要特加说明的是，建构新体系不仅要看重现代的理论材料，更要看重现代的经验材料。有人认为，革新文艺学的动力主要来自现代新理论的外部冲击，而不是来自文艺实践经验的新变化。我们的观点正好与此相反。从根本上说，没有文艺实践经验的新变化，怎么会有文艺学的新发展？西方现代文论的新发展，不就是因为现代主义以及后现代主义创作经验的种种变化引起的吗？中国近二十年文艺理论的新发展，也不就是或多或少地根源于创作实践的种种新变化吗？所以，新体系的建构应该特别注重现代的经验材料。经典的马克思主义文艺学主要是参照了 19 世纪的现实主义的文艺创作经验，而在 20 世纪末建构文艺学新体系仍旧只是参照 19 世纪的创作经验，就远远不够了，还需要更多地参照 20 世纪的文艺实践经验，正是在这些最新的经验材料中隐藏着最有价值的创新因子。只有从 20 世纪的实践经验中引申出的理论创新，才是对经典马克思主义文艺学的真正发展。

三、建构的原则

建构的视野只是确立了未来体系的一般形态，而未来体系的具体形态，包括它的总体构架、内在精神倾向和逻辑构成等，则取决于建构的原则。体系建构的原则，一般说来，包括对象原则和哲学原则两个相互联系的方面。

对象原则是指以对象为依据建立起体系的总体构架。文艺学的研究对象是文艺，没有文艺对象，也就没有文艺学，所以文艺学研究必须以文艺对象为根本依据，文艺学体系所划定的研究范围，所设立的总体构架，事实上都是对文艺对象的反映。文艺对象是客观的，但人们对文艺对象的认识却各不一样。这是因为，一方面对象本身的呈现有一个历史过程，它的各个阶段、环节、方面并不是一下子就显现无遗，而是随着历史的发展而逐渐显露的，它的整体状貌非到历史发展的一定阶段上是不可能看清楚的。另一方面研究者的主观条件各异，它们总是站在不同的方位，从不同的角度审视对象，这样对象就在他们的眼中呈现出不同的面目。看来，确立对象原则的关键在于要对对象有一个较全面、深入的把握。艾布拉姆斯对文艺四要素的区分和“三角图式”的理解以及刘若愚的“圆圈图式”的理解①，代表着人们对文艺对象的认识的现代水平上的进步。卡冈对文艺对象的系统性的整体描述②，更是把这种认识抬高到了一个新的台阶。我们必须认真总结和借鉴这些研究成果，尽可能全面而又深入地把握文艺对象，并以这种把握为依据建立新体系的总体构架。

多年以来，我们在文艺学体系的建构上，有片面强调哲学原则而忽略对象原则的偏向，过分注重哲学方面的概念演绎，缺乏对象方面的事实归纳，对对象的研究长期停留在较低的水平上，致使对象范围相当不开阔，研究领域狭窄，体系构架残缺不全。事实上，文艺学的对象是一个处于内部与外

① 参见［美］艾布拉姆斯《镜与灯》，郦稚牛等译，北京大学出版社 1992 年版，第 5—6 页；［美］刘若愚：《中国的文学理论》，田守真等译，四川人民出版社 1987 年版，第 15—16 页。

② 参见［苏］卡冈《美学和系统方法》，凌继尧译，中国文联出版公司 1985 年版，第 83—110 页，第 260—302 页。

部、纵向与横向的多方面普遍联系中的系统整体。这个系统整体就文学本身来说是由作者、作品、读者三个过程和环节构成的，而文学世界本身又与现实世界、文化世界、语言世界、艺术世界等结成了更加宽广而繁复的联系网络。我们应该重视对文艺学对象的这种复杂结构的研究，强调以对象为依据的建构原则，只有这样，才能为新体系提出一个严整而科学的总体构架。

然而，一个新体系仅有总体构架还不行，还要有某种基本的精神流向贯穿其间，使各方面的内容联结成一个有机的逻辑整体。因此，新体系的建构和形成，除了对象原则外，还需要哲学原则，正是哲学原则给理论体系灌注了具有凝聚力和组织功能的基本精神流向。

毫无疑问，我们新体系建构的哲学原则依然是马克思主义的哲学原则，即以马克思主义的辩证唯物主义和历史唯物主义为指导，确立文艺学新体系的精神和灵魂。但是由于历史的和现实的种种原因，使得这个问题的解决极为棘手。例如，如何全面、准确地理解马克思主义哲学就一直是一个问题。过去，我们也大讲特讲马克思主义的辩证法，但在实际操作中却是形而上学猖獗，机械论、单向论、独断论的思维方式到处可见，总喜欢把某一方面的观点吹到极端，从而使真理走向谬误，这怎么能是坚持马克思主义的哲学原则呢？再者，马克思主义哲学也有一个在当代发展的问题。现代自然科学的飞速进步，已经给我们提供了许多极有启发意义的思想，如相对论、耗散结构理论、测不准原理、模糊数学、系统论，等等。这些新思想从哲学精神上看是与马克思主义的辩证法基本一致的，如何把这些思想合理地吸收过来，将其整合充实到马克思主义的哲学中，推进马克思主义哲学的自我更新和发展，就成为一个急待解决的问题。针对上述情况，我认为，确立新体系建构的哲学原则，似应格外注意以下几个方面：

一是破除线型因果论，树立普遍联系论。事物之间是相互作用、普遍联系的，这是马克思主义辩证法反复审明的基本原理。但我们有的人在看待具体问题时，却往往只承认一个方面的联系，而否认另一些方面的联系。例如，在文学和社会的关系这个重要问题上，只是一味地强调社会对文学的决定作用，而对文学对社会的巨大反作用以及文化、语言、艺术等与文学之间的多方面的相互作用却视而不见，这就很难说是辩证法的观点。实际上，社会、文化、语言、艺术、文学之间是相互影响、相互作用的，由此构成了人文世界的普遍联系的有机整体，只有从这种普遍联系的有机整体中认识文学现象，才是一种辩证法的观点，才能真正把握住文学的要义。

二是破除独断论，树立互补论。独断论只承认一种观点的绝对真理性，而否认其他观点可能具有的某些合理性和真理性，这是真理观上的形而上学论。例如在反映论问题上，只讲没有被反映者就没有反映者，不讲反映者在反映中的主体地位。其实，反映论和主体论并非一定对立，反映论是合理的，主体论也不是完全谬误，这两方面的观点可以构成一种互补关系。在这一点上，物理学中的“光波互补论”可以提供巨大的启示。如果我们不能彻底改变那种独断论的绝对思维惯式，代之以对话的互补论的思想方法，我们的文艺学恐怕难有大的突破。

三是破除静止观，树立运动观。无论是线型因果论，还是独断论，都必然缺乏运动的观点。马克思主义辩证法认为，静止是相对的，运动是绝对的，一切以时间、地点为转移。社会历史在变化发展，文艺也在变化发展，这种川流不息的变化发展必将引起文艺学及其理论体系的变化发展，这是任何人的力量都不可遏止的。我们唯一能做的，就是承认和顺应这种变化发展，密切关注文艺实践中出现的新动向、新事实、新经验，从这里来感受体认文艺学发展的动力和出路。否则，我们就将面临着被历史抛弃的危险。

之所以突出上述几个方面，无非是为了强化马克思主义的辩证思维，提高新体系逻辑构成的合理性，使之具有真正的马克思主义精神和品格。总之，新体系建构的哲学原则的确立也决非轻易之事，是个大难题，有待于深入的研究和探讨。

新时期文艺论争的回顾与反思

勇于探索，善于探索，在探索中创造，在探索中前进，这就是20多年来新时期文艺理论发展的总体面貌。新时期文艺理论的整个探索进程可大致划分为三个阶段：1979年至1981年是“拨乱反正”阶段，1982年至1989年是“改革突进”阶段，1990年至今是“深化综合”阶段，每个阶段都是围绕着几个核心问题的讨论展开的。

一、拨乱反正阶段

（关于文艺与政治的关系、关于现实主义的讨论）

打倒“四人帮”后，中国社会的各个方面，包括文艺理论领域，都面临着拨乱反正的历史任务。“四人帮”靠文艺起家，文艺是“重灾区”，积重难返，拨乱反正的任务尤其艰巨。就文艺理论方面看，一开始主要是批《纪要》，批“文艺黑线专政论”，为“黑八论”翻案。随着批判的深入发展，“四人帮”反革命文艺纲领的要害也就暴露出来了，这就是“四人帮”在“文革”期间竭力鼓吹的“文艺是阶级斗争的工具”的理论。正是借助这一理论，“四人帮”才得以在文艺界兴风作浪，大举讨伐，把社会主义文艺完全变为实现他们反革命政治阴谋的工具。因此，要想从根本上摧毁“四人帮”的文艺思想体系，彻底肃清其流毒，使新时期文艺理论走上正常发展的轨道，就必须狠批“工具论”，重新认识“文艺与政治的关系”，力求在这个问题上有所突破，有所新见。于是，从1979年初开始，文艺理论界展开了“文艺与政治的关系”问题的大讨论。

这次讨论最初由1979年第4期《上海文学》发表的评论员文章《为文艺正名——驳“文艺是阶级斗争的工具”论》引发，文章指出，“工具论”的观点“将文艺与政治的关系说成唯一的，全部的关系”，“把文艺与阶级的欲望、意志的关系作为首先的和基本的关系来考察”，因而“是一种取消文艺的文艺观”，是“唯心主义的文艺观”。该文发表后，立即引起强烈反响，短短一年多的时间，就有数十家报刊发表了百余篇论文，各抒己见，形成了讨论的热潮。

这次讨论的难点在于：“文艺是阶级斗争的工具”论并不是“四人帮”的发明，“四人帮”不过大肆鼓吹和利用了这一理论。早在毛泽东同志的《讲话》中就明确提出了“文艺从属于政治”的命题，建国后又进一步提出了“文艺必须为无产阶级政治服务”的口号，而这个口号在过去一直是不容置疑的。这样一来，这次讨论就涉及了如何看待和评价《讲话》以来的有关观点的尖锐问题，正是在这个问题上产生了较大的意见分歧。

有的意见认为，文艺与政治同属于上层建筑，是并列的关系，文艺不应该为政治服务①；又有意见认为，政治是上层建筑的核心，是经济的集中表现，文艺应当为政治服务②；还有的意见认为，文艺与政治的关系虽然密切，但又不应是服务和被服务的关系③。经过不同意见的商榷和争辩，问题也就越来越清楚了。

1980年，邓小平在《目前的形势和任务》一文中明确表示：“不再继续提文艺从属于政治这样的口号，因为这个口号容易成为对文艺横加干涉的理

---

① 参见王若望《文艺与政治不是从属关系》，载《文艺研究》1980年第1期；王若水：《文艺·政治·人民》，载《文艺理论研究》1980年第3期；曹廷华：《“文艺从属于政治”是不科学的命题》，载《文艺研究》1980年第3期；玫生：《试评“文艺从属于政治”的理论基础》，载《文艺理论研究》1980年第3期。

② 参见敏泽《文艺要为政治服务》，载《文艺研究》1980年第1期；张建业：《文艺应当为政治服务》，载《文学评论》1980年第2期；杜景华：《政治处于支配地位》，载《文艺研究》1980年第3期；古里木：《文艺与政治关系小议》，1980年4月22日《文汇报》。

③ 参见徐中玉《从实际出发看问题》，载《文艺理论研究》1980年第3期；陈荒煤：《文艺理论应该注意的问题——在1980年摄影理论年会上的讲话》，载《中国摄影》1981年第2期；周扬：《解放思想，真实地表现我们的时代——谈有关当前戏剧文学创作中的几个问题》，载《文艺报》1981年第4期。

论根据，长期的实践证明它对文艺的发展利少害多。但是，这当然不是说文艺可以脱离政治。文艺是不可能脱离政治的。”邓小平的这一意见代表着党内最高决策层对“文艺与政治关系”的一种新见解。

1980 年 7 月 26 日《人民日报》发表了题为《文艺为人民服务，为社会主义服务》的社论，该社论肯定了“文艺为政治服务”在历史上曾起过的积极作用，也分析了它在理论上和实践上造成的种种混乱和弊端，认为在新的形势下不宜继续提这一口号，应该代之以“文艺为人民服务，为社会主义服务的口号”，这后一个口号“概括了文艺工作的总任务和根本目的，它包括了为政治服务，但比孤立地提为政治服务更全面、更科学”。《人民日报》的这个社论是对这次讨论的一个权威性的总结。

文艺与政治关系的讨论作为新时期文艺理论的第一次重大讨论，不仅从根本上掀翻了“四人帮”的反动文艺思想体系，而且纠正了长期以来一直在文艺与政治关系问题上的理论偏差，其巨大的历史功绩不可低估。

与文艺与政治关系的讨论同时或稍后，文艺理论界又展开了关于现实主义问题的讨论。如果说前一讨论侧重在“拨乱”方面，那么后一讨论则主要是完成“反正”的任务。从五四到新中国成立初期，现实主义文学一直兴旺发达，成为中国现代文学的主流。但是 20 世纪 50 年代中期以后，现实主义文学却遭到了愈演愈烈的“左”倾文艺思想的干扰和压制，尤其在“文革”中，现实主义文学更是陷入了被连根拔除的厄运，被“四人帮”判为“黑八论”的文艺观念中，竟有四条是关于现实主义的。“四人帮”倒台后，四化建设的新生活以及实事求是的、务实的、独立思考的、积极探索的时代精神，都强烈地呼唤着现实主义创作的回归。“伤痕文学”、“反思文学”、“改革文学”等一批现实主义文学应运而生。创作实践中日益高涨的现实主义浪潮提出了从理论上重新认识现实主义、总结现实主义创作经验的历史课题。此外，从理论本身的发展看，在彻底推翻了“四人帮”的“工具论”之后，也面临着确立唯物主义反映论的创作路线，恢复和发扬现实主义优良传统的理论任务。一场有关现实主义问题的讨论势在必行。

这次讨论一开始主要围绕着“写真实”和“写本质”的争论展开。一派观点认为，“写真实”是马克思主义文艺理论的基本要求，是现实主义文学的基本特征，反映了真实也就反映出了生活的本质①。另一派观点认为“写真实”容易导向自然主义，甚至成为脱离“四项基本原则”的避风港，文艺必须努力反映生活的本质，而不只是描写生活中的真实②。还有一派观点认为，“写真实”固然重要，但也不能只是写真实，现实主义文学还要求真善美的统一③。

从理论上讲，后一种观点似乎更全面、更稳妥。但在当时的条件下，提出“写真实”是一个巨大进步。“文革”中的“假、大、空”的文学已经使人厌恶至极，人们渴望一种写真事、说真话的新文学。“写真实”反映了人们的这种普遍的要求，对于恢复和发扬现实主义传统具有积极的意义。但是，“写真实”作为一个战略性的创作口号显然又是不合适的。因为新时期文艺的发展并不限于现实主义一途，只提“写真实”就有可能造成新的创作框框。而且，“写真实”这一口号在客观上也确实容易造成不顾社会效果、忽略社会责任的流弊。从这方面看，“写本质”的提出对“写真实”不失为一种有益的理论补充。但是，在讨论中，由“写本质”论也导出了一种片面强调“写本质”，把“写本质”与“写真实”对立起来的偏向，有的论者甚至先验地把生活本质等同于生活的主流，又把生活的主流等同于生活的光明面④。这种观点显然是与现实主义的观点相抵牾的。看来，那时提出“写真实”是必要的，但要对“写真实”作出正确的界定，关键是把现实主义真实观与自然主义真实观区分开来，这一点在当时已有论者提出并作了比较深刻的论述⑤。

---

① 参见周忠厚《“写真实”不容否定》，载《延河》1980年第1期；畅广元：《否定“写真实”是错误的》，载《陕西师大学报》1980年第3期；耿庸：《真实散记》，1980年12月24日《光明日报》；郁沅：《“写真实”是现实主义的基本规律》，载《长江》1981年第4期；谭好哲：《略论“写真实”与“写本质”》，载《江汉论坛》1982年第2期。

② 参见李玉铭、韩志君《对“写真实”论的质疑》，载《红旗》1980年第4期；计永佑：《对“写真实”这个口号的一点澄清》，1981年2月14日《天津日报》；赵增锴：《真实与本质》，1981年4月15日《人民日报》；程继田：《为“写本质”一辩》，载《山西大学学报》1982年第1期。

③ 参见程代熙《现实主义的真实和作家的同情》，载《文艺报》1980年第5期；陆贵山：《怎样理解“写真实”》，载《红旗》1980年第9期。

④ 参见计永佑《要注重写我们的光明》，1980年10月8日《人民日报》；吴翊南：《文艺反映生活本质问题初探》，载《学习与探索》1982年第1期。

⑤ 参见吴富恒、狄其骢《现实主义和自然主义在真实性问题上的区别》，载《文艺报》1982年第7期。

在现实主义的讨论充分展开之后，争论的焦点就由“写真实”的问题逐渐转向了在新的历史条件下现实主义如何发展的问题。恢复和发扬现实主义传统并不是简单地回到和重复过去的现实主义。新的时代生活要求新的现实主义文学，创作实践中也已经出现了现实主义的新气象和新动向，这就产生了在新的条件下要不要和如何发展现实主义的问题。

“发展派”的观点认为，20 世纪 50 年代以来实行的社会主义现实主义和所谓“两结合”的创作方法，在当时提出的时候就缺乏现实的依据，在后来的实践过程中也少有好的效果，因此新时期的现实主义文学不能再以社会主义现实主义和“两结合”为唯一的准则和标准，应当允许有各方面的实验和探求，以取得现实主义文学在新条件下的深化和新发展①。又认为，恢复现实主义并非回归到过去的哪一种具体的创作方法，而是恢复历史上所有的进步文学所体现出的现实主义精神，只要在这种现实主义精神的基础上，新时期的文学可以寻求多种途径的新发展②。

“发展派”的观点并非都是妥当的，甚至还出现了偏激的言论，例如有人提出了“社会主义批判现实主义”的命题③。但“发展论”在总体上是与当时创作界和理论界的积极探索的精神一致的，代表着文艺理论的前进趋向，其基本论点也是站得住脚的。

与“发展派”相对立的是“坚持派”的观点，认为“两结合”是社会主义文艺创作的一个普遍适用的原则；社会主义现实主义是具有社会主义时代特征的创作方法，是现实主义发展的一个更高的形式，现在应大力提倡“两结合”和社会主义现实主义，使其在新时期文学中占据主导地位④。

如何评价“两结合”和社会主义现实主义的历史功过，确是一个重要的理论问题，必须通过自由的讨论加以辩明。但是无论如何，想要在新时期

---

① 参见刘光《“两结合”创作方法与“左”倾思潮》，载《社会科学研究》1980 年第 5 期；薛瑞生：《“两结合”创作方法漫议》，载《人文杂志》1980 年第 5 期；王愚：《现实主义厄运及其教训》，载《延河》1980 年第 6 期。

② 参见张维安《现实主义——艺术反映现实的客观法则》，载《十月》1980 年第 3 期；邹平：《现实主义精神和多样的创作方法》，载《文学评论》1982 年第 5 期。

③ 参见黄伟宗《论社会主义的批判主义》，载《湘江文艺》1980 年第 4 期。

④ 参见刘长久《要实事求是地看待“两结合”的创作方法》，载《社会科学研究》1980 年第 5 期；秦牧：《发扬光大革命文学的现实主义传统》，1980 年 4 月 2 日《南方日报》；谢昌余：《恢复社会主义现实主义的传统》，载《甘肃文艺》1980 年第 5 期。

完全恢复过去的创作方法的大一统局面，不仅在理论上是保守的，在实践上也绝无可能性。新时期的现实主义文学必须进行多方面的开掘和深化，“两结合”和社会主义现实主义只能通过与其他创作方法的公平竞争来接受历史的选择。

需要说明的是，有关现实主义的讨论并非仅限于20世纪80年代初期，而是时起时伏地贯穿于整个新时期。每当现实主义的创作高涨时，现实主义的理论探讨也随之高涨，而且涉及的论题也越来越广泛，诸如反映论问题、典型问题、人性和人道主义的问题、新写实主义问题等，实际上都是与现实主义有关的。可以说，在新时期文艺论争中，关于现实主义的讨论历时最久、波及面最广，这也表明，现实主义问题一直是新时期文学发展中的一个核心问题。80年代初的这次讨论是在“拨乱反正”的背景下进行的，它为当时方兴未艾的现实主义文学提供了理论支持，也为整个新时期现实主义文学的发展奠定了理论出发点。

二、改革突进阶段

（关于现代主义、关于文学研究方法论、
关于主体性、关于“文化热”的讨论）

1982年，文艺领域又出现了新动向，主要是一些原来只运用现实主义方法的作家，为了适应现实生活的多种变化和满足人民群众的多种欣赏需求，开始学习和借鉴现代主义的手法和技巧，如朦胧诗、意识流小说、荒诞戏剧等。此种学习现代派的风气，由美术到文学，由电影到戏剧，由诗歌到小说，迅速吹遍了文艺的各个角落，一时间可谓蔚为大观，以至有人认为中国已产生了自己的现代主义文学。现代主义偏重于主观自我的表现，具有反常的形式特征，这些都同传统的现实主义迥然相异，也是原有的现实主义理论包容和规范不了的，它必将导致原有理论模式的剧烈的动荡和裂变。因而，以1982年开始的关于现代主义的讨论为标志，新时期文艺理论的探索跨入了改革突进的阶段。

现代主义之争最初由“朦胧诗”的争论引起。“朦胧诗”主要是一批文革后成长起来的青年诗人写的诗，这种诗专注于诗人个人的内心世界，意象跳跃不定、扑朔迷离，用语上也颇为奇特，由于与20世纪五六十年代诗歌创作的路子反差甚大，招致非议也是意料中的事。有人认为，“朦胧诗”让人读不懂，表现的思想情调也是灰暗的，是新诗发展中的反常倾向，不宜在青年中推崇和倡导①。又有人针锋相对地提出朦胧诗“追求生活溶解在心灵中的秘密”，“大胆吸收西方现代诗歌的某些表现方式”，从内容到形式都突破了传统的创作模式，它的出现代表着一种“新的美学原则的崛起”，标志着我国新诗全面发展的“新开始”②。这种“崛起论”的观点又遭到了某些论者的批评和反对，认为把“朦胧诗”推崇为“新的崛起”，是“误人子弟”，而所谓“新崛起的美学原则”，不过是“一套相当完整的、散发出非常浓烈的小资产阶级的个人主义气味的美学思想”③，其措词是颇为严厉的。

然而，“朦胧诗”不过是现代主义在诗歌领域的具体表现，所以，随着争论的不断尖锐化和白热化，“朦胧诗”的讨论也就升级为现代主义的讨论。关于现代主义的讨论有两个核心议题，一是如何看待西方现代主义思潮，二是中国的现代主义有没有可能性和必要性。在这两个密切相关的问题上主要存在着三派意见：一派意见认为，西方现代主义是伴随着西方物质文明由蒸汽机时代向电子时代飞跃而产生的一种必然现象，是继文艺复兴和浪漫主义之后“在世界范围内文艺的一次重大变革”，属于文艺发展的前进运动。现在，中国正在加快四化建设的步伐，日益走向现代的生产方式和生活方式，从文艺自身的发展看，中国的文艺也急需一个较大的改革和突破，因此，现代主义在中国的兴起是非常可能，也是极有必要的④。另一派意见认为，现代主义文艺是西方资本主义世界进入垄断阶段、陷入全面危机的产物，它“决然没有跳出资产阶级意识形态的范围”，同以马克思主义为指导的社会主义文艺是根本不同的两个体系，“对我们的艺术借鉴作用很有限

---

① 参见章明《令人气闷的“朦胧”》，《诗刊》1980年第8期；艾青：《首先应让人看得懂》，载《作品》1981年第3期；峭石：《从〈两代人〉谈起》，载《诗刊》1981年第3期。

② 参见谢冕《在新的堀起面前》，1980年5月7日《光明日报》；孙绍振：《新的美学原则在崛起》，载《诗刊》1981年第3期。

③ 参见丁力《古怪诗论质疑》，载《诗刊》1980年第12期；程代熙：《评〈新的美学原则在崛起〉》，载《诗刊》1981年第4期。

④ 参见戴厚英《〈人啊，人〉后记》；叶君健：《现代小说技巧初探·序》；徐迟：《现代化与现代派》，载《外国文学研究》1982年第1期；冯骥才：《中国文学需要“现代派”》，载《上海文学》1982年第8期。

度”，中国的文艺不能走现代主义的道路[①]。第三派意见认为，欧美现代派文学经过了将近一百年的发展，是一个极其错综复杂的文艺现象，对现代派作品既不能“一棍子打死”，也不能“全盘接受”，应该从它们的成就中获得借鉴，从它们的失败中汲取教训，以发展我国的文学艺术[②]。

上述几派观点争论相当激烈，一时很难达成共识。这是因为：第一，现代主义问题实际上涉及传统理论的一些核心观念的变动，对此，文艺理论内部必然发生严重的分化甚至对峙，只是通过一两次讨论是不可能解决问题的。第二，赞成现代主义发展的论者虽然表现出较强的改革意识，但他们在理论上还不周全，不成熟，甚至在一些关键问题上尚存在着严重的理论偏颇。如有的论者把现代主义与现实主义、现代化与民族化完全对立起来，认为只有在彻底否定现实主义和民族传统的基础上才能发展现代主义文学[③]，这种明显不妥当的观点很难令人信服和接受，而且也将对现代主义在中国的发展产生有害的影响。所以当20世纪80年代后期，一些专事模仿、脱离现实的“实验小说”和“先锋文学”陷入困顿和僵局的时候，现代主义话题又被重新提起，所讨论的问题也转换为“伪现代派”、现代主义在中国发展的“土壤”、“民族化”等问题[④]。80年代后期的讨论无疑是对80年代前期的讨论的深化和补充。第三，现代主义的讨论寻求的是观念层面上的突破，而在更深的思维层面上却依然盛行着旧的思维模式，使得观念上的突破很有限度。这一点很快就被人们意识到了，因此当中国现代化进程进一步由农村改革推进到城市改革的时候，一个文学研究方法的改革热潮也就勃然兴起了。

---

① 参见里迪《〈现代化与现代派〉一文质疑》，载《文艺报》1982年第11期；关林：《文学的提高和现代主义的呼声》，载《文艺报》1983年第1期；陈燊：《也谈现代派文学》，载《文艺报》1983年第9期；文玉：《为什么我国的文艺不能走现代派的道路?》，《红旗》1983年第24期。

② 参见袁可嘉《欧美现代派文学概述》，载《百科知识》1980年第1期；郑伯农：《心理描写和意识流的引进》，载《文学评论》1981年第3期。

③ 参见徐敬亚《崛起的诗群》，载《当代文艺思潮》1983年第1期。

④ 参见陈越《民族化：一个防御性的口号》，载《文学评论》1987年第1期；李方平：《民族化：一个战略性的口号》，1987年4月7日《光明日报》；陈继会：《现代化：一个战略性的口号》，1987年7月21日《文论报》；邹平；《中国存在现代主义文学土壤吗?》，1988年4月8日《文汇报》；陈慧：《西方现代派和我国当代国情》，1988年9月26日《光明日报》；黄子平：《关于“伪现代派”及其批评》，《北京文学》1988年第2期；李洁非：《“伪”的含义及现实》，载《百家》1988年第5期。

从 1984 年开始，大批的西方现代文学和人文科学的研究方法被集约式地引介进来，现代自然科学的一些新方法也得到了跨学科的推行和移植，越来越多的批评家和理论家争相学习和运用新方法研究文学问题，有的还取得了颇为可观的进展和成果①。

学习和运用新方法的热潮带来了一系列急待解决的理论问题：要不要学习和运用新方法？怎样学习和运用新方法？学习和运用新方法的意义何在？新方法与马克思主义方法和传统方法的关系如何？关于方法论的讨论正是围绕着这几个问题展开的。讨论中逐渐形成了这样几派意见：一派意见认为，世界科技革命的浪潮冲击着传统的思维方式和研究方式，文艺研究引进新方法是现代社会对文艺研究提出的新要求。我国传统的文学研究方法早已暴露出种种缺陷和弊端，新方法的探索和运用必将从根本上补救传统方法的不足，开创出文学研究的新局面②。另一派意见认为，马克思主义哲学既是唯一科学的世界观，也是唯一科学的方法论，许多所谓新方法其实都是马克思主义唯物辩证法中的应有之义，把马克思主义的方法看作是过时了的旧方法，或者企图用新方法取代之，都是对马克思主义的曲解和漫画化③。还有一派意见认为，新方法的探索表明了整个文艺理论批评的空前活跃，新方法同马克思主义的方法并不是水火不相容的，马克思主义的方法是一个开放的发展的体系，需要不断地从一切有科学价值的新方法中吸取新的营养来丰富自己。新方法探索的成功与否，归根结底要看它是否推动了文艺实践的前进④。

到底如何评价 1985 年出现的探索和运用新方法的热潮，这不仅是一个

---

① 参见林兴宅关于“文艺系统论”的系列文章，鲁枢元关于“文艺心理学”的系列文章，黄海澄关于“文艺控制论”的系列文章，刘再复关于“人物性格二重组合原理”的系列文章。

② 参见刘再复《思维方式与开放性眼光》，载《文学评论》1984 年第 6 期；林兴宅：《科技革命的启示》，载《文学评论》1984 年第 6 期；陈伯海：《马克思主义与理论创新》，载《文艺理论研究》1985 年第 3 期；潘泽宏：《建立文艺研究方法的开放性体系》，载《求索》1985 年第 5 期。

③ 参见陆梅林《文艺和美学研究方法论放谈》，载《昆仑》1986 年第 1 期；程代熙：《认真开展文艺学方法论的讨论》，1985 年 3 月 7 日《光明日报》；吴元迈：《关于文艺方法论的思考》，1985 年 6 月 20 日《光明日报》。

④ 参见范伯群《新方法的介绍、移植和扎根》，1985 年 6 月 17 日《文学报》；李准、丁振海：《马克思主义和文艺理论新方法的探索》，1985 年 10 月 31 日《光明日报》；钱中文：《主导・多样・综合：一种趋势》，1986 年 3 月 8 日《文艺报》。

理论问题，更是一个实践问题。新方法的不少成功的实践经验确实证明了它在开拓新的思维空间和研究领域方面，在打破传统的线性因果论和独断论的思维定势方面，在丰富和发展以马克思主义的哲学为统领的方法论体系方面，都取得了不可磨灭的成就。

当然新方法的探索和运用也出现了一些不可忽视的问题：第一，新方法主要是从西方和其他学科领域引入和移植过来的，在引入和移植的过程中，有的研究者急于求成，甚至追风头、赶时髦，一哄而上，对新方法并没有吃透和真正理解，因而造成了“术语大爆炸”、“概念大搬家”、囫囵吞枣、食而不化的不良现象。第二，由于刻意标新立异，为新方法而新方法，以至脱离了我国文艺实践的现实，使新方法徒有虚名，不能解决实际问题。但是，上述新方法的偏差是探索中的偏差，完全可以在继续的探索中逐步得到纠正，以此否定整个新方法探索的积极意义是不公正的。

正如人们所预料的，继1985“方法年”之后，新时期文艺理论又迎来了一个观念大变革的年代。这次观念大变革有两个主要突破口，一个是“主体性”问题，一个是文学中的文化问题。前一个问题最初由刘再复提出。刘在《文学评论》1985年第6期和1986年第1期上发表了长篇论文《论文学的主体性》。文章指出，在我国，由于长期受机械反映论的影响，人作为文学的主体性失落了，要恢复人在文学中的主体性就必须承认人作为实践主体和精神主体的双重地位。历史就是客观世界的外宇宙和人的精神主体的内宇宙相互作用的运动过程。文学的主体包括作为对象主体的人物形象、作为创造主体的作家和作为接受主体的读者和批评家。文章对这三个方面的主体性特性及表征作了系统而深入的阐述。

应该说，刘的观点颇多偏激之处，论述上也存在着一些漏洞。但刘提出的问题却是一个带有全局性的紧要问题。因此，“刘文”发表后立即引起理论界的强烈反响，赞同和反对意见四起，争论相当激烈。赞同意见主要是在刘的原有思路上继续阐发和延伸①。批评的意见有两种情况，一种是指出

① 参见杨春时《论文艺的充分主体性和超越性》，载《文学评论》1986年第4期；孙绍振：《论实践主体性、精神主体性和审美主体性》，载《文学评论》1987年第1期；林兴宅：《我们时代的文艺理论——评刘再复近著兼与陈涌商榷》，载《读书》1987年第1期。

“刘文”理论上的偏颇之处和不周全之处，以便使主体性理论更全面更严密[①]。另一种是基本上否定主体性理论的合理性，认为这一理论的基础是与马克思主义对立的，其鼓吹的“自我实现”、人的“自由本质”、人类的“大爱”等，都是主观唯心主义和个人主义的观点，是在呼唤西方资产阶级的自由，平等、博爱[②]。

主体性理论尽管存在着这样那样的问题，但这一理论的提出毕竟标志着文艺学观念上的整体性突破，这一突破也必将使这一理论在马克思主义文艺学的格局中占据一定的地位，对这一理论提出商榷和改造是完全必要的，但想彻底否定它却又是不明智的，也是不可能的。真正需要解决的问题并不在于要不要主体论，而在于如何寻找到主体论与反映论的逻辑衔接点，把这两个理论有机地结合起来，这也是后来建构当代形态的马克思主义文艺理论的一个重要课题和难题。

关于文学中的文化问题的提出，直接与文学创作中的文化寻根意识的兴起有关。大约从1983年开始，文学创作界出现了一种与反思文学和现代主义文学不同的“寻根”文学，这种文学专意描写远古时代的风土民情，捕捉由历史积淀下来的传统的民族心理和民族性格，并且在形式上也尽量靠近本民族古典文学的艺术风貌。更为重要的是，“寻根派”的作家还提出了一套理论，公开亮出了自己的旗帜。他们认为，文学之根应深植于民族文化的土壤里，文学若只是从外部“移植”或肤浅地描写社会的表层，不能从民族文化上作出广泛深厚的开掘，是终究没有出息的。而五四以来直到“文革”，由于彻底反传统，遂造成了民族传统文化的断裂。现今的文学要想步入世界先进文学之林，必须强化民族文化意识和修养，跨越“断裂带”，从传统文化之根里汲取再生的力量和希望[③]。上述观点引出了一系列重要的理

① 参见徐俊西《也谈文艺的主体性和方法论》，1986年6月21日《文艺报》；王元骧：《反映论原理与文学本质问题》，《文艺理论与批评》1988年第1期；张德祥：《主体性与价值取向问题——十年来文学价值观念流变的反思》，1989年4月4日《光明日报》。

② 参见敏泽《论〈论文学的主体性〉——与刘再复同志商榷》，1986年6月21日《文论报》；陈涌：《文艺学方法论问题》，载《红旗》1986年第8期；姚雪垠：《创作实践和创作理论——与刘再复同志商榷》，载《红旗》1986年第21期。

③ 参见韩少功《文学的“根”》，载《作家》1985年第4期；阿城：《文化制约着人类》，1985年7月6日《文艺报》；郑义：《跨越文化断裂带》，1985年7月13日《文艺报》。

论问题，如民族传统文化是否是文学之根？如何评价五四文化运动的历史意义？以及传统文化与现代化的关系、民族文化与西方文化的关系、文化意识与当代意识的关系、文学研究中的文化视角与社会视角的关系，等等。这些问题有的已经超出了文学的范围，不仅引起了文艺理论界的关注，也引起了哲学界、人文学科界的广泛关注。这样，从 1985 年开始就逐渐酿成了一个热烈讨论文化问题的所谓“文化热。”

就文学领域看，“文化热”直接推动了文学观念的整体性变革。长期以来，我们习惯于单纯从社会的层面，特别从社会的政治层面研究文学问题，此种研究倾向极易滑入庸俗社会学的泥淖，一直是文艺学研究中的一个严重问题。有关文化的讨论显然构成了对这种理论偏向的强有力的冲击和反驳。尽管在讨论中，人们对“寻根文学”褒贬不一，对由此引出的一系列理论问题也议论纷纷。譬如：有的论者认为只有现实生活才是文学之“根”，传统文化只能是文学的流，而不是源①；有的论者提出“文化寻根”在文学范围内具有艺术审美的积极意义，但若作为当代文化的转向则是不对的，甚至是反动的②；有的论者认为寻根不是为“猎奇”，而是要找出传统文化与当代文化的“同构关系”③；有的论者认为社会学、文化学和文学之间存在着交叉关系，不能硬性分割开来④；有的论者提出文学的最重要的文化意义在于主动地参与对新文化的创造和传播⑤；如此等等。然而正是通过这些不同意见的争鸣，人们的文化意识空前地加强了，文化的观点和文化的视角也树立起来了。文学研究的文化视角的确立，对弥补单纯社会学视角的不足，对防止庸俗社会学观点的流弊，对文学观念的突破和更新，都起到了积极的建设性作用。

---

① 参见周政保《小说创作的新趋势——民族文化意识的强化》，1985 年 9 月 7 日《文艺报》；张炯：《文学寻“根”之我见》，载《文学自由谈》1986 年第 1 期。

② 参见宋耀良《文学·文化·心态》，载《福建文学》1986 年第 3 期；陈奎德：《文化讨论的命运》，载《复旦学报》1986 年第 3 期。

③ 参见陈骏涛《寻“根”，一股新的文学潮头》，载《青春》1985 年第 11 期；何孔周：《寻根意识和文学的深化》，1986 年 5 月 15 日《文学报》。

④ 参见丹晨《文化和社会》，1986 年 1 月 13 日《人民日报》。

⑤ 参见吴亮《文学中的文化和文化中的文学》，载《作家》1986 年第 4 期。

三、深化综合阶段

（关于当代形态的马克思主义文艺学体系建构、
关于商品大潮冲击下文学出路的讨论）

1989年之后，文艺理论探索的热度减弱，文艺界开始认真反省过去走过的路程。经过反省，大家普遍认识到，十多年来文艺理论的发展，其基本精神是积极探索的，其基本流向是马克思主义的，所取得的成就也超过了以往历史上的任何一个时期。至于在探索中出现的曲折和偏差，并没有改变全局，完全可以在以后的发展中加以克服和纠正。

但是，在反省的过程中，也有人企图全面否定新时期文艺探索的成就，提出了贯穿于十年来文艺论争的主要矛盾就是马克思主义与反马克思主义的斗争、和平演变与反和平演变的斗争，认为改革开放和“双百”方针都过头了，现在应该收一收了。这种把学术问题不分青红皂白统统提到政治高度的做法其实是“左”倾思潮在新形势下的抬头和复活，是当时的文艺发展所面临的最大威胁。

然而历史的潮流是不可抗拒的，1992年初春之际，邓小平的南方谈话，打破了中国改革开放一度沉闷的局面，新一轮更加浩大的改革浪潮迅速涌起，文艺理论的发展也随之进入深化综合的新阶段。深化综合阶段就是对前一阶段涌现出的新方法、新思路、新观念作一番梳理、熔炼、整合的功夫，使之精确化、条理化和体系化。因此，在这个阶段，讨论得最集中最热烈的问题就是当代形态的马克思主义文艺学的体系建构的问题。

其实，早在20世纪80年代末就有论者指出，“目前文艺理论多元发展的关键，已不在量的增多和翻新，而在质的提高和落实”，新时期文艺理论“正面临着一种新的综合的趋势”①。进入90年代以后，这种综合的呼声日见高涨，许多研究者也纷纷提出了自己建构新体系的方略和设想。有的论者认为坚持马克思主义文艺学的基本观点，是建立和发展当代马克思主义文艺

① 参见狄其骢《面向新的综合》，载《文史哲》1989年第2期。

理论的“基本动因”和“逻辑基础”[1]；有的论者指出，对马克思主义文艺学一要坚持，二要发展，把二者辩证地统一起来，统一的基础就是文艺实践，要在深入研究古今中外文艺实践的基础上建构当代形态的具有中国特色的马克思主义文艺学[2]；有的论者提出建构新体系的“元方法”就是坚持马克思主义的一元论，综合面面观，以马克思主义的“艺术生产论”作为新体系的理论基础[3]；又有的论者特别强调新文艺学的中国特色，认为应该建设和发展一种既有民族特色，又有时代特点，与文艺实践息息相关的开放型的文艺学[4]；还有的论者认为，当代形态的马克思主义文艺学建设的关键在于正确认识和处理当代形态与经典形态的关系，为此提出了“出格不出新”，“以对象结构为依据”、“走向综合一体化”的建构原则[5]。与当代形态马克思主义文艺学的讨论伴随而来的是新体系建构的种种尝试和努力，1990年以来陆续出版了一批颇具新意和创意的文艺学专著和教材，这批专著和教材以崭新的面目与60年代乃至80年代的同类著作形成了鲜明的对照，预示着文艺理论将在更高的体系层面上有所突破和发生变革，从而开创出文艺理论的新境界和新天地。

进入90年代的文艺理论在反观自身的体系建设的同时，继续密切关注文艺实践的动向和问题。从1992年下半年开始，在日益汹涌的商品大潮的冲击下，原有的文艺体制运转失灵，纯文学陷入了困境、窘境，跌入了低谷。那么，在商品经济大发展的形势下，文学如何发展？其出路在哪里？就成为一个严峻的问题摆在每一个文艺工作者面前。近年来，文学理论批评界讨论的所有现实问题，如通俗文学、文艺价值、市场经济与文艺的关系、艺术生产、文人“下海”、“后现代主义”等问题，几乎都与文学的出路这个总问题有关。由于事关重大，讨论是非常热烈的。

---

① 参见马龙潜、栾贻信《马克思主义文艺学基本观念与建设有中国特色的社会主义文艺学》，1991年12月14日《文艺报》。

② 参见李衍柱《关于建构当代形态中国化的马克思主义文艺学的几点思考》，载《山东师范大学学报》1991年第6期。

③ 参见何国瑞《马克思主义文学理沦建设的方法论问题》，载《文学评论》1991年第6期。

④ 参见杜书瀛《九十年代：建设和发展有中国特点的文艺学》，载《文艺理论研究》1992年第4期。

⑤ 参见狄其骢《马克思主义文艺理论的当代形态》，载《高校理论战线》1992年第6期；《文艺学的追求》，载《文史哲》1994年第1期。

如在市场经济与文学的关系问题上就有两种相反的意见：一种意见是，社会主义文艺须以市场为准则，加速市场化进程，以满足读者需求为指归；另一种意见认为，文艺的社会效应在创作中起主导作用，市场效应只起次要作用，并只能逐步推进[①]。再如在文艺价值问题上，有的论者指出文艺作品的价值主要是指其商业价值，并认为文艺的商品化反映了历史的进程，其作用也日益明显；有的认为艺术作品的价值主要体现在它的精神属性上，过分看重文艺的商品价值是很危险的；有的论者主张艺术价值的核心是审美价值，其他种种皆从属于审美价值；还有的提出文艺作品作为劳动产品，与一般商品有相同之处，但并非商品，真正有价值的文艺作品是无法用金钱来衡量的[②]。又如在“后现代主义”问题上也有不同的意见争执：有的认为中国存在着后现代主义，应该正视这个现实，使之得到合理的发展；有的提出中国没有后现代主义，后现代主义是西方特定文化环境下的产物，即使从西方引进，也无法植根发展；还有的认为后现代主义对中国文学的影响无法避免，但由于其不是人类的最后归宿，它本身也正在走向终结，因而不宜在中国提倡和推行[③]。目前，上述讨论正继续深入。

新时期文艺理论发展到今天，已经清楚地显露出，它的总的走势是由传统形态的马克思主义文艺学向当代形态马克思主义文艺学的过渡和飞跃。这个总的走势又具体表现为三个走向：

第一，从对研究对象的不断开掘走向对研究对象的总体把握。“文革”以前，我国文艺理论研究的主要对象就是文学与社会的关系，而文学与社会的关系只是文学总体关系的一个方面，仅仅研究这一个方面是不可能全面把

---

① 参见程德培、谷梁《文学走向市场的讨论》，1993 年 2 月 21 日《文汇报》；刘光裕：《文化艺术产品需要市场交换》，贺立华：《历史的进步，把文艺家推向市场》，蒋茂礼：《呼吁：文艺家品格不能为金钱而失落》，均载《文史哲》1993 年第 4 期。

② 参见张国民《论文艺价值与商品价值的质别》，1992 年 10 月 24 日《文艺报》；林兴宅：《艺术价值的特征》，《中文自修》1992 年第 11 期；程代熙：《文艺价值谈》，1992 年 12 月 5 日《文艺报》；刘金：《文学不仅仅是商品》，1993 年 4 月 15 日《文学报》；李春青：《价值的消解与重构》，1993 年 5 月 1 日《文论报》。

③ 参见张颐武《后现代性和后新时期》，王岳川：《后现代主义文化与价值反思》，见《文艺研究》1993 年第 1 期；盛宁：《后现代主义文学是不可摹仿的》，《钟山》1993 年第 1 期；朱立元：《关注当代文学中的“后现代”现象》，《文艺理论研究》1993 年第 2 期；张清华：《面对“后现代”守住那最后的家园》，1993 年 5 月 8 日《文艺报》。

握文学本质的。从这个意义上看，新时期文艺理论的探索一开始表现为对研究对象的不断开掘。由反映论到主体论、由作者论到读者论、由外部论到本体论……看似是观念的转换，实则是研究对象的转换。当这种转换达到一定的程度，即对对象的方方面面都有所认识的时候，对对象的不断开掘也就上升为对对象的总体把握。近年来的文艺理论的主要动向已经不是新观念的层出不穷、新视角的纷纷确立，而是已经提出的各种新观点的有机交融，已经确立的各种新视角的相互结合，也就是趋向于一种视野拓宽放开之后的视界融合。这样一个走向，实际上也反映了马克思所提出的理论思维的一般行程，即由“个别具体”到“片面抽象”再到“思维具体”的行程。而“思维具体”的阶段，正是一切科学的理论所追求的最高目标。

第二，从多元分化走向多元综合。新时期文艺理论的发展是从打破“四人帮”绝对一元化理论起步的，由于挣脱了一元理论的束缚，长期被压抑的创造力爆发出来，其结果就是理论本身的急剧分化和裂变，也就是各种新说蜂拥而起、各种学派相互竞争的多元并立的过程。从一元独断到多元并立是一个巨大的进步，而多元并立又恰恰是理论不成熟的标志。因此，新时期文艺理论的进一步发展必然是从多元分化走向多元综合。综合表现为一种体系化和整一化的努力，但它本身又是多元的。综合决不是人为地硬性规定一元，而是在多元竞争的基础上趋向于一元，至于最终将达到怎样的一元，这取决于历史的筛选和抉择。

第三，从自发走向自觉。新时期文艺理论在开始的阶段，不得不致力于批判和推翻“四人帮”的一套反革命文艺纲领，不得不紧紧尾随在现实的文艺实践之后，解答现实中出现的大量的、非常迫切的理论问题，力图在批判中有所建树，在实践中有所发现。因此，在开始的几年里，文艺理论的发展基本上处于经验描述的水平上，被动性较强，盲目性也较大。1985 年以后情况出现了改观，文艺理论终于摆脱了尾随实践之后的被动局面，具有了“反观自身”的精力和能力，这就是从方法上、观念上乃至体系建构上审视自身、设计自身，为自身探求发展的方向和目标。经过这样一个反观自身的过程，新时期文艺理论就开始从经验描述走向理论规定，从盲目走向预见，从自发走向自觉。而自觉的理论才是一种真正能够对文艺实践起到规范导引作用的科学的理论。

总之，新时期文艺理论的探索历程，其道路是曲折的，其成就也是巨大的，从中可以总结出多方面的经验，其中最重要的一条就是开展平等的、自由的讨论。平等的、自由的讨论，一是靠“双百”方针的贯彻实行，二是靠讨论者的正确的态度。所谓正确的态度，最关键的一点就是坚守学术的立场，即无论是阐述自己的观点，还是反驳别人的观点，都不能离开实事求是的客观的立场。

当前，新时期文艺理论正处于向当代形态转型的重要时刻，我们需要进一步贯彻实行“双百”方针，坚持“两为”方向，创造出更加民主、更加自由、更加活跃、更加融洽的讨论气氛，把新时期文艺理论的探索推向一个更高的发展阶段。

市场经济条件下的道德建设问题刍议

市场经济的迅猛发展将中国社会推入了加速转型的时期。旧的以计划经济为基础的价值观念受到猛烈冲击并趋向解体，适应市场经济的新的价值体系还不可能立即建立起来，这本来是社会转型期，特别是加速转型期所不可避免的，但问题在于，我们主观上并没有给上述情况以清醒的认识和充分的重视，相应的文化建设和道德建设没有及时跟上。这就使得那些根源于人类劣性的思想意识有机可乘，以致造成了目前道德上的混乱和迷失局面，即所谓“道德滑坡”或“道德危机”。

道德在社会中起着调节各方面利益的重要作用，任何社会的发展都不能失去道德这种制衡力量。而且道德作为一种价值指向，还往往引导着整个社会向更合乎人性的方面发展。目前中国的社会发展亟须道德的扶持和推动，而且道德发展本身也是衡量一个社会总体发展水平的重要指标之一。因此，加强道德建设，扭转不良的道德现状，努力创造适合社会发展的道德环境，就成为一个刻不容缓的时代课题。

1. 道德作为一种社会意识形式，是由经济基础所决定的，并必将随着经济基础的变更而变更

我国目前的道德建设必须要有经济的依托，具体地说，就是要以市场经济为核心。建立市场经济体制，大幅度提高生产力水平，是中国社会主义现代化进程的必由之路，也是中国人民的根本利益之所在。只有围绕着市场经济这个核心，道德建设才能有一个坚实的基础。道德建设以市场经济为核

心，就是要求道德建设必须有利于市场经济的发展。但是，有利于市场经济的发展是从更长远的意义上讲的，并不是要求道德建设马上得到直接的经济效益。事实上，道德建设是不可能给市场经济带来直接的经济效益的，它对于市场经济的推动作用，不像科技那样，体现在可以计算的生产增长率上，而是体现在正确的合理的价值导向上。通过正确、合理的价值导向的确立，保证市场经济健康正常的发展。

既然道德建设是从价值引导的意义上给予市场经济以积极影响的，那么，我们所说的道德建设就不只是顺应市场经济的发展，也有超越市场经济的一面。只有在顺应的基础上实现超越，才能构成对市场经济的价值引导，才能在更深远的意义上保证和促进市场经济的发展。而要在顺应的基础上实现超越，道德建设就不能一味地跟在市场经济的价值取向后面亦步亦趋，而是要面向市场经济，从道德发展本身的要求出发，加强、补充、丰富市场经济的道德内涵。

正是在这里，道德建设面临着一个非常重要的使命，这就是全面地总结和吸取古往今来人类在道德方面所创造的一切优秀成果，尤其是要继承和弘扬本民族的优良道德传统，以这些传统为现代新道德发展的根基。那种以为新道德的建设必须与民族的道德传统彻底决裂的观点和做法，既是不可能的，也是有害的。因为新道德是不会在彻底割断以往的道德传统的情况下凭空建构的，而且中国古代文化中也确有一些有价值的道德传统可供挖掘和借鉴。中国古代文化贯穿着一种强烈的道德精神，对其中的优秀成分，完全可以通过批判和改造加以吸取和继承，这一点已被所谓东亚“四小龙”现代化发展的道路所部分地证实，而且也引起了西方人士的普遍关注。当然，继承和弘扬民族道德传统，并不是对传统道德文化的全盘接受，而是有标准、有鉴别、有取舍的，要有一个创造性转化的过程。这中间无疑有着大量的具体而细致的理论工作需要我们去完成。

2. 以市场经济为核心的道德建设应该从三个层次上展开

第一个层次是为市场经济提供道德依据。市场经济的基本价值取向是重个体本位，重物质利益，以个人的物质利益为基本出发点。在过去的计划经济体制下，我们一直把“私利”看作万恶之源，“文革”中还有“狠斗‘私’字一闪念”之说。这样就有一个为“私”字正名的问题，否则，市场经济在道德上就难以成立。马克思早就说过："只有利己主义的个人才是现实的人"。[①] 可见马克思并不一般地反对个人私心。从历史上看，个人私利的价值取向对社会的发展起过巨大的推动作用。没有对个人私利的追求，很难想象人类社会是怎样从野蛮到文明一步步发展起来的。所以，对个人私利仅仅表示道义上的深恶痛绝是无济于事的，重要的是要有一种历史主义的理解，然后给以正确的引导。市场经济虽然以"个体本位"和"物质利益"为基本价值取向，但也正是因为有了这样一种价值取向，才极大地提高了物质生产力，造就了高度发展的现代物质文明。可以说，当今世界，任何一个国家和民族要想发展经济，都不可能避开市场经济的模式，差别仅在于对市场经济的不同的利用和引导。因此，市场经济的全部道德依据就在于它正是以"个人私利"为杠杆，极大地调动和激发了个人的创造力，从而使社会的人力物力资源得到了充分的挖掘和使用，使社会生产效率获得大幅度的提高。而从理论上说明和论证市场经济的这一道德依据，就成为道德建设的一个重要层次。

第二个层次是为市场经济提供道德规范。市场经济的正常运行是靠公平竞争和等价交换来维系的，而要确保公平竞争和等价交换，就必须设立相应的法规和普遍认同的道德规范。市场经济没有与之配套的法规不行，没有与之配套的道德规范也不行。建立适合于市场经济的道德规范，在理论上所涉及的主要问题就是"利"和"义"的关系。市场经济条件下的经济行为当然要求利，但求利要合乎义，不能与义相违背。这里的义不是抽象的。在市场经济条件下，求利有道就叫义，利的合理分配也叫义，利和义是完全可以统一的。在建立和发展市场经济的过程中必须鼓励勤劳致富，反对见利忘义和发不义之财，必须在正确认识利义关系的基础上逐步建立起以"敬业"、"守信"、"互利"为基本内容的行为规范。当前行业不正之风、假冒伪劣产品的存在，既有制度法规不健全的原因，也表明了在道德方面存在着严重的失范现象。这些现象也说明了建立适应市场经济的道德规范的必要性和紧迫性。

第三个层次是为市场经济提供终极的道德追求。建立和发展市场经济的

---

① 《马克思恩格斯全集》第1卷，人民出版社1985年版，第443页。

目的，最终是为了推进人的全面而健康的发展。从这个意义上说，市场经济不过是手段而已。因此，以市场经济为核心的道德建设既要有现实关怀，又要有终极关怀，要把现实关怀提升到终极关怀的高度。这就需要道德建设在市场经济的基本价值取向的基础上，实现对这种取向的全面超越。具体地说，就是从重个体走向个体与群体的统一，从重物质利益走向物质利益与精神追求的统一。这种超越决不是对市场经济的背离，而是对市场经济所实施的一种最高道义上的牵制和导引。没有这种超越，市场经济就可能出现极端个人主义的恶性膨胀和物欲横流，从而改变了它的以人为目的的初衷。由此可见，第三个层次是道德建设的最高层次。如果说第一个层次是强调个人利益的合理性，第二个层次是强调市场经济中的互利原则，那么，第三个层次则是从人的终极目标上强调人与人之间的互助互爱和至高无上的精神追求。人的终极目标并不是每个人都能达到的，但却是每个人都应该努力追求的。人不可能十全十美，但必须向善向美。由此也可见出道德建设第三个层次的重要意义。

道德建设的三个层次是相互联系、缺一不可的，不能把它们人为地对立起来。就目前的情况看，第一个层次的建设进展较快，而后两个层次的建设进展不大，尤其是第三个层次的建设，甚至还没有得到应有的重视。后两个层次应该成为今后道德建设的重点。

3. 道德的推行和实施主要靠教育

道德教育的目的是培养和造就人的坚定而自觉的理性意志和理想人格。道德教育与道德建设相辅相成，可以说道德教育就是道德建设的一个最重要方面。如何使道德教育深入人心、富有成效，是一个需要认真研究的问题。这里结合当前的实际情况提出几点对策：

第一，提高全民的道德意识。目前社会上弥漫着一种道德虚无主义倾向，“撑死胆大的饿死胆小的”，“只要不犯法什么办法都可以用”，“好人不能，能人不好”等，这些广为流传的现代“格言”即是此种恶劣风气的语言表征。正是这种恶劣的反道德倾向，混淆甚至颠倒了善恶界线，涣散和消解了人们的道德意识，从而成为膨发鄙劣和无耻的思想酵母，也是我们进行道德教育的最大的思想障碍。现在亟须调动全社会的力量反击和扭转这种思想倾向，从舆论乃至制度上保证扶正压邪、扬善惩恶的道德机制的畅通。只有这样，才能重新唤起人们心中的道德情感和道德意识。

第二，大力表彰和树立道德方面的模范人物。道德教育的主要方式不是道德律条的宣传和说教，而是靠人格上的感召和感化。在道德教育中，榜样的力量依然是无穷的。尤其对青少年来说，树立一个道德楷模，可以抵得上一万句道德说教。但是，这里所说的道德楷模决不是那种“高、大、全”式的令人可望而不可即的道德偶像，而是在普通人中成长起来的，从现实生活中涌现出来的好人好事。这样的好人好事，既能产生强大的道德感召力，又能使人觉得可以仿效，其教育作用是显而易见的。

第三，重视大众文化的作用。近年来，大众文化凭借大众传媒的力量，以其世俗性、通行性、娱乐性、消费性的优势而获得了强劲的发展。大众文化并不必然是低俗的，它需要正确的梳理和引导。道德教育是面向大众和为了大众的，因而就必须积极主动地向大众文化靠拢和渗透，利用大众文化和大众传媒在民众中的权威性，宣传和倡导新的价值观念和道德观念，使之产生更迅速、更广泛、更深入的影响。从某种意义上可以说，道德教育的成败取决于它最终能否在大众文化中争得一席之地。

目前所谓的“道德滑坡”主要是由道德建设的滞后造成的，但我们也不否认在“道德滑坡”的背后还有一些更加深刻的社会原因。应当相信，随着市场经济的发展、民主政治的推进、文化教育的普及，以及各项法规制度的完善和健全，再加上相应的道德建设和道德教育的深化，“道德滑坡”的局面是可望从根本上得到控制和扭转的。

文学与网络传播

单个计算机对文学的影响并不很大，它顶多只是改变了某些作家的写作习惯，即由笔写的方式转换为键盘敲击的方式；或者试图将文学创作数字化、程序化，如用计算机软件写出的“诗”，这种做法早已遭到文学界的普遍反对，被认为不是真正的文学创作。但是，互联网的产生则给文学带来了举世关注的重大影响。正如互联网造就了一个网络时代，互联网也造就了一个网络文学。

近年来，随着互联网的迅速发展，网络业成为现代信息产业的名副其实的生力军和排头兵，大批的文学网站也如雨后春笋般应运而生，这就为广大的爱好文学的网民以及上网的作家、评论家，提供和开辟了一个前所未有的文学活动的新方式、新空间、新家园。一时间，在线阅读、在线写作、在线评论成为时尚，一茬接一茬的网络写手纷纷登台亮相，一波接一波的网络原创作品接连不断地打响走红。所谓的网络文学大奖赛也被炒得沸沸扬扬、热闹异常，就连一些正统文坛上的名家宿将也卷入其中而不能自拔。这轰轰烈烈的阵势不仅给沉闷了许久的文坛平添了几声爆响，还以不容置疑的事实确证了在传统的纸介文学之外又产生了另一种文学，即网络文学。

如今，网络文学方兴未艾，如何评价这一新的文学现象，如何理解网络文学的性质以及它与传统的纸介文学的关系和相互影响，如何从理论上引导网络文学的未来发展，就成为当前文学理论与批评所面临的重要问题。网络文学的存在是以网络的存在为前提的，要给网络文学定性必须先对网络本身有一个正确的认识。网络是现代人工智能技术和电子通信技术获得了高度发展的产物，是信息时代和知识经济时代的重要标志之一。网络的产生和发展确实给人们的社会生活乃至个人生活带来了重大影响，某种意义上甚至可以这样说：网络正在改变着社会的经济、政治、文化的生产和运作方式，正在改变着人们的生活方式。有人进而提出，网络将创造出一个崭新的世界——一个虚拟的网络世界，这个世界独立于现实世界且与现实世界并行不悖，从此，人们可以在两个世界生活，在网下，他生活于现实世界，在网上，他生活于网络世界。有人甚至还提出了“网络生存”、“网络人生”的概念。但是，在我看来，这种网络本体论的观点是对网络的一种夸张了的误解，是我难以苟同的。我认为，网络本质上不过是人所创造的一种传播媒体，就像人们已经创造了书籍、报刊、广播、电视这些传播手段一样。尽管网络被称为“第四媒体”，它比其他的传播媒体显得更先进、更有效率、更有威力，但说到底它依然只是人所创造所利用的传播媒体，即一种工具。我们只能在“工具”的意义上理解它的影响和作用，超出了这个意义，就是对它的影响和作用的无限夸大。网络并没有创造出一个与现实并存的彼岸世界，所谓虚拟的网络世界，其实就是人们利用网络这一新的传播工具，传达了他们对现实世界的某些见闻和某种感受、体验、思想和信念，是对现实世界的一种或真实或歪曲的反映和认识。如果上述对网络的理解大致不差的话，那么，网络文学的实质就在于它是一种以网络为传播手段的文学，网络文学与传统文学的根本区别就在于它刷新和改进了文学的传播模式，由纸介传播转换为网络传播。因此，网络文学的所有特性都可以通过它所采用的特殊的传播模式而得到说明。离开传播模式谈网络文学、如把网络文学界定为由网民们创作和阅读的文学、反映网民生活的网络上的大众文学，等等，都是不得要领的现象描述。网络不过是人所创造的一种传播工具，网络文学就是使用这一工具的结果。只有在这个意义上理解网络文学，才能抓住问题的关键。

我们知道，网络传播是一种建立在现代高科技基础上的数字化的电子传播模式，而纸介传播则是以排版印刷的书籍为依托的传播模式，正是这一点使得新生的网络文学比原有的纸介文学显示出诸多的优势。首先，网络文学在作品的传播发行方面的快捷便当是纸介文学所不可比拟的。纸介传播的经营性快定了在作品的传播发行上起关键作用的是出版社。一部作品要想获得发表权必须经过出版社的审稿这一关，而出版社的审稿标准除了考虑作品的质量外，还要考虑作品投放市场后的经济收益，只有这两个条件（主要是后一个条件）满足了，作品才能获准发表。而在获准发表之后，作品还须经过印刷厂、书店等多重发行销售渠道的周转运行，才能最终到达读者手中。所以，在纸介传播模式下，一部作品从成稿到出书，再到读者手中，往往经过诸多的环节和关卡，一般都需要一个较长的周期。能够顺利地通过这些环节和关卡的作品毕竟只是少数，而大部分的作品书稿则被出版社拒之门外。更为严重的是，这些被拒绝的书稿并非都是平庸的作品，其中不乏优秀之作，也遭此厄运，被扼杀在摇篮之中了。但是，网络传播的共享性却决定了作品的传播发行全然依赖于作者的意愿。在网络上，只要作者高兴，不必等待许可，他只须将鼠标轻轻一点，他的任何一部作品就被发出，而且以接近于光速的速度迅速传遍网络的每一个角落，直达万千网民的眼球下面，主动邀请他们点击、阅读。作品从发出到阅读，整个过程最多只需几秒钟，事情竟变得如此简易快捷！这也就是为什么网络文学的发展如火山喷发般迅猛、网络写手的出场如过河之鲫般众多的根本原因。这就是说，在网络上，任何一个人只要他愿意，都可以即刻把他的“大作”公之于众，即使这“大作”仅具有中学生作文的水平甚至文理不通，也不会遭到任何干涉和禁止。网络文学的这种过度的随意性和即兴性，也造成了它的严重的鱼龙混杂的状态和作品水平的参差不齐，其中颇有成功之作，但更多的则是文学爱好者、初学写作者、一时兴起的“客串者”的练笔之作，其水平可想而知。所以，网络文学的一个突出问题就是在创作主体获得了充分的解放和自由之后，如何尽快地提高总体的写作水准和作品质量的问题，如何对随便倾倒文字垃圾者加以限制的问题。

其次，网络文学不仅最大限度地调动了创作主体的能动性，而且也最大限度地激活了接受主体的参与意识，在这一点上也是原有的纸介文学望尘莫及的。在纸介文学的传播模式里，由于出版发行这一中介实体的存在，作者和读者之间其实很难发生直接的紧密的相互联系。出版发行的经营者是传播媒体的事实上的所有者和控制者，出版作品的选择权、裁决权基本上单方面地掌握在他们手中。作者写什么、怎么写，评论家怎么评论，在很大的程度上受他们的牵制，至于读者的接受需求和期待也往往不能得到如实的反馈甚至被扭曲。在这样的传播机制下，作为接受主体的读者只好在给定的作品范围内进行选择，这种被动的选择意味着读者在文学活动中的参与权已被大部剥夺，读者的能动性和创造性也已遭到极大的挫伤。如此看来，一向所谓的大众传媒的大众性是颇为可疑的，无怪乎有人认为商业性的传播媒体不是大众化，而是化大众。新生的网络传播尽管也具有商业经营的性质，但网络商所关心的只是网站的在线人数和点击次数，而对网民们的在线传输信息不仅不加以控制，反而提供种种方便。尤其是，网络传播的技术上的先进性，也使得即时性的信息转换以及当下性的信息交流成为可能。在网络上，读者的介入不是被准许，而是被邀请；不是受限定，而是自由进出的。在这里，读者可以随时对任何一部在线作品提出意见，他可以采用留言、加帖子、寄电子邮件的方式，也可以通过 BBS（电子公告栏系统）、Netmeeting（网上会议）、QQ 聊天等直接与作者对话。读者与作者之间的这种没有任何横隔和限制的面对面的互动交流，就把读者的参与和创造的积极性极大地调动起来了。因而，网络文学是真正的以读者为主导的文学，是读者的主体地位表现得最突出、读者的创造作用发挥得最充分的文学。在网络文学那里，无须商业的包装和炒作，一切取决于作品被读者点击的次数和访问的频率。哪部作品走俏，哪位写手蹿红，最终的裁决权属于读者大众。读者大众不仅是文学信息的接受者，也是文学信息的传播者。从这个意义上看，网络传播是真正的大众传媒，网络文学也是真正的大众文学。网络文学的最突出的革命意义就在于促使读者的地位和作用发生了根本的转变，由总体上的被动接受走向了总体上的主动创造，从而也促使文学生产的生产关系和生产方式发生了某些根本性改变。而在这一切变化的背后，起着最终决定作用的则是文学传播技术的变革，即由纸介传播模式转变为网络传播模式。

再次，也是极为重要的一点，建立在最先进的传播技术上的网络文学才初见端倪，尚具有巨大的发展潜力和极其广阔的发展前景。如果说纸介文学的发展空间尚需进一步开掘，而网络文学的发展前景则是不可限量的。从目前情况看，以网络业为代表的信息产业正吸引着巨额资金的投入和大批优秀人才的加盟，更高效能、更少耗费的网络传导和网络接入技术正在被开发利用，更便捷、更友好的网络浏览器的升级换代正在紧锣密鼓地进行，尤其是上网的人数也呈几何级数突增猛长。据有关资料透露，世界发达国家经常上网的人数已超过总人口的三分之一，我国的网民数量从1998年开始也以每半年翻一番的速度爆增，截至1999年底拨号上网的个人开户数已奇迹般飙升至800万，2000年可轻易突破1000万大关！如此高速的增长，可以想象网络文学的前景将会是多么诱人！当前我国网民的主体成分还仅限于理工科知识分子、青年学生、计算机和互联网行业的从业者等一个较狭小的范围，在这样的人员构成之上建立起的网络文学还必然存有诸多不尽人意之处，其发展也必然受到诸多的限制。试想，如果网民的主体构成进一步扩展到人文知识分子、公务员、作家评论家乃至一般市民百姓，如果以这些网民作为网上文学活动的主力军，网络文学的发展无论在数量和质量上都将会达到何等的高度！将会呈现出何等的景观！我们完全有理由相信，在不远的将来，经过充分发展了的网络文学必能取得与纸介文学并驾齐驱的地位，并与纸介文学构成相辅相成的互补关系，共同执掌着我国当代文学的进程和命运。到那时，网络文学将成为真正普及意义上的文学，纸介文学则是提高层面上的文学；网络文学的未来发展及其与纸介文学的交汇与融合，将为彻底解决文学普及与提高的矛盾奠定最坚实的基础。

网络文学前景无限，但眼前的路须要走好！

20世纪90年代以来中国美育的发展走向与对策

伴随着新世纪的曙光，人类迎来了知识经济的新时代。在知识经济时代，以培养具有创新精神的全面发展的新型人才为目标的素质教育，作为知识产业的基础，将被置于突出的地位，而作为素质教育的重要组成部分的审美教育也将获得新的发展机遇。最近，国家领导人在政府工作报告中明确强调了美育的重要作用，预示着我国美育发展的又一个高峰期的到来。在这样的时刻，重新提出和探讨美育问题，应该说是一件很有必要、很迫切的事。本文旨在从历史发展的角度切入问题，着重讨论和分析20世纪90年代以来中国美育的现状和走向，并结合时代发展的需要，试图提出相应的对策。

一、历史回顾①

中国美育可谓源远流长。早在先秦时代，孔子就提出了“兴于《诗》、立于礼、成于乐”②，认为人格的培养，其起点和终点都要靠美育，但整个过程贯之以礼。庄子则提出通过所谓“心斋”③、“坐忘”④，而达到“天地

① 参见单世联《中国美育史导论》，广西教育出版社1992年版，第413—560页。

② 《论语·泰伯》。

③ 《庄子·人世间》。

④ 《庄子·大宗师》。

与我并生，而万物与我为一”[①] 的审美境界。孔子的美育旨在社会教化的“成人”，庄子的美育旨在个人修养的“达道”，从而奠定了其后两千余年儒家的伦理主义和道家的自然主义的古典美育传统。

近代以来，以康有为、梁启超、王国维、鲁迅、蔡元培为代表的一批最早接受西方文化的先进知识分子，他们从变革社会、改造国民性、挽救民族危亡出发，提出了新的美育思想，进行了新的美育实践，为推动中国美育由古代向近代的转换做出了重大贡献。特别是蔡元培先生，作为民国政府的第一任教育总长，直接把他的“以美育代宗教”、“以美育促文化”的思想落实到美育实践中去，与近代中国的改革进程和新文化运动紧密结合起来，产生了更广泛、更深刻的社会影响。

从 20 世纪 40 年代开始，随着中国共产党在政治、军事、文化等方面所取得的新进展，中国历史进入新的转折时期，中国美育的发展也呈现出新的面貌。毛泽东在 1942 年发表的《在延安文艺座谈会上的讲话》奠定了此后几十年党的文艺方针和美育方针的基础。毛泽东直接把文艺和美育纳入当时的政治斗争和革命实践，确定了解放区文艺和美育的首要任务就是配合现实形势、宣传党的现行政策，这对动员广大人民群众投身于新民主主义革命斗争确实起到了特殊的作用。

以 1949 年新中国的建立为标志，中国美育开始了它的当代进程。与当时新生的国家一样，新中国成立初期的美育呈现出蓬勃向上的势头。在学校教育中德、智、体、美“四育”并提，并对幼儿园、中小学的美育课程作出了明确的规定。《谁是最可爱的人》、《青春之歌》等一批文艺作品的推行，极大地影响了一代青年的世界观、人生观和审美观，产生了空前的美育效应。但是从 50 年代后期开始，情况发生了变化，越来越“左”的政治路线使新中国美育的正常发展受到了越来越严重的干扰和冲击。1957 年党的教育方针变成了“使受教育者在德育、智育、体育几方面都得到发展”，美育被排斥在外，导致轻视甚至取消美育的后果。60 年代初，党中央为了纠正大跃进以来的“左”的错误，制定了“调整、巩固、充实、提高”的八字方针，美育事业一度有所好转，但轻视美育的总的倾向并未从根本上得到

① 《庄子·齐物论》。

改变。至于十年浩劫时期，政治大动乱，经济大滑坡，文化大破坏，真正意义上的美育更是荡然无存，我国美育事业遭受到前所未有的毁灭性挫折。

打倒“四人帮”后，中国人民终于冲出了黑暗的尽头，迎来了以现代化建设为标志的新时期。改革开放推动新时期文艺迅速走向繁荣，美育也经过一个阶段的复苏而再度发展起来。80 年代初，“五讲四美”活动的开展，音乐课、美术课在中学课程中的重新确立，广大美学家、文艺家、教育家对美育的大力呼吁，全国美育学会的建立，美育书刊的大量印行，这一切都成为美育事业迅速发展的重要表征。1986 年 4 月，全国人大通过“义务教育法”，明文规定了“在中小学教育中贯彻德、智、体、美全面发展”的方针，国家教委也随之成立了艺术教育委员会，专门负责教育系统的美育工作。这些法规和机构的设制，为美育事业的发展提供了法律上和组织上的保证。当然，80 年代的美育发展也不是尽如人意，理论上还有许多问题需要澄清，实践上也有许多环节需要疏通，但总的趋势是蓬勃向上、令人鼓舞的。

总结历史的经验，我们可以清楚地看到，美育的发展一是要靠时代发展的需要所提供的机遇，二是要靠美育工作者的积极努力，三是要靠全社会、特别是政府的大力支持。最后一点，也是非常重要的一点，就是美育事业自身独立性的确立。美育不是其他任何事业的工具和附属物，它在整个教育事业中具有不可替代的独立地位，它本身既是目的，又是手段。不这样看，美育就成为可有可无的东西，就不可能发展起来，就不能充分发挥它在整个社会发展中的特殊作用。这一点已被美育发展的全部历史反复证明，应该引起我们的重视。

二、当今走向

众所周知，进入 20 世纪 90 年代后，中国社会再次发生了历史性转折，主要体现为现代化进程的加速推进，经济体制的急剧转型，商品大潮的迅猛涌起，市场竞争机制由企业向文化教育部门的逐步渗入。90 年代的中国经济获得了举世瞩目的高速发展，人民物质生活水平大幅度提高，以至出现了新中国成立以来第一批冒尖的富有群体。文化方面最显著的变化，就是在新旧交错、多元分化的格局中，以大众传媒为主导机制的大众文化勃然兴起，全面突进，终至形成了与主流文化、精英文化三足鼎立的基本态势。正是在这样一个社会全面变革的时期，中国美育也呈现出一些全新的发展走向，我概括为以下三点：

第一，大众化走向。我们知道，古典美育以培养封建社会所需要的人才和人格为目的，它的实施对象主要是封建士大夫及其子弟。近代美育的宗旨是启发民智，改造国民性，其主要实施对象已转向了人民大众。蔡元培等人提倡的美育就是一种大众美育。新中国成立以后的美育更是以服务于大众、提高大众为指归，施教对象更是面向广大人民群众。但是，90 年代以前的大众美育，总体上都是一种自上而下的美育，是精英知识分子或社会有关机构向人民大众实施的一种意识形态性质的教育。而 90 年代以来的美育大众化走向，则是指一种自下而上的自我美育，反映了人民大众自发的审美需求。这是一种完全现代型的大众美育，它的主要制导机制不再是政治的意识形态，而是带有商业性质的大众传媒。以报刊、广播、电视、电脑网络为代表的现代传媒，利用它的高科技手段，快速地、大批量地生产美育产品，而大众则自觉自愿地购买这种产品进行美育消费。由于市场竞争的作用，大众传媒不得不频繁地变换美育产品的规格样式，以刺激和迎合大众美育消费的多方面需求。大众传媒的这种商业性质就决定了当今大众美育的娱乐性和流行性的特点。当今的大众美育以娱乐性为首要指标，凡是能给大众带来娱乐的产品，大众就接受，就有市场，反之大众则置之不理，没有市场。在这里，美育的作用首先体现为娱乐性，其次才是教育，教育只能是娱乐中的教育。以往的大众美育也讲娱乐性，即所谓“喜闻乐见”，但娱乐性只能作为一种辅助手段而存在，摆在第一位的则必须是政治的意识形态教育。只有 90 年代以来的大众美育才真正把娱乐性推为首要原则，因为大众在工作之余花费时间和金钱，要换取的首先就是娱乐和休息。流行性是大众趋同的体现，但这种大众趋同又往往受到大众传媒的诱导和操纵，因而是不断翻新的、易变的，并带有一定程度的盲目性。以上所说的娱乐性、流行性本是当今大众美育的必然趋向，就它们本身来说是合理的，不值得大惊小怪，但如果这种趋向不加节制而走向极端（商业利益的驱动容易把这种趋向推到极端），则可能出现以新为美、以怪为美，甚至以丑为美的偏差，这是当今大众美育中所存在的最严重的问题，也是一个最让人感到棘手的问题。第二，生活化走向。因为受经济发展水平的限制，再加上过于急切的政治化和伦理化的目的，20 世纪 90 年代以前的中国美育是以文艺为主要施教材料和手段的。但是美育并不限于艺术教育，它的领域和范围应该是无限宽广的，包括与人们日常生活有关的方方面面，美育的发展进步也体现在美育领域的不断拓宽上。90 年代以来的美育虽然也以艺术教育为重心，但同时又超出了艺术的范围，向人们生活的诸多方面不断渗透和拓展。如今，人们的衣食住行各个方面，不仅讲究实用，讲究档次，而且还讲究美观。甚至还会出现这样的情况，人们选择某一日常用品，首先注重的是它的造型样式，至于它的实用性和耐用性反倒成为无关紧要的了。这种对生活质量的审美方面的看重，是人们物质生活普遍提升到一定水平之后的一种必然追求，而这种追求的必然后果就是所谓美育的生活化走向。这一走向的具体表征体现为饮食文化的提出，交际舞、卡拉 OK、美容、健身、各种休闲娱乐活动的普及，以及居室装修、家庭旅游、流行服装的时兴，如此等等。应该看到，美育走进人们的日常生活，甚至成为人们日常生活的一部分，这标志着中国美育的重大进展。但美育的生活化走向仍有个正确引导的问题，因为在生活高消费的刺激下，人们往往将生活的奢侈化误认为生活的美化，而且生活的美化本身也有趣味高低之分。就目前实际情况看，这方面的问题也是不容忽视的。

第三，社会化走向。全面的审美教育应该包括家庭美育、学校美育、社会美育三个方面。其中，家庭美育与人的关系最密切，学校是美育的最重要的基地，社会是美育的最大课堂。这三个方面交叉重叠、相互配合、密不可分。但从近代美育的发展看，首先倡导的是学校美育，然后才可能涉及家庭美育和社会美育。蔡元培是主张家庭美育、学校美育、社会美育并重的，但他的主要业绩还是体现在学校美育上。因为家庭美育和社会美育更加依赖于社会生产力的高度发展，而这种高度发展在旧中国是很难达到的。新中国成立初期，美育发展的重点也是在学校美育上。只是到了 90 年代以后，国民生产总值的高速增长，个人收入的持续增加，家庭美育和社会美育的建设才有了真正坚实的物质基础，才正式提上了议事日程。就家庭美育来说，从给胎儿实行音乐胎教，到送幼儿上各种文艺训练班，到给孩子购买各种美育器材和书籍，已经成为父母们竞相攀比的一种时尚。社会美育的主要内容，一是建立各种公共美育场所、设施、机构，二是美化居民生活环境，这些都需要国家投入大量资金。近年来，社会美育建设的进展尤其显著，许多中小城市也新建起博物馆、美术馆、植物园，一些多年荒废的名胜古迹、旅游景点又被重新修整、开发利用。此外，环境绿化、园林保护、中心广场的辟建已成为城市建设的不可缺少的重要项目。这一切都表明，社会美育的建设确实得到了政府的高度重视，并出现了大发展的势头，说 90 年代的美育有一个社会化走向并不为过。当然，社会美育的建设涉及全社会的方方面面，是一个综合性的大工程，它的进一步发展尚有待于动员和协调社会各界的力量，筹集更多的资金，在这里，政府有关部门起着集中领导和统一规划的核心作用。另外，社会美育的建设也有个审美趣味的问题、是否符合美的规律的问题，这些问题自当成为美学和美育研究的重要课题。

三、现行对策

如上所说，20 世纪 90 年代以来中国美育发展的三个走向是在全新的历史条件下发生的，具有历史发展的必然性和合理性。而且这三个走向所反映出的诸多变化都是中国几千年美育史上前所未有的、深层次上的一些变化。但是，从另一方面看，这三个走向在其演化过程中，又各自显示出其内在的矛盾性，如大众化走向中的美育功能和商业利益的矛盾，生活化走向中的审美化与奢侈化的矛盾，社会化走向中的审美需求与经济条件的矛盾，等等。如何从理论和实践上合理地谐调和处理这些矛盾，使世纪之交的中国美育沿着正常的轨道进一步发展，以更好地配合全面素质教育的重大使命和适应即将到来的知识经济时代的历史要求，就成为一个严峻的课题摆在我们的面前。为此，我提出以下几点对策：

第一，美育理论的当代性。要推进当今中国美育的发展，美育理论的建设必须先行一步，而美育理论建设的最重要的指标就是当代性。所谓美育理论的当代性主要有两个涵义，一个涵义是指理论研究的方法以及理论本身要达到当代的先进水平，要居于当代的领先地位。而要达到这一点的关键就在于理论创新。如何进行理论创新？这涉及多方面的关系。首先，理论创新不能抛开中国古代近代美育思想的传统。应该承认，从孔夫子到蔡元培的美育思想都是过去时代的美育思想，总体上已经不能满足新时代的要求。但是，在这些过去时代的美育思想中尚包含着一些具有普遍意义的内容和具有启发意义的思想资料，应该通过对过去时代的美育思想的发掘整理把所有这些有价值的东西剥离和抽取出来，并给以当代水平的新阐释。正是在这种新阐释里才能产生所谓的理论创新。以往的经验证明，“彻底反传统”或“与传统彻底决裂”是不可能有真正的理论创新的，也不可能有真正的理论当代性。其次，理论创新必须要以全面开放的姿态学习借鉴西方当代美育研究及其相关学科所取得的新成果。从世界范围看，我们不能不承认，西方的美育研究一直处于领先地位。“美育”这一概念就是由席勒最先提出的。席勒的美育思想不过是他的哲学、美学思想的进一步推演，不免带有理想的、空幻的色彩。西方20世纪美育研究的一个重大进展，就是突破了以席勒为代表的古典美育理论的思辨性，而将这种研究置于众多相关学科的相互参照和相互论证之中。这样，美育研究的学科基础就不只是哲学、美学，还包括教育学、心理学、社会学、传播学、符号学、脑科学等众多学科。当代西方美育理论的优势和领先地位就体现在它的这种多学科性、实证性和可操作性上。当今中国美育理论建设的一项重要任务就是尽可能地吸取西方美育研究的这些新进展、新成果，力争在同等学术水平上与西方理论展开对话交流，否则，理论创新就只能是一句空话。当然，“吸取”并不是简单的“全盘接受”，要有马克思主义基本原理的指导，要有民族特色，更为重要的是，要以实践的检验为理论取舍的标准，这又构成了美育理论当代性的另一方面涵义，就是理论研究要与实践紧密结合，要研究和解决当代美育中出现的现实问题。事实上，美育理论的领先水平并不体现为形式上的新概念、新术语，而是最终落实在能否把一般原理的研究成果运用到当今的美育实践中去，说明和解决当今美育实践中出现的新动向、新特点、新问题。所以，美育理论的当代性除了要求创新性之外，还应该具备前沿性和前瞻性，而后两者正是理论研究在密切关注和追踪现实问题的过程中形成的品格。

第二，美育方式的通俗性。提出这一点是针对当今美育的大众化走向而言的。当今的美育是一种大众美育，这种大众美育体现为大众个人的主动选择，而不是社会的硬性灌输，因而，在这种大众美育里，大众不仅是受体，也是实际上的主体。大众角色的这种双重性就决定了实施美育的方式只能是通俗性的，不通俗就会受到大众的冷落。美育方式的通俗性，首先要求美育产品的规格、样式、形式、内容能满足大众的接受期待和符合大众的接受水平。然而，现代社会中的大众又是一个由多层次、多成分构成的混合群体，他们的欣赏口味和欣赏水平也是多种多样、参差不齐的，为大众而制作的美育产品也应该是丰富多彩的，应该有高、中、低不同档次的差别。此外，就某一层次的大众来说，他们的审美需求也在不断发展变化，与之相适应，美育产品也要有普及型和提高型之分。要求通俗性的目的就是为了更好地服务于大众，提高大众的趣味和水平。如果只是一味地迎合大众、投其所好，通俗也就变成了媚俗和庸俗了。美育方式的通俗性还有一层意思是指，美育的实施需要积极地介入和利用大众传媒。这不仅因为现今的大众美育以大众传媒为主要运行机制，还因为大众传媒本身既具有商业经营的性质，又负载着审美教育的功能。大众传媒的这种两面性本质上是矛盾的，当大众传媒过分考虑它的商业利益，为争取尽可能多的受众而有意降低美育产品的水准和质量时，它的审美教育的功能就会受到严重的侵害，甚至使美育异变为“丑育”。近年来灰色的、黑色的、黄色的货色通过各种传播媒介泛滥成灾、屡禁不止，已经证实了这种以美育为名而行“丑育”之实的有害倾向的存在。大众传媒是高科技的产物，本应成为也能成为造福于大众的最有力的传播工具，关键在于什么人出于什么目的以什么方式使用它。一切美育工作者都应意识到大众传媒的这种两面性和内在矛盾，积极地介入和利用大众传媒这个高科技手段，自觉地创作出既能吸引大众、又能提升大众的审美趣味和精神境界的美育产品，力争使大众传媒的经济效益和美育功能都能得到较充分的发挥。

第三，美育任务的时代针对性。无论是生活的美化，还是环境的美化，最终都要落实到人的美化上。塑造完美的、理想的人格似应是美育的永恒的主题和使命。但是具体到某一时代，美育又有其具体的任务。那么，在当今时代，美育应承担的具体任务是什么呢？我认为以下几个方面最为重要：

首先，与素质教育的要求相适应，现时代的美育要以造就有创新精神的、全面发展的人格为中心，重点放在想象力和情感控制力的训练和培养上。想象力和情感控制力的高度发展是活跃的创新能力和协调的人际关系的重要前提，但在工业经济时代旧教育模式的影响下，这个前提不仅没有建立起来，反而遭到了削弱。当今美育应该在激发想象力、提高“情商”水平、培养人的“仁爱之心”方面发挥其独特的作用。

其次，当今中国正值社会急剧转型期，竞争压力逐步强化，贫富差距明显拉开，生活节奏日益加快，市场经济条件下个体的人生际遇也变得越来越难以把握。在这样的时代，人们的心理承受力受到前所未有的考验，极易造成各种各样的心理失衡和心理疾患。因此，通过艺术欣赏特有的心理宣泄、疏导、调和作用，以养成人们对生活的审美态度，加强人们的心理承受力和健全的心理品质，就成为当今美育的一项重要任务。

再次，环境污染是现代社会中最严重、最难解决的问题之一。这个问题的主观根源就是现代人的急功近利的心态和对大自然掠夺式征服的态度。从这方面看，美育可以通过其审美的作用，唤醒人们心中欣赏自然、亲近自然、热爱自然的情怀，以对自然的审美态度补充对自然的纯粹功利态度，从根本上改变人与自然的不正常关系。

最后，社会转型期所产生的负面现象，诸如价值失范、道德滑坡、犯罪率上升、贪赃枉法等，使得道德教育和法制教育的任务尤为迫切。当今的美育工作者应主动地配合这一任务，生产更多更好的相关内容的文艺作品，为提高人们的道德水平和法制观念、消除社会不公平现象做一点力所能及的工作。

从精英美育到大众美育：两种美育范式的并存与共生

一

审美通过情感的激发以及由此产生的从感官到心理，直到精神上的愉悦，可以影响人的灵魂和生命活动，对人起到一种特殊的教育作用，而且这种作用是任何其他的教育方式所不可取代的。关于审美的这种特殊的教育作用，古今中外的思想家、政治家、教育家都给以特别的关注和重视，并提出了各式各样的审美教育的理念和方法。

早在我国的先秦时代，伟大的教育家孔子就意识到了艺术教育的巨大作用，重申了周代以来以“乐教”、“诗教”配合“礼教”的教育方略和传统，即所谓的“兴于诗，立于礼，成于乐”①，并且有时代针对性地提出了“乐而不淫、哀而不伤”、“文质彬彬”等“中和之美”的美育思想②。而几乎与孔子同时，古希腊大哲柏拉图也在一个遥远的国度里，倡导艺术的作用。出于维护和巩固雅典贵族统治的考虑，他激烈地反对“摹仿的”艺术，认为这种艺术“摹仿罪恶，放荡，卑鄙，和淫秽”，腐蚀和败坏了青年的灵魂，而对“代神说话”的“灵感的”艺术则推崇有加。他曾满怀期望地反

---

① 《论语·泰伯》。

② 《论语·八佾》、《论语·雍也》。

问道："我们不是应该寻找一些有本领的艺术家，把自然的优美方面描绘出来，使我们的青年们像住在风和日暖的地带一样，四周一切都对健康有益，天天耳濡目染于优美的作品，像从一种清幽境界呼吸一阵清风，来呼吸他们的好影响，使他们不知不觉地从小就培养起对于美的爱好，并且培养起融美于心灵的习惯吗？"① 多受美的教育，让心灵也变得美，让整个人都变得美，这就是柏拉图对当时年轻人的谆谆告诫。

近代以后，资本主义生产方式的形成极大地推动了生产力的发展，但人的生存境况并没有得到应有的改善，反而在某些方面更加恶化了，譬如大工业生产的分工所造成的人的畸形发展和异化现象、不合理的分配方式所导致的过度的贫富不均和激烈的阶级冲突，等等。这一切变化使得审美教育显得愈加重要和迫切。正是在这样的历史氛围中，作为启蒙思想家的席勒发表了《审美书简》一书，明确提出了"审美教育"这一术语，把审美教育的地位和作用提到了前所未有的高度，指出美是沟通人的感性和理性的桥梁，是人从自然通向自由的必经之路。

从20世纪中叶开始，人类历史逐步跨入后工业社会。与科学技术高速发展和物质财富急剧增长的同时，人的工具理性、物质欲望、消费意识等方面也因受到过分刺激而极度膨胀起来，人几乎异变为所谓"拼命赚钱、拼命享乐"的机器。在后工业时代，如何重新措置人的灵魂，如何为人寻求一个新的"安身立命"的精神家园，就成为一个不可回避的严峻问题摆在现代人的面前。在席勒等前辈启蒙思想家的"全面发展的人"的美育思想的启示和感召下，当代许多有识之士再度把审美教育提到议事日程。海德格尔、马尔库塞、阿多诺、容格等西方思想家都极力强调美的拯救力量，力主通过审美教育疗治现代人的灵魂，促使现代人在审美的理想中获得精神的超越和解放。同样，中国新时期以来也面临着如何培养全面发展的人的问题，审美教育不再是可有可无的摆设，理所当然地应该成为现代素质教育中不容忽视也不可替代的重要环节。美育已明确写入了政府颁布的《义务教育法》，在法规上取得了与智育、德育、体育同等的地位。

上述由历代思想家、政治家、教育家等社会精英人物所倡导的，在有些

① 《柏拉图文艺对话集》，朱光潜译，人民文学出版社1963年版，第62页。

时候还得到了政府等权威机构认可甚至资助和组织的，并且主要是在学校中通过教师的教学引导所实施的美育活动，尽管在具体的美育理念上有着诸多的差异，但在美育的实施方式上则属于同一的范式，可以将其概括为精英美育的范式。所谓精英美育并非仅指由社会精英人物所提倡、策划和从事的美育活动，除了这一重要特征之外，精英美育至少还有以下几个方面的特点：

第一，精英美育总是从某种特定的时代要求出发，有某种预设的理论作为指导，并且带有某种严肃的社会目的。例如孔子的美育思想，就是针对春秋时代的“礼崩乐坏”的社会现实提出的，以“中和之美”作为他的美育理念的理论基础，而他之所以强调“诗教”、“乐教”的重要性，又是指向于一个严肃的社会目标的，这就是所谓“克己复礼”的目标指向，意欲全面恢复周代的礼教和宗法制度。

第二，精英美育，特别是现代的精英美育，总是由一个比较权威的教育机构来组织实施的，通常有既定的教育方针、教育计划、教学大纲，甚至有规定的课程配置和选定的教材和教学内容，多数情况是在课堂上（有时也由老师带领在艺术馆、展览馆、演示厅，或者在野外），以老师的讲授为核心，对各个层次的学生实行一种自上而下的教育方式。这种教育方式虽然也可以是“启发式”的、“引导式”的，但总体上看是“由外向内”地对学生施加影响，以期使学生接受某种精英文化所认同的审美价值、审美判断、审美理想和审美观念。

第三，与前两点密切相关的是，精英美育在选择施教材料时，总是倾向于选定那些最符合自己的审美理想的作品作为范本，并以这种范本为最高标准来裁定其他美育材料的优劣等级和取舍。所以，并不是所有的审美材料都能够被精英美育所采取的，那些在内容和形式上与典范作品相去甚远的审美材料，将会受到精英美育的排斥。

总之，精英美育作为历史上形成的一种美育范式，几乎涵盖了从古至今的一切文化精英所倡导的审美教育，它是一种有社会使命、有文化导向、有规范、有组织的审美教育。之所以从美育范式的角度提出精英美育的问题，主要是因为当代美育发生了重大的变化，这就是在原有的精英美育之外，又出现了一种新的美育范式，即大众美育的范式。事实上当这种新的美育范式兴起之时，原有的美育活动无论在理论上存有多大的分歧，都在客观上统统被归入到精英美育的范畴了。所以更为迫切的问题还不是不同美育观念之间的分歧。我们现在最需研究的问题似应是：这种新兴的美育范式到底是一种怎样的美育范式？这种新的美育范式产生之后，与原有的精英美育构成了怎样的关系？当代美育格局发生了怎样的历史性变化？精英美育如何策应这种变化以便图谋进一步的发展？

二

严格地说，大众美育并非一种全新的美育范式，早在精英美育产生之前已经存在着某种形式的大众美育了。因为在人类发展的早期阶段并没有专职的教育者，更没有学校之类的专门的教育机构。那时的教育只能是一种在日常生产劳动和生活实践中的自我教育，或者是人们之间的随机性的“互动式”教育。这种基本没有固定的教育者与受教育者的身份区别的教育，正是大众教育的主要特征。同样，那时的审美教育（如果有的话）也是一种氏族成员们在闲暇时间里的共同参与、共同享受的大众美育。尽管现代的大众美育与远古时代的大众美育在范式上有相通之处，但在具体形态和理念上则有本质的差别，是绝不能混为一谈的。如果说远古的大众美育是在社会生产力极为低下的情况下产生的，那么现代的大众美育则是社会生产力高度发达的产物。

众所周知，20 世纪中叶以后，科学技术突飞猛进，可谓日新月异。在科学技术第一生产力的牵引下，社会的物质财富以惊人的速度急剧增长，一般民众的物质乃至精神生活的水平也得到了极大的改善和提高，尤其是劳动时间的缩短和闲暇时间的增多，使得一般民众有更充分的条件在更广更深的程度上投身于政治、文化、审美以及受教育的活动中。从另一方面看，由于全球化进程的加速推进，以高科技为依托的现代信息产业也蓬勃发展起来，成为知识经济时代最具发展前途的新兴产业。报刊、广播、电视、互联网等现代传媒手段，依仗高科技的巨大优势，吸引了越来越多的民众去接受、去利用、去参与。时至今日，大众传媒已经在大众的文化和精神生活中居于一个举足轻重的主导地位。正是在大众传媒的激发和促动下，一种以广告、电视剧、通俗读物、流行音乐、时尚文化、网络文化等为主要内容的现代型大众文化迅速崛起，势如破竹，对以学院派为代表的精英文化构成了严重的冲击，使精英文化在社会文化格局中的权威地位发生了动摇。我国自改革开放以后，特别是自市场经济转型之后，也发生了类似的发展过程。在上述两方面因素的综合作用下，当代美育的发展也经历了一些显著的变化，我们可以把这种变化概括为以下三个方面：

一是大众化走向。美育的接受主体不再仅限于在校的青少年学生等狭小的圈子，而是扩展到了一般平民百姓的广大范围。现今的平民百姓，只要愿意，就可以利用优越的生活条件和大众传媒的便利，随时随地接受审美教育。例如，他可以随便打开一台电视机，各式各样的电视节目，包括广告、肥皂剧、歌舞、时装表演等就纷纷涌向他的眼帘。如果他拥有一台电脑，他还可以随时上网，观赏或者直接参与一些文艺娱乐活动。他还可以利用双休日的时间，到野外，到他想要去的任何地方，观赏自然和人文的景观。美育，对一般大众来说，不再是可望而不可即的奢侈品，而成为一种随处即得的东西。

二是生活化走向。以往的美育主要是艺术教育，即通过艺术品的欣赏而获得教育。而如今的美育已渗透到人们的日常生活中去。现代人的日常生活已不仅仅受实用目的的支配，同样也讲究日常生活的审美化、艺术化。审美和艺术的因素已经融入普通人的生活中去，与他们的实际生活、日常的饮食起居密不可分地融为一体。普通大众既可以从传统意义上的艺术作品那里获得审美教育，也可以从他周围的现实生活中直接获得更为丰富多彩的审美感受和教育。例如已经进入城镇居民生活而成为一种时尚追求的美容服饰、塑身健美、家居装修、卡拉 OK、街舞、旅游、节庆中的文艺活动，甚至包括超市购物等，都是一些典型的生活化的美育形式。我们当然可以对这些新的美育形式提出各式各样的批评，但我们却很难否认这些看似属于普通人生活方式的东西已经具有了美育功能这一客观事实本身。这些新的美育形式既是审美生活化的表征，也是生活审美化的结果，它们作为大众生活中的审美和艺术因素已经与大众生活交合为一体，对大众的审美趣味和观念起着不可估量的强大的影响和塑造作用。

三是社会化走向。从人一生的生活环境的变化看，全面的审美教育应该包括家庭美育、学校美育、社会美育三个方面。其中，家庭美育与人的关系最密切，学校是美育的最重要的基地，社会是美育的最大课堂。但是，社会美育是面向大众的一种公益事业，它的较为充分的开发和建设需要有雄厚的物质保证和高度发展的社会生产力作为支撑，而这一点，只有在现代社会生产的条件下才有实现的可能性。所以，传统美育的发展在社会美育方面是受到极大限制的，只好在学校美育方面有所作为。这样，传统美育的主要受众就不得不局限在在校学生中，难以扩展到广大的人民群众。与此形成鲜明对照的是，当代美育依赖于强大的物质基础，除了继续加强学校美育外，社会美育也取得了令人瞩目的进展。社会美育的主要内容就是建立各种公共美育场所、设施、机构和美化居民的工作与生活环境，这些都需要政府投入大量资金。仅就我国的情况看，近年来社会美育建设的进展也尤为突出，不仅大城市，即使许多中小城市也都建起了博物馆、艺术馆、植物园，一些荒废多年的名胜古迹、旅游景点又被重新修整，对大众开放。此外，环境绿化、园林保护、中心文化广场的辟建也已成为城市建设的不可缺少的重要项目。这一切都表明，社会美育的建设确实得到了政府部门的高度重视，并出现了蓬勃发展的势头。因此，我们说当代美育有一个社会化走向，是有客观依据的，不算言过其实。当代美育上述几个方面的变化汇总起来，就酿成了一个新的美育范式的产生，这就是大众美育的产生。

与原有的精英美育相比，大众美育有一些完全不同的新特点。首先，顾名思义，大众美育就是由大多数民众积极参与的美育。这里说的“大众”，是现代意义上的大众，是与社会各界的少数“精英分子”相对而言的大众，它应该包括一个极为广泛的群体，其主体是指具有一定文化水准和消费水准的城镇居民。这个人群范围要比精英美育所包括的以学生为主体的范围大得多，因而所产生的社会影响力也应该大得多。

其次，大众美育是一种大众自愿进行的自我教育，它不像精英美育那样全然出自老师的权威性的筹划和支配，而是大众依照自己的喜好乐趣自己选择审美的对象和内容，从中获得或多或少的审美的愉快和教益。就拿大众美育中最常见的内容——旅游来说吧，一个人只要有相当的财力和闲暇，他就可以选择任何自己认为合适的时间和喜欢的景点去浏览那里的自然和人文景观。因此，比较起来，大众美育应该比精英美育更利于发展受教育者的主动性和能动性，而且更具有一种娱乐消遣的功能和特性。

再次，大众美育不像精英美育那样有着自觉的理论指导和明确的社会目的，它往往带有极大的个体自发的随意性，甚至带有一种恣意而为的盲目性。就是说，在大众美育的过程中，由于缺乏共同协定的理念和目标，大众整体上丧失了控制这个过程的定向能力，甚而反过来被这个过程所控制。正是因为这个原因，或者说主要是因为这个原因，造成了大众美育中的“追新潮”、“赶时尚”的现象，常常是，人们不问为什么，只要是某个某些公众名人所引领的某种新趣味，或者已经有许多人津津乐道的某种新趣味，就认为是“时髦的”、“有创意的”，就争相效仿和追随。今天时兴“白”的，就去追“白”，明天换了“黑”的，又去追“黑”，完全把个人的趣味释解到追逐“时尚”中去了。这方面最典型的例子就是服饰上的所谓“流行色”了。本来是“穿衣戴帽，个人所好”，但是现代大众，特别是都市里的现代大众，却甘愿出让个人的喜好，而热衷于追逐所谓流行的品牌、流行的色彩、流行的款式，不管这些流行的服饰是否适合自己的口味和身份。从这方面看，大众美育虽然是大众的一种自我教育，理应更能激发起受教育者的主观能动性，但又因其大众化的“自我等同性”或“随众性”的缘故，而使受教育者的个性特点无形中遭到“削平”和解构，这应该是大众美育在其蓬勃发展中所出现的一个严重问题。

更为严重的问题体现在大众美育的最后一个特点上，这就是大众美育的运作和推行常常要借助于大众传媒，主要是广告、电视、互联网以及一些通俗性的大众读物等，这一切形式的大众传媒又反过来对当代的大众美育产生巨大的影响。这种影响，从积极的方面看，它可以为大众美育提供丰富的信息、材料和便捷的条件或有力的工具，对大众美育的开展起到了推波助澜的作用。但是，正如我们都知道的，现代大众传媒并非一种社会公益事业，而是属于现代文化产业的一部分，需要资金投入和利润回报，具有商业经营的性质。当大众传媒依仗其高科技的优势必然对包括大众美育在内的大众文化起着一种操纵和诱导作用的时候，它的商业本性和大众美育的审美本性就发生了严重的冲突。为了获得高额利润，大众传媒往往不惜刺激和迎合大众中的低级趣味，以便吸引更多的“眼球”，尽可能地提高收视率和点击率。这样就势必造成大众美育质量的不断下降的趋向，甚至有把大众美育蜕变为大众“丑育”的危险。现今的电视、网络、通俗读物中随处可见的“暴力”、

“色情”等庸俗和“媚俗”的东西，对大众美育就起着一种极其恶劣的影响。所以，大众美育在发展中所面临的最严峻的问题就是如何应对和消除大众传媒的商业“炒作”所带来的恶劣影响。

黑格尔说过：“凡是存在就是合理的”。这句名言所包括的哲学内涵，我们暂且不论。但它告诫我们，为了推动历史的发展，应该首先承认和正视历史发展的客观现实。当我们审视和探讨当代美育问题时，无论如何，我们不能无视大众美育的兴起这一事实。大众美育作为一种新兴的美育范式，对原有的精英美育范式构成了猛烈的冲击。我们不仅要承认在当代美育格局中有两种美育范式并存，还要进一步研究如何正确处理这两种美育范式之间的关系。

三

当初席勒提出“美育”这一概念时，在他的理想中就是要对广大民众实行审美教育，这是由他的启蒙大众的思想所决定的。只不过受历史条件的限制，他的大众美育的思想不可能实现，他所倡导的美育顶多只能在小资产者以上的阶层中开展。但是，历史发展到20世纪中叶以后，将美育普及到广大民众的历史条件终于成熟，大众美育的新范式也就应运而生了。所以，大众美育新范式的产生实际上代表着历史的进步，意味着美育活动扩展到普通大众的理想在历史上第一次成为现实，总体上应该给以肯定的评价，至少应承认它的历史存在的合理性。而且，大众美育的产生和发展虽然对精英美育形成了一定的冲击，但并不意味着也不可能取代精英美育。这两种美育范式虽各有其不同的社会历史根源和特点，但并非相互对立，完全可以通过相互沟通而达到共存共荣。所以，两者之间没有必要非要争出个孰高孰低、孰优孰劣的结论来，更没有必要非要争出个“不是鱼死，就是网破”的结局来。事实上，精英美育的优势在于严肃的社会使命和清醒的文化导向，而大众美育的受众的广泛性和主动参与性又是精英美育所缺乏的，两种美育范式正好构成一种互补关系，可以以此为基础，寻求共同发展的途径。就目前情况看，大众美育的迅猛发展及其暴露出来的问题既是对精英美育的挑战，也是精英美育进一步发展的契机。精英美育除了更深入地搞好学校美育这一块之外，还要扬长补短，充分发挥自身的优势，积极地介入大众美育，探讨和解决大众美育所遇到的问题，使大众美育走向健康和稳步发展的道路，与大众美育共同负担起当代美育的历史使命。具体地说，当代美育的研究者应在以下几个方面作出努力：

首先，精英美育要正视和承认大众美育作为一种新的美育范式的存在，并且从美育哲学的高度研究这种新的美育范式，弄清它的性质、运作方式和发展规律，为大众美育构建理论的根据，提供理论的指导，以便克服大众美育本身固有的自发性和盲目性的弱点。把大众美育纳入理论研究的视野，不仅是为了满足进一步发展大众美育的需要，也为美育研究开辟了一个崭新领域，必将推动美育研究更加靠近现实和大众，更具有一种实践性的品格。当然，对美育研究者来说，大众美育是一个前所未遇的新课题，同时也是一个最前沿的课题，不只是涉及美学、艺术学和教育学的一般理论，还涉及有关现代的大众文化、通俗文艺、大众传媒、信息产业等许多新知识，对这一课题的难度应该给予充分的估计。

第二，如前所说，大众美育虽然有最广泛的群体基础，但又由于“从众心理”的消极作用，很容易受一波又一波的“时尚”的影响和控制，不利于受教育者的个人创造性的培养和发挥。针对这种情况，大众美育的理论研究者更应该侧重研究“时尚”问题，从理论上揭示时尚的本质及其变化规律，加强对时尚的审美内涵的复杂性和两面性的具体分析和评价，启发和引导大众运用自己的理性正确鉴别和判断时尚中哪些是真正美的东西，哪些实际上是丑的东西，哪些属于正当的趣味，哪些属于低劣的趣味，以便帮助大众摆脱时尚的控制，使大众的审美潜力和个人创造力从时尚中解放出来，得到较为自由的发挥。譬如美容、健身、“流行色”、豢养宠物、网上游戏等明显属于时尚的现象，就应该引起美育理论工作者的特别关注，及时地给以理论的辨析和评价，及时地指明在这些时尚的流行中所出现的偏差和误区。不要以为这些都是微不足道的小问题，研究它们是小题大做。事实上，研究这些问题正是促使美育理论与美育现实紧密结合的机遇和桥梁，既有紧迫的现实意义，又有极高的理论价值。当然，作为一种社会现象，时尚的产生和流行具有深刻的历史必然性，是现代社会发展的突出表征之一。我们不可能也没有必要“消除”时尚，但我们可以深入地研究和认识时尚，并在这种理论认识的基础上有所作为地因势利导，促使时尚所体现出来的审美情趣更健康一些，更高尚一些。总之，对时尚的把握和引导是精英美育介入大众美育、与大众美育共生共荣的极为重要的一环。

第三，前面已经申明，大众传媒的商业性与审美教育的审美性之间的矛盾是造成大众美育的质量日趋低下的根本原因。大众传媒在经济利益的驱动下，倾向于刺激和迎合大众的低俗趣味，目的是为了争得尽可能多的受众，这就使得大众美育有沦落为大众“丑育”的危险。在社会主义市场经济条件下，除了可以运用社会主义制度宏观调控的优势来节制大众传媒的利益冲动之外，以社会使命为重托的精英美育也应该不失时机地担负起引导大众的责任，向大众反复阐明经典艺术与通俗艺术的区别、通俗艺术与“媚俗”艺术的区别、“煽情”艺术与抒情艺术的区别，提升大众的审美能力和鉴赏水平。为此，美育工作者还可以主动参与到大众传媒中去，利用大众传媒的便捷和巨大的社会影响力，直接面对大众，宣传正确的审美观和高尚的审美趣味，以抵消大众传媒的负面影响。但是，大众传媒与包括大众美育在内的大众文化的密切联系是历史地形成的，可以说，没有大众传媒的发展，也就没有现代的大众美育和大众文化。而且，大众传媒的商业性与大众美育的审美性之间的矛盾也不是现在就可以彻底解决的。我们现在要做的，只能是充分发扬精英文化的社会批判精神和文化的导向作用，以积极的态度介入和干预大众传媒，把大众传媒因商业性而造成的负面影响降低到最低限度，为将来彻底解决商业炒作与审美教育的矛盾奠定基础。

综上所述，当代美育的发展和变化已经终结了精英美育范式一统天下的历史，现在的局面是大众美育与精英美育两种范式同时并举，平分秋色。从根本上说，两种美育范式虽有重大差异，但又不是相互排斥和对立的。随着大众美育范式的急剧发展，精英美育范式面临着前所未有的挑战，同时也面临着千载难逢的发展机遇。如何加强两种美育范式之间的交流与沟通，图谋两种美育范式的共生并进，就成为一个亟待解决的关键问题。这既是一个理论问题，更是一个实践问题。这个问题不解决，当代美育难能出现突破性进展。

强化中国当代美学研究中的问题意识

英国当代史学家汤因比在其著名的《历史研究》中试图揭示人类文明发展进程的内在机制，断言人类历史上任何一个文明的生长和衰落，都取决于这个文明能否成功地应对它所遭遇的问题而构成的挑战。就是说，先是问题及其挑战产生了，如果能成功应对这一问题的挑战并最终解决这一问题，这个文明就进步了；如果无力应对这一问题的挑战而陷入越来越严重的困境，这个文明就要走向衰弱①。汤因比的这个“从问题开始的挑战——应战”的理论模式也许并不具有他所自诩的那种普适性，但在我们今天思考中国的美学研究如何发展时，却有着显而易见的参考价值。的确，从人类学术史看，任何一门学问和学科的产生和发展，都主要是由于在人们的现实生活中出现了亟待认识的新领域和新问题而促成的，都是人的认识能力面对新的认识困境的挑战而奋起应战的结果。当初，德国的鲍姆加登创建“美学”（aesthetica）学科，绝非仅仅出自个人的学术兴趣和才能，其决定性的原因在于当时理性严重压倒了感性，感性遭到了不恰当的忽略和贬低，而那时“美的艺术”的兴起也冲破了原有的理性主义审美规范，需要给出新的理论解释和总结。鲍姆加登之所以获得了“美学之父”的美誉，就在于他敏锐而及时地感应到了这些认识论和艺术审美领域里产生的新问题，并率先对这些新问题及其涉及的新的学术领域作出了开拓性的理论探索和创造性的理论

① ［英］阿诺尔德·汤因比：《历史研究》，石础编译，浙江人民出版社1989版，第84页。

回应。正如有的论者在评价鲍姆加登美学思想的贡献时所说的："鲍姆加登生活的时代，理性主义及其在文艺上的表现新古典主义在德国处于统治地位。理性主义和新古典主义贬低感性认识，否定审美认识的价值；强调文艺需受理性支配，排斥感觉、想象、情感等感性活动在文艺中的作用，反对个性化。鲍姆加登在这两个方面都反其道而行之。……他的思想一方面促进了欧洲文艺从新古典主义到浪漫主义的发展，另一方面又启发了后来的德国哲学家对美学的新思考，影响了德国古典哲学和美学的形成。"① 从美学学科的诞生看，我们是不是可以这样说，包括美学研究在内的一切学术研究，要想真正在理论上有所突破和创新，至关重要的一点就是研究者要有强烈的问题意识，要使自己的研究从发现和解决问题入手，要在发现和解决问题的基础上图谋理论的突破和创新，只有这样的突破和创新才能代表真正意义上的学术价值的体现和学术进步的标志。

从20世纪70和80年代之交开始至今，中国当代美学已走过了30年的路程。30年来，中国当代美学从最初的实践美学到后实践美学，再到后实践美学之后的诸美学流派，这期间成果甚多，进步很大，尤其是在推动新时期人文学术思想解放方面还几度起到了极为可贵的先导作用，这些都是首先需要充分肯定的。但是，我们也不能不承认，中国当代美学的整体水平与世界领先水平相比，依然存在着相当的差距。比较突出的一点就是：某些所谓的理论创新不过是形式上的花样翻新和空泛的概念转换，既缺少坚实的现实支撑，也缺乏真实的问题依托，不仅不能带来实质性的理论范式革新，反而平添了更多的理论混乱。这种局部的偏差已经在某种程度上拖住了中国当代美学前进的后腿，使之长时间地在某一理论原点上来回打转或停滞不前，其总体发展的态势并不尽人意。显而易见，造成这种学术困境的主要原因就是大多研究者问题意识的薄弱和匮乏。对此，笔者曾发表文章进行过专门探讨，并特别强调了摆脱目前美学研究困境的关键在于强化研究者的问题意识②。但在那篇文章里，在如何强化研究者的问题意识这一重要问题上未及深入阐明。因而，笔者再写此文仅就这个问题提出几点意见，权作对前文的

---

① 彭立勋：《鲍姆加登的美学思想及其历史贡献》，湖北大学学报2008年第2期。

② 参见王汶成《现实关怀与问题意识：中国当代美学发展的出路》，山东社会科学2008年第1期。

一个补充。概括起来说，我认为，要切实强化研究者的问题意识必须处理好以下几个方面的关系：

第一是处理好“现实理论问题”与“基本理论问题”的关系。强化问题意识，最重要的一点就是研究者要为他的研究寻找到一个确有较大研究价值的“真问题”。事实上，任何研究者的研究都总是要针对一个问题的，但有些研究者所研究的问题或者是从国外搬来的，或者是随心构想的，或者是有意制造的，总之，他所研究的问题是一个出自主观臆定的“假问题”，而不是一个“真问题”。这样的研究恰恰是缺乏问题意识的典型表现。那么，什么是“真问题”？又当如何判定“真问题”？我认为，判定一个问题为“真”的唯一标准就是回到研究对象的事实和现实本身，从对研究对象的事实状况和现实变化的辨析中发现问题，这样的问题才是一个主观印证客观的“真问题”，研究这样的问题才能实际地起到推动理论发展和学术进步的作用。具体到美学研究的对象就是美学研究者所面对的审美、艺术的以及与之相关的社会历史的现实状态和动态。美学的“真问题”就来自研究者对这种现实的状态和动态的辨识和理解之中。这里的关键是研究者首先要敢于和甘于直面现实，直面现实中存在的问题。也可以这样说，美学的“真问题”其实就是一个有关当下的审美、艺术、文化和社会的现实理论问题。比如，近年来掀起的关于“日常生活审美化”的讨论，就涉及一个非常现实的美学问题，也是一个“真”的美学问题，因为它确实反映了审美现实的一种新变化和新动向，这种客观地发生的新变化和新动向作为一个新的美学问题摆在研究者面前，要求研究者对其作出新的美学阐释。尽管美学“真问题”是从现实理论问题开始的，又是落实在现实理论问题之上的，但美学研究又不能停留在现实理论问题上，还必须从现实理论问题上升到基本理论问题。因为任何美学的现实问题都必然关涉美学的基本理论问题，如果美学研究仅仅尾随在现实理论问题上不能超越，那就既不能彻底解决现实理论问题，也不能对美学基本理论的建构起到富有创新意义的作用，而其实美学基本理论的建构和创新才是美学作为一个学科的最高使命之所在。前面提到的“日常生活审美化”的讨论，虽然触及的是一个很有现实意义的美学“真问题”，但论者大多只是在对审美现实的现象描述和价值判断上争执不下，而没有自觉地将现实理论问题提升到相应的基本理论层面上进行交锋，这就使得这场讨论应有的重大理论意义没能充分显示出来。实际上，“日常生活审美化”作为一个现实的美学问题与诸如“美学研究的对象和范围”、“审美活动的性质”等一系列美学的基本理论问题直接相关，倘若能把这一现实问题的讨论及时引导到对美学基本理论问题的重新反思上，这不仅会对这一现实理论问题作出真正深刻的理论阐释，而且还可能对原有的美学理论范式构成冲击，从而推进美学基本理论的建构和革新。所以，将现实理论问题上升到基本理论问题，将基本理论问题落实到现实理论问题，这大概就是如何强化美学研究中问题意识的最重要的一个途径。

第二要处理好“本学科问题”与“跨学科问题”的关系。美学研究的问题当然首先是美学本学科研究范围内的问题。但是由于美学学科已经产生了二百多年，二百多年来美学学科的边界一直在不断变化，从美的艺术到审美经验，再到审美活动，再到审美文化和审美生存，其变化的总体趋势是学科边界的不断拓展而导致与越来越多的相邻学科的相互交融和交叉，从而派生了越来越多的所谓跨美学学科的边缘学科和交叉学科，如审美文化学、文艺美学、生态美学，等等。这样的一个学科之间相互交汇的趋势符合人类认识的必然规律。世界原本就是一个整体，但人们在一开始认识它时不得不“分而治之”，这就形成了最初的学科建制。但是随着人们对世界认识的深入，世界的整体性向人们越来越清楚地呈现出来了，于是原有的学科建制被打破，随着各学科研究领域的不断拓展，各学科之间的相互渗透和交融也就成为不可避免的了。因此，从目前的情况看，包括美学学科在内的所有学科都难有绝对确定的研究领域和边界，都与相关学科保持一定的边缘性和交叉性。在这样一个学科综合化的大趋势中，我们讲美学研究的问题意识，就要以美学本学科的问题为本位，同时又要尽量兼顾到跨学科的问题。当然，到底如何把握两者之间的关系，还要看具体研究对象的特性。就拿近年兴起的审美文化研究来说吧，审美文化首先是一个美学问题，但又不是一个纯粹的美学问题，它实际上还涉及社会、历史、文化各个方面，是一个典型的跨学科的问题。因而，研究审美文化就要把本学科的问题与跨学科的问题结合起来。但须注意的是，“跨”学科不是“跳”学科，“跳”学科是指两只脚完全离开了本学科而跳到了另一学科上，而“跨”学科则是指一只脚还在本学科的地盘上，另一只脚则跨到了另一学科的领域里。所以，研究审美文化这样的综合性问题，一方面要敢于超越本学科的边界而探及他学科的问题，另一方面无论横跨多少学科，都要坚守美学学科的本位，最终回到美学学科的问题上来。否则，如审美文化这样的研究，就不再是美学研究而成为其他学科的研究了。反之，死守美学学科本位，不敢越雷池一步，也是作茧自缚的不合时宜之举，同时也是当代美学研究中问题意识缺失的一种表现。

第三要处理好“本土问题”与“全球问题”的关系。人文科学与自然科学不同，自然科学的研究对象具有自然现象的普遍性，人文科学的研究对象具有人文现象的民族性，因而自然科学无国界，而人文科学则必须要有民族特色。但是，有民族特色并不意味着各国的人文科学没有共同性，更不意味着各国的人文科学不面对共同的研究课题和问题。按照加拿大著名传播学家麦克卢汉的说法，现代电子媒介技术的高速发展，必将打破已有的以民族国家为单位的世界格局并最终将世界时空凝缩为一个“地球村”。他是这样说的：“经过三千年专业分工的爆炸性增长之后，经历了由于肢体的技术性延伸而日益加剧的专业化和异化之后，我们这个世界由于戏剧性的逆向变化而收缩变小了。由于电力（电子传播技术——作者注）使地球缩小，我们这个地球只不过是一个小小的村落。”① 20世纪80年代以后涌起的全球化浪潮更是加速度地推进了全球一体化的进程。现在，与“地球村”的概念相呼应，“全球史”、“全球社会”、“全球体系”等概念也相继出现。正如自然科学面对同一个自然一样，如今人文科学也正在面对同一个世界，面对同一些事关全人类利益的全球问题。正如麦克卢汉说的，“在电力时代，我们的中枢神经系统靠技术得到了延伸，它既使我们和全人类密切相关，又使全人类包容于我们身上”②，“这不是一个轮子的世界，而是一个电路的世界。不是一个分割肢解的世界，而是一个整合模式的世界”③。所以，我们在今天谈论美学研究中的问题意识就不能不把全球问题考虑在内。中国的美学研究自然首先是研究本土问题。虽然中国美学已与世界美学接轨，在某些方面

---

① ［加］马歇尔·麦克卢汉：《理解媒介——论人的延伸》，何道宽译，商务印书馆2000年版，第22页。

② ［加］马歇尔·麦克卢汉：《理解媒介——论人的延伸》，何道宽译，商务印书馆2000年版，第21页。

③ ［加］马歇尔·麦克卢汉：《理解媒介——论人的延伸》，何道宽译，商务印书馆2000年版，第26页。

已经与世界美学融为一体。但中国的美学毕竟有自己的历史，有自己的现实，有自己的独特发展道路。这就要求中国美学首先要立足中国，通过研究中国的本土问题以凸显中国美学的特色和推动中国美学的进步。例如对中国美学史的研究，包括中国古代美学有什么特色、中国现代美学发生了怎样的变革，中国近代美学在中国美学现代化的进程中起了怎样的作用，如何借鉴中国古代美学的宝贵遗产，等等，都是一些意义重大的本土问题，必须给予深入的研究。但是，全球一体化的进程不仅使全球问题层出不穷且越来越紧迫（如环境污染、气候异变、人口爆炸、恐怖袭击、金融危机、文化冲突等），而且也使越来越多的所谓本土问题被包容在全球问题之中。以当代的眼光看，全球问题与本土问题的关系其实就是总体问题与局部问题的关系，两者之间不是毫无关联，更不是相互排斥。所以，中国当代美学在立足中国的同时还必须“放眼世界”，在关注中国的本土问题的同时还必须关注总体性的全球问题。在这方面，我认为，近些年生态美学的创建为我们提供了成功的范例。生态问题无疑是一个超越国界的且极为紧迫的全球问题，需要世界各国共同面对、联手解决。中国学者率先将这一问题纳入到美学研究的视野中，在广泛吸取古今中外相关理论资源的基础上，重新反思了“天人合一”、“自然美”、“诗意的生存”等重要美学命题，提出了种种生态论的美学新观念。尽管处于草创时期的生态美学尚有许多不尽人意之处，但它将美学研究导向一个重大的全球问题，并试图对这一问题作出一种美学回应，这就显示出了它宏阔的全球视野和强烈的问题意识，同时也是对中国美学的一个突破和对世界美学的一种贡献。如此看来，在全球一体化的境遇中，中国美学要想在未来的世界美学中占有一席之地，就必须更多地面向全球问题，更多地将本土问题与全球问题联结起来，从而体现出更强烈的问题意识。

前面提到的汤因比在论述他的“挑战和应战”的文明生长论时，还特别强调了“自决能力”的概念。他认为，在一系列挑战和应战的过程中，文明生长的因子将从外部环境转移到文明的内部，从而逐渐升华出一种内在的自决能力。而正是这种自决能力的形成和增长，才是一个文明达到成熟而不断走向强盛的尺度和标志。而一个文明之所以衰落的主要原因，也是这种内在自决能力的减弱乃至丧失。他在《历史研究》一书中说到，“生长的衡量标准就是走向自决的进度”，“自决是生长的标准”①，“衡量解体过程的最后的标准和基本的原因乃是内部失和现象的出现，在这个时候，一个社会就丧失了自决的能力”②。汤因比的这个理论是否正确，我们暂且不论，但他提出的一个文明的盛衰取决于该文明内在的“自决能力”的观点，则显然是不刊之论。从近代以来，由于众所周知的原因，中国美学发展革新的主导模式一直是“外求式”的，而不是“内决式”的，这也表明了在中国美学的内部至今还没有升华出一种足够强大的“自决能力”。而在我看来，这种“自决能力”和我们谈论的“问题意识”是互为因果的。“自决能力”的不强必导致“问题意识”的薄弱，而“问题意识”的薄弱也必阻碍“自决能力”的提升。所以，我们强调加强问题意识的最重要的目的为了催育出一种内在的自决能力，因为正是这种自决能力才是推动中国美学发展的主导模式从“外求式”走向“内决式”、从而走向“自主创新”的基本保证。

---

① ［英］阿诺尔德·汤因比：《历史研究》，石础编译，浙江人民出版社1989版，第36页。
② ［英］阿诺尔德·汤因比：《历史研究》，石础编译，浙江人民出版社1989版，第59页。

文本基础主义：回到文学研究的人文指向

一、为什么提出文本基础主义

近些年文学研究的文化转向前所未有地拓展了文学研究的领域，为文学研究开出了一条新路经，也取得了不少有价值的研究成果。但随着文化转向的深入，文学研究也越来越暴露出脱离文本研究的倾向。如今有些文学研究完全变成了文化时评、社会时评、政治时评，甚至通篇不提文学作品，看不到一点文学的影子，人们不禁要问，这样的研究还算不算文学研究？还能不能归入文学研究学科的范畴？

从文论史看，中国古代的文学研究始终是以文本研究为基础的，诸如诗话、词话、曲论及小说评点等，这些中国古代文论的主体样式都是通过对具体文本的评论上升到一般理论的。即使从近代以后到建国以前，文学研究越来越多地与社会历史、政治、文化相关联，但也从未脱离过文本研究这个基础。当今的某些文化研究却暴露出了离开文本研究的倾向，这一点也与西方20世纪60年代以后兴起的后现代文化研究和文化批评明显不同。西方后现代文化研究和文化批评是在充分吸取了新批评、结构主义等语言文本理论成果的基础上发展起来的，它们的文化研究是有着坚实的文本研究的基础的，例如女性主义就提出了著名的“互文本”的概念。而我们国内的文化研究，并未经历过一个深入的语言文本研究的前期准备和铺垫，甚至可以说是在语言文本研究还比较薄弱的情况下开展起来的，因而很容易落入轻视和脱离文本研究的偏向，而一味地向外拓展，成为一种无根基的跨越式的文化研究。正是针对文学研究的这样一个现状，我提出了文本基础主义的研究策略，希望能对当前的文学研究的推进起到积极的作用。

二、文本基础主义和文本中心主义

文本基础主义显然是比照着文本中心主义提出来的，但文本基础主义与文本中心主义又有着根本的不同。以“新批评”为代表的文本中心主义把文本看作是完全封闭的语言组织结构，认为文本意义的阐释只要通过对文本语言结构的分析就足够了，至于对文本赖以产生的社会历史文化背景的研究是无关紧要的，甚至认为对文本的写作者和接受者的研究也是多余的，被斥之为“意图谬误”和“感受谬误”。文本中心主义几乎割断了与文本有关的所有的外部联系，把文本作为一个完全孤立的“物品”抽取出来进行研究，这种研究在文本语言组织方面是大大深入了，但对文本之所以存在的那些必然的外部联系却所知甚少。而文本基础主义是以承认与文本相关的所有外部联系为前提的，他认为文本不是一个孤立的自足的实体性存在，而是一个与创作主体、接受主体乃至整个外部世界以及全部相关文本有着不可分割的普遍联系的全面开放式的关系性存在。正是以这种认识为前提，文本基础主义主张文学研究无论怎样向外拓展都不能脱离文本研究这个基础。文本是文学的基础，文本研究也是文学研究的基础。文学研究离开了文本研究的基础，就必然成为无源之水、无根之木，其结果只能是不攻自破、不推自倒。

三、关于文本这个概念

如通常的理解一样，文本基础主义的文本概念是与语言概念不可分的。没有语言就没有文本，犹如没有文本就没有文学。文本就是指为了表达一定的意义而按语言规则结合而成的语句组合体，英语文本一词（text）的原义就有联结、交织、编织的意思。因此，文本基础主义不赞同目前流行的“泛文本”概念，这种泛文本概念把一切与人相关的即成的事实都看作是一种有待阐释的文本，如历史文本、社会文本等的说法，这实际上等于消解了语言文本的语言性。而文本基础主义说的文本是指一切语言文本或能够表达意义的符号文本，所谓文学研究以文本研究为基础就是指以文学作品和与文学作品相关的语言文本、符号文本为基础。此外，文本基础主义也认同解释学和接受美学所提出的“后文本”或“第二文本”的说法。文本基础主义认为“原初文本”对文学研究具有第一的客观限定性，同时又认为经过了意义阐释和审美体验之后产生的“后文本”和“第二文本”也对文学研究具有一定的客观参照性。所以，文本基础主义所说的文本研究不只是对原初文本的研究，也包括着对后文本和第二文本的研究。

四、文本基础主义的理论要点

第一，文本基础主义主张文学研究领域的拓展要以学科本位为基点。正如文学本身是一种极为复杂的关系性存在一样，文学研究也必是一种综合性的跨学科研究。但是“跨”学科研究不是“跳”学科研究，文学研究的一只脚可以跨到或社会学，或政治学，或经济学，或文化学的领域，但它的另一只脚则必须牢牢踏在文本研究上。否则，文学研究就可能丧失掉隶属于自己的领地，从而丧失掉自己学科的独立性而沦为其他学科的附庸。文学研究的综合性当然要求打通学科界限，但打通学科界限不是不要学科界限，更不是自毁学科界限。文本基础主义在反对画地为牢的狭隘学科主义的同时，也意欲通过文本研究这个基础确保文学研究的学科本位。

第二，文本基础主义主张文学研究的价值判断要以实证原则为依据。如果承认文学研究也是一种科学，那么，自然也会承认文学研究的实证性原则。文学研究的实证性就来自与文本研究相关的大量的第一手文学材料和文学经验，只有这种从文本研究中获得的材料和经验才能成为文学研究一切价值判断的最强有力的实证性依据。当前某些“跳”学科的文学研究和某些所谓完全不要学科限制的文化研究，由于已经跳离了文本研究这个基础，因而往往流于大而无当的空谈和毫无实证根据的信口开河。这种背离实证原则的做法，实在是一切科学研究的大忌。

第三，文本基础主义在看重文本客观规定性的同时坚守文学研究的对话精神。正如我们前面说过的，任何文本都是开放的，都同其他相关文本构成一种历时态和共时态相互交错的内在联系，都是一种所谓“间性文本”和“互文本”。文学研究只有以文本研究为基础，才能真正发现各种文本之间的内在性关联，才能真正建立起“间性文本”和“互文本”的现代观念，从而使文学研究真正贯穿一种现代的“兼容精神”和“对话精神”。只有这种兼容精神和对话精神，才是确保文学研究稳妥、和谐推进的内在根据。而文学研究离开了文本研究的基础，就等于拱手出让了文本的优先发言权，就只能依赖于单纯的理论思辨，依赖于当下具有权威性的理论话语，这样就很容易导向学术独断论。而学术独断论历来就是阻碍学术发展的大障。

第四，文本基础主义在看重经典文本分析的同时坚守文学研究的人文指向。文学是人学。文学无论怎么发展都不可能放弃为了人自身更完美、为了人的生活更幸福这一终极的追求和目标。文学史上所有经过了长期的历史汰选而流传下来的文本，都是所谓经典文本，流传的时间越久，文本的经典性就越强。而过去、现在以至将来的所有具有经典性的文本都一定或多或少、或这样或那样地体现着文学的人文指向。从这个意义上说，文学的经典性就是文学的人文性。所以，文本基础主义所说的文学研究以文本研究为基础，主要还是指以经典文本的研究为基础，这样说并不意味着研究非经典的文本不重要或无价值，而是因为，文学研究必须首先通过对经典文本的深入研究，才能切实把握文学的人文本质，才能准确定位文学研究的人文指向。因此，文本基础主义所主张的回到文本研究，绝不是仅仅像“新批评”那样回到一种对文本的琐细的技术性研究，而是试图通过经典文本的研究而切实回到文学的人文指向，回到文学研究的人文指向。

责任编辑:张　旭
封面设计:肖　辉

图书在版编目(CIP)数据

文学及其语言/王汶成 著. -北京:人民出版社,2012.12
(文艺美学研究丛书)
ISBN 978-7-01-011622-8

Ⅰ.①文…　Ⅱ.①王…　Ⅲ.①文学语言-研究②文艺美学-研究
Ⅳ.①I045②I01

中国版本图书馆 CIP 数据核字(2012)第 317647 号

文学及其语言

WENXUE JIQI YUYAN

王汶成　著

人民出版社 出版发行
(100706　北京市东城区隆福寺街 99 号)

北京中科印刷有限公司印刷　新华书店经销

2012 年 12 月第 1 版　2012 年 12 月北京第 1 次印刷
开本:710 毫米×1000 毫米 1/16　印张:21.25
字数:350 千字

ISBN 978-7-01-011622-8　定价:49.00 元

邮购地址 100706　北京市东城区隆福寺街 99 号
人民东方图书销售中心　电话 (010)65250042　65289539